Im Reich des Teufels

Paul Harding

Im Reich des Teufels

Kriminalroman aus dem
mittelalterlichen London

Aus dem Englischen von
Marion Balkenhol

Eichborn.

Für Peter, den Pfeilmacher
(Peter Megoran von Huddersfield).
Alles Gute und stets ein richtiges Ziel!

Die Deutsche Bibliothek – CIP-Einheitsaufnahme

Harding, Paul:
Im Reich des Teufels : Kriminalroman aus dem mittelalterlichen London / Paul Harding. – Frankfurt am Main : Eichborn, 1999
ISBN 3-8218-0371-1

Titel der Originalausgabe: The devil's domain

Umschlaggestaltung: Christina Hucke
Lektorat: Susanne Aeckerle, Doris Engelke
Satz: Fuldaer Verlagsanstalt GmbH, Fulda
Druck und Bindung: Wiener Verlag, Himberg
ISBN 3-8218-0371-1

Verlagsverzeichnis schickt gern:
Eichborn Verlag, Kaiserstraße 66, D-60329 Frankfurt am Main
http://www.eichborn.de

Eins

»Wir leben in Zeiten blutiger Drangsal! Grauenvoller Anblicke! Zeiten für Mörder und gerissene Betrüger!« So schilderte der Chronist von Westminster den Spätsommer des Jahres 1380. Der alte Mönch saß in seiner Lesenische über dem Klosterhof und kratzte sich mit dem Ende seines Federkiels die unrasierte Wange. Wie sollte er diese Zeit richtig beschreiben? Der König war noch ein Junge; sein Onkel, der Regent John von Gaunt, dieser blutige Kriegstreiber, herrschte über das Königreich. Hinter vorgehaltener Hand hieß es sogar, er wolle es ganz an sich reißen. Auf den Schiffahrtsstraßen zwischen Bordeaux und Calais griffen die Franzosen mit ihren Kriegsflotten die englischen Galeeren und Koggen an. Im Inland war die Ernte in diesem Sommer gut ausgefallen; dennoch kletterten die Preise in unerschwingliche Höhen für die Armen, die von weither über die Southwark Bridge in die Stadt strömten.

Das Königreich wartete, denn Zeichen und Omen gab es genug. Am Himmel über der St.-Paul's-Kathedrale hatte man einen Sarg gesehen: In ein gespenstisches Leichentuch gehüllt, war er von Osten nach Westen gezogen, ehe er in den tief hängenden, dräuenden Wolken im Norden der Stadt verschwand. Viele behaupteten, genau von dort werde Gefahr ausgehen, von den Feldern und Ortschaften nördlich von Cripplegate. Die Menschen der Scholle, das Gewürm, das schuften und spinnen mußte, damit die Großen sich in seidene Gewänder kleiden, auf großen Streitrössern einherreiten, schweren, blutroten Wein in tiefen Zügen genießen und ihre Silber- und Goldstücke zählen konnten. In den Straßen von London hörte man Grabesstimmen Weh und Ach schreien und Unheil verkünden. Schwarz verhüllte Barken, von Geisterhand gesteuert, schossen durch die wirbelnde Strömung unter der London

Bridge. Waren das, so fragten die Menschen sich flüsternd, die Geister der Männer, die sich dem Regenten widersetzt hatten, deren Häupter jetzt eingepökelt die Stangen auf eben dieser London Bridge zierten?

Die Ordensbrüder des Chronisten in Westminster taten diese Anzeichen als bloße Trugbilder und albernes Geschwätz ab. Die Bauern, die inzwischen gut organisiert waren und sich den Namen »Große Gemeinschaft des Reiches« gegeben hatten, entsandten Aufrührer, Verräter, sowie Anstifter zu Aufstand und Verrat in die Stadt, um Unruhe in die stinkenden Straßen und Gassen zu tragen. Andere, die weniger weltlich gesinnt waren, schüttelten das Haupt. Sollten diese Anzeichen wirklich vor drohendem Unheil warnen? Hatte nicht ein heiliger Mann, der behauptete, durch die Wüste Palästinas gewandelt zu sein, Visionen vom Kreuz der St.-Pauls's-Kathedrale gehabt, die er für jeweils einen Penny verkündete? Daß Gott plane, London durch eine Feuersbrunst auszulöschen? Es bis in die Hölle niederzumachen und keinen Stein auf dem anderen zu lassen?

Auf dem Friedhof von St. Erconwald räsonierten Pike, der Grabenbauer, und Watkin, der Mistsammler, über diese Gerüchte. Sie saßen unter der Eibe, tranken gemeinsam aus einem Weinschlauch und betrachteten den sternenklaren Himmel. Sturzbetrunken, wie sie waren, hätten sie nach Hause gehen sollen. Doch nach ein paar Humpen Ale in der Schenke »Zum Gescheckten« und einem Becher Kanarienwein, spendiert von Joscelyn, dem einarmigen Schankwirt, waren Pike und Watkin auf die Straße hinausgetorkelt und hatten sich gefühlt wie Grundbesitzer. Sie hatten ihre letzten Pennies zusammengelegt und einen bauchigen Weinschlauch gekauft, bevor sie gingen.

»Paßt auf«, hatte der Schankwirt sie gewarnt, als er sah, wie unsicher die beiden Gemeindemitglieder auf den Beinen standen. »Ihr habt genug getrunken. Ihr solltet nach Hause gehen und euren Rausch aussschlafen!«

»Wir sind doch nicht betrunken!« lallte Watkin. »Mir wär's nur recht, wenn dein verdammter Fußboden endlich stillstehen würde. Das ist doch ein Wirtshaus hier und keine verdammte Kriegskogge!«

Joscelyn seufzte verärgert, und die beiden Männer wünschten ihm eine gute Nacht.

»Wo geht ihr denn hin?« rief Joscelyn ihnen neugierig nach und folgte ihnen zur Tür.

Er lächelte der Kurtisane Cecily zu, die Arm in Arm mit einem jungen Galan auf die Felder südlich der Schenke »Bischof von Westminster« zuschlenderte, ein bei Cecily und ihresgleichen beliebter Ort für ein Stelldichein mit Kunden. Cecily winkte. Pike, der Grabenbauer, schaute ihr nach und leckte sich die Lippen, obwohl seine Frau ihn gewarnt hatte.

»Wenn ich dich noch einmal mit dieser Schlampe erwische«, hatte sie gekreischt, »schneide ich dir dein Gemächt ab!«

Pike schwankte und legte die dreckverkrustete Hand auf Watkins Schulter. »Laß uns lieber gehen«, lallte er.

»Wohin?« wiederholte Joscelyn.

Watkin tippte sich an die fleischige Nase und zwinkerte ihm zu. »Geheimnisse«, nuschelte er. »Große Geheimnisse.«

Joscelyn trat einen Schritt zurück und schaute sich nervös um. Ob es stimmte, was man sich erzählte? Waren diese beiden Tunichtgute Mitglieder der Großen Gemeinschaft? Planten sie Verrat und Aufstand gegen John von Gaunt? Wenn das der Fall war, wollte er nichts mehr davon hören! Gaunt hatte so seine Art, mit Verrätern umzugehen. Er ließ sie wie Ratten am Galgen von Smithfield oder auf der anderen Seite der London Bridge hängen. Spione gab es in Southwark zuhauf, mehr als Fliegen auf dem Rücken eines Straßenköters.

»Paßt auf!« mahnte er die beiden erneut. Joscelyn zog sich in seinen Schankraum zurück und zog die Tür hinter sich fest ins Schloß.

Watkin und Pike wankten zur Kirche, gingen durch das Friedhofstor und ließen sich unter der Eibe am anderen Ende des Gottesackers nieder, dem großen Friedhof, der die alte Kirche von St. Erconwald umgab. Dort tranken sie und warteten, beobachteten, wie die Sonne unterging und die Sterne aufleuchteten. Dann erblickten sie oben auf dem Kirchturm einen schwachen Lichtschein aus einem Holzkohlebecken.

»Er ist da oben«, sagte Pike und meinte damit ihren Gemeindepfarrer Bruder Athelstan, den Dominikanermönch. »Er ist da oben und guckt in seine blöden Sterne! Er und sein Kater. Wie heißt er doch gleich? He? Benedicta?«

»Benedicta!« Watkin lachte. »Das ist die Witwe, die mit dem dunklen Gesicht und den dunklen Augen, die eine Vorliebe für Bruder Athelstan hat.« Verschwörerisch beugte er sich zu Pike. »Seine einäugiger Kater heißt Bonaventura.«

»Glaubst du, daß es stimmt?« fragte Pike.

»Was?«

»Daß er von St. Erconwald fortgegangen ist ...«

Watkin überlief ein Schauder, der ihn beinahe ernüchterte. Diese Gerüchte und Geschichten waren in der Gemeinde weit verbreitet; auf der Kirchentreppe oder in der Schenke »Zum Gescheckten« wurde heftig darüber debattiert. Watkin wußte, er war ein Sünder. Er trank zuviel, er fluchte, er prügelte sich, er begehrte die Weiber anderer Männer. Dennoch fürchtete er Gott und den Herrn Jesus; den kleinen Gemeindepfarrer mit dem olivhäutigen Gesicht, den dunklen, gemütvollen Augen und dem messerscharfen Verstand indes liebte Watkin. Athelstan flößte Watkin Selbstvertrauen ein. Wie oft hatte der Dominikaner dem dicken Mistsammler nicht auf die Schulter geklopft!

»Was du tust, Watkin, den Unrat aus den dreckigen Gassen zu entfernen, gefällt unserem Herrn. Du bist wie der Heilige Geist.«

Watkin hatte das Lachen in den Augen des Dominikaners gesehen.

»Du machst alles sauber und frisch! Deshalb, Watkin, bist du in Gottes Plan sehr wichtig!«

Watkin hatte das nie vergessen. Die Gerüchte, der kleine Mann habe John von Gaunts Mißfallen erregt und sei infolgedessen in die Hallen von Oxford versetzt worden, hatten ihm Angst und Schrecken eingejagt. Es hieß, Athelstan sei bis Cripplegate gekommen, ehe Prior Anselm sich eingeschaltet und eine Botschaft geschickt habe, die den Dominikaner wieder in seine Gemeinde zurückbeorderte. Athelstan hatte nie etwas gesagt, doch das hätte ohnehin nicht zu ihm gepaßt, überlegte Watkin. Und der Mistsammler, der immerhin Vorsitzender des Gemeinderats war, wagte nicht, ihn von sich aus zu fragen. Athelstan hatte eine dunkle Seite. Wenn er die Geduld verlor, war seine Zunge wie eine Peitsche. Watkin liebte ihn. Trotzdem hatte er vor Athelstan mehr Angst als vor den Bewaffneten des Regenten oder dem großen Coroner Sir Jack Cranston, der mit einer Hand am Schwertgurt, mit der anderen am Weinschlauch durch Southwark stolzierte.

Watkin dachte oft über die Beziehung zwischen Cranston und seinem Sekretär Athelstan nach, kam aber zu keinem Schluß. Cranston war so beleibt, wie Athelstan schlank war. Er konnte den gesamten Schankraum der Taverne »Zum Gescheckten« unter den Tisch trinken, was er oft auch tat. Er fluchte wie ein gemeiner Soldat. Viele mächtige Männer der Stadt schenkten ihm Gehör. Es hieß sogar, der junge König sei ihm ergeben, doch Cranston konnte nichts ausrichten, wenn Athelstan ihm nicht zur Seite stand.

»Was meinst du, wie lange sollen wir noch warten?« unterbrach Pike Watkins Gedankengang.

Watkin streckte die Beine aus und fluchte. Das Ale in seinem Bauch begann zu rumoren und sauer aufzustoßen. Er hatte den warnenden Blick in Joscelyns Augen gesehen und sich im stillen darüber geärgert, daß er sich immer mehr auf Pikes verrückte Pläne eingelassen hatte. Ganz Southwark wußte von der Großen Gemeinschaft des Reiches! Der Geheime Rat der Bauernführer und seine brutalen Agenten huschten wie Schatten durch die Bezirke und überbrachten die Botschaften und Anweisungen, denen man sich nicht widersetzen konnte. War man einmal Mitglied der Großen Gemeinschaft, mußte man sie unterstützen oder sterben.

»Glaubst du, das ist klug?« fragte Watkin. »Ich meine, hier zu warten? Wenn Athelstan das rauskriegt, peitscht er uns mit seiner Zunge oder noch schlimmer«, fügte er verdrießlich hinzu, »guckt uns einfach nur so bekümmert an, daß wir alles beichten.«

»Ich gehöre dazu«, verkündete Pike trotzig und schaute zum Himmel hinauf. »Und du auch, Watkin!«

Watkin verlagerte seinen mächtigen Rumpf und kratzte

sich die Knollennase. Er und Pike waren im Gemeinderat stets Rivalen gewesen, doch jetzt hatte Pike ihn in diese geheimen Sachen reingezogen. Hatte er es absichtlich getan? Als Sicherheit gegen Bruder Athelstans Zorn, falls ihr Gemeindepfarrer es je herausfände?

»Denk dran, was mit Ricaud passiert ist!« sagte Pike und hatte seinen Spaß daran.

Wieder lief Watkin ein Schauder über den Rücken. Ricaud war ein Höker, der seinen Tand in der Shoemakers Lane zu verkaufen pflegte. Gerüchten zufolge hatte er auch Geheimnisse der Großen Gemeinschaft an die Spione des Regenten verkauft, eines Morgens steckte Ricaud, vielmehr sein Kopf, auf einer Stange im Schlamm des Themseufers.

»Als Adam grub und Eva spann«, sang Pike leise, »wo war da der Edelmann? Denk mal drüber nach, Watkin.« Pike streckte sich im Gras aus. »Stell dir mal ein Königreich ohne Prinzen, ohne Bischöfe, ohne Grundbesitzer vor, in dem den Sanftmütigen die Erde zu eigen ist.«

»Manchmal, Pike«, unterbrach Watkin ihn nüchtern, »denke ich, wir verdienen nur, worauf du gerade liegst. Einen umgedrehten Hals in Smithfield und ein flaches Grab.«

Pike fuhr sich mit der Zunge über die Lippen. Watkin wußte, jetzt setzte er zu einer seiner Reden an.

»Ich muß mal pissen«, brummte Watkin, stand torkelnd auf und ging über die Wiese zu der großen Platane an der Friedhofsmauer. Er löste die Schnüre an seiner Kniehose. Als er sich erleichtert hatte und gerade umdrehen wollte, vernahm er über sich ein Geräusch.

»Guten Abend, Mistsammler!«

Watkin gaffte in das dunkle Astwerk hinauf.

»Ich heiße Valerian.« Die Stimme war leise, aber bestimmt. »Domitian ist bei mir!«

Watkin trat unbeholfen ein paar Schritte zurück.

»Du kennst die Namen nicht«, zischte die Stimme, »aber wir überbringen dir brüderliche Grüße von der Großen Gemeinschaft.«

»Lauf nicht weg!« ertönte eine zweite Stimme.

Watkin vernahm das Klicken einer Armbrust.

»Ruf doch mal deinen Freund hier rüber.«

»Pike!« drängte Watkin. »Pike, komm mal her!«

Der Grabenbauer stand auf und kam mit schwerfälligen Schritten herüber, den Weinschlauch noch in den Händen.

»Was zum ...?«

»Sei gegrüßt, Bruder Pike.«

Der Grabenbauer ließ den Weinschlauch fallen.

»Wir sind schon eine ganze Weile hier«, fuhr die Stimme fort, »und haben euch beim Rülpsen und Furzen zugehört. Ihr steht doch noch zu der Sache, oder?«

»Klar«, stammelte Pike. »Das wißt ihr doch!«

»Nicht wie Ricaud.« Die Stimme lachte. »Er quiekte wie ein Schwein, als wir ihm die Eier abschnitten. Valerian hier wollte sie ihm in den Mund stopfen, nachdem er ihm den Kopf abgehackt hatte, aber ...«

»Was wollt ihr?« Watkin versuchte, seiner Stimme einen festen Klang zu verleihen.

»Wir wollen, daß ihr einen Graben aushebt«, fuhr die Stimme fort. »Grabt und stellt keine Fragen.«

»Grabt!« rief Pike aus. »Wo denn?«

»Hier natürlich.«

»Auf dem Friedhof?« fragte Watkin.

Es klickte, und der Bolzen einer Armbrust zischte zwischen ihm und Pike hindurch und traf dumpf auf dem Boden hinter ihnen auf.

»Ihr sollt keine Fragen stellen«, fuhr Valerian unbeirrt fort. »Ihr führt die Befehle der Großen Gemeinschaft aus. Auf die Knie, ihr beiden!«

Watkin und Pike gehorchten bereitwillig.

»Ihr hebt an der Friedhofsmauer einen Graben aus, neun Yards lang und drei Fuß tief.«

»Bruder Athelstan wird wissen wollen, wozu.«

»Ihr könnt ja behaupten, es sei zum Trockenlegen, oder ihr wolltet nachprüfen, ob das Fundament der Mauer noch stabil ist. Das ist euer Problem, nicht unseres.«

»Wozu einen Graben?« fragte Pike trotzig.

Er starrte ins Dunkel hinauf. Zwei Schatten saßen auf einem der ausladenden Äste. Pike wandte sich angeekelt ab, als ihm Urin ins Gesicht platschte. Watkin packte seinen Arm.

»Wir tun, was ihr verlangt!«

Pike wischte sich das Gesicht mit dem dreckverkrusteten Ärmel seines Wamses ab.

»Also, auf. Heute ist Freitag, das Fest des Heiligen Oswald. Morgen ist daher früh genug.«

»Sollen wir den Graben gleich ganz ausheben?«

»Nein, immer abends nach der Arbeit ein Stück. Am nächsten Tag füllt ihr ihn wieder auf und grabt weiter. Habt ihr verstanden?«

Watkin warf einen sehnsüchtigen Blick zum Feuerschein auf dem Kirchturm.

»Oh, übrigens, Watkin und Pike, ihr habt herzige Kinder. Und jetzt geht zurück zu eurem Weinschlauch, setzt euch unter die Eibe, mindestens noch eine Stunde. Dann sind wir weg!«

Hawkmere Manor war ein einsames, düsteres Lehnsgut, das, so hieß es, unter der Herrschaft des grausamen Königs John erbaut worden war. Es stand hinter einer hohen Außenmauer östlich der Priorei von Clerkenwell. Einst gehörte es einem Raubritter, der Reisende auf den Straßen von und nach Cripplegate überfiel, doch dann erlebte Hawkmere schlechte Zeiten. Dieser traurige, gespenstische Ort, im Volksmund »Das Reich des Teufels« genannt, wurde jetzt vom Regenten John von Gaunt als Unterkunft für französische Gefangene genutzt, die entweder in Frankreich selbst oder in einer der blutigen Schlachten zwischen englischen und französischen Schiffen im Kanal gefangen genommen wurden. Für die Männer, die dort hausten, war es wahrlich eine Zeit der Drangsal, um so mehr noch für Guillaume Serriem, den früheren Kapitän des französischen Kriegsschiffs *St. Sulpice*, das sechs Wochen zuvor vor Calais aufgebracht worden war. Serriem war als Gefangener und Geisel nach Hawkmere gebracht worden, während seine Freunde in Frankreich bemüht waren, die von den Engländern geforderte riesige Lösegeldsumme aufzutreiben.

Serriem lag auf seinem schmalen Bett und wußte im tiefsten Herzen, daß er seinen Herrensitz in der Nähe von Rouen nie wiedersehen würde, daß er nie wieder durch seine Gärten schlendern, nie mehr seine Frau küssen oder mit seinen Söhnen in jenem wunderschönen Obstgarten unter den Apfelbäumen spielen würde, die sich bis zur Seine hinunterzogen.

Serriem lag im Sterben. Er spürte, wie das Gift durch seinen Körper jagte, hatte aber nicht die Kraft, zu schreien oder zur Tür zu kriechen und um Hilfe zu rufen. Er war in Schweiß gebadet, der Schmerz in seinem Bauch sandte tödliche Pfeilspitzen in die Brust, unter denen er sich drehte und wand. Er schob die schmutzigen Laken zurück und starrte hilflos auf die verriegelte Tür. Was hatte es für einen Sinn? Die Mauern waren dick, die Tür verschlossen und Sir Walter Limbright, sein Kerkermeister und Wächter, hatte sich gewiß in seine Schlafgemächer zurückgezogen, um seinen Kummer in schwerem, rotem Wein zu ertränken.

Vielleicht war da draußen jemand auf der düsteren Galerie, ein Wachposten, ein Diener? Serriem zog sich aus dem Bett und rollte auf die schmutzigen Binsen. Er versuchte, zur Tür zu kriechen, doch seine Kraft ließ ihn im Stich, und er blieb keuchend liegen. Serriem erkannte, daß er von einem unerkannten, heimtückischen Mörder vergiftet worden war. Aber wer unter seinen Kameraden sollte seinen Tod wünschen? Und die gottverfluchten Engländer würden doch gewiß nicht auf das Lösegeld verzichten? Serriems Gedanken wanderten. Er hatte immer gehofft, im eigenen Bett zu sterben, im Kreise der Familie, oder, wenn nicht da, dann auf seinem Schiff auf hoher See wie ein echter Krieger, mit dem Schwert in der Hand und unter dem wehenden Banner Frankreichs, der Oriflamme. Nun sollte er in dieser einsamen, stinkenden Kammer als Gefangener der Engländer sterben, von den Seinen verdammt und vergessen.

Serriem drehte sich auf den Rücken und starrte zu den Spinnweben an den Deckenbalken empor. Der Schmerz war so stark, daß er immer wieder das Bewußtsein verlor. Er war zu Hause, die Fenster standen weit offen, allerlei Düfte aus dem Garten zogen in sein Zimmer. Er hörte die Rufe der Bediensteten und die lauten Stimmen seiner Söhne, die unter den Fenstern im Hof spielten. Serriem schlug die Augen auf. Nichts! Nur unheilschwangere Stille. Er versuchte wieder, sich zu bewegen, doch er hatte das Gefühl, als sacke der Boden unter ihm weg. Erneut versank er in Bewußtlosigkeit.

Er befand sich an Bord der *St. Sulpice*, deren Segel sich über ihm blähten. Mit dem Ersten Maat neben sich beobachtete er den durch die Dünung stampfenden Bug, während sie zurück zum Hafen segelten, fort von den englischen Kriegskoggen, die sie unbarmherzig verfolgten wie Windhunde ihr Wild. Serriem spürte, daß ihm die Galle hochkam. In den vergangenen Wochen hatte er mit den anderen darüber gesprochen, wie die *St. Sulpice* und ihr Schwesterschiff, die *St. Denis*, in den Gewässern vor Calais Position bezogen hatten, begierig, die schwer beladenen englischen Weinschiffe aufzubringen. Serriem stöhnte: Alles war schiefgegangen! Anstelle von Weinschiffen tauchten zwei Kriegsschiffe auf, und als die *St. Sulpice* und die *St. Denis* wendeten, lauerten zwei weitere am Horizont. Die Jagd war höllisch gewesen, die anschließende Schlacht blutig und grausam. Die *St. Denis* wurde gekapert und versenkt. Die *St. Sulpice*, deren Mannschaft von den englischen Bogenschützen dahingerafft wurde, war aufgebracht und geentert worden. Ein blutiger Kampf Mann gegen Mann folgte. Um seine Mannschaft zu retten, hatte Serriem schließlich befohlen, die Oriflamme einzuholen. Er hatte sich dem englischen Kapitän ergeben. Wie hieß er doch gleich? Dieser junge Mann mit dem knabenhaften Gesicht und dem kurzgeschnittenen Haar? Ja, richtig, Maurice Maltravers. Serriem krümmte sich vor Schmerz, die Hände krallten sich in die schmutzigen Binsen.

Zunächst hatte er die Niederlage dem wechselnden Kriegsglück zugeschrieben. Dennoch hatten er und seine Kameraden in den vergangenen Wochen Mutmaßungen darüber angestellt, wieso die englischen Schiffe den genauen Standort der *St. Sulpice* und *St. Denis* gekannt hatten. Betrug? Verrat? Serriems Kopf sackte zur Seite. Er warf einen flehenden Blick auf das starre, dunkle Kruzifix an der getünchten Wand. Er wünschte, ein Priester wäre bei ihm und würde ihm die Absolution erteilen. Er würde seine Sünden beichten. Draußen hörte er Schritte.

»*Aidez moi!* Helft mir!« brachte Serriem unter Stöhnen hervor.

Die Schritte entfernten sich. Was war das für ein Gift, fragte sich Serriem. Er hatte dasselbe gegessen wie alle anderen. Hatte man sie alle umgebracht? Ihr Leben vernichtet, ausgelöscht wie eine Reihe von Kerzen in einer einsamen Kirche? Hatten sie sich nicht alle geschworen, sehr vorsichtig zu sein? Serriem drehte sich noch einmal zum Kruzifix um. Er versuchte, eine Hand zu heben, um sich den Schweiß vom Gesicht zu wischen, doch selbst das war zuviel. Sein Mund begann die Worte zu formen »*Confiteor Deo Omni Potenti*«, »Ich bekenne Gott dem Allmächtigen, der heiligen Jungfrau Maria …« Sein Atem kam in kurzen Stößen. Er vermochte die Worte nicht auszusprechen. Serriem rief sich das Bild von Sieur Charles de Fontanel, dem französischen Gesandten in London, vor Augen.

»Rächt mich!« flüsterte Serriem.

Die Schmerzen in seinen Eingeweiden nahmen zu. Er bekam keine Luft mehr. Irgend etwas schnürte ihm die Kehle zu, als ziehe sich eine Schlinge um seinen Hals. Serriems Körper zuckte, die Beine streckten sich ruckartig, und er starb, die blicklosen Augen starr auf das Kruzifix an der Wand gerichtet.

Sir Maurice Maltravers, Bannerherr im Haushalt des John von Gaunt, wartete im Schatten der Kirche Austin Friars. In der Ferne erblickte er die Schenke »Zum Abt von St. Albans« und weiter unten die Hauptdurchfahrt, die zur Cheapside hinabführte.

Die Kirche Austin Friars war alt und halb verfallen. Die Tür war schon vor langer Zeit verschlossen und verriegelt worden, keine Kerze leuchtete in den Fenstern. Es war Nacht; eine Zeit der Finsternis, in der Heimlichkeiten und Ränke an der Tagesordnung waren. Sir Maurice gefiel das ganz und gar nicht. Er war Ritter, ein Krieger. Wie hieß es doch gleich im Evangelium: Ein Ehrenmann soll seine Sachen bei Tageslicht erledigen und nicht im Dunkeln herumschleichen wie ein Dieb oder Einbrecher. Doch was blieb ihm anderes übrig?

Sir Maurice trat aus dem Schatten, ging an der Kirche entlang und drückte das windschiefe Tor auf, das zum Friedhof führte. Die beiden gesattelten Pferde rupften friedlich am Gras. Er prüfte die vollgepackten ledernen Satteltaschen. Alles war in Ordnung, doch würde sie kommen? Sir Maurice kniete nieder und starrte zum Gotteshaus hinüber.

»Oh Herr«, betete er, »hilf mir! Wenn du das tust, dann will ich eine Pilgerfahrt nach Compostella antreten. Ich werde der treueste aller Ehemänner sein. Ich werde dir und deiner gesegneten Mutter meine Kinder weihen.«

Sir Maurice schlug die Augen auf. Er kam sich etwas lächerlich vor, wie er hier in der Dunkelheit kniete, aber ihm blieb keine andere Wahl. Er liebte Angelica, die Tochter des mächtigen Kaufherrn Sir Thomas Parr, von ganzem Herzen, mit Leib und Seele, mehr noch als das Leben selbst. Ja, und wenn er ehrlich war, sogar noch mehr als Gott.

Vor Wochen hatte er Angelica kennengelernt. Seither hatte sich sein Leben verändert. Tagsüber dachte er nur noch an sie, an ihr hübsches Gesicht, an die Haut wie Alabaster und Elfenbein, die kornblumenblauen Augen, das glänzende, goldblonde Haar. Ja, sie trug den Namen Angelica zu recht. Mit seinen siebzehn Lenzen strotzte ihr wunderschöner Körper vor Leben – und diese Augen! Sir Maurice hatte noch nie ein Frauengesicht gesehen, daß wechselnde Launen so deutlich widerspiegeln konnte. Angelica besaß einen starken, unbeugsamen Willen, gepaart mit beißendem Humor und dennoch Sinn für Fröhlichkeit, Staunen vor dem Leben und allem, was es beinhaltete.

Sir Maurice hatte ihr den Hof gemacht, schüchtern zunächst, denn er war mehr an Lagerleben und Kriegsgeschäfte gewöhnt. Er fürchtete sich vor niemandem unter den Lebenden. Obwohl er erst vierundzwanzig Jahre alt war, hatte er sich im Kampf sowohl in Frankreich als auch auf See bereits ausgezeichnet. Oh, er war ein unbeholfener Freier gewesen; er wußte, Angelica lachte ihn aus. Trotzdem war sie seinen Avancen alles andere als abgeneigt gewesen, hatte die Augen niedergeschlagen und gelegentlich zum Zeichen der Zuneigung ein seidenes Taschentuch hier, eine Blume dort fallen lassen, zuletzt einen kleinen Silberring.

Sir Maurice konnte sein Glück kaum fassen. Er hatte Ablehnung erwartet. Sir Thomas Parr war einer der reichsten

Männer Londons, doch Angelica hatte sich in Sir Maurice ebenso verliebt wie er sich in sie.

Er hatte seine Werbung wie die Eroberung einer Burg geplant. Jedesmal, wenn Sir Thomas mit seiner Tochter an den Hof Gaunts im Savoy-Palast kam, wartete Sir Maurice schüchtern, daß sich eine Gelegenheit böte. Ein paar hingehauchte Koseworte, schmachtende Blicke, Hände, die sich zufällig im Vorbeigehen berührten, fachten die Flammen nur noch stärker an. Schließlich stellte sich Sir Maurice vor Parrs großes, halb mit Schindeln verkleidetes Herrenhaus in der Cheapside und warf sehnsüchtige Blicke zu den unterteilten Glasfenstern hinauf. Eines Abends war seine Geduld belohnt worden, als eine rote Rose herabfiel, an der eine kleine Notiz mit einem rosa Seidenband befestigt war.

Sie hatten sich im Schatten der Kirchen in der Cheapside oder der Poultry getroffen. Rosamunde, Angelicas Zofe, blieb gerade außer Hörweite, doch nah genug, um einschreiten zu können. Zu Anfang dachte Sir Maurice, Angelica mache sich über ihn lustig, sei voller Spott und boshafter Schadenfreude. Er irrte sich. Ihr Herz war rein und so schön wie ihr Gesicht. Sir Maurice hielt sich nicht für einen Gecken oder Galan; er war Soldat mit kriegerischem Gesicht und ungeschliffenen Manieren. Obwohl er mundfaul war, hatte er Angelica gestanden, sie sei die große Liebe seines Lebens. Sie hatte seine Finger berührt, sein Gesicht mit ihren blauen Augen genau studiert und schließlich, gegen Ende Juli, hatte sie ihm gesagt, ihre Liebe sei ebenso groß wie die seine, eine heftige Flamme der Leidenschaft, die nie erlöschen werde. Danach war Sir Maurice wie auf Wolken gegangen. Nach ein paar weiteren heimlichen Begegnungen war er dann, ausgerüstet mit Briefen vom Regenten persönlich, bei Sir Thomas in der Cheapside vorstellig geworden.

Der junge Ritter rappelte sich auf. Selbst jetzt noch wurde er vor Verlegenheit rot, wenn er daran dachte, was geschehen war. Er war vor Sir Thomas Parr niedergekniet und hatte ihm die Liebe zu seiner Tochter gestanden. Sir Thomas hatte ihn sprachlos angestarrt, das Gesicht lief puterrot an, und er machte seiner Wut in einem schrecklichen Anfall Luft.

»Wie könnt Ihr es wagen!« hatte er gebrüllt, während er vor Sir Maurice, der immer noch auf den Knien vor ihm lag, im Sonnenzimmer auf und ab stapfte. »Wie könnt Ihr es wagen, meine Tochter auch nur anzusehen? Was seid Ihr denn schon? Ein mittelloser Ritter!«

»Ich besitze ein Lehnsgut und Ländereien in Berkshire«, hatte Sir Maurice entgegnet.

»Was? Eine armselige Hütte und ein paar Schweineställe!«

Sir Maurice packte den Schwertgriff, doch Parr ließ sich davon nicht beeindrucken. Seine Diener, die im Türrahmen standen, traten näher. Ein rauhbeiniger Haufen, tüchtige Jungs, angeführt von Junker Ralph Hersham, einem glattzüngigen Mann mit schmalem, spitz zulaufendem Gesicht und durchtriebenem Blick. Parr hatte sich mit vor Zorn funkelnden Augen zu ihm herabgebeugt.

»Macht nur weiter!« hatte er geschnarrt. »Zieht nur ruhig Eure Waffe! Laßt es uns hier und jetzt zu Ende bringen!«

Statt dessen hatte sich Sir Maurice mühsam aufgerichtet und war aus dem Haus geflohen, Parrs Schimpftiraden noch im Ohr. Er hatte seinen Kummer in einer Taverne ertränkt, und als er zum Savoy-Palast zurückkehrte, hatte er immerhin so viel Mut aufgebracht, seinen Herrn aufzusuchen. John von Gaunt hatte sein Mitgefühl bekundet, ihm aber nicht helfen können. Der Regent hatte behäbig auf seinem Stuhl gesessen, doch die scharfen, klugen Augen waren wachsam. Während er zuhörte, strich er sich immer wieder über den silbergrauen Schnäuzer und den Spitzbart. Hin und wieder nickte er oder unterbrach mit einer Frage.

»Da kann ich leider nichts machen«, schloß er betrübt.

»Mylord, Ihr seid der Regent!«

»Ich bin Offizier des Königs«, erwiderte Gaunt lächelnd. »Ich befehle über seine Armeen, kann Erlasse herausgeben, aber ich habe keine Macht über Sir Thomas und das, was er mit seiner Tochter zu tun gedenkt.« Er hob eine Hand und zählte die Punkte an den Fingern ab. »Erstens, mein lieber Ritter, wäre das ein gefundenes Fressen für unsere Gegner im Unterhaus. John von Gaunt, der böse Regent des Königs, zwingt einen seiner Ritter in das Bett der Tochter eines mächtigen Londoner Kaufmanns! Wie sich die Späher und Neider daran ergötzen würden! Sie könnten mich als einen Tyrannen hinstellen, schlimmer als Nero oder Caligula!«

Sir Maurice wußte nicht, wer das war, aber er schaute Gaunt betrübt an.

»Zweitens«, fuhr der Regent unbarmherzig fort, »ist Sir Thomas Parr ein äußerst wohlhabender Mann. Oh, er kommt aus dem Nichts, aber ihm gehört praktisch der gesamte Wollhandel mit den Niederlanden. Er besitzt zehn Schiffe, die er uns zur Verfügung gestellt hat. Drittens schuldet die Krone ihm Geld. Viertens, was noch wichtiger ist, Sir Maurice, auch ich bin ihm eine beträchtliche Summe schuldig. Wenn Sir Thomas diese Anleihen zurückfordert ...« John von Gaunt trommelte mit den Fingern auf dem Tisch. »Nun ja.« Er seufzte. »Am besten, man denkt nicht darüber nach, was dann passieren könnte.« Gaunt stand auf und ergriff die Hände des jungen Mannes. »Maurice«, fuhr er freundlich fort, »Ihr seid mein Mann im Krieg und im Frieden, so wie Euer Vater es war. Im Kampf könnte ich mir keinen besseren Soldaten wünschen. Ihr habt die beiden Schiffe, die *St. Sulpice* und die *St. Denis*, aufgebracht, Ihr werdet daher immer in meiner Gunst stehen. Irgendwann werde ich Euch Ländereien, Herrensitze, Felder, Weiden gewähren, aber nicht jetzt. In der Angelegenheit mit der Tochter von Sir Thomas Parr kann ich nichts ausrichten.«

Sir Maurice hatte sich niedergeschlagen zurückgezogen. Nach der Auseinandersetzung mit ihrem Vater hatte er Angelica nicht wiedergesehen. Er dachte schon, seine Sache sei gescheitert, da überbrachte ihm Rosamunde einen kurzen Brief.

»Seid Ihr ein Kriecher, der das Feld räumt?« hieß es darin. »Ist Eure Liebe so seicht, daß sie am ersten Hindernis zerbricht?«

Feurig hatte er seine Werbung wieder aufgenommen, obwohl es diesmal schwieriger war. Dennoch hatte er sich, dank Rosamunde, mit Angelica getroffen, sie hatten sich gegenseitig ihre Liebe geschworen und vereinbart, noch in dieser Nacht durchzubrennen. Er hatte keinen richtigen

Plan. Sie würden nach Berkshire reiten und einen Heckenpriester bitten, sie zu vermählen und Zeuge zu sein, wenn sie sich vor der Kirchentür die Treue schworen.

Sir Maurice trat wieder auf die Straße. Auf der anderen Seite trugen im Unrat, der sich zu beiden Seiten der offenen Kloake auftürmte, Katzen einen Kampf gegen Ratten aus. Ein Straßenköter kam knurrend dazu, doch die Katzen vertrieben ihn. Im Lichtschein der an den Mauern befestigten Fackeln schaute Sir Maurice mitleidig auf die geteerte Gestalt, die von einem provisorischen Galgen hing: ein Einbrecher, auf frischer Tat ertappt und noch am Tatort hingerichtet. Die Henker hatten die Leiche mit Teer übergossen, der im tanzenden Licht der Fackeln unheimlich glitzerte.

Sir Maurice drehte sich zum Kirchenpfad um. Was würde mit ihm geschehen, wenn Gaunt es herausbekäme? Würde er belohnt oder bestraft werden? Der Regent war jähzornig, und wer ihn hinterging, durfte nicht mit Vergebung rechnen.

Jetzt begannen die Glocken von St. Mary-Le-Bow das Komplet einzuläuten. Sir Maurice spannte sich an. Würde Angelica Wort halten? Er vernahm Pferdegetrappel und trat hinaus, doch die Gestalten, die aus dem Dunkel auftauchten, waren nicht die, welche er erwartete: weder Rosamunde noch Angelica. Statt dessen erkannte er Sir Thomas Parrs Diener, angeführt von Ralph Hersham. Sie stiegen von ihren Pferden und kamen auf ihn zu, zogen Dolch und Schwert und bildeten einen Halbkreis um ihn.

»Was wollt Ihr?«

Er hatte das Gefühl, ihm breche vor Enttäuschung das Herz.

»Seid kein Narr.« Hersham kam langsam näher. »Wir sind zu fünft, und es kommen noch mehr. Wir wollen nicht mit Euch kämpfen, Maltravers. Wir überbringen Euch eine Botschaft. Mein Herr sagt, er kennt Euch und lehnt Euch ab. Er verbietet Euch, seine Tochter wiederzusehen. Und gebt Euch nicht die Mühe«, Ralph griente verschlagen, »unter den Fenstern seines Hauses zu werben. Angelica ist jetzt bei den heiligen Nonnen in Syon an der Themse. Sie haben strikte Anweisung, Euch den Eintritt zu verwehren!«

Zwei

Sir John Cranston, Coroner der Stadt London, ließ seinen massigen Leib auf den Lehnstuhl in seinem kleinen Zimmer im Rathaus sinken. Stattlich sieht Sir John aus, dachte Simon, sein Schreiber. Der Coroner trug ein burgunderrotes Wams über einem weißen Batisthemd, Kniehose und Reitstiefel aus weichem, spanischem Leder. Er hatte die Haare nach hinten gekämmt und pomadisiert, Schnäuzer und Bart strotzten vor Erwartung.

»Was führt uns her, Simon?« Sir John tätschelte sich den Bauch. Er hakte seinen dicken, ledernen Schwertgurt auf und warf ihn über die Stuhllehne. »Wenn ich gehe, sorg dafür, daß ich Schwert und Dolch in die Scheide stecke. Der Königliche Coroner kann in diesem Tal der Gottlosigkeit nicht vorsichtig genug sein.«

»Sehr wohl, Sir John.« Simon wagte nicht, den Blick zu heben. Er bemühte sich, eine unbewegte Miene aufzusetzen angesichts dessen, was bevorstand. Sir John Cranston war kein einfacher Mensch. Er war durchaus freundlich und großherzig, wie Simon seiner Frau zu erzählen pflegte, doch wenn man ihn auf dem falschen Bein erwischte, spiegelte sein rötliches Gesicht alle seine Launen und Gefühle wider.

»Schön!« Cranston stützte die Ellenbogen auf die Stuhllehnen. »Wo ist Adam Wallace? Er sagte, er habe mir etwas Wichtiges mitzuteilen. Ich habe die Messe besucht und gefrühstückt. Jetzt macht es mir nichts aus, einen Rechtsgelehrten anzuhören.«

»Ich hole ihn eben.« Simon stand auf und ging die Treppe hinunter.

Sir John lehnte sich auf seinem Stuhl zurück und kratzte sich am Kopf. Wallace hatte ihm gestern nachmittag eine Botschaft geschickt, in der es hieß, er habe Sir John etwas Wichtiges mitzuteilen und bringe eine Hinterlassenschaft der alten Witwe Blanchard aus der Eel Pie Lane mit. Sir

John hatte den ganzen Abend gerätselt, was es sein könne. Die Blanchard war eine fröhliche alte Seele gewesen; Sir John hatte oft bei ihr nach dem rechten gesehen. Ihr Mann hatte Seite an Seite mit Sir John in Frankreich gekämpft. Vielleicht hatte sie ihm ein Andenken hinterlassen? Oder …? Er hörte die Treppe knarren. Simon kam im Sturmschritt wieder ins Zimmer, die Hände baumelten zu beiden Seiten herab. Sir Johns hellblaue Augen funkelten. Er wußte immer, wann Simon über ihn lachte: sobald der Schreiber unterwürfig wurde, die Schultern hängen ließ, das Kinn einzog und den Kopf auf die Brust drückte.

»Was ist los, Simon?«

»Das schaut Ihr Euch am besten selbst an, Sir John.«

Wallace watschelte herein, einen kleinen Ziegenbock im Schlepptau.

»Um Himmels willen!« Sir John erhob sich halb von seinem Stuhl.

Wallace war ein kleiner, aufgeblasener Mann mit ständig tropfender Hakennase, unsteten kleinen Knopfaugen, die stets auf der Suche nach Trinkgeld oder einem lohnenden Geschäft waren. Überheblich grinsend hakte er seinen Umhang an den Schultern auf. Er hielt eine Pergamentrolle in der Hand und näherte sich Sir Johns Schreibtisch.

»Ihr seid Sir John Cranston, Coroner der Stadt London?«

»Natürlich, du Hornochse! Wer denn sonst, vielleicht der Erzengel Gabriel?«

»Sachte, sachte, Sir John. Ich erfülle nur meine Pflicht nach allen Regeln des Gesetzes.«

»Halt den Mund! Was machst du hier in meinem Amt mit dem blöden Biest da?«

Er zeigte auf den Ziegenbock und warf seinem Schreiber einen mordlustigen Blick zu. Simon hatte sich mit bebenden Schultern über sein Schreibpult gebeugt und tat so, als müsse er seinen Federkiel anspitzen.

»Nachdem ich nunmehr festgestellt habe, daß Ihr Sir John Cranston, der Coroner der Stadt, seid«, fuhr Wallace in klagendem Ton fort, »unterbreite ich Euch nach allen Regeln und Gebräuchen des Gesetzes den Willen einer gewissen Eleanor Blanchard, Witwe dieser Gemeinde. Ich bin ihr gesetzlicher Testamentsvollstrecker, nachzuprüfen im Kanzleigericht!«

Sir John zeigte Wallace mit einem Wurstfinger direkt ins Gesicht.

»Wenn du dich nicht beeilst, werde ich dich wegen Geringschätzung ins Fleet-Gefängnis werfen lassen!«

»Witwe Blanchard ist tot«, plapperte Wallace weiter. »Ihr letzter Wille wurde anerkannt. Sie hat Euch diesen Ziegenbock als Geschenk hinterlassen. Außerdem hat sie bestimmt, daß das Geschenk auf hochoffiziellem Wege in Euer Amt gelangen soll, nach allen Regeln ...«

»Schweig!« blaffte Sir John. »Halt's Maul, du kleiner Rübenschädel!«

Wallace trat mit gesenktem Haupt zurück. Sir John sah das Grinsen auf seinem Gesicht. Eleanor Blanchard hatte immer Sinn für beißenden Humor gehabt. Sie hatte oft von dem Ziegenbock gesprochen, doch Sir John hatte ihn nie zu Gesicht bekommen. Jetzt, da ihm der Bock ins Amt geliefert wurde, blieb ihm nichts anderes übrig, als ihn entgegenzunehmen.

»Was soll ich mit einem Ziegenbock!« Die Worte waren ausgesprochen, noch ehe er sie zurückhalten konnte.

»Sir John, Sir John!« versetzte Wallace mit weit aufgerissenen Augen in gespieltem Entsetzen. »Es ist der letzte Wille dieser armen Frau. Wenn Ihr so ein Geschenk verweigert, das Euch ins Amt geliefert wird ...«

»Ich weiß, ich weiß«, äffte Sir John ihn nach. »Nach allen Regeln und Gebräuchen des Gesetzes muß ich entscheiden, was mit ihm geschieht. Ich könnte ablehnen.« Er strahlte Simon an.

»Mylord Coroner.« Simon sprang auf. »Wie Ihr wohl wißt, ist das Amt des Coroners der Gerichtshof des Königs. Wenn Ihr das Geschenk hier zurückweist, dann gehört der Bock der Krone.«

»Und wenn er der Krone gehört ...«, fügte Wallace boshaft hinzu.

Sir John lehnte sich betrübt zurück. »Ich weiß, ich weiß.« Er winkte mit einer Hand. »Die Krone wird befehlen, ihn in ein Schlachthaus zu bringen und zum bestmöglichen Preis zu verhökern.« Er starrte den Ziegenbock an.

Der Bock machte einen einigermaßen willigen, folgsamen Eindruck. Er war ein gepflegtes, hübsches Tier, das Fell war goldgescheckt, die kleinen Hörner spitz und gerade, der Blick sanft. Still kaute er auf einem Kohlstrunk, den er unten im Hof aufgelesen hatte.

»Sir John, ich wünsche Euch alles Gute.« Wallace verbeugte sich und ging zur Tür hinaus; er kicherte und gluckste, daß seine Schultern bebten.

Sir John folgte ihm und trat die Tür mit der Stiefelspitze zu. Er ging wieder an seinen Platz, machte es sich auf seinem Stuhl bequem und betrachtete den Ziegenbock.

»Was in drei Teufels Namen soll ich bloß mit dir anfangen?«

»Ihr könnt ihn mit nach Hause nehmen, Sir John.«

»Lady Maude hat eine Heidenangst vor Böcken. Übrigens, wie hat der schlaue Bastard ihn genannt?«

Simon wühlte in ein paar Pergamentstücken auf seinem Schreibpult herum.

»Ähm, Judas, Mylord Coroner.«

»Wie bitte?«

»Nach diesem Stück Papier hat Witwe Blanchard ihn Judas genannt.« Simon war sichtlich um Haltung bemüht. »Das hat der Testamentsvollstrecker Wallace so angegeben.«

»Hast du den letzten Willen gesehen?« fragte Sir John.

»Natürlich, Sir John. Witwe Blanchard hatte nicht viel abzugeben. Sie hat eigens darum gebeten, daß Judas Euch ausgehändigt werde.«

»Ich hätte Wallace um eine Kopie des Testaments bitten sollen.«

Erneut durchwühlte Simon die Pergamentstücke auf seinem Schreibpult.

»Er hat eine vorbeigebracht, bevor Ihr kamt, Sir John.«

Der Coroner riß sie Simon aus der Hand, betrachtete die handschriftliche Kopie des Schreibers und warf das Pergamentstück zurück. Es fiel zu Boden, und noch ehe Simon sich danach bücken konnte, trottete der Ziegenbock herbei, machte sich über das Pergament her und zerkaute es so rasch, daß die Männer nur bestürzt zusehen konnten.

»Ich glaube, ich weiß, warum er Judas heißt«, ergriff Simon das Wort. »Wahrscheinlich beißt er die Hand ab, die ihn füttert!«

Sir John tastete nach seinem wunderbaren Weinschlauch, der an einem besonderen Haken unter dem Tisch hing. Er zog den Stopfen heraus und nahm einen tiefen Schluck. Der Ziegenbock sah fasziniert zu und trat einen Schritt vor.

»Wage es nicht!« warnte Sir John ihn. »Komm dem Schlauch nicht zu nahe!«

Der Bock blieb ziemlich gekränkt stehen, kaute aber weiter an dem Pergament.

»Lady Maude«, hob Cranston erneut an, »fürchtet sich sehr vor Ziegen. Die Kerlchen.« Beim Gedanken an seine Zwillingssöhne, Stephen und Francis, lächelte er. Ihnen würde der Bock gefallen. Aber sein Diener Blaskett, jetzt Lady Maudes engster Verbündeter in Krieg und Frieden, wäre auch dagegen, während die beiden Höllenwesen, die Wolfshunde Gog und Magog, ihn in Stücke reißen würden. Sir John trank noch einen Schluck Wein, ohne den Ziegenbock jedoch aus den Augen zu lassen, der interessiert zuschaute. Er war sicher, daß sich das Tier die Lippen leckte.

»Nun sag schon, Simon, was schlägst du vor? Und keine deiner Keckheiten!«

»Natürlich nicht, Sir John. Aber Bruder Athelstan ist doch Euer Sekretarius ...«

Sir Johns breites Gesicht verzog sich zu einem Grinsen.

»Natürlich!« Er schlug auf die Tischplatte. »Mönche lieben doch angeblich die verdammten Tiere, oder? Er hat einen Friedhof, auf dem der Bock grasen kann. In dem Testament steht nichts davon, daß ich ihn nicht verschenken darf.« Er verengte die Augen zu Schlitzen. »Trotzdem sollte ich ihn dir schenken.«

»Sir John, mit einer Frau und zwei Kindern in einer Wohnung in der Pig's Barrow Lane?«

»Dann muß der Mönch ihn nehmen.« Entzückt strich er sich über den Bauch.

»Bedenkt, Sir John«, erklärte Simon mit sonorer Stimme, »Athelstan ist ein Dominikaner. Der Heilige Franziskus und sein Orden stehen in dem Ruf, sich der Tiere anzunehmen.«

»Für mich sind sie alle gleich«, murmelte Sir John. »Genau!«

Er schob sich vom Stuhl, legte seinen Schwertgurt um, ließ Schwert und Dolch in die Scheide gleiten. Als er sich den weiten Mantel um die Schultern legte, spürte er ein Zwicken an der Hüfte und schaute auf den frechen Ziegenbock hinunter.

»Du trägst deinen Namen wahrlich zu Recht!« brummte er.

»Oh, Sir John, er mag Euch!«

Judas nuckelte jetzt an der stämmigen Hüfte seines neuen Besitzers.

»Hol mir einen Strick, verdammt!« befahl Sir John. »Bind ihn dem Bastard um den Hals! Und dann ab mit ihm nach Southwark, wo er den restlichen Ziegen Gesellschaft leisten kann!«

Simon, der sich im stillen fest vorgenommen hatte, zu beobachten, wie Sir John die Cheapside hinunterging, beeilte sich, dem Befehl Folge zu leisten. Er nahm ein glattes Stück Hanfseil und band es fachmännisch um den Hals des Ziegenbocks. Sir John schnappte sich das andere Ende, bedachte seinen Schreiber mit unheilvollem Blick und hielt inne, als er hastige Schritte auf der Treppe vernahm. Ein junger Mann in einem Lederwams in den Farben des John von Gaunt stürmte herein. Dem Schwertgurt nach, den der Besucher trug, handelte es sich um einen Ritter. Das Hemd des jungen Mannes stand am Hals offen; er trug eine Silberkette mit den beiden »S«, dem Wappen des Hauses Lancaster.

»Was wollt Ihr?« blaffte Sir John.

»Mein Name ist Sir Maurice Maltravers.«

Sir John warf einen Blick auf das Pergament in seiner Hand.

»Gratuliere! Ihr arbeitet für meinen Herrn, Lord von Gaunt?«

»Ich gehöre seinem Haushalt an, Sir John.«

»Der Herr möge Euch gnädig sein«, Sir John zog an dem Ziegenbock. »Ihr müßt nicht überrascht sein, junger Mann. Alle möglichen Dinge enden im Amtssitz eines Coroners.«

»Ich habe eine Botschaft, Sir John. Mein Herr, Lord von Gaunt, wünscht Euch und Bruder Athelstan in einer dringenden Angelegenheit in seinem Palast im Savoy zu sehen.«

Sir John betrachtete den jungen Mann von Kopf bis Fuß. »Maltravers?«

»Ja, Sir John.«

Sir John kaute auf seinem Mundwinkel.

»Ach, übrigens, Simon.« Er leckte sich die Finger. »Hol ihn mir.«

Der Schreiber gehorchte mit Eifer. Sir John hängte sich den Weinschlauch an den Gürtel und tippte Sir Maurice vor die Brust.

»Ich habe Euren Vater gekannt. Ja«, seufzte er, »dieselbe Haarfarbe, dasselbe starke Gesicht, obwohl seine Augen größer und seine Nase gerade war.«

Der junge Mann wurde rot. Er biß die Zähne zusammen.

»Man hat mir die Nase gebrochen, Sir John, als ich auf hoher See gegen die Franzosen kämpfte.«

Sir John legte dem Ritter die große Pranke auf die Schulter.

»Bei den Titten von Mab!« brüllte er. »Ihr seid der Maltravers, der die *St. Sulpice* und die *St. Denis* aufgebracht hat!« Er drückte dem Mann den Weinschlauch in die Hand. »Ein Meisterstück an Tapferkeit! Das wird die verfluchten Franzosen lehren, sich auf dem Meere in acht zu nehmen!«

Sir Maurice wußte nicht, ob er sich ärgern oder freuen sollte.

»Los, nehmt einen Schluck!« drängte Sir John. Er packte den Ritter bei der Schulter und schaute zu Simon. »Du stehst hier vor einem Helden, Simon! Genau wie sein Vater. Ich war mit ihm in Frankreich, wißt Ihr? Als der Schwarze Prinz wie der Wind durch die Normandie fegte. Wir waren wie eine Kriegsmeute.«

Simon seufzte und verdrehte die Augen zum Himmel. Wenn Sir John mit der Geschichte seiner Heldentaten in Frankreich anfing, würden sie noch bis zum Abendläuten hier zubringen. Zum Glück näherte sich der Ziegenbock langsam dem Pergament auf dem Tisch. Sir Maurice, der

Simons Blick aufgefangen hatte, drückte Sir John den Weinschlauch hastig wieder in die Hand.

»Mylord Coroner, ich muß schnell zurück.«

»Gut.« Sir John seufzte und streckte ihm eine Hand entgegen. »Ich wollte Euch nicht kränken, junger Mann.«

Sir Maurice schaute in die eisblauen Augen und erinnerte sich an die Gerüchte über diesen großen Coroner mit dem roten Gesicht und dem buschigen weißen Schnäuzer und Bart. Ein rechtschaffener Mann, ein Krieger, rauh und ehrlich, der mit seiner scharfen Kritik nicht einmal vor dem Regenten haltmachte. Er ergriff die Hand des Älteren.

»Schon gut, Sir John. Mylord von Gaunt wird Euch den Grund für seine Vorladung nennen.«

Sir John riß Simon den Strick aus der Hand und lauschte, bis der junge Ritter die Treppe hinuntergegangen war.

»Ein echter Held, Simon«, wiederholte er schwärmerisch. »Vielleicht bringt England doch noch tapfere Mannen wie ihn hervor, die Früchte seiner Helden. Kennst du die Zeile?«

Der Schreiber schüttelte den Kopf.

»Ich weiß nicht, wer es geschrieben hat«, fuhr Sir John fort, als spräche er zu sich selbst. »Jedenfalls lautet es so ähnlich.« Er warf den Kopf in den Nacken und setzte ein Bein vor wie ein Vorsänger. »Ach ja. So geht es: ›Von Anbeginn an sind zwei Dinge gleich – das Grün der Erde und der Mut des Mannes.‹« Er wischte sich eine Träne aus dem Auge. »Ein herrliches Gedicht! Oh, beim Arsche des Satan!«

Judas, der Ziegenbock, hatte sich an ihn herangeschoben und knabberte am Weinschlauch. Der Coroner schaute auf ihn hinunter, und der Bock blickte unschuldig zurück, als hätte er seinen neuen Besitzer ins Herz geschlossen.

»Hast du die Bibel nicht gelesen?« blaffte Sir John. »Judas ging hin und erhängte sich. Wenn du nicht aufpaßt, mein Bester, passiert dir genau dasselbe, verdammt noch mal! Das ist mein Weinschlauch.« Er hielt den kostbaren Gegenstand in die Höhe. »Rühr ihn ja nie wieder an!«

Dann zog Sir John den Ziegenbock am Strick, verließ das Zimmer und trat hinaus in die Cheapside.

Hätte er gewußt, was ihm blühte, dann hätte Sir John das, was er an diesem Morgen machte, tunlichst unterlassen. Die breite Durchfahrt der Cheapside war überfüllt mit Menschen, die wie bunte Fischschwärme zwischen den zahlreichen Verkaufsständen herumstrudelten. Kaum war er draußen und bahnte sich einen Weg durch die Menge, wurden die Menschen auf ihn aufmerksam.

»Da geht Sir Jack mit seinem Ziegenbock!« rief jemand. »Einen Penny für jeden, der mir den Unterschied nennen kann!«

Sir John schaute sich um. Die Augen traten ihm aus dem Kopf.

»Tadpole!« blaffte er einen hageren Betteljungen an. »Warst du das?«

»Ich, Sir John?« Das schmutzige Gesicht war unschuldig wie das eines Engels, die Augen weit aufgerissen. »Sir John, würde ich so was sagen?«

Vor sich hin murrend, setzte der Coroner seinen Weg fort. Die Sonne brannte, und die Besitzer der Verkaufsstände trieben regen Handel: Lederwaren, Seide und Wandteppiche, Töpfe und Pfannen, Obst und Gemüse von den umliegenden Bauernhöfen und Dörfern. Der Geruch von Pferdemist, vermischt mit den angenehmeren Düften aus den Garküchen und Bäckereien, hing in der Luft. Junge Gecken vom Hof stolzierten in langen, prunkvollen Jacken, engen Kniehosen mit vorgewölbten Hosenlätzen und ledernen Reitstiefeln mit hohem Absatz einher; um schlanke Taillen hingen bestickte Schwertgurte mit Schwert und Dolch. Ihr Haar war onduliert und herausgeputzt. Der Coroner wandte sich angeekelt ab. Er war sicher, daß manche Männer sich sogar Puder aufgelegt hatten.

»Aufgeplusterte Schmarotzer!« murmelte er. »Kein Wunder, daß die Franzosen Schindluder mit uns treiben.«

Alle Welt schien sich in der Cheapside versammelt zu haben. Kaufleute in kostbaren Roben, Frauen in Samtkleidern mit verzierten Kopfbedeckungen aus einem Hauch von Schleiern, die sich an den Schildern über den Läden hinter den Verkaufsständen zu verfangen drohten. Lehrburschen jagten hinter Kunden her. Ein Bauer versuchte, zwei Ochsen durch die Menge zu den Schlachtern nach

Newgate zu treiben. Vor der Taverne »Zur Erbsenschote« wurden Wetten auf einen Kampf zwischen einem Dachs und einem Hund abgeschlossen. Auf dem Kirchplatz vor St. Mary-Le-Bow tanzte ein blinder Bär zu den Melodien, die Bettelkinder auf Rohrpfeifen spielten. Verbrecher aus den Gefängnissen Marshalsea und Fleet klirrten und rasselten auf dem Weg zu den Gerichten mit ihren Ketten, und die Amtsdiener sorgten mit ihren weißen Weidenruten für Ordnung. Fenster und Türen wurden aufgerissen, die Leute sprachen Vorbeigehende an und unterhielten sich. Ein Mistkarren war umgekippt und hatte seinen schmutzigen Inhalt entleert. Ein Teil des Dungs war auf einem Obststand gelandet, und Büttel bemühten sich verzweifelt, eine handgreifliche Auseinandersetzung zu verhindern, die zwischen dem Besitzer und dem Mistsammler auszubrechen drohte. Schweigen breitete sich in der Menge aus, als ein Leichenzug vorüberzog. Die Leiche lag auf einer mit einem Tuch bedeckten Bahre, die von vier Mönchen getragen wurde. Sie murmelten die Totengebete vor sich hin. Allen voran eilte ein Meßdiener, der eine Kerze trug und mit einer Glocke läutete.

Sir John hielt den Kopf gesenkt, während er Judas hinter sich herzog, der tatsächlich keiner zweiten Aufforderung bedurfte, sondern gehorsam wie ein dressierter Hund hinter ihm hertrottete. Aus einer Gasse tauchte eine Schar Huren auf, die bunte Perücken in den Händen hielten; ihre Köpfe waren kahl wie Taubeneier. Sie erspähten Sir John, folgten ihm und erfanden ein unzüchtiges Lied über den Coroner und seinen Ziegenbock. Erst als er sich mit einer Miene umdrehte, die Ungutes verhieß, ließen die Huren von ihm ab. Eine von ihnen drehte sich um und lupfte ihr ausgefranstes, staubiges Kleid, ehe sie lachend und untereinander scherzend von dannen stoben. Jetzt übernahmen ein paar Betteljungen das Spiel. Sir John stöhnte; bis zum Abend würde Lady Maude wissen, was er getan hatte, so daß eine Erklärung fällig war.

»Oh, Sir John, Sir John!«

Seufzend blieb er stehen. Leif, der rothaarige, einbeinige Bettler hüpfte auf ihn zu, flink wie eine Grille. Sir John hatte noch nie einen lästigeren Menschen kennengelernt, doch nach einem Blick auf das vernarbte Gesicht wurde dem Coroner stets das Herz weich. Leif vermochte selbst einem Geizkragen noch einen Penny abzuschwatzen.

»Sir John, habt Ihr mich gehört?«

Der Coroner nutzte die Gelegenheit, auf die Bengel einzudreschen, die sich eilig verdrückten.

»Ach, Sir John, was für ein prächtiger Ziegenbock. Bringt Ihr ihn nach Hause?«

Sir John warf ihm einen düsteren Blick zu.

»Ihr habt mich gehört, Sir John«, plapperte Leif weiter und hielt es für angebracht, Sir Johns sonderbaren Begleiter lieber unbeachtet zu lassen.

»Um des lieben Himmels willen, Leif, wovon redest du denn?«

»Ich will Sänger werden, Sir John. Vorsänger.«

Ohne Aufforderung warf Leif den Kopf in den Nacken und legte sich eine Hand auf die Brust. »Meine Liebe«, trällerte er, »ist einer Blume gleich, frisch und duftend.«

»Danke, Leif«, blaffte Sir John.

»Gestern abend habe ich gesungen, Sir John, unter Eurem Fenster.«

»Ich dachte, da hätten Katzen geschrien und gejammert.«

Leif schaute ihn traurig an. Sir John seufzte aus tiefstem Herzen und langte in seinen Geldbeutel. Er drückte dem Bettler eine Münze in die Hand.

»Hier, Leif, hast du einen Penny.«

»Oh, vielen Dank, Sir John, ist das für meinen Gesang?«

»Nein, Leif. Du sollst nicht unter meinem Fenster singen. Du jagst den Kerlchen Angst ein. Zweitens sollst du mir nicht ins ›Heilige Lamm Gottes‹ folgen. Und drittens sollst du Lady Maude nicht erzählen, daß ich dort war.«

»Sehr gut, Sir John.« Leif hüpfte fort und trällerte sich die Kehle aus dem Leib.

»Komm, Judas!« drängte Sir John. »Es gibt auf der Welt kein Problem, das nicht mit einer Fleischpastete und einem Humpen Ale gelöst werden könnte.«

Wie ein Pfeil, der sein Ziel findet, bahnte sich Sir John den Weg durch die Cheapside in das duftende, warme Innere der Schenke.

Die Wirtin machte viel Aufhebens um ihn. Sie brachte ihm einen Humpen schäumendes Ale und eine Fleischpastete. Sir John beging den Fehler, sich auf seinem Lieblingsplatz am Gartenfenster zurückzulehnen; als er auf den Teller herabschaute, schmatzte Judas am Blattgemüse rund um die Pastete und leckte am Teig.

»Oh nein!« stöhnte er und verlangte ein zweites Gericht. »Ich hoffe nur, daß Bruder Athelstan dich nimmt.«

Die Wirtin kam lachend und spottend mit einem zweiten Tablett zu ihm. Sir John balancierte es auf dem Schoß und aß schnell, wobei er Judas mißtrauisch beäugte.

»Ich frage mich, was Athelstan wohl von dir hält?« murmelte er.

Doch darüber hinaus, überlegte der Coroner, gab es auch viele Fragen, die er seinem Sekretär gern stellen würde. Mit Entsetzen hatte er die Geschichten vernommen, die weder nachgewiesen noch widerlegt worden waren, wonach man Athelstan von London nach Oxford beordert habe. Erst in letzter Minute sei er durch das direkte Eingreifen von Prior Anselm zurückgehalten worden. Cranston war der Sache eigenmächtig nachgegangen, hatte aber nichts herausgefunden. Als er den Mut aufgebracht hatte, den kleinen Dominikaner danach zu fragen, hatte Athelstan nur lächelnd den Kopf geschüttelt.

»Es liegt im Bereich des Möglichen«, bekräftigte er. »Aber ich glaube, Sir John, ich werde noch eine Weile in St. Erconwald bleiben. Prior Anselm ist der Ansicht, ich müsse nun nicht mehr länger Euer Sekretär sein, aber ich habe ihn gebeten, die Tätigkeit fortsetzen zu dürfen. Er war damit einverstanden.«

Damit mußte sich Sir John zufriedengeben. Man hatte Athelstan zunächst als Strafe nach St. Erconwald versetzt und zum Sekretär des Coroners ernannt. Vor Jahren war Athelstan dem Noviziat entflohen und hatte sich, Ruhm und Ehre im Kopf, seinem nichtsnutzigen Bruder in der Armee in Frankreich angeschlossen. Stephen war umgekommen, und Athelstan war zurückgekehrt, verändert und geläutert. Sir John, der wenig Zeit für schwafelnde Priester oder fade Mönche hatte, wie er sie bezeichnete, betrachtete Athelstan als seinen engsten Freund. Sollte der Dominikaner je fortgehen, würde seinem Leben ein Stück Freude und Wärme genommen.

Der Coroner leckte sich die Finger ab, trank den Humpen leer und stellte den Teller auf den Boden, damit Judas das restliche Gemüse auffressen konnte. Er warf eine Münze auf den Tisch und trat wieder hinaus in die Cheapside. Die Gassenjungen warteten bereits. Er stöhnte, biß die Zähne zusammen und ging weiter, bis er zur Poultry und zum »Faß« an der Ecke zur Lombard Street kam. Dieser große, offene Platz wurde von den Bütteln und Sheriffs der Stadt genutzt, um Übeltäter zu bestrafen. Eine Hure lag über einem Faß; ihr schmutziger, dicker Hintern wurde mit einem Rohrstock ausgepeitscht. Ein Fälscher wurde am linken Daumen gebrandmarkt. Ein anderer bekam ein Stück Ohr abgeschnitten. Sir John schaute weg. Er haßte diesen Anblick. Stock und Pranger waren ebenfalls besetzt. Zwischen Holzbalken, die ihm um den Hals lagen, schaute dem Coroner ein bekanntes, freches, schmutziges Gesicht unter einem Büschel weißer Haare entgegen.

»Na, wenn das nicht der alte Godbless ist!«

Der Mann hob den Kopf so weit es ging und jammerte vor Schmerz.

»Der Herr segne Euch, Sir John, nett von Euch, daß Ihr mich bemerkt. Da habt Ihr aber einen schönen Ziegenbock. Sauberer und folgsamer als ein Hund, Sir John.« Er reckte den Hals. »Der Herr sei mit uns, ich soll bis heute abend hier stehen, und mein Hals tut mir jetzt schon weh.«

»Was hast du verbrochen?« fragte Sir John. Er war auf eine Idee gekommen.

»Die Wache hat mich mit einem Ferkel unter dem Mantel erwischt. Sie haben behauptet, ich hätte es gestohlen. Ich habe gesagt, ich habe es herumlaufen sehen und nach seiner Mutter gesucht.«

Sir John lachte und rief einen Sheriff herbei.

»Laßt diesen Mann frei!« befahl er.

Der Sheriff wischte sich mit einem Lappen über das schmutzige, verschwitzte Gesicht.

»Aber Sir John, laut Gesetz ...«

»Ich bin das Gesetz. Und jetzt, Sir, laßt Ihr ihn entweder

frei, oder ich befreie ihn und sorge dafür, daß Ihr seinen Platz einnehmt!«

Godbless wurde rasch freigelassen. Der kleine, sehnige Mann hüpfte überglücklich über seine Befreiung in seinen bunten Lumpen umher. Die anderen Übeltäter in den Blöcken begannen zu rufen.

»Sir John, hierher!«

»Unschuldig wie ein Lamm bin ich, Sir Jack!«

»Ich wollte den Büttel gar nicht schlagen!« rief ein anderer.

»Ich habe nur vier Viertel Ale getrunken!« tönte ein vierter.

Sir John beachtete sie nicht und packte den tanzenden Godbless. »Du kannst doch mit Tieren umgehen, Godbless, stimmt's?« Der Mann blieb stehen und nickte.

»Schön, du bist freigelassen worden, um der Krone einen Dienst zu erweisen.« Sir John reichte ihm den Strick. »Das ist Judas, und er trägt den Namen zu Recht. Ich bringe ihn nach St. Erconwald. Du folgst mir im Abstand von mindestens drei Metern.«

Er reichte ihm eine Münze. Godbless steckte sie sogleich ein. Der Coroner beugte sich herab, packte den Bettler am Wams und hob ihn hoch, bis er auf gleicher Augenhöhe war.

»Das darfst du nicht einmal denken, Godbless!«

»Was, Sir John?« Seine hellen Augen leuchteten.

»Wegzulaufen!« erklärte Sir John. »Mit meinem Ziegenbock wegzulaufen.« Er schüttelte Godbless. »Verstanden?«

»Jedes Wort, Sir John. Ich werde Euch folgen wie Euer Schatten.«

»Aber nicht zu nah«, warnte ihn Sir John.

Er ließ den Bettler wieder zu Boden. Dann schlenderte Sir John Cranston, Coroner der Stadt London, mit Godbless im Gefolge, hinter dem der kleine Ziegenbock hertrabte, hinunter zur London Bridge.

Drei

Bruder Athelstan lehnte sich im Altarstuhl zurück und blickte sich im Kreise seines Gemeinderats um. Er holte tief Luft und warf dem Vorsitzenden des Gemeinderats, dem Mistsammler Watkin, einen warnenden Blick zu. Watkin war eine der wichtigsten Triebfedern bei allem, was in der Gemeinde von St. Erconwald vor sich ging.

»Würdest du das bitte wiederholen, Watkin?«

Der Mistsammler stand auf und trat in die Mitte des aus Bänken errichteten Kreises gleich hinter dem Portal der Pfarrkirche.

»Der Friedhof ist doch Gottesacker, nicht wahr, Bruder?«

Athelstan nickte.

»Und nach dem kanonischen Recht …« Watkin lächelte stolz in die Runde ob der Gelegenheit, sich mit seinem Wissen brüsten zu können.

Athelstan schloß die Augen. Zum zigsten Mal bereute er, seinen Gemeindemitgliedern je etwas über das Kirchenrecht und ihre Rechte erzählt zu haben.

»Nach kanonischem Recht«, fuhr Watkin triumphierend fort, »und nachdem, was der heilige Judas gesagt hat …«

»Petrus«, unterbrach Athelstan ihn. »Judas war der Verräter. Petrus war der erste unter den Aposteln.«

»Ist doch dasselbe«, meldete sich Hig, der Schweinemetzger, zu Wort, der sich viel darauf einbildete, die Evangelien zu kennen.

»Ich bitte dich! Hast du denselben Text gelesen wie ich?«

»Judas hat Jesus verraten«, beharrte Hig, der Schweinemetzger. »Und Petrus auch.«

»Ja, aber Petrus hat um Vergebung gebeten, Judas nicht.«

Hig fuhr sich durch das rote, fettige Haar. Mit bebenden

Nasenflügeln und vorgeschobener Unterlippe sah er genauso aus wie die Tiere, für die er zuständig war. Athelstan zwickte sich in den Oberschenkel; er sollte an seine Nächstenliebe denken, doch allmählich wurde er der Sache überdrüssig. Er ließ seinen Blick über die Anwesenden schweifen. Pemel, die Flämin, unterzog die Locken ihres orange gefärbten Haars einer sorgfältigen Prüfung. Cecily, die Kurtisane, beugte sich ständig vor, um einen Schnürsenkel an ihrem Riemenschuh zu binden. Jedesmal spannte sich ihr wohlgefülltes Mieder, und das gesamte Mannsvolk schaute zu ihr hin. Ranulf, der Rattenfänger, hingegen wurde ungeduldig und interessierte sich offenbar mehr für seine beiden Frettchen, Audax und Ferrox, der Geißel aller Ratten südlich des Flusses, die es sich auf seinem Schoß gemütlich machten. Crim, der Meßdiener, streckte der Frau des Grabenbauers Pike die Zunge heraus, einem wahren Mannweib, und Athelstan fragte sich, wie lange sie ihr Temperament noch zu zügeln vermochte. Huddle, der Maler, starrte geistesabwesend an die nackte Wand, sehnsüchtigen Tagträumen über die Ausführung seines Jüngsten Gerichts nachhängend. Alle anderen, einschließlich Mugwort, dem Glöckner, und Amisias, dem Tuchwalker, schauten mit Eulenaugen auf Watkin, der auf ein Zeichen wartete, fortfahren zu können.

»Fahr fort, Watkin«, sagte Athelstan matt.

»Es ist ganz einfach«, sagte Watkin. »Gottes Acker, der Friedhof, gehört der Gemeinde. Gemäß dem kanonischen Recht und den Aussagen des Judas …«

Athelstan schaute kurz zu Benedicta hinüber, die hinter vorgehaltener Hand lachte und die Augen zum Himmel verdrehte.

»Wir wollen doch nur sichergehen, Pater, daß die hintere Mauer des Friedhofs stabil ist. Wir tun damit niemandem weh. Die Sonne geht spät unter. Pike und ich können den Graben ausheben und am nächsten Morgen wieder auffüllen.«

»Warum soll er über Nacht offenstehen?« fragte Athelstan.

»Oh, das ist nur, um sicherzugehen, äh …« Watkin warf Pike einen hilfesuchenden Blick zu.

»Wir wollen ja nicht zuviel arbeiten, Bruder. Außerdem können wir so auch beurteilen, ob Wasser aus dem Bach auf der anderen Seite eindringt. Da ist es besser, die Fundamente bei Tageslicht zu untersuchen.«

Athelstan war überrascht, sah aber kein echtes Problem. Er klatschte in die Hände.

»Also gut. Einverstanden.«

Er hielt inne, als Bladdersniff, der Bezirksbüttel, zur Tür hereinstürmte, das rote, aufgesprungene Gesicht vom Alkohol aufgedunsen, die Augen glasig.

»Die verdammte Sau rennt frei durch Euren Garten!«

Ursula, die Schweinebäuerin, schrie auf und sprang von der Bank. Trotz ihres hohen Alters rannte sie förmlich zur Tür hinaus.

»Eines Tages«, murmelte Pike vor sich hin, »werde ich die Sau töten und in handliche Stücke schneiden!«

»Das kannst du nicht machen!« sagte Manger, der Henker. »Das ist Diebstahl. Dafür können sie dich hängen, Pike!«

»Der kommt sowieso an den Galgen«, meldete sich Watkins Frau zu Wort.

»Wir müssen eine weitere Angelegenheit besprechen«, schaltete Athelstan sich rasch ein. »Es handelt sich darum, daß die Gilde der Rattenfänger angefragt hat, ob sie ihren Zunftgottesdienst nächste Woche hier abhalten kann.«

Jetzt erhob sich Ranulf, die beiden Frettchen auf dem Arm.

»Ich bin damit einverstanden«, fuhr Athelstan fort. »Rattenfänger aus ganz Southwark werden daran teilnehmen. Ich lese eine Erntedankmesse, segne die Käfige, Fallen und Frettchen …«

»Und die Katzen«, fügte Ranulf mit neidischem Seitenblick auf den großen, einäugigen Bonaventura hinzu, der so geduldig zu Athelstans Füßen lag. Der Rattenfänger fuhr sich mit der Zunge über die Lippen. Er würde Bonaventura mit Gold bezahlen, dem Schrecken von Ungeziefer und Mäusen, dem hervorragenden Jäger. Ranulf war ein heimlicher, glühender Verehrer des Katers und hatte hinter dem Rücken des Priesters versucht, Bonaventura mit Tellern voll Sahne und Salzheringen wegzulocken. Bonaventura war der Versuchung erlegen, doch sogleich wieder zu seinem Herrn zurückgekehrt.

»Ihr seid alle herzlich willkommen, daran teilzunehmen.«

Athelstan hielt inne, als die Kirchentür aufgestoßen wurde und Sir John Cranston hereinstolzierte, den Mantel über dem Arm. Das Schwert schlug bei jedem Schritt gegen sein Bein. Der Coroner blickte mit strahlendem Lächeln in die Runde.

»Mit ein paar rühmlichen Ausnahmen« – er nickte Benedicta zu – »habe ich am Pranger in Newgate schon ehrlichere Gesichter gesehen.«

»Haltet Eure Zunge im Zaum!« Die Frau des Grabenbauers Pike sprang auf. »Nur weil Ihr der Coroner seid ...!«

»Schweig, Weib, ich scherze nur. Ihr seid doch meine Lieblinge.« Er steckte die Daumen in den Schwertgurt. »Bruder Athelstan, auf ein Wort?«

Der Gemeinderat erhob sich. Um der Wahrheit genüge zu tun, hatten alle etwas Angst vor Sir John und seiner Macht. Vor einem Mann, der trotz seines Leibesumfangs und seiner rauhen Art über Adleraugen und den Instinkt von Ranulfs Frettchens verfügte. Athelstan wandte sich an Benedicta.

»Ich vermute, ich muß gleich gehen«, sagte er. »Seht nach, ob Philomel sicher im Stall untergebracht ist, und laßt etwas Milch für Bonaventura draußen stehen.«

Die Witwe lächelte, und Athelstans Herz setzte für einen Schlag aus. Er war froh, daß er Southwark nicht verlassen hatte, und die hübsche, dunkelhaarige Frau mit den sanften Augen war ein Grund dafür. Athelstan hatte sein Gewissen geprüft. Ihn gelüstete nicht nach ihr in seinem Herzen, wie es in der Bibel hieß, er war einfach gern in ihrer Nähe, vor allem dann, wenn sie ihn neckte.

Sobald die Kirche sich geleert hatte, schloß Sir John die Tür. Er zog eine Bank heran und ließ sich Athelstan gegenüber nieder. Angeekelt zuckte er vor Bonaventura zurück, als der Kater, der den stämmigen Coroner zu bewundern schien, sich an seinem dicken Bein rieb, den Rücken zu einem Buckel gekrümmt, den Schwanz in die Höhe gereckt, die Augen halb geschlossen.

»Ich mag keine Katzen.«

»Er mag Euch, Sir John.« Athelstan stand auf, legte sich die Hände ins Kreuz und streckte sich. »Aber ich mag keine Gemeinderatsversammlungen.« Er seufzte. »Seid Ihr in offizieller Mission hier?«

»Du kannst meine Gedanken lesen, Bruder. Seine Hoheit, der Herzog von Lancaster, John von Gaunt, Regent des Königreichs, Onkel des Königs, wünscht uns auf der Stelle im Savoy zu sehen.«

»Warum?«

»Ich weiß es nicht.«

»Na schön.«

Athelstan ging zur Tür und prallte zurück, als der zerlumpte Godbless in die Kirche trottete. Der kleine Ziegenbock sprang hinter ihm her.

»Was um alles in der Welt ...?«

Godbless ging in die Hocke und legte einen Arm um den Ziegenbock, der seine Nase an der unrasierten Wange rieb. Sir John erklärte rasch, was geschehen war.

»Ich kann ihn nicht behalten!« jammerte er. »Lady Maude hat große Angst vor Ziegen!«

Athelstan sah den bittenden Blick in seinen Augen.

»Wie heißt er denn?«

»Der vierbeinige Bock heißt Judas, der zweibeinige Godbless.«

»Wieso Godbless?«

»Godbless ist ein Taschendieb. Kurz vor der heiligen Kommunion, wenn der Friedenskuß ausgetauscht wird, kommt er zur heiligen Messe. Er reicht dir die Hand, küßt dich auf die Wange, und während er flüstert ›Der Herr sei mit dir‹, versucht er, dir deinen Geldbeutel zu entwenden.«

Athelstan hockte sich neben den Bettler.

»Bist du ein Dieb, Godbless?«

»Kein sehr guter, Bruder.«

Athelstan legte sanft eine Hand auf den Ziegenbock. »Und das hier ist Judas?«

»Ich mag ihn.« Godbless sprach lauter. »Und er mag mich. Und ich hab keine Bleibe, Bruder.«

»Mönche sollen Tiere doch lieben«, sagte Sir John bedeutungsvoll.

»Das sollen wir alle, Sir John, und dieser Ziegenbock ist ein äußerst hübscher Kerl. So wie du, Godbless.« Athelstan erhob sich. »Godbless, ich kann dir in meinem Haus keinen Platz anbieten, es reicht kaum für eine Person.« Er dachte an den verwilderten Friedhof und seine ständigen Bitten an Watkin und Pike, ihn vom Unkraut zu befreien. »Doch du kannst das Leichenhaus auf dem Friedhof haben. Wenn über Nacht eine Leiche dort untergebracht wird, darfst du bei mir im Haus schlafen. Ich hinterlasse eine Nachricht für die Witwe Benedicta. Sie soll ein Bett aufstellen und vielleicht einen Hocker. Da drin ist alles sauber gescheuert, und es riecht nicht.«

Godbless strahlte zufrieden.

»Als Gegenleistung paßt du auf den Ziegenbock auf und läßt ihn auf dem Friedhof grasen. Außerdem kannst du ein Auge darauf haben, was dort vor sich geht.«

Athelstan triumphierte im stillen. Er hatte stets mit Argwohn beobachtet, wie seine Pfarrkinder den Gottesacker nutzten, seien es Pike oder Watkin zum Trinken oder die Kurtisane Cecily für ihre Schäferstündchen. Er langte in seinen Geldbeutel und brachte eine Münze zum Vorschein.

»Nimm den Ziegenbock mit. Im Leichenhaus findest du einen Strick. Laß das Tier grasen, aber sieh zu, daß es an der langen Leine ist, binde es an einen Haken an der Mauer.«

Godbless nickte und starrte auf die Münze.

»Dann gehst du zum Pastetenladen am Ende der Gasse. Bitte Merrylegs um eine seiner frischesten Pasteten und sag ihm, daß du jetzt zur Gemeinde gehörst.«

Godbless sprang auf, doch Athelstan hielt ihn am Arm fest.

»Und wir können ihn doch nicht mehr Judas nennen, oder? Es gab noch einen anderen Apostel, einen, der Jesus Christus nicht betrogen hat; er hieß so ähnlich wie Judas. Ah, ich weiß, Thaddeus!« Athelstan tauchte die Finger ins Weihwasserbecken und bespritzte sowohl Godbless als auch den Ziegenbock. »Ich taufe dich um in Thaddeus, Ziegenbock dieser Gemeinde!«

Kurz darauf, nachdem Moleskin sie über die Themse gerudert hatte, stiegen Sir John und Athelstan am Anleger neben dem Savoy-Palast aus. Sie wurden von Gefolgsleuten in der Uniform des Regenten in Empfang genommen. Man führte sie durch die Kette der Wachposten und über den Kiespfad, der zu den Toren des Savoy führte. Dort standen erneut Soldaten Wache. Unter dem gewölbten Torgang, der in die Gärten führte, nahmen Ritter und Bogenschützen in königlicher Livree Sir Johns Schwertgurt entgegen und führten sie durch die weiträumigen, ausnehmend schön angelegten Gärten in die duftende Kühle des Palastes.

Athelstan schaute sich staunend um. Wände, Böden und Decken waren aus weißem Stein, den er für echten Marmor hielt. Zu beiden Seiten der Galerien hingen kostbare Wandteppiche aus Hainault und Flandern, auf denen in leuchtenden Farben Szenen aus der Bibel und dem Altertum dargestellt waren. Der Überfluß wurde immer offensichtlicher, je weiter sie in den Palast vordrangen. Die Böden aus schimmerndem Holz rochen stark nach Bohnerwachs und waren fast vollständig von großen, dicken Wollteppichen in verschiedenen Farben bedeckt. In Nischen standen Statuen, kleine Porträts ehemaliger Könige und Prinzen hingen in dicken, schwarzen Holzrahmen an den Wänden. Überall liefen Soldaten herum und bewachten Treppen und Zimmertüren. Sie nahmen den Coroner und Athelstan in ihre Mitte, als diese darauf warteten, zur ersten Galerie geführt zu werden, auf der sich die Privatgemächer des Regenten befanden.

Athelstan dachte an den Monolog, den Sir John gehalten hatte, während Moleskin sie über die Themse ruderte. Darüber, daß die allgemeine Abneigung gegen den Regenten zunahm, vor allem in den Grafschaften und im Umland der Stadt. Insbesondere seine Steuereintreiber waren Zielscheibe von Angriffen, ihre Forderungen lehnte man ab. Selbst im Unterhaus waren Proteste laut geworden; die Mitglieder verlangten eine Regierungsreform und eine gründliche Untersuchung des Krieges gegen Frankreich, in dem es kürzlich aufgrund einer Intervention des Papstes zum Waffenstillstand gekommen war.

»Wir leben in schweren Zeiten, Bruder Athelstan.« Sir John hatte den Kopf geschüttelt und über den Fluß auf die verzierten venezianischen Galeeren mit ihren hohen Hecks geschaut, auf die englischen Kriegskoggen und die großen, dickbäuchigen Handelsschiffe aus Lübeck. Sie waren umschwärmt von Ruderbooten, kleinen Proviantschiffen, Barken und Fischerbooten.

»Das alles könnte ein Ende haben«, hatte er traurig erklärt.

»Wie meint Ihr das?« hatte Athelstan gefragt, in der Hoffnung, Cranston würde leise sprechen. Obwohl Moleskin sich über die Ruder beugte, verfolgte er aufmerksam die Unterhaltungen seiner Kunden. Cranston hatte einen Schluck aus seinem Weinschlauch genommen.

»London ist ungeschützt. Wir haben eine Garnison im Tower. Gaunt und die großen Lords haben ihre Gefolgsleute, aber wenn eine Armee Aufständischer nach Süden marschiert, kann sie London in einem Tag einnehmen.«

»Aufständische?«

»Bauern – die Große Gemeinschaft des Reiches. Sie sind Verräter.« Sir John hatte geseufzt. »Doch viele ihrer Beschwerden sind berechtigt. Die Bauern werden so hoch besteuert, daß sie sich auflehnen müssen, sie sind an den Boden gebunden. Ihre Pflichten sind festgelegt, die Löhne erbärmlich. Wenn sie imstande sind, sich auf einen Anführer zu einigen, dann gnade uns Gott.« Er stieß Athelstan mit dem Ellbogen an. »Und wie du in meiner Abhandlung über die Verwaltung der Stadt lesen kannst, ist Southwark unser schwächster Punkt. Der Norden ist von Mauern geschützt, aber wenn sie einmal nach Southwark eindringen und die Brücke einnehmen, ist London ihnen auf Gedeih und Verderb ausgeliefert.«

Athelstan verstand die Besorgnis des Coroners. Er wußte, daß einige seiner Pfarrkinder, insbesondere Pike, der Großen Gemeinschaft des Reiches angehörten, und obwohl er es nie laut ausgesprochen hatte, glaubte Athelstan, daß Sir John als einziger unter den königlichen Beamten unbehelligt durch die schmalen Gassen von Southwark gehen konnte. Dem Coroner ging der Ruf voran, ehrlich zu sein, und seine Freundschaft mit dem Gemeindepfarrer von St. Erconwald bot ebenfalls einen gewissen Schutz.

»Sir John Cranston, Bruder Athelstan?«

Der Dominikaner schüttelte seine Gedanken ab.

Der junge Ritter auf der Treppe gehörte nicht zu den geckenhaften Gefolgsleuten des Regenten. Athelstan erkannte an der strengen, gelbbraunen Kleidung, dem mit Knöpfen versehenen Schwertgurt, den er um die Hüfte geschnallt hatte, den Krieger.

»Sieh an, wenn das nicht Sir Maurice ist!«

Sir John stellte die beiden vor. Athelstan schüttelte dem jungen Ritter die Hand. Er mochte den Ritter mit den derben Zügen und den ehrlichen Augen auf Anhieb. Ein Soldat, schloß Athelstan, ein Mann unverblümter Worte und Taten. Während er hinter Sir Maurice die Treppe hinaufstieg, dachte Athelstan darüber nach, wie gegensätzlich John von Gaunt sein konnte. Als in Seide gekleideter Höfling, als Ränkeschmied, war Gaunt gleichwohl der Sohn Edwards III., besaß Kraft und Mut, sowohl Krieger als auch die jungen Gecken und Stümper an sich zu ziehen. Letztere putzten sich beständig heraus, badeten in Parfüm, legten das Haar in Locken und kleideten sich anspruchsvoller als erstklassige Kurtisanen. Athelstan hatte ihre spitz zulaufenden Schuhe und phantastischen Haartrachten gesehen und beobachtet, wie sie lispelnd miteinander redeten. Er versuchte, nicht zu verurteilen, doch häufig stimmte er Sir John insgeheim zu, wenn der die englischen Krieger für nichts weiter als kastrierte Zelter hielt, alles nur Schall und Rauch ohne innere Substanz.

Sir Maurice führte sie in das Privatgemach des Regenten, einen kleinen, schmalen Raum, dessen Wände mit Holz getäfelt waren. Den weißen Putz darüber schmückten die Flaggen von Leon, Kastilien, Frankreich und England. Gaunt saß hinter einem großen, schwarzen Schreibtisch. Er wühlte in den Manuskripten herum, während er leise mit einem Sekretär sprach, der auf einem Schreibstuhl neben ihm saß. Dann blickte er auf.

Athelstan hätte nicht zu sagen gewußt, ob Gaunt ein Engel oder ein Teufel war. Er hatte das verblüffend gute Aussehen aller Plantagenets: blonde Haare, Schnäuzer und Bart, hohe Wangenknochen und saphirblaue Augen, die ebenso in fröhlichen Lachfalten verschwinden, als auch glashart werden konnten. Er trug ein plissiertes Leinenhemd mit Stehbund, dazu eine silberne Spange mit dem Emblem des Hauses Lancaster. Die Ärmel hatte er zurückgeschoben und somit die goldenen Stulpen seiner Handschuhe freigelegt. Die Ringe an den Händen fingen das Licht ein und funkelten wie Feuer. Er entließ den Sekretär und erhob sich.

»Ah, der gute alte Sir Jack.« Er drückte dem Coroner fest die Hand und wandte sich an Athelstan. Der Dominikaner bemerkte den spöttischen Blick in seinen Augen. »Ihr seid also immer noch in St. Erconwald, Bruder?«

»Ja, Mylord.«

Gaunt streckte die Hand aus und setzte ein einnehmendes Lächeln auf.

»Wie Sir Jack, Bruder Athelstan, habe ich nichts für Pfaffen übrig, aber Ihr seid hier jederzeit willkommen.« Er gab Athelstan die Hand. »Maltravers, schließt die Tür.« Er winkte seine Gäste zu den beiden Stühlen, die der Sekretär herangeschoben hatte, ehe er hinauseilte. »Setzt Euch.«

Der Weißwein, den Sir Maurice reichte, war ein wenig sauer, aber eiskalt. Athelstan sog die Blume ein und schloß genießerisch die Augen, bevor sich sein schlechtes Gewissen meldete und er sie wieder aufschlug. Es war immer dasselbe mit Gaunt, als laufe man in ein Spinnennetz, seidig, weich, doch um so tückischer. Sir John hingegen genoß den Wein. Er hatte seinen Becher bereits geleert und reichte ihn Sir Maurice zum Nachschenken. Der junge Ritter folgte der Aufforderung mit einem schiefen Lächeln auf den Lippen. Gaunt saß lässig auf seinem Stuhl und betrachtete den Coroner durch halb geschlossene Lider.

»Ihr mögt Euren Wein, Sir Jack?«

»Wein erfreut das Herz«, spöttelte der Coroner. »So sagt doch der Psalmist, und sogar die Apostel haben tief ins Glas geschaut.«

»Benebelt er Euren Verstand nicht?«

»Nein, Mylord, Euren denn?«

Gaunt lachte und wedelte mit der Hand. »Spaß beiseite.« Mit einer unbestimmten Geste deutete er auf Maltravers. »Ihr kennt Sir Maurice?«

»Dem Namen und Ruf nach, ja.«

»Er ist einer meiner Hauptmänner«, fuhr Gaunt fort, »und hat gegen die Franzosen zu Land und zu Wasser gnadenlos Krieg geführt. Vor zwei Monaten kommandierte er vor Calais eine kleine Schiffsflotte, welche die beiden französischen Kriegsschiffe *St. Sulpice* und *St. Denis* angegriffen hat. Die *St. Denis* wurde versenkt, die *St. Sulpice* erfolgreich nach Dover gebracht. Ungefähr dreizehn französische Soldaten und Seeleute wurden freigekauft. Dennoch wurden fünf Offiziere, hochwertige Männer, gefangengenommen. Pierre Vamier, Jean Gresnay, Eudes Maneil, Philippe Routier und Guillaume Serriem. Da sie Offiziere waren, mußten wir für sie nach allen Regeln und Gesetzen des Krieges Lösegeld fordern. Folglich hat man sie nach Hawkmere Manor gebracht.«

»Ein öder Ort«, unterbrach Sir John. »In der Nähe der Priorei von Clerkenwell.«

»In der Tat ein furchtbarer Ort.« Gaunt wühlte in den Manuskripten auf seinem Schreibtisch herum. »Ich habe Sir Walter Limbright zu ihrem Aufseher, Gastgeber, Verköstiger, was immer sie wollten, ernannt. Er und seine Tochter sind für das Lehnsgut zuständig. Limbright ist ein alter Soldat. Er haßt die Franzosen, weil sie sein Anwesen bei Winchelsea niedergebrannt, seine Frau und zwei Söhne getötet haben. Er war im Krieg, während Lucy Verwandte in Hyde besuchte. Bei Limbright waren die Franzosen sicher aufgehoben.«

»Was ist passiert?« fragte Athelstan.

»Der französische Gesandte in England«, fuhr Gaunt fort, als wäre er nicht unterbrochen worden, »ist Lord Charles de Fontanel. Er wartet unten.« Gaunt hob den Kelch und rollte ihn zwischen den Händen. »Ich hatte gehofft, das Lösegeld würde gezahlt und diese Männer freigelassen, aber, um Eure Frage offen zu beantworten, Bruder, in der vergangenen Nacht wurde Guillaume Serriem vergiftet in seiner Kammer aufgefunden.«

»Vergangene Nacht?« fragte Athelstan neugierig.

»Na ja, um ganz ehrlich zu sein, heute morgen, aber sein Körper war steif und kalt. Der Arzt, Osmund Aspinall, ein Bader, der eine Praxis über einer Apotheke in Cripplegate hat, schätzt, daß der Gefangene gestorben sein muß, kurz nachdem er sich schlafen gelegt hat, gegen neun Uhr abends.«

»Und er wurde ganz bestimmt vergiftet?«

Athelstan warf Sir John einen besorgten Blick zu. Der Coroner hatte inzwischen zwei Becher Wein rasch hintereinander geleert und hing auf seinem Stuhl, wiegte den Becher wie eine Mutter ihr Kind, die Augen geschlossen, ein glückseliges Lächeln auf dem Gesicht.

»Oh ja.« Gaunt hob die Stimme, als wolle er Cranston wecken. »Verfärbung von Mund und Zunge, Leichenblässe, Flecken auf Bauch und Oberschenkeln.«

»Wie wurde das Gift verabreicht?«

Gaunt kratzte sich die Brust und warf dem Coroner einen gereizten Blick zu.

»Wenn ich das wüßte, Bruder«, knurrte er, »wärt Ihr nicht hier. Die Kammer war von innen verschlossen. Eine Wache stand am Ende des Korridors. Außer einer schmalen Öffnung gibt es kein Fenster, keine geheimen Eingänge, nichts. Serriem hatte etwas Wein getrunken, bevor er sich zurückzog, doch als Limbright im Beisein von Zeugen die Tür aufbrach, waren keine Rückstände im Becher. Der Raum wurde genau durchsucht. Man fand nichts Verdächtiges.«

»Und wann hat Sir Guillaume gegessen?« fragte Athelstan.

»Zusammen mit den anderen gegen sieben Uhr abends. Er hat dasselbe getrunken, dasselbe gegessen und anschließend im Empfangszimmer Schach gespielt.«

»Könnte das Gift nicht zu dem Zeitpunkt verabreicht worden sein?«

»Das bezweifle ich. Sie tranken alle aus demselben Weinkrug. Nichts Verdächtiges tauchte auf.«

»Und jetzt sind die Franzosen außer sich?« Sir John schlug die Augen auf, richtete sich auf und stellte den Kelch vor sich auf den Schreibtisch.

»Nun, Sir Jack, ich freue mich, daß Ihr wieder bei uns seid!«

»Mylord Gaunt, ich war nie fort.«

Der Regent lachte leise. »Ihr habt recht, Jack. Ihr könnt Euch denken, was passiert ist. Nach den Gesetzen des Krieges werden Gefangene für Lösegeld in unserer Obhut gehalten. Die Franzosen fordern Wiedergutmachung und Gerechtigkeit.«

»Aber das ist nicht alles, oder?«

»Nein, Jack, das stimmt. Vor einer Woche schlossen wir einen Waffenstillstand mit Frankreich, einen, der uns sehr gelegen kam. Kein Krieg zu Lande oder zu Wasser.«

»Aber wenn die Franzosen glauben«, schaltete Athelstan sich ein, »daß wir Geiseln umbringen, hochwertige Männer?«

»Genau! Das könnten sie als *casus belli* deklarieren, als Rechtfertigung für die Wiederaufnahme des Krieges. Damit fände der Waffenstillstand, der so sorgfältig von den päpstlichen Unterhändlern in die Wege geleitet wurde, ein Ende.«

Gaunt verzog das Gesicht und schüttelte den Kopf. »Serriem hatte eine Frau und Familie in Frankreich, er wollte unbedingt nach Hause.« Gaunt drehte sich um und schnippte mit den Fingern. »Maurice, bringt doch bitte Mylord de Fontanel zu uns herauf. Gerechtigkeit muß nicht nur ausgeübt werden«, fügte er traurig hinzu, »man muß auch dafür sorgen, daß sie ausgeübt wird!«

Sir Maurice ging hinaus. Gaunt starrte mißmutig auf die Pergamente auf seinem Tisch. Er rührte sich nicht einmal, als Sir John aufstand und seinen Weinkelch füllte. Athelstan schaute sich im Raum um. Wieviel, fragte er sich, entsprach der Wahrheit? Gaunt war aalglatt, und Athelstan wußte, daß sie die Verfolgung eines Kainssohns, an dessen Händen Blut klebte, aufnehmen mußten, eines gedungenen Mörders. Sie würden das Reich der Dämonen betreten, die Wahrheit herausfinden, um Gerechtigkeit walten zu lassen, aber das war nie einfach.

Athelstan war im Begriff, die Fragen zu stellen, die ihm am Herzen lagen, als er draußen Schritte vernahm. Sir Maurice trat ein. Der Mann, der hinter ihm hereinfegte, trug eine lange Houppelande, einen Umhang mit Stehkragen, der ihm bis unter die Knie reichte und in der Taille mit einem Silbergürtel zusammengehalten war. Die Füße steckten in weichen, mit Silberschnallen verzierten Schnürstiefeln, und an einer Goldkette um seinen Hals hing eine Lilie aus Juwelen. Er hatte hellrotes Haar, ein weißes, aufgedunsenes Gesicht und eine Hakennase; der Blick aus seinen schmalen, eng beieinander liegenden Augen war arrogant, die Lippen dünn und blutleer. Ein Mann mit hitzigem Gemüt, überlegte Athelstan, sieht flink und schlau wie ein Wiesel aus. Ein Mann, der auch auf Förmlichkeiten Wert legte. De Fontanel verbeugte sich vor Gaunt und wartete, daß Sir Maurice ihm einen Stuhl brachte, damit er sich neben den Regenten setzen konnte. Er ließ sich vorsichtig nieder und richtete die silberne Dolchscheide so aus, daß sie die Armlehne des Stuhls nicht berührte. Erst dann ließ er sich dazu herab, von Athelstan und Sir John Notiz zu nehmen. Mit einem schnellen Blick erfaßte er die Situation und schaute dann über ihre Köpfe hinweg, während er mit den Ringen an den Fingern spielte.

»Mylord de Fontanel.« Gaunt rückte auf seinem Stuhl ein wenig zur Seite, um ihn anzusehen. »Darf ich Euch Sir John Cranston, den Coroner der Stadt, und seinen Privatsekretär, Bruder Athelstan, einen Dominikanermönch, vorstellen?«

De Fontanel bewegte die Augen wie die einer Schlange. Er warf Sir John einen flüchtigen Blick zu und wandte sich nach einem verächtlichen Aufflackern wieder von ihm ab. Athelstan musterte er ausgiebiger, als wisse er nicht, wo er den Dominikaner einzuordnen habe. Er nahm den silbernen Becher entgegen, den Sir Maurice ihm reichte, und gab ihn an Sir John weiter.

»Ich möchte nicht vergiftet werden«, lispelte er. »Nicht wie der arme Serriem! Ihr, Sir, werdet ihn kosten.«

»Aber mit Vergnügen!« Sir John grapschte nach dem Becher, trank ihn in einem Schluck leer und gab ihn mit einem Ruck zurück.

Hektische Flecken traten de Fontanel auf die Wangen. Gaunt neigte den Kopf, um das Lachen zu verbergen. Sir Maurice beeilte sich, den Becher neu zu füllen.

»Mylord de Fontanel«, schaltete Gaunt sich ein. »Hier seid Ihr sicher.«

»Dasselbe habt Ihr dem armen Serriem auch zugesagt, und jetzt ist er tot, vergiftet.«

»Das ist nicht unsere Schuld.« Gaunt trommelte auf dem

Tisch und deutete auf Athelstan und Sir John. »Das sind meine beiden Offiziere. Sie werden Serriems Tod untersuchen. Wenn es sich um Mord handelt, werden sie den Schurken fangen, und er wird hängen. Darauf gebe ich Euch mein Wort.«

Gaunt betonte die letzten Worte, so daß de Fontanel nichts anderes übrigblieb, als sich darauf einzulassen. Er nippte an dem gefüllten Kelch, hob den Kopf und musterte die beiden Offiziere.

»Wir sind nicht, was wir zu sein scheinen«, sagte der Coroner langsam. »Monsieur, wenn Ihr in Eurer Schlachtenchronik nach dem Namen Cranston sucht, werdet Ihr ihn unter den Siegern in manchem Scharmützel gegen Euer Land finden. Es gibt da ein Sprichwort: ›Eine Kutte macht noch keinen Mönch, und man soll nicht nach dem äußeren Anschein urteilen.‹« Ein Lächeln legte sich über seine Züge. »Darum möchte ich Euch bitten.«

»Mylord«, unterbrach Athelstan. »Seid Ihr schon in Hawkmere Manor gewesen?«

Der französische Gesandte sah ihn verblüfft an.

»Ihr wollt, daß wir die Wahrheit herausfinden«, fuhr Athelstan fort. »Das heißt, Monsieur, wir müssen alle befragen.«

»Natürlich war ich verschiedentlich dort«, antwortete de Fontanel schnippisch.

»Nahmt Ihr etwas zu essen oder zu trinken mit?«

»Das ist nicht gestattet. Nur ein Gebetbuch, ein paar Rosenkränze.« De Fontanel stellte seinen Becher ab. »Mylord Gaunt, Ihr kennt die Ansicht meines Herrn in dieser Angelegenheit.« Er tippte dem Regenten auf die Schulter. »Wir machen Euch persönlich für die sichere Unterbringung unserer Gefangenen verantwortlich. Also laßt Eure Offiziere mit der Untersuchung beginnen!«

Er schritt zur Tür, blieb aber stehen, bis Sir Maurice hinzueilte, um sie ihm zu öffnen. Gaunt wartete, bis er gegangen war. Fleckige Röte im Gesicht zeugte von seiner Wut.

»Da geht er hin, der hübsche Pfau«, sagte er. »Liebend gern würde ich ihn in einer Schlacht um einen Kopf kürzer machen, damit er mir nicht mehr auf die Schultern tippen kann. Lassen wir das.« Er seufzte. »Mein Sekretär hat eine

Vollmacht für Euch ausgefertigt. Ich wäre Euch dankbar, wenn Ihr umgehend nach Hawkmere Manor aufbrechen könntet. Maltravers wird Euch begleiten.«

»Habt Ihr dort alles durchsuchen lassen?«

»Vom Keller bis zum Dachgeschoß«, schaltete Sir Maurice sich ein. »Es wurde nichts gefunden.«

»Hätte Limbright seine Gäste aus Verachtung vergiften können?«

»Limbright denkt nicht im Traum daran!« blaffte Gaunt. »Und seine Tochter hat ein schlichtes Gemüt.«

»Und im Haus gibt es kein Gift?« hakte Athelstan nach.

»Kein bißchen. Waffen werden streng kontrolliert, ebenso wie die Gefangenen. Sie können das Gelände nicht verlassen, Besucher werden durchsucht. De Fontanel kann sie nur einmal in der Woche aufsuchen.«

Athelstan war im Begriff, aufzubrechen. Er sah, daß Sir John sich nicht wohl fühlte und befürchtete, der Coroner könnte wieder einschlafen.

»Einen Augenblick.« Gaunt erhob sich und legte Sir Maurice die Hand auf die Schulter. »Sir Jack, Bruder Athelstan, noch ein Wort zu Sir Maurice Maltravers: Er ist, wie Ihr wißt, ein tapferer Krieger und mein untertänigster Gefolgsmann.«

Athelstan verengte die Augen zu Schlitzen. Jetzt, da er ihn genau betrachtete, fiel ihm auf, daß der junge Ritter bleich und kränklich wirkte, die Augen waren rot gerändert, als habe er geweint oder schlecht geschlafen.

»Sir Maurice«, fuhr Gaunt fort, »ist verliebt bis über beide Ohren. Lady Angelica Parr hat es ihm angetan.«

»Oh nein!« stöhnt Sir John. »Doch nicht die Tochter von Sir Thomas? Parr ist habgierig und geizig. Vor Jahren haben wir gemeinsam die Rechtsschule besucht. Er ist so knauserig, daß in seinem Geldbeutel Spinnweben sind. Heute beherrscht er alles, Schiffe, Wolle und Wein. Es heißt sogar, er hat das halbe Unterhaus in der Hand, ganz zu schweigen vom Hof, der tief in seiner Schuld steht.«

»Sir John, ihr habt wie stets kurz und bündig das Richtige gesagt«, erwiderte Gaunt. »Ich habe bei Sir Thomas hohe Schulden, und er hat für seine Tochter ehrgeizige Pläne. Die Hand eines Grafen vielleicht, wenn nicht sogar die eines meiner Verwandten, eines Mitglieds der königlichen Familie?«

Gaunt drehte sich um und schaute Sir Maurice an. Zum ersten Mal sah Athelstan echtes Mitgefühl im Blick des Regenten.

»Sir Maurice«, sagte Gaunt mit einem Seufzer, »ist der jüngere Sohn eines jüngeren Sohns eines jüngeren Sohns.« Er wedelte mit der Hand. »Er beging einen schrecklichen Fehler, als er Lady Angelica den Hof machte, ja, er hat sogar versucht, mit ihr durchzubrennen.«

»Oh Gott!« flüsterte Sir John.

»Oh Gott, ja. Man hat ihm verboten, das Haus zu betreten, und Lady Angelica ist sicher bei den ehrwürdigen Schwestern, den Nonnen von Syon an der Themse, untergebracht.«

»Bei den Titten des Himmels!« stöhnte Sir John.

»Ihr sagt es. Ein Haus, das von der sehr ehrwürdigen Mutter Monica geführt wird! Einer Frau, die an meinem Hof mehr Entsetzen verbreitet als alle Armeen Frankreichs zusammen. Sir Thomas hat mich gebeten«, fuhr Gaunt fort, »dafür zu sorgen, daß Maltravers nicht in ihre Nähe kommt und einen ehrwürdigen Vater, einen Mann von Frömmigkeit, zum Kloster zu schicken, der seiner Tochter Gehorsam und Liebe zum Vater beibringt. Ihr, Bruder Athelstan, seid dazu ausersehen.« Er senkte die Stimme. »Und das ist das Problem: Ihr sollt auch Eure Macht dafür einsetzen, Sir Maurices Sache voranzutreiben.«

Vier

Cranston und Athelstan verließen den Savoy-Palast. Bekümmert trottete Sir Maurice hinter ihnen drein. Sie nahmen eine Barke über die Themse zur Fish Warf und bahnten sich den Weg durch die schmalen Gäßchen, die sich zwischen Häusern und Läden hindurchschlängelten, zur St.-Paul's-Kathedrale. Anfangs waren sie zu verwirrt, um miteinander zu reden. Sie waren es gewohnt, die Vollmachten des Regenten entgegenzunehmen, um dieses und jenes zu untersuchen, aber die Aussicht, als Bote für diesen Ritter von der traurigen Gestalt zu fungieren, der ihnen da in der Barke gegenübersaß, brachte sie in der Tat durcheinander. Athelstans Gedanken überschlugen sich. Was sollte er tun? Seine Kenntnis des weiblichen Geschlechts – bei der Vorstellung allein mußte er schmunzeln – nun ja, Schwamm drüber! Sir John brach das Schweigen, beugte sich zu dem jungen Mann vor und legte ihm die Hand auf das Knie.

»Ich weiß, wie das ist, mein Lieber«, grummelte er. »Vor Jahren, als ich um Lady Maude warb, war ich nicht so wie heute; geschmeidig wie ein Windhund war ich, schnell wie ein herabstoßender Falke, mein Herz und meine Seele standen in Flammen. Damals war es nur der arme, alte Jack Cranston, doch mit Mut und Ausdauer werden alle Herzenswünsche erfüllt.«

Sir Maurice dankte ihm. Athelstan sah Heiterkeit in den Augen des jungen Mannes aufblitzen, als er sich Sir John als geschmeidigen, zupackenden jungen Mann vorstellte.

»Ach, ja, das waren noch Zeiten«, wiederholte Sir John, während sie durch die Gassen schritten. »Was für eine Liebesbelagerung, und ich habe wirklich alles versucht.«

Athelstan blieb hinter ihnen zurück, denn er lachte so heftig, daß seine Schultern bebten. Er konnte sich Lady

Maude beim besten Willen nicht als Festung vorstellen, und Sir John als bis über beide Ohren verliebter Jüngling erschien ihm wie ein Wunder.

Sir John hatte Sir Maurice die Hand auf die Schulter gelegt und steuerte ihn durch die Menge. Athelstan, der hinter ihnen herschlenderte, merkte, daß ihm nach der langen Zurückgezogenheit in St. Erconwald die vielen Menschen, die Gerüche und das Gedränge schwer zu schaffen machten. Die Sonne brannte. Seine rauhe Sergekutte klebte ihm auf der verschwitzten Haut. Sir John liebte die Stadt, doch Athelstan war sie immer aufs neue fremd, voller Bilder und Vorstellungen, die ihn an Szenen eines Wandbilds erinnerten.

Zwei Männer an der Ecke zur Old Bowyers Row brachten ihren zahmen Wieseln bei, eine Ratte zu töten. Ein Stück weiter hielten zwei Büttel eine Hure über ein Becken brennender Kohlen, die schmutzigen Röcke bis an die Brust hochgezogen, um sie auszuräuchern. Lehrburschen kamen hinter Verkaufsständen hervor und packten Sir John am Arm. Er schüttelte sie ebenso ab wie die fettigen Finger von Garküchenbesitzern, die Sir John stets als großzügigen Gönner betrachteten. Die Mistkarren waren noch nicht in diesen Teil der Stadt vorgedrungen, und die Straßen und Gassen waren voller Unrat vom Tag zuvor. Die Rinnsteine starrten vor Dreck. Katzen, Hunde, Schweine, sogar ein paar Hühner scharrten auf der Suche nach Leckerbissen darin herum. Straßenschilder knarrten in der leichten Brise, die sich aufgetan hatte. Über ihnen wurden Fenster in Anbauten aufgerissen. Die Menschen unterhielten sich und riefen einander etwas zu. Hin und wieder, wenn die Straßenkehrer nicht hinsahen, warfen sie Unrat auf die wachsenden Misthaufen.

An der Paternoster Row mußten sie stehenbleiben. Sir John unterbrach sogar seine guten Ratschläge an Sir Maurice, als eine seltsame Prozession von Männern und Frauen in hellgelber Kleidung sich den Weg nach Newgate bahnte. Sie hatten lange, zottelige Haare und liefen im Gleichschritt; immer wieder läutete eine Glocke. Dann blieben sie stehen, klatschten in die Hände, sprangen hoch und riefen: »Hosianna!«

»Die Glückseligen!« raunte Sir John seinem Sekretarius über die Schulter zu. »Sieh dir nur die albernen Kerle an!«

Der Dominikaner war fasziniert. Er hatte schon von diesen Männern und Frauen gehört, die daran glaubten, die Wiederkunft Christi stehe kurz bevor, und in fieberhafter Vorfreude durch die Stadt zogen. Sie waren davon überzeugt, Jesus werde in Blackheath auftauchen und das neue Jerusalem gründen.

»Das sind mindestens sechzig!« murmelte Sir John.

Die Glückseligen mit ihrem merkwürdigen, einheitlichen Gang, dem plötzlichen Stillstand, dem Händeklatschen und dem heiseren Geschrei taten ihr übriges, daß Athelstan das Gefühl der Unwirklichkeit nicht verließ.

Als sie vorüber waren, setzten die drei ihren Weg fort. Sie betraten den Schlachtereibezirk, dessen ausgetretenes Pflaster in Blut aus den Metzgereien und Schlachthäusern schwamm. Vor Newgate war der Pranger aufgestellt worden, und die Büttel forderten die Bürger auf, verfaultes Gemüse auf die Unglücklichen zu werfen, die dort standen, Hände und Kopf fest zwischen Holzblöcke gespannt. Ein Stück weiter wartete die nächste Menschenmenge darauf, Verwandte im Stadtgefängnis besuchen zu dürfen. Gefangenenwärter in schäbigen Lederschürzen mischten sich unter sie, nahmen Bestechungen entgegen und wählten aus, wer zuerst hineingehen durfte.

Schließlich hatten sie das Gedränge hinter sich, gingen durch die Stadttore und überquerten Smithfield. Athelstan atmete erleichtert auf. Gestank und Hitze waren weniger erdrückend, und der große freie Platz war leer, obwohl Budenbesitzer sich bereits auf die große Pferdemesse am nächsten Tag vorbereiteten. Sie überquerten das Brachland. Sir John blieb stehen, um ein paar Schlucke aus seinem Weinschlauch zu trinken. Sir Maurice lehnte ab, doch Athelstan war nur zu dankbar, sich den Staub aus der Kehle spülen zu können. Weiter ging es über Feldwege, die von hohen Hecken gesäumt waren. Der Lärm und das Treiben der Stadt war dem Zwitschern der Vögel und dem Zirpen der Grillen gewichen. Schließlich erreichten sie Hawkmere Manor. Über die graue, abschreckende Außenmauer ragte ein hohes, hölzernes Torhaus. Dort standen Bogenschützen und entlang des Schutzwalls Bewaffnete. Athelstan zog an der großen Glocke.

»Verpißt Euch!« rief einer der Bogenschützen herab.

»Ich bin Sir John Cranston!« blaffte der Coroner. »Und wenn ihr das verdammte Tor nicht aufmacht, werde ich euch am Torhaus aufknüpfen!«

Es folgten leises Fluchen und das Geräusch von Schritten. Eine kleine Pforte im großen, eisenbeschlagenen Tor wurde geöffnet, und ein beschämter Bogenschütze bat sie eilfertig hinein. Sir John setzte ihm einen Finger auf die Brust.

»Sag mir nie wieder, ich solle mich verpissen, Kerl!« Er zog dem Bogenschützen die Kapuze herunter und legte ein zerfleischtes Ohr frei. »Wer war das?«

Der Bogenschütze mit dem schmalen Gesicht zwang sich zu einem Lächeln, das seine schwarzen, blutigen Kiefer freilegte.

»Die Franzosen haben mich vor Calais gefangen.«

»Du bist ein verdammter Lügner! Die Franzosen hätten dir zwei Finger abgeschnitten, nicht dein Ohr!«

Der Bogenschütze wirkte niedergeschlagen. »Ich habe bei Calais eine Gans gestohlen«, murmelte er.

»Das klingt schon besser.« Der Coroner warf einen kurzen Blick über den gepflasterten Hof, der sich bis zur Haupttür des Herrenhauses erstreckte. »Und jetzt, Kerl, läufst du voraus und sagst Sir Walter Limbright, daß Sir Jack Cranston hier ist.«

Athelstan öffnete seinen Beutel und reichte dem Bogenschützen die Vollmacht, die ihnen einer der Sekretäre des Regenten ausgestellt hatte. Der Bogenschütze entfernte sich rasch. Athelstan schaute zum Herrenhaus hinüber.

»Ein düsterer Ort zum Wohnen«, stellte er fest. »Und ein düsterer Ort zum Sterben!«

Hawkmere war aus grauen Bruchsteinen errichtet und vier Stockwerke hoch. An beiden Seiten des schräg abfallenden roten Ziegeldachs waren nachträglich Schornsteine hinzugefügt worden. Die Eingangstür war schwarz und abweisend. Die Treppe davor war von Unkraut überwuchert und bröckelte. Die Fenster waren entweder Schießscharten oder kleine, rechteckige Holzrahmen ohne Glas, die von innen mit Fensterläden und von außen mit eisernen Gitterstäben geschützt waren. Das Gebäude erinnerte Athelstan an die großen Blockhäuser in Frankreich, welche die Engländer errichtet hatten, um Kreuzungen, Brücken und Furten zu überwachen.

Der Bogenschütze war hinter dem Haus verschwunden. Athelstan sah jetzt, warum man Hawkmere als Gefängnis auserkoren hatte. Drei Seiten des Hauses waren von hohen Mauern umgeben, die wahrscheinlich die dahinterliegenden Außengebäude schützten. Er warf seinen Begleitern einen kurzen Blick zu; Sir John stand breitbeinig und mit halb geschlossenen Lidern da. Sir Maurice sah aus, als sei er meilenweit entfernt. Erneut fragte sich Athelstan, wie sie diesem jungen Mann auf seiner aussichtslosen Jagd nach dem Glück nur helfen sollten. Sir John kannte Sir Thomas; auch Athelstan war er bekannt. Sir Thomas war berüchtigt für seinen Geiz und seine Hartherzigkeit. Ein Mann, der jedem Geld lieh und stets einen ordentlichen Gewinn als Gegenleistung forderte.

»Komm, Athelstan«, brummte Sir John, »ich will hier nicht in der Sonne schmoren.«

Der Coroner stieg die Treppe hinauf, die beiden anderen blieben dicht hinter ihm. Er hämmerte gegen die große Eichentür, die schließlich mit Schwung aufgerissen wurde. Ein Diener bat sie herein.

Hawkmere Manor wirkte innen ebenso düster wie außen. Die Eingangshalle war so dunkel, daß sie von Pechfackeln erleuchtet wurde, die in ihren Eisenhalterungen blakten. Man führte sie durch einen schäbigen Gang, und ihre Schritte klangen hohl auf den harten, grauen Bodenplatten. Sir Walter Limbright erwartete sie in seinem Gemach gleich neben der großen Halle. Er war ein kleiner, verdrießlich wirkender Ritter mit schütterem, grauem Haar, eng beieinanderliegenden Augen und einem zynischen Zug um den Mund. Er war unrasiert, und sein dunkelbraunes Wams war übersät mit Flecken. Er erhob sich, um sie willkommen zu heißen.

»Man hat mir Eure Ankunft mitgeteilt, Sir John. Ich wollte gerade …«

»Wir haben beschlossen, nicht zu warten«, fuhr Sir John ihn an. »Es ist heiß draußen.«

»Wollt Ihr etwas trinken?« Sir Walter wurde nervös, als er merkte, daß man ihn bei seinen schlechten Manieren erwischt hatte.

»Später vielleicht«, warf Athelstan rasch ein.

Sir Walter gab die Vollmacht zurück.

»Es ist nicht meine Schuld«, jammerte er und kratzte an einem Fleck auf dem Uniformrock. »Ich habe die Gefangenen sicher untergebracht und beschützt. Außer dem arroganten Gecken de Fontanel kommt niemand hierher, und wenn er kommt, schaue ich ihm mit Adleraugen auf die Finger. Mylord von Gaunt kann nicht ...«

»Wo ist die Leiche?« unterbrach Sir John.

Sir Walter blinzelte. »Ja, ja, richtig, Ihr kommt am besten gleich mit mir!«

Er führte sie aus seinem Gemach über einen Korridor, der nach zerkochtem Gemüse roch, zu einer hölzernen Wendeltreppe. Eine bleiche junge Frau mit hellbraunem Haar saß auf der unteren Stufe. Sie las etwas vom Boden auf und schaute nicht hoch, als sie näher kamen.

»Lucy! Lucy!« Sir Walter warf Sir John einen kurzen Blick zu. »Das ist meine Tochter.«

Die junge Frau hob den Kopf; ihr Gesicht war ausdruckslos, die Augen leer, die Unterlippe hing herab, und Speichel rann ihr über das Kinn. Ein hübsches Mädchen, doch ihre Seele war entschwunden, ihr Verstand verwirrt.

»Ich will ein paar Blumen pressen, Vater.« Sie wurde der Besucher gewahr und blinzelte zu ihnen hoch. »Die dürfen hier nicht sein.«

»Still, Lucy! Sie kommen von meinem Herrn, dem Lord von Gaunt.«

»Haben sie Geld mitgebracht?« fragte sie.

»Es ist Sir John Cranston«, erwiderte Sir Walter. »Er ist der Coroner der Stadt und will sich die Leiche ansehen.«

»Alle Franzosen sind Leichen«, entgegnete sie. »Und eine ist da oben, wird steif und kalt, riecht wie Fisch.«

»Der Herr sei ihr gnädig!« sagte Sir Walter. »Ihr Verstand ist irre. Sir John, sie mag die Franzosen nicht besonders.«

Sie kamen auf die erste Galerie. Der Korridor war schmal und dunkel, die Dielenbretter ungewachst, der weiße Putz zeigte Risse und blätterte an manchen Stellen bereits ab. Gleichwohl hingen die Türen zu den Kammern, an denen sie vorbeikamen, gerade und fest in den Angeln. Sir Walter blieb vor einer dieser Türen stehen und drückte sie auf. Der Raum war groß, aber nur spärlich beleuchtet. Die Läden vor den Fenstern waren geöffnet, doch die paar Sonnenstrahlen, die hereindrangen, taten nichts, um die Düsternis zu vertreiben, und die Sommerluft vermochte den Gestank nach Tod und Verwesung nicht abzuschwächen. An der gegenüberliegenden Wand hing ein Kruzifix, über den Raum verstreut standen ein paar Möbelstücke und zwei abgenutzte Ledertruhen. Auf dem schmalen Bett lag die Leiche. Athelstan erblickte eine hervortretende Nase, graue Haut; das schmutzige Laken, das die Leiche bedecken sollte, war zur Seite gerutscht. Obwohl er schon vielen Menschen die letzte Ölung erteilt hatte, war Athelstan jedesmal aufs neue erschüttert, wie armselig eine Leiche aussah. Hier war es nicht anders.

Athelstan trat ans Bett. Er war kein Arzt, doch ein kurzer Blick sagte ihm, daß Guillaume Serriem unter Qualen gestorben war. Die Augen waren weit aufgerissen, die Pupillen nach hinten verdreht, der Unterkiefer hing herab. Die Gesichtshaut war aufgedunsen und verfärbt. Athelstan zog das Hemd hoch und bemerkte die dunkelvioletten Flecken, die die Brust und den muskulösen Bauch verfärbten. Er öffnete seinen kleinen Schreibbeutel, den er immer bei sich trug, und zog einen Hornlöffel mit dünnem Stiel heraus. Diesen zwängte er in den Mund des Toten; die Leiche war steif, doch der Kiefer war noch beweglich. Die rosa Haut im Mund hatte eine dunkle, violette Färbung angenommen, Kiefer und Zunge waren geschwollen. Der Mönch schnüffelte. Ein leicht süßlicher Geruch drang ihm in die Nase. Athelstan kannte eine Reihe von Giften und konnte ihre Wirkung erkennen, doch das hier nicht. Es roch nach Marzipan. Er untersuchte die Leiche nach frischen Wunden oder Druckstellen. Serriems Körper war hager und muskulös; rosafarbene, runzlige Narben zeugten von verheilten Wunden – nichts Außergewöhnliches. Athelstan sprach flüsternd das Requiem, schlug das Kreuz über dem Leichnam und zog das Laken über das grausige Gesicht. Sir John saß auf einem Schemel und wischte sich über die Stirn. Sir Maurice spielte an seinem Armschutz, Sir Walter ging im Raum auf und ab und berührte Gegenstände, als könne er etwas von Bedeutung finden. Die Tür wurde aufgestoßen. Ein junger Mann trat ein, groß, dünn und gebeugt, seine langen, braunen Haare fielen ihm auf die Schultern. Er hatte wache Augen und ein freundliches, glattrasiertes Gesicht.

»Osmund Aspinall«, stellte Sir Walter ihn vor. »Er ist unser Bader und Apotheker.«

Der Arzt hakte seinen Fellumhang fest und zog den Gurt hoch, der ihm locker um die schmale Taille hing. Er schüttelte zuerst Sir John die Hand, dann Athelstan, und nahm die beiden genau in Augenschein, als wäre er kurzsichtig.

»Ich bin Arzt«, scherzte er. »Die meisten nennen mich Bader. Ich praktiziere in Cripplegate, und Sir Walter bezahlt mich dafür, daß ich ein Auge auf seine Gefangenen habe.« Er setzte sich auf die Bettkante und tätschelte die Leiche. »Vergiftet, nicht?«

»Woher wißt Ihr das?« fragte Athelstan und ließ sich auf der kleinen Bank unter dem Fenster nieder.

Aspinall zuckte die Achseln. »Bruder, es gibt so viele Gifte auf dem Markt wie Tauben um St. Paul's. Tollkirsche, Bilsenkraut und schließlich drei Arten von Arsen.«

»Und das hier?« fragte Sir John.

»Ich kenne es nicht, aber, wie gesagt, es gibt so viele.«

»Wie wurde es verabreicht?« fragte Athelstan.

»Oh, durch den Mund. Die Leiche weist keine Schnitte auf.«

»Könnte es Zufall gewesen sein?«

»Möglich.« Aspinall deutete mit einer unbestimmten Handbewegung zum Fenster. »Da draußen ist ein Kräutergarten mit Beeren und Pflanzen, die einen Mann umringen könnten.«

»Wie lange braucht ein solches Gift, um zu wirken?« fragte Sir Maurice.

»Das kommt darauf an. Ich weiß von einer alten Frau in der Guttersnipe Alley, die von ihrem Sohn über mehrere

Tage hinweg vergiftet wurde, aber das hier wirkte schnell. Es brachte die Körpersäfte durcheinander, ließ das Blut gerinnen, und so, wie das Gesicht des Leichnams aussieht, ist er wahrscheinlich erstickt.«

»So, so.« Sir John tippte mit dem Stiefel auf den Boden. »Und woher bekommt man Gift?«

»Hier gibt es niemanden«, beharrte Sir Walter. »Überhaupt niemanden.«

»Und Ihr, Master Aspinall?«

Der Arzt spreizte die langen Finger und spielte mit einem edelsteinbesetzten Ring.

»Mylord Coroner, ich habe von Euch und Bruder Athelstan gehört.« Er lachte freudlos. »Scharfer Blick und wacher Verstand. Ich kann Euch versichern, daß ich kein Gift hierhergebracht habe, keinen Trank, keine Arznei. Die Gefangenen sind Soldaten, Seeleute, hart und rüstig. Das Essen hätte besser sein können, und ihre Körpersäfte waren gestört, weil sie eingesperrt waren, aber mehr nicht.«

»Und Ihr wißt nichts von den Gefangenen oder über den Tod dieses Mannes?«

Aspinall stand auf. »Ich weiß nichts, Sir John.«

»Warum seid Ihr heute hier?«

»Ich kam, um nach dem Rechten zu sehen. Ich habe heute morgen die Leiche untersucht, dachte aber, ich sollte zurückkehren, nur für den Fall.«

»Für welchen Fall?« fragte Athelstan und stand auf.

Aspinall drehte sich an der Tür um und lehnte sich dagegen, die Hände hinter dem Rücken. Er schaute zur Decke.

»Bruder, Ihr seid der Privatsekretär des Coroners. Ich bin Arzt, kein Meister der Logik. Wir haben hier einen vergifteten Mann. Es hätte Zufall sein können. Er mag etwas im Haus gefunden und gegessen haben, doch der Herrgott weiß, daß es so nicht war.«

»Und?«

»Nach meiner Erfahrung, Bruder, treten solche Todesfälle nicht vereinzelt auf.«

»Wollt Ihr damit sagen, daß noch andere vergiftet werden?«

»Ich weiß, daß es so sein wird. Oh, ich habe heute morgen darüber nachgedacht. Warum sollte jemand Serriem töten? Hawkmere Manor ist gut und sicher bewacht; der Mörder mußte wissen, daß die Chance, erwischt zu werden, groß ist. Deshalb war Serriems Tod peinlich genau geplant. Es war kein Verbrechen aus Leidenschaft, und es ist wahrscheinlich eins von vielen gewesen.«

Athelstan musterte den Arzt. Was Aspinall sagte, klang logisch. Gab es einen Konflikt unter den Gefangenen? Er warf einen kurzen Seitenblick auf Sir Walter. Oder war es die Begleichung alter Rechnungen?

»Ich habe auch die Lager und den Weinkeller untersucht.«

»Dazu habt Ihr kein Recht«, protestierte Sir Walter.

»Ich habe jedes Recht, Sir Walter. Ich bin Arzt der Gefangenen. Mylord von Gaunt hat mich gut bezahlt. Doch macht Euch keine Sorgen. Das Fleisch und der Käse hätten frischer sein können, der Wein süßer, aber die Vorräte sind nicht verdorben.«

»Gibt es dort Ungeziefer?« fragte Athelstan und dachte an Ranulf, den Rattenfänger.

»Natürlich.«

»Ihr habt kein Gift ausgelegt?«

»Wir haben drei große Katzen.« Sir Walter lächelte bitter. »Wir füttern sie nicht, und sie sind halb verwildert, sie kümmern sich um das Ungeziefer.«

»Wann ging Serriem zu Bett?«

»Zur selben Zeit wie die anderen, um neun Uhr. Sie aßen um sieben zu Abend und gingen in den Garten. Serriem spielte mit einem Gefangenen Schach, mit Pierre Vamier.«

»Und die Beziehungen der Gefangenen untereinander?« fragte Sir John.

»Die sind einigermaßen herzlich«, meldete sich Aspinall zu Wort. »Sir Walter wird das bestätigen. Die Männer sind sehr zurückhaltend. Sie haben Heimweh nach ihren Familien in Frankreich und können es kaum erwarten, daß das Lösegeld für sie gezahlt wird.«

Sir John zog den Stöpsel aus seinem Weinschlauch und trank zwei große Schlucke. Er bot ihn seinen Begleitern an, die jedoch den Kopf schüttelten.

»Nun, fahrt fort.«

»In den letzten sieben bis zehn Tagen«, sagte Sir Walter, »hat sich etwas verändert, sie schienen einander überdrüssig.«

»Wie wurden sie gefangengenommen?« fragte Athelstan.

»Das war ich«, sagte Sir Maurice. »Es sind fünf, vielmehr waren es fünf. Vamier, Gresnay, Routier, Maneil und Serriem. Sie waren Kapitäne, Leutnants und Aufseher auf den beiden großen französischen Kriegskoggen: der *St. Sulpice* und der *St. Denis*. Unsere Weinflotte aus Bordeaux war in den Kanal gesegelt. Nun ist es bei den Schiffen so üblich, einen Teil der Ladung in Calais zu lassen und dann schnurstracks über den Kanal nach Dover zu segeln. Die *St. Sulpice* und die *St. Denis* warteten auf sie.«

»Und was geschah?« fragte Athelstan.

»Ich war zu der Zeit in Dover«, fuhr der junge Ritter fort, »und hatte das Kommando über eine große Streitmacht aus Rittern, Lotsen, bewaffneten Kriegern und Bogenschützen. Uns standen vier Schiffe zur Verfügung, angeführt von einer Kriegskogge, der *Great Edward*. Der Befehlshaber der Burg von Dover erhielt Kunde, daß die *St. Sulpice* und die *St. Denis* auf unsere Schiffe warteten, folglich stachen wir in See. Es war ein langer, blutiger Kampf. Die *St. Denis* wurde versenkt, die *St. Sulpice* gekapert.«

Athelstan nahm seinen Schreibbeutel hoch und band die Schnur zu.

»Das ist fast wie ein Wunder«, überlegte er laut. »Von wo erhielt der Befehlshaber der Burg von Dover diese Kunde?«

»Mit dem Boten aus London. Die Botschaft war allgemein gehalten. Es hieß nur, unsere Weinflotte werde von Calais auslaufen und französische Freibeuter seien im Kanal am Werk.«

»Ein bemerkenswerter Zufall.« Sir John kam keuchend und schnaufend auf die Beine.

»Was meint Ihr?« fragte Athelstan.

»Etwas hat meinen Verdacht erregt«, ergriff Sir Maurice das Wort. »Die *St. Sulpice* und die *St. Denis* kamen aus einem französischen Hafen. Sie mußten für eine Fahrt auf See vorbereitet und ausgerüstet sein.« Er zuckte die Schultern. »Es war ein offenes Geheimnis, daß der Regent einen

Spion im französischen Lager hatte, der ihm darüber Meldungen zukommen ließ.«

»Und jetzt hegen die französischen Kapitäne denselben Verdacht?« fragte Athelstan.

»Schon möglich.«

Sir Walter rieb sich die Hände, erfreut darüber, daß der Verdacht von ihm abgelenkt war.

»Es hätte in der Tat Zwietracht unter den Gefangenen hervorrufen können«, verkündete er mit strahlenden Augen, »wenn sie glaubten, einer sei der Verräter, vielleicht Serriem?«

Sir John schlug ihm auf die Schulter. »Und Ihr, Sir Walter?«

»Ich weiß, was Ihr denkt.« Der Ritter und Kerkermeister schüttelte Sir Johns Hand ab. »Keine Sorge, Sir John, ich dachte dasselbe, als ich erfuhr, daß Serriem tot war. Hier ist der alte Limbright, der die Franzosen haßt, weil sie seine Frau und seine Söhne getötet und seiner Tochter den Verstand geraubt haben. Was für eine herrliche Gelegenheit, Rache zu üben!« Er trommelte mit den Fingern auf seinem Dolch. »Aber ich wollte sie nicht tot, Sir John. Ich wollte sie nur als Gefangene. Ich wollte, daß sie die Kränkungen, die ich erfahren hatte, am eigenen Leib zu spüren bekamen. Sich nach ihren Familien zu verzehren wie ich. In einem Raum auf und ab zu gehen und den Kummer der Trennung zu spüren.« Er schaute den Coroner geradeheraus an. Athelstan sah die Flecken der Wut auf seinen Wangenknochen. »Und wenn ich sie hätte umbringen wollen, Sir John, dann hätte ich es auf ehrenhafte Weise getan. Ich bin vielleicht der Ritter mit dem schmutzigen Wams, werde alt und verschroben, aber für mich käme nur Schwert gegen Schwert oder Lanze gegen Lanze in Frage, nicht Gift im Dunkel der Nacht.«

»Gut gesagt! Gut gesagt!« gab Athelstan zu.

»Und die Leiche?«

»Sie wird auf irgendeinem Friedhof verscharrt!« blaffte Sir Walter. »Wenn die Franzosen sie nach Hause holen wollen, müssen sie dafür bezahlen!«

»Ich glaube, ich gehe lieber«, unterbrach der Arzt.

Aspinall verabschiedete sich und ging leise hinaus.

Sir Walter wartete ab, bis die Schritte verklungen waren.

»Da geht ein Mann«, murmelte er voller Sarkasmus, »der daran glaubt, daß eine offene, ehrliche Sprache eine Menge Sünden verdeckt.«

»Wie meint Ihr das?« fragte Athelstan.

»Unser lieber Arzt ist, was er zu sein behauptet, aber er kommt gern nach Hawkmere Manor.«

»Hört auf, in verdammten Rätseln zu sprechen!« fuhr Sir John ihn an.

»Aspinall ist Junggeselle; er hat sich in den jungen Gresnay verguckt.«

»Ihr meint, er liebt Männer?«

»Das habe ich nicht gesagt, Sir John. Serriem hat es behauptet. Aspinall ist erst kürzlich nach London gekommen. Ich weiß nur wenig über ihn. Jedenfalls fiel Gresnay die Treppe hinunter. Aspinall hat ihn untersucht. Nichts weiter als Rippenprellungen. Serriem riß einen Witz, unser Arzt sei zärtlich wie eine Frau. Gresnay und Aspinall wurden daraufhin ganz unruhig, geradezu verlegen. Vielleicht wäre es zu einem Kampf gekommen, doch Vamier schaltete sich ein.«

»Gibt es noch etwas, das wir wissen sollten?« fragte Sir John.

»Sehr wenig! Die Franzosen sind eine eingeschworene Gruppe von Seeleuten und Soldaten, die von Jugend an gegen die gottverfluchten Engländer gekämpft haben. Sie geben wenig preis.«

»Wie lange werden sie hierbleiben?« fragte Athelstan.

»Sie stammen alle aus sehr wohlhabenden Familien. Aber das Lösegeld beträgt immerhin zehn Pfund in Gold für jeden.«

»Warum so viel?«

»Fragt jeden beliebigen Schiffseigner an der Themse«, antwortete Sir Maurice. »Die *St. Sulpice* und die *St. Denis* waren verhaßt und gefürchtet. Die beiden Kriegsschiffe haben der englischen Schiffahrt entsetzlichen Schaden zugefügt. Sie haben nur bekommen, was sie an andere ausgeteilt haben.«

»Halt! Halt!« Sir John hob die Hand, als Sir Walter die Tür öffnen wollte. »Die Männer hatten das Kommando über Kriegsschiffe?«

»Das sagte ich doch.«

»Sir Maurice, als die *St. Sulpice* gekapert wurde, was hatte sie da geladen?«

Der junge Ritter kratzte sich das Kinn. »Vor allem Waffen, ein paar Kommoden und Truhen, die umgehend mit den Insignien des Regenten versiegelt wurden. Die Ladung geht immer an die Krone«, fügte er mit schiefem Lächeln hinzu.

»Und was ist aus dem Schiff geworden?« hakte Sir John nach.

»Oh, das fährt jetzt unter englischer Flagge, es wurde umgetauft in *Carisbrooke*.«

Athelstan barg seinen Schreibbeutel an der Brust. Irgend etwas stimmte hier nicht. Warum sollte ein Mann in so einem engen, abgesperrten Quartier umgebracht werden? War es nur Zufall, daß der verschlagene, heimtückische John von Gaunt ihn und Sir John gebeten hatte, ausgerechnet dem Ritter in seinen Herzensangelegenheiten zu helfen, dessen Kommando die Schiffe unterstanden, mit denen diese Franzosen an so einen erbärmlichen Aufenthaltsort befördert wurden? Wieder tappen wir im Dunkeln, dachte Athelstan; Schnipsel und Stückchen werden offenbar, doch das ganze Bild bleibt uns verschlossen. Er warf dem Coroner einen flüchtigen Blick zu. Die großzügigen Schlucke aus dem Weinschlauch machten sich jetzt deutlich bemerkbar. Das Lächeln auf seinem Gesicht war erstarrt, er leckte sich über die Lippen und tätschelte sich den Bauch.

»Kommt, Sir John«, drängte er. »Und Ihr, Sir Maurice, wir wollen unsere französischen Gäste aufsuchen.«

Die Gefangenen hatten sich in der langen, schmutzigen Halle unter der Treppe versammelt. Es war ein schmaler, düsterer Raum, der mit seinen Dachsparren Ähnlichkeit mit einer Scheune hatte. Die getünchten Wände hatten von den zahllosen Feuern im baufälligen, mit einem Sims versehenen Kamin eine schmutziggelbe Färbung angenommen. Schlecht geschrubbte Tischplatten auf Böcken standen herum. Die beiden mageren Wolfshunde leckten eifrig die Tischplatten nach Leckerbissen ab.

Die Franzosen saßen auf einem Podium und teilten sich einen Weinkrug und einen Teller gebratener Hühner.

Athelstan hatte Sir Walter im Verdacht, diese Mahlzeit aufgetragen zu haben, um seine Gefangenen zufriedenzustellen und sie davon abzuhalten, in eine Protestlitanei über ihre schlechten Bedingungen zu verfallen. Die Männer waren wortkarg, zäh, jünger als Serriem, hatten kurzgeschorenes Haar und wettergegerbte Gesichter. Sie trugen schmutzige Kleidung, schäbige Wämse über abgetragenen, fadenscheinigen Hemden. Die einzige Ausnahme war ein junger Mann mit mädchenhaften Zügen, vollen roten Lippen und Augenwimpern, um die ihn jedes Mädchen beneidet hätte. Er hatte sich die blonden Haare wachsen lassen, und seine Haut war so weiß, daß Athelstan sich fragte, ob er sie sich wohl gepudert hatte.

Sie machten kaum Anstalten, ihre Besucher zur Kenntnis zu nehmen, sondern unterhielten sich weiter, bis Sir Walter mit der Hand auf den Tisch schlug.

»Ah, guten Morgen, Sir Walter«, sagte einer von ihnen. »Wir haben Besuch?«

Ihr Kerkermeister stellte sie vor. Routier war der erste, der sie mit verschlossener Miene begrüßte. Der griesgrämige Maneil, dessen linkes Augenlid herabhing, fummelte ständig an einer tiefen Narbe auf der Wange herum. Vamier hatte ein freundliches Gesicht, zumindest die Augen lächelten. Athelstan mochte den blonden Gresnay, der sie einfältig und spöttisch ansah, auf Anhieb nicht leiden. Die englische Sprache beherrschten sie sehr gut. Sie ignorierten Sir Maurice und nahmen seine Anwesenheit nur mit einem Kopfnicken zur Kenntnis. Athelstan zeigte sich überrascht, doch Sir Maurice klärte ihn flüsternd darüber auf, daß Kapitäne zur See, anders als die Ritter der Kavalerie, Feindseligkeiten und Eifersucht nährten. Die Gefangenen betrachteten Sir Maurice als Ursache ihres Unglücks. Sir Walter rückte noch mehr Stühle an den runden Tisch. Er bot Wein an, den Athelstan jedoch rasch ablehnte.

»Ich nehme an, Ihr habt von Serriem gehört? Dem armen Guillaume?« Routier funkelte Sir Walter an. »Es ist eine Schande«, tobte er. »Wir sind Gefangene und werden gegen unseren Willen festgehalten, exorbitante Lösegelder sind gefordert. Und jetzt sollen wir auch noch vergiftet werden!«

Sir John stand auf und beugte sich über den Tisch.

»Ich bin keine Schande, Sir! Wenn ein Mord begangen wird, muß der Gerechtigkeit Genüge getan werden!«

Routier blinzelte und lehnte sich zurück.

»Wenn das so ist«, lispelte Gresnay und warf das blonde Haar zurück, »werdet Ihr ein Wunder vollbringen müssen.«

»Ach, wie kommt Ihr darauf, Sir?« fragte Athelstan.

»Nun, Bruder«, erwiderte Gresnay, »wir alle haben geschworen, nichts zu essen oder zu trinken, was ein anderer nicht auch gekostet hat.«

Fünf

Gresnays Worte lösten tiefes Schweigen aus.

»Wie bitte?« stammelte Athelstan.

»Versteht Ihr Eure eigene Sprache nicht, Bruder?« versetzte Vamier schnippisch. Er tippte Gresnay auf den Arm. »Was Jean gesagt hat, ist wahr.«

»Was ist wahr?« fragte Sir John.

»Wir sind Offiziere des Königs von Frankreich«, erklärte Vamier. »Wir sind hier Gefangene, aber wir fürchten um unser Leben. Sir Walters Haß auf unsere Nation ist wohl bekannt.«

»Schließlich habe ich guten Grund!« brach es aus Sir Walter hervor.

»Ruhe jetzt!« Athelstan hob die Hände.

»Aber es stimmt«, fuhr Vamier fort. »Sieh an!« Die Verwirrung in Athelstans Blick war ihm nicht entgangen. »Hat er es Euch denn nicht gesagt? Es war die *St. Denis*, die den Angriff auf Winchelsea durchführte, bei dem seine Frau und seine Söhne ums Leben kamen.« Der Franzose hob die Schultern und breitete beschwichtigend die Arme aus. »Natürlich war es eine andere Mannschaft, andere Männer. Keiner der hier Anwesenden würde dem unmenschlichen Mord an einer Frau und ihren Söhnen zustimmen. Aber, Sir John, habt Ihr in Frankreich gekämpft?«

Sir John nickte; Athelstan erinnerte sich daran, wie er und sein Bruder Francis in eine französische Stadt gekommen waren, die englische Bogenschützen geplündert hatten. Frauen lagen mit aufgeschlitzten Kehlen tot auf der Straße, die Röcke hochgeschoben, und neben ihnen kleine Kinder. Bei diesem Anblick hatte der Krieg seinen Glorienschein verloren. Athelstan warf Sir Walter einen kurzen Blick zu. Der Ritter war bleich geworden, seine Lippen bewegten sich lautlos, Schweiß rann ihm über die Wangen.

»Ich bin kein Mörder«, sagte er heiser. »Ja, ich hasse Euch. Wenn es nach mir ginge, würde ich dafür sorgen, daß Ihr am Galgen endet, Piraten, die Ihr seid!«

Hätte Sir John nicht krachend mit der Faust auf den Tisch geschlagen, wäre es beinahe zu einem Kampf gekommen.

»Wann habt Ihr diesen Eid geschworen?« fragte er. »Was hatte er zu bedeuten?«

»Als wir hierherkamen«, sagte Routier, »und erkannten, daß Sir Walter für uns zuständig war.« Er deutete auf den Teller. »Sir Walter kann es Euch bestätigen: Wir essen nur von einem Geschirr und trinken aus einem Krug.«

»Und gestern abend?« fragte Athelstan.

»Wie immer. Wir haben hier zu Abend gegessen; es sollte wohl Fisch sein. Wir tranken alle denselben fauligen Wein und aßen dasselbe schimmelige Brot.«

Seine Kameraden senkten den Kopf, um ihre Erheiterung zu verbergen. Sir Walter hatte eine wütende Entgegnung auf der Zunge, doch Athelstan packte ihn beim Handgelenk.

»Die wollen Euch doch nur provozieren«, flüsterte er.

»Wenn wir ihm auf dem Schlachtfeld begegnet wären«, tönte Gresnay großspurig, »hätten wir mehr als das mit ihm gemacht, Bruder!«

»Vielleicht habt Ihr eines Tages Gelegenheit dazu!« rief Sir Walter, Speichelflocken auf den Lippen.

»Aber es gibt noch einen anderen Grund, nicht wahr?« fragte Athelstan.

Die Veränderung, die mit den französischen Rittern vor sich ging, war bemerkenswert. Sie ließen ihre lässige, aufreizende Haltung fallen. Vamier rutschte unruhig auf seinem Stuhl hin und her, Routier zog den Weinkrug zu sich und füllte seinen Becher.

»Nun kommt schon!« hakte Athelstan nach. »Ihr seid doch kaum eine Schar von Brüdern, oder? Schließlich wart Ihr einst Hahn im Korbe, die Herrscher über den Kanal, und dann gingen Eure beiden Schiffe eines Tages zwischen englischen Kriegsschiffen und dem Hafen von Calais in die Falle.«

»In einem Kampf unter Gleichen!« wehrte sich Routier.

»Das launische Rad des Schicksals, und das Schicksal ist blind. Vielleicht wird beim nächsten Mal, wenn wir aufeinandertreffen, Sir Maurice erfahren, wie es ist, Gefangener zu sein?«

»Oh, antwortet auf die Frage!« fuhr Sir John ihn an. »Zwei französische Schiffe wurden an einem Tag aufgebracht! Das riecht doch nach Verrat! Ihr habt dickbäuchige Frachtschiffe erwartet, vollbeladen mit Wein aus Bordeaux. Jawohl. Der beste, schwere Rotwein, das einzig Gute, was Frankreich hervorbringt.« Der Coroner grinste. »Das stimmt nicht ganz, aber wir können hier den ganzen Tag wie kleine Gassenjungen sitzen und uns gegenseitig beschimpfen.«

»Man hat uns verraten.« Vamier trommelte mit den Fingern auf der Tischplatte.

»Und der Verräter könnte einer von Euch sein?« fragte Athelstan.

»Möglich.«

»Es hätte jeder sein können«, sagte Gresnay mit einer unbestimmten Geste.

Sir John warf ihm ein glückseliges Lächeln zu.

»Junger Mann, ich lebe in London, doch ich weiß, daß in den französischen Häfen Kriegsschiffe zum Auslaufen bereitliegen. Ich weiß das einfach. Die Seemöwen wissen das, die Ratten auf dem Schiff wissen es.« Sein Gesicht nahm strenge Züge an. »Aber wie viele Männer wissen, was in versiegelten Befehlen steht? Nun sagt schon, wie viele?« Er deutete auf Routier. »Ich frage Euch, Sir, wie viele Männer auf der *St. Sulpice* und der *St. Denis* wußten, wohin Ihr wann segeln würdet, und welches Euer Ziel war?«

»Es waren sechs«, gab Routier zu. »Wir vier, Serriem und Dumanier. Er fiel im Kampf.«

»Wenn es also einen Verräter gegeben hat«, fuhr Sir John säuselnd fort, »hätte es Dumanier sein können, obwohl ein Judas für gewöhnlich dafür sorgt, daß er in Sicherheit ist. Es hätte Serriem oder, meine Herren, einer von Euch sein können.«

Das einsetzende Schweigen wurde plötzlich von zwei großen Hauskatern unterbrochen, die in der Halle eine Ratte gefangen hatten und unter Gekreisch damit beschäftigt waren, sie zu töten. Sir Walter zog sein Schwert und ging hin. Ein Kater, dem die Ratte aus dem Maul hing, rannte davon, gierig verfolgt von seinem Gefährten.

»Der Tod ist überall«, sinnierte Maneil.

»Und er kann wieder zuschlagen«, erwiderte Athelstan. »Wir sind nicht hier, meine Herren, um unsere Rolle zu spielen und abzutreten. Der Regent persönlich hat sich eingeschaltet. Wenn es einen Verräter unter Euch gibt, will er vielleicht, daß Ihr alle sterbt. Andererseits mag Euch bekannt sein, wer der Verräter ist. War es Serriem? Habt Ihr ihn rechtmäßig hingerichtet? Schließlich habt Ihr uns gerade versichert, daß keiner von Euch etwas ißt oder trinkt, was nicht einer Eurer Kameraden auch zu sich nimmt. Trotzdem wurde Serriem vergiftet.«

»Wollt Ihr damit sagen, wir hätten Serriem mit Gewalt etwas in den Mund geschoben?« fragte Maneil.

»Möglich ist es.«

»Aber wir haben gestern abend zusammen gegessen, und Sir Walters Wachen standen um uns herum. Wir haben uns unterhalten, Schach gespielt, es war keine Verstimmung zu spüren. Serriem war ein guter Kamerad, der geborene Seemann. Wenn es einen Verräter gibt, war es bestimmt nicht er.«

Athelstan nahm sein Tintenhorn heraus, einen gespitzten Federkiel und ein Stück Pergament, das er mit einem Bimsstein glättete. Dann notierte er rasch ihre Namen und hielt in kurzen Worten fest, was er erfahren hatte. Als er aufblickte, saß der Coroner lässig auf seinem Stuhl, den Kopf im Nacken, den Mund geöffnet, und schlief friedlich. Athelstan merkte, daß die Franzosen nicht gerade beeindruckt waren.

»Sir John betrachtet Serriems Tod wohl als unwichtig«, sagte Gresnay mit schneidender Stimme.

»Mylord Coroner«, erwiderte Athelstan und legte den Federkiel nieder, »ist ein hart arbeitender, erschöpfter Mann, der in seinem Arbeitszimmer sitzen sollte, statt sich einen Haufen Lügen anzuhören.«

»Lügen!« kreischte Routier.

»Ja, Sir, Lügen! Einer lügt hier.«

»Warum fragt Ihr dann nicht ihn?« Routier zeigte auf Sir

Walter. »Bruder Athelstan, wir haben kein Gift. Unser edler Kerkermeister hat bereits unsere Habe durchsucht.«

»Stimmt das?« fragte Athelstan.

Sir Walter nickte. »Ich habe nichts gefunden«, bestätigte er. »Ganz und gar nichts.«

»Was ist mit dem Garten?« Sir John schlug die Augen auf und schmatzte.

Routier schnappte mit offenem Mund nach Luft. Athelstan verbarg seine Erheiterung. Sir John schien die Gabe zu besitzen, gleichzeitig zu schlafen und zuzuhören.

»Was ist mit dem Garten?« wiederholte der Coroner und rieb sich das Gesicht. »Da wachsen Pflanzen.«

»Warum prüft Ihr uns nicht?« erwiderte Routier. »Wir sind Seeleute, Mylord Coroner, keine Gärtner. Ich spreche wohl für uns alle, wenn ich sage: So mir nicht einer das Gegenteil nachweist, könnte ich kein Kraut vom anderen unterscheiden.«

Zustimmendes Raunen seiner Kameraden war die Antwort. Athelstan blickte starr auf das Pergament. Nichts, dachte er, hier erfahren wir nichts.

»Noch eine letzte Frage. Serriem war die ganze Zeit bei Euch?«

»Das habe ich Euch bereits gesagt«, antwortete Routier müde. »Wir haben hier zu Abend gegessen. Wir sind im Garten auf und ab gegangen. Wir haben Schach gespielt, gewürfelt oder etwas anderes gemacht. Niemand hat Guillaume etwas essen oder trinken sehen, nachdem er vom Tisch aufgestanden war.«

»Seid Ihr dessen sicher?«

»Als die Wachen kamen, um uns in unsere Kammern zu bringen, war Serriem noch wohlauf. Er nahm seinen Weinbecher mit, aber der enthielt nichts, was wir nicht auch getrunken hätten.«

Kurz darauf verließen Sir John, Sir Maurice und Athelstan Hawkmere Manor.

»Bin ich froh, draußen zu sein!« rief Sir John, sobald sie außer Hörweite waren. »Ein gottverfluchter Ort!« Er blieb stehen, um einen Schluck aus seinem Weinschlauch zu nehmen.

»Was macht Ihr daraus?« fragte Sir Maurice.

Athelstan warf einen Blick zurück auf die hohe, graue Außenmauer und unterdrückte ein Schaudern. Viele Todesfälle, mit denen er und der Coroner sich beschäftigen mußten, waren eine Folge von Unfällen oder tätlichen Auseinandersetzungen. Hin und wieder, so wie heute, betraten sie eine andere Welt, die Athelstan im stillen »das Reich des Teufels« nannte. Hawkmere gehörte dazu, wurde sogar so genannt. Ein Ort, an dem es von Bosheit, Haß, Lügen und blutigem Mord nur so starrte.

»Ich bin wütend«, murmelte er, bereute seine Worte aber sofort.

»Was meinst du damit?«

»Nichts.«

Athelstan winkte seinen beiden Gefährten zu. Er wartete nicht auf sie, sondern verließ den Weg und ging querfeldein über das leicht abschüssige Brachland. In einer Senke befand sich ein kleiner Tümpel oder See, den die Sonne bereits halb ausgetrocknet hatte. Der Wasserspiegel war gesunken und hatte einen schlammigen Kreis hinterlassen, auf dem Wasserpflanzen und Gestrüpp aus Mangel an Nahrung abstarben. Ein öder Ort. Athelstan setzte sich in den kühlen Schatten eines Baumes. Über ihm sang sich eine Drossel das Herz aus dem Leib. Sir John stellte sich neben ihn.

»Was ist los, Bruder?«

»Ich weiß nicht, Sir John. Es ist nur so ein Gefühl, die Vorahnung einer Gefahr.«

»Für dich?«

Athelstan schüttelte den Kopf. »Trotz ihrer Unverschämtheiten, Sir John, haben diese Franzosen Angst, und Limbright genauso.«

»Du meinst, der Mörder ist nicht unter ihnen?«

»Das habe ich nicht gesagt. Möglicherweise wird es noch mehr Todesfälle in Hawkmere geben, aber zum jetzigen Zeitpunkt können wir nicht viel tun.«

Athelstan beobachtete einen Hausierer, der seinen Esel über den Weg führte. Der Mann trug Beinlinge, Stiefel, ein Wams aus Wolle und hatte die Kapuze zum Schutz vor der Sonne über den Kopf gezogen. Er drehte sich um und winkte ihnen zu. Athelstan schlug ein Kreuz in seine Richtung.

»Da geht ein glücklicher Mann«, sagte er. »Er besitzt wenig und verweilt nie lange an einem Ort.«

»Was hat das mit Hawkmere zu tun?«

»Die Männer sollten anderswo untergebracht sein. Sir John, wie konnte Serriem ermordet werden? Limbright weiß, daß der Finger des Verdachts auf ihn weist, und die Franzosen waren von Anfang an vor ihm auf der Hut. Sie haben sich sogar geschworen, vorsichtig zu sein mit dem, was sie essen oder trinken. Wir wissen, Serriem hat nichts angerührt, was Verdacht aufkommen ließe; sein Körper trägt kein Mal, und sein Zimmer war verschlossen und gesichert.«

»Danach haben wir sie nicht gefragt«, wandte Sir John ein.

»Das lassen wir zunächst mal dahingestellt. Obwohl es unbegreiflich ist, Sir John, daß sich jemand mit Gewalt Zutritt zu Serriems Zimmer verschafft und ihn gezwungen hat, Gift zu nehmen.«

»Es könnte ein Trick gewesen sein. Jemand, der sich als Freund ausgibt.«

»Wenn das so ist, dann hätte Serriem sehr dumm gehandelt, denn das muß Limbright gewesen sein. Soweit ich mitbekommen habe, trägt er die Schlüssel zu den Zimmern stets bei sich.«

Er schaute dem Coroner über die Schulter. Sir Maurice war in die Hocke gegangen und pflückte Blumen.

»Ah, der liebeskranke Ritter«, sagte Athelstan. »Aber er muß sich gedulden. Sir John, wenn ich Gift kaufen will, etwas Ungewöhnliches, wohin müßte ich dann in London gehen?«

»Wenn du dich an einen Apotheker oder einen Bader wie Aspinall wendest, die vom Rat der Stadt eine Verkaufslizenz haben, tragen sie es in ihre Bücher ein.«

»Ein Mörder würde sie demnach nicht aufsuchen?«

»Nein. Er würde nach Whitechapel oder gar nach Southwark zu jenen Geschöpfen der Nacht gehen, die mit Liebestränken und Gift, mit Zauberkräften, zerstoßener Krötenhaut oder um Mitternacht gesammelten Pilzen handeln.«

»Und davon gibt es viele?«

»Nun, um mit dem Evangelium zu sprechen, ihr Name ist Legion, denn ihrer sind viele. Die meisten unter ihnen sind Quacksalber, hinterhältige Menschen. Sie verkaufen dir ein Pulver, das jedoch nicht schädlicher ist als Kreide. Echte Meuchelmörder sind nur wenige.«

Sir John schloß die Augen und konzentrierte sich, ging die Namen durch, die er kannte, jene Männer und Frauen, die im Schatten des Gesetzes lebten und die er gern am Schlafittchen packen würde, doch fehlten ihm stets die Beweise.

»Vulpina ist eine davon. Nun, so nennt sie sich inzwischen. Vor Jahren war sie unter dem Namen ›die heiße Meg‹ bekannt, eine wollüstige Frau, eine bekannte Hure.«

»Was geschah?« fragte Athelstan neugierig.

»Jemand hat ihrem Gesicht ein Mal aufgedrückt und ihr die Nase aufgeschlitzt. Niemand kennt den Grund. Jedenfalls verwandelte sich die heiße Meg in Vulpina, eine Händlerin mit Zaubergiften. Unsere Vulpina ist die Königin der Giftmischer. Mit ihr könntest du anfangen. Aber zuerst wollen wir uns um unseren liebeskranken Ritter kümmern.«

Sie wandten sich dem Ritter zu und verkündeten, sie wollten nun zur Stadt zurückkehren.

»Und was ist mit mir?« fragte Sir Maurice und breitete hilflos die Arme aus. »Verzeiht, wenn ich wehleidig klinge.«

Athelstan nahm seine Hand. Der Schmerz in den Augen des jungen Mannes ging ihm zu Herzen.

»Richtet Mylord, dem Regenten, aus, wir haben die Sache in Angriff genommen. Keine Bange«, tröstete Athelstan ihn, »die Liebe gewinnt am Ende immer.«

Der junge Ritter schien wenig überzeugt, doch er bedankte sich bei ihnen und ging fort.

»Ein großartiger Mann«, sagte Sir John und nahm noch einen Schluck aus seinem Weinschlauch. »Er sieht aus wie ich, als ich noch jung war, der kühne Blick, der geschmeidige Körper …«

»Ja, ja, Sir John. Ach, Sir Maurice!« rief Athelstan ihm nach.

Der Ritter drehte sich um.

»Wer kauft die Vorräte für Hawkmere Manor ein?«

Sir Maurice schaute auf den Weg und scharrte mit der Stiefelspitze im Staub.

»Das gehört zu meinen Pflichten«, rief er zurück, machte auf dem Absatz kehrt und ging fort.

»Was um alles in der Welt sollte das?« fragte Sir John.

»Nur so ein Gedanke, Mylord Coroner.«

»Aber der Arzt hat doch gesagt, er habe die Vorräte untersucht!«

»Was mich verwirrt«, erwiderte Athelstan, »ist, daß wir hier fünf Männer haben, die sich gegen jede Art von Gift geschützt haben. Wir sind nicht ganz sicher, ob sie Angst vor Limbright oder vor dem Verräter in ihrer Mitte haben. Ich glaube allerdings nicht, daß das Gift aus dem Garten des Lehnsgutes stammt. Wir wissen nicht einmal, ob dort überhaupt etwas Giftiges wächst. Und selbst wenn: solche Gifte müssen zubereitet werden. Man kann Fingerhut nicht einfach pflücken und jemandem zu essen geben. Die Gefangenen wurden durchsucht, wahrscheinlich mehrere Male nach ihrer Gefangennahme; Pulver oder Gift hätte man bemerkt.«

»Und deshalb?«

»Deshalb, Sir John, gebietet die Logik den Schluß, daß das Gift entweder nach Hawkmere gebracht und einem der Franzosen gegeben wurde, um Serriem und vielleicht auch andere zu vergiften, obwohl der Herrgott weiß, warum ...«

»Oder«, beendete Sir John den Gedankengang für ihn, »das Gift wurde von jemandem erworben, der das Gut betreten und verlassen kann, wann er will.«

»Genau! Was uns zu Limbright führt. Vielleicht seine Tochter, so geistig entrückt sie auch sein mag, oder unser guter, prächtiger Arzt Aspinall, oder vielleicht sogar Sir Maurice.«

»Ich glaube nicht, daß Maltravers ein Giftmischer ist. Er ist Soldat und Krieger.«

»Nein, nein, Sir John, er ist Diener des Regenten. Maltravers im Krieg mag eine andere Person sein. Herausgeputzt zum Kampf wird er hinausziehen und seine Feinde niederstrecken. Zu Hause aber ist er wie ein unruhiges

Kriegspferd, zu allen möglichen niedrigen Aufgaben hierhin und dorthin geschickt.«

»Und?« fragte Sir John verärgert. »Erkläre dich, Bruder.«

»Da ist der mächtige Kaufmann aus London, Thomas Parr. John von Gaunt könnte ihn bestechen, wenn er ihm die Hand eines Prinzen zur Hochzeit anbietet, aber er tut es nicht. Statt dessen fördert er den Anspruch seines tapferen, aber mittellosen Ritters.«

»Und als Gegenleistung dafür ist Maltravers mit allem einverstanden, was Gaunt von ihm will?«

»Vielleicht.«

»Aber warum, mein lieber Mönch?«

»Ordensbruder, Sir John.«

»Ist doch dasselbe, verdammt! Warum sollte Gaunt den Tod der Franzosen wollen? Er hat beträchtliche Summen aus ihrem Lösegeld zu erwarten, und er hält sie vom Meer fern, in sicherer Entfernung von englischen Schiffen.«

»Das wäre Grund genug«, entgegnete Athelstan, doch er sah, daß der Coroner ihm nicht glaubte.

»Komm schon, mein guter Ordensbruder, wir wollen Sir Thomas Parr einen Besuch abstatten.«

Sie überquerten das Brachland, verließen den Feldweg, als eine Gruppe Höflinge auf ihren Pferden vorübergaloppierte, lachend und scherzend, die auffallend verzierten Kleider leuchteten in der Sonne. Die Höflinge schwatzten miteinander und hatten kaum einen Blick für den dicken Coroner oder den kleinen Ordensbruder übrig. Auf dem Arm trugen sie Falken, deren Kopf unter einer Haube verborgen war; ihre Riemen klingelten wie Elfenglocken. Hinter der Gruppe trotteten Hunde, Jagdhunde und Bulldoggen mit ihren Pikören. Sir John verengte die Augen zu Schlitzen und schaute ihnen nach.

»Sie reiten in die Marsch hinunter«, sagte er. »Mir tun die armen Reiher leid. Das ist es, was in dieser Stadt im Argen liegt, Athelstan: Die Reichen scheren sich keinen Pfifferling darum, während die Armen in ihren Elendsquartieren sitzen und hohläugig zusehen und an die Waffen denken, die sie unter ihren verdreckten Fußböden versteckt haben.«

Athelstan schaute ihn alarmiert an. »Sir John, Ihr klingt besorgt?«

»Das ginge dir nicht anders, Bruder, wenn du gelesen hättest, was ich gelesen habe.«

Als wollte sie den Worten des Coroners zustimmen, zog sich die Sonne hinter einer Wolke zurück, und ein Schatten huschte über die Felder.

»Ihr glaubt, die große Revolte steht bevor, nicht wahr?« fragte Athelstan.

»Ich weiß es, Bruder, aber Gaunt und seine Busenfreunde hören nicht zu. Erinnere dich an Frankreich.« Er führte Athelstan auf den Feldweg zurück. »Die Engländer, Athelstan, setzen ihr Vertrauen nicht in die Ritter, sondern in die Freisassen, die reichen Bauern und die kleinen Pächter mit ihren langen Bögen. Jetzt, da wir aus Frankreich vertrieben sind, außer aus Calais, sind all diese Soldaten nach Hause zurückgekehrt, essen harte Brotkanten und trinken brackiges Wasser. Die Schattenmänner, jene, die für den Regenten spionieren, fordern, daß Waffen und Ausrüstungen in die Stadt gebracht werden. Noch schlimmer, die Anführer der kleinen Pächter haben Verbündete hier, Männer, die es besser wissen müßten. Sie glauben, sie könnten das Rennen gewinnen, wenn sie sich die Wette teilen und gleiche Beträge auf jedes Pferd setzen.«

»Das heißt?«

»Schlägt die Revolte fehl, werden sie Gaunt unterstützen. Wenn die Aufständischen jedoch die Stadt einnehmen, den Tower besetzen und auf Westminster marschieren, gibt es genug, die dann aus ihren Löchern kriechen und bereitwillig die Große Gemeinschaft unterstützen.«

Athelstan blieb stehen. Er sah die Reiter in der Ferne verschwinden. Das hatte er immer befürchtet. Er war Pfarrer in Southwark und kümmerte sich um seine Gemeinde. In den schmalen, schmutzigen Gassen hatte er die Gerüchte vernommen, das von der Fröhlichkeit und Geschäftigkeit des Alltags überlagerte Wispern; hatte tiefen Kummer gespürt und hin und wieder den Schlachtruf gehört, den Chor der Arbeitenden: ›Als Adam grub und Eva spann, wo war da der Edelmann?‹

»Komm, Bruder, wir wollen Sir Thomas Parr aufsuchen. Auf dem Weg dorthin erzähle ich dir von der Nonne, dem Ordensbruder und dem wollüstigen Ziegenbock.«

Sie kamen in die Stadt und schlugen den Weg durch Martins Lane hinunter zur Cheapside ein. Es war inzwischen früh am Nachmittag. Einige der Verkaufsstände hatten geschlossen, so daß ihre Besitzer sich in nahegelegenen Wirtshäusern und Garküchen stärken konnten. Sir John warf hungrige Blicke hinüber, doch Atheltstan drängte weiter.

»Vielleicht bietet Sir Thomas uns guten Wein an«, redete er ihm gut zu. »Wir müssen unsere Sinne beisammenhalten, Sir John.«

An der Ecke zur Westchepe hatte sich eine Menschenmenge versammelt. Ein Mann in grellbunten Lumpen, mit schneeweißem Haar und funkelnden Augen im sonnengebräunten Gesicht verkündete der Menge: »Weh den Reichen! Jenen, die sich von weichem Fleisch ernähren! Die ihre Bäuche mit süßem Wein füllen! Der Tag des Gerichts naht! Feuerkreise werden auf die Stadt fallen! In den Straßen wird das Gewürm der Erde ausschwärmen! Zu Tausenden und Abertausenden!« Er hielt inne, um Luft zu holen.

Athelstan erkannte den Wanderprediger als einen, der die Große Gemeinschaft des Reiches unterstützte. Das »Gewürm der Erde« war ein geläufiger Begriff für die kleinen Pächter, die unterdrückten Leibeigenen, die landlosen Arbeiter.

»Engel werden ihnen voranschreiten!« fuhr der Prediger fort. »Sie werden die Glocke des Untergangs läuten!« Mit diesen Worten begann er die Handglocke zu schwingen, die er bei sich hatte.

Mit zustimmendem Kopfnicken und glühenden Augen scharten sich die Ladenbesitzer, Lehrburschen, Hausierer und Kesselflicker, die Höker, Bettler und Krüppel aus den Gassen um ihn. Am Rand standen ein paar Marktbüttel, die nervös an ihren Dolchen im Gürtel fingerten und mit dem Amtsstab auf den Boden klopften.

»Und was haben wir zu fürchten?« fuhr der Prediger fort. »Den Tod? Wir leben den Tod!«

Ein Raunen der Zustimmung erhob sich aus der Menge.

»He, du da, Pig's Arse!« Sir John packte einen kleinen Mann, der durch die Menge rannte, am Genick. Aus dem Ärmels seines Wamses lugte ein dünner Dolch.

»Ah, Sir John, guten Tag.« Ängstlich schaute der Bettler zum Coroner auf.

»So, Pig's Arse«, sagte Sir John schnaufend. »An deiner Stelle würde ich hier nicht anfangen, Geldbeutel aufzuschneiden. Dieser fröhliche Haufen wird im Handumdrehen bedrohlich und hängt dich auf der Stelle!«

Pig's Arse trollte sich. Sir John schaute über die Köpfe der Menge hinweg. Eine Gruppe Soldaten kam die Westchepe hinauf. Sie trugen die Uniform des Regenten und Fitzalan, des Grafen von Arundel.

»Da sind sie ja!« Der Prediger hatte sie ebenfalls erblickt. »Kommen, um die Stimme der Wahrheit zum Schweigen zu bringen!«

Die Menge drehte sich wie ein Mann um. Dolche blitzten auf, und wie aus dem Nichts tauchte eine Gruppe Männer in dunkelbraunem Lederwams auf. Sie trugen Bögen und Köcher voller Pfeile über dem Rücken.

»Der Herr stehe uns bei!« sagte Athelstan. »Sir John, das wird ungemütlich.«

Sir John zog sein Schwert, trat vor und schwenkte es, als wäre er Hektor von Troja.

»He, ihr da, meine Schönen! Ihr prächtigen Knaben alle! Das hier ist Cheapside, nicht Poitiers!«

»Haut ab, Sir Jack!« rief jemand.

Cranstons fuhr mit der Hand nach hinten und zückte den Dolch. Der Prediger war verschwunden, als habe er sich in Rauch aufgelöst. Sir John ging drohend auf die Bogenschützen zu.

»Wir haben keinen Streit mit Euch, Jack Cranston!« rief einer von ihnen, das Gesicht tief unter der Kapuze verborgen.

»Wenn Ihr Euch nicht verpißt, werdet Ihr ihn haben!«

Die Bogenschützen schlangen ihre Bogen über die Schulter und verschwanden zwischen den Verkaufsständen. Die Menge zerstreute sich hastig. Sir John steckt Schwert und Dolch wieder in die Scheide.

»Komm, Athestan, es wird Zeit, daß wir weitergehen.«

Als die Soldaten eintrafen, setzten sie ihren Weg durch die Cheapside fort. Athelstan erblickte Pig's Arse, der flink wie eines von Ranulfs Frettchen auf eine Gasse zurannte, einen kleinen Geldbeutel in der Hand.

»Ihr wart sehr tapfer, Sir John!«

»Wie ein Falke, der zum Töten herabstößt«, antwortete er. »Auf, jetzt gibt's erst richtigen Ärger!«

Sie bogen in eine Straße, die zur Zunfthalle der Goldschmiede führte. Die breite Durchfahrt war sauber gefegt, der Rinnstein war geleert und mit frischem Wasser aus einer Wasserleitung gefüllt. Die Häuser zu beiden Seiten waren groß und geräumig, hatten Grundmauern aus rotem Ziegelstein und in den oberen Stockwerken Fachwerk. Die Giebel wiesen Verzierungen und Vergoldungen auf, die Türen hingen gerade. Blumentöpfe schmückten das Mauerwerk, und die Luft war schwer vom Duft aus den Gärten vor den Häusern. In den geteilten Fenstern, die zum Teil farbig und mit Wappen verziert waren, spiegelte sich glitzernd die Sonne.

Das Haus von Sir Thomas Parr war das stattlichste. Es stand auf einem eigenen Grundstück, und rechts und links neben dem Pfad, der auf die hübsch bemalte Tür zuführte, standen zwei Apfelbäumchen. Die Haustür war mit schimmernden Eisennägeln verziert, und der große Messingknauf hatte die Form eines Ritters, der in einem Turnier mit der Lanze kämpft. Zu beiden Seiten des Eingangs standen riesige Töpfe mit Kräutern auf Holzkohlenbecken, und köstlicher Duft kräuselte sich wie Weihrauch in Schwaden empor. Rings um das Haus standen Bewaffnete in lässiger Haltung, massive Männer, die der reiche Kaufmann in seinen Dienst gestellt und mit seiner Livree eingekleidet hatte: weiße Überzieher, auf denen eine gepanzerte Faust mit einem Schwert zu sehen war. Sir Johns finsterem Blick wichen sie wohlweislich aus.

»Ich mag diese Schufte nicht!« murmelte der Coroner. »Kleine Privatarmeen. Schau sie dir an, Bruder, sie können die Hand nicht von Schwert und Dolch lassen. Zu viel rotes Fleisch und zu wenig Arbeit, immer auf einen Kampf aus.«

Athelstan musterte die Männer flüchtig. Es waren junge Männer aus der Stadt, erkennbar an ihren fest anliegenden Hosen und Stiefeln mit hohem Absatz. Sie waren gut bewaffnet; einige trugen sogar Armbrüste, und an ihren ledernen Schwertgurten hingen kleine Köcher voller Bolzen.

Sir John hob den Klopfer und ließ ihn krachend niedersausen.

»Das hat mir gefallen«, murmelte er.

Er wiederholte es. Die Tür ging geräuschlos auf.

»Was wünscht Ihr?«

»Wie heißt Ihr?« blaffte Sir John.

»Ralph Hersham, Leibwächter des Sir Thomas Parr.«

»Ich bin Cranston, Coroner des Königs. Und jetzt pack dich und laß mich rein!«

Sechs

Man führte sie in einen üppig ausgestatteten Empfangsraum, dessen Wände mit Eichenholz getäfelt waren. Die Bodenfliesen waren sauber geschrubbt und mit dicken Wollteppichen belegt. Von der schneeweißen Decke hing ein Kandelaber mit Kerzen. Blumentöpfe standen auf den eleganten Möbeln, die über den Raum verteilt waren. Stühle und Schemel bildeten einen Halbkreis um den Kamin, in dem kein Feuer brannte. Das Gitter war sauber und poliert. Auf Borden über dem Kaminsims schimmerten Töpfe aus Gold, Silber und Zinn. Fein geschnitzte Wappenzeichen bedeckten die Fenster; die Fensterläden wurden von roten Bändern zurückgehalten. Hersham bedeutete ihnen mit einer Handbewegung, auf dem gepolsterten Fenstersitz Platz zu nehmen, der auf den Rasen und kleine Blumenbeete an der Hausseite schaute.

»Darf ich fragen, was Euch herführt?«

Hershams schmales, bleiches Gesicht sah immer noch wütend aus. Er konnte die Finger nicht von seinem Dolchgriff lassen. Ein echter Draufgänger, dachte Athelstan, ein Mann, der gern großspurig durch die Gassen stolziert.

»Ihr seid Gefolgsmann von Sir Thomas?« fragte Sir John und rieb sich die Hände. Er wandte sich ab und schaute auf einen kleinen Rosenbusch mitten im Garten. Wie gern hätte ich eine davon, dachte er. Ich frage mich, wie Parr sie züchtet? Er drehte sich wieder zu Hersham um. »Nun?«

»Ich bin der Leibwächter und Diener von Sir Thomas«, antwortete Hersham.

»Ihr seid nicht aus London, nicht wahr?«

»Von der Südküste, Sir John.«

»Nun, wir können hier nicht den ganzen Tag warten. Lauft und holt Euren Herrn.«

Wenn Blicke töten könnten, wäre der Coroner auf der

Stelle tot umgefallen. Hersham ging hinaus und schlug die Tür hinter sich zu.

»Solche Kerle kann ich nicht ausstehen!« flüsterte Sir John zähneknirschend. »In meiner Abhandlung über die Verwaltung dieser Stadt …«

Athelstan sank in den Lehnstuhl zurück. Er schloß die Augen und genoß die kühle Brise, die vom Garten heraufwehte.

»Sir John, ich bitte Euch, sprecht leise und behaltet Eure Ansichten für Euch, bis wir wieder draußen sind! Bedenkt, Parr hat kein Verbrechen begangen! Wir sind hier, um ihn um einen Gefallen zu bitten.«

Die Tür ging auf, und Sir Thomas trat ein, Hersham direkt hinter ihm. Der fürstliche Kaufmann trug eine Schecke mit langem Pelzbesatz, der von den Ellbogen herabhing. Die Beinlinge schimmerten wie reine Seide. Er trug keine Schuhe, vielmehr waren die Sohlen der Beinlinge mit weichem, braunem Leder überzogen. An einem bestickten Gürtel um seine Taille hing ein vergoldeter Geldbeutel und ein Dolch.

Athelstan sank der Mut, als er Sir Thomas' Gesicht betrachtete: harte, grobe Züge, schmale Augen, eine Knollennase und dicke Lippen. Der Mann sah aus, als würde er ständig über alles und jeden zu Gericht sitzen. Er warf Athelstan, der seine Hand zum Gruß erhob, einen kurzen Blick zu. Sir John rührte sich nicht, sondern erwiderte nur seinen Blick. Athelstan fiel ein, daß die beiden Männer sich kannten. Parr brach als erster das Schweigen. Er trat mit ausgestreckter Hand vor.

»Nun, nun, Jack. Ich habe Euch hin und wieder von weitem gesehen. Ihr habt mit den Jahren zugelegt.«

»Seelisch wie körperlich«, erwiderte Sir John und ergriff Parrs Hand. »Wir haben uns lange nicht gesehen, Thomas.«

Parr drückte Athelstan die Hand und schnippte dann mit den Fingern. Hersham rückte einen der Stühle näher, so daß er sich setzen konnte.

»Es heißt, Ihr mögt Rotwein, Jack.«

»Das behaupten dieselben, die sagen, daß Ihr den Wohlstand liebt, Thomas.«

Parr gab ein dünnes, nasales Kichern von sich, doch sein Blick blieb wachsam.

»Und Lady Maude? Ist sie wohlauf?«

Sir John nickte.

»Isabella ist gestorben.« Parr schaute über ihre Köpfe hinweg, sein Blick wurde weicher. »Es ist schrecklich, wenn man zusehen muß, wie ein geliebter Mensch stirbt, nicht, Jack? Ein Sommerfieber. Sie war draußen im Garten und hat den Rosenbusch beschnitten. Als sie hereinkam, war sie in Schweiß gebadet. Am nächsten Abend war sie tot.«

»Das tut mir leid.« Athelstan sprach, bevor er dachte.

»Mir auch, Bruder.« Parr musterte ihn von Kopf bis Fuß. »Auch von Euch habe ich gehört, Athelstan. Es heißt, Ihr seid ein guter Pfarrer.« Er richtete seinen Blick wieder auf Sir John. »Trotz der Gesellschaft, in der Ihr Euch befindet! Aber kommt, wir wollen Wein trinken.«

Hersham reichte drei goldziselierte Becher. Sir John schlürfte und schloß die Augen.

»Der reine Nektar«, hauchte er.

»Der beste Bordeaux, Sir Jack. Ich habe ihn für Euch aufgehoben. Habe mich bereits gefragt, wann der Regent jemanden schicken würde.«

»Ihr habt uns erwartet?« fragte Athelstan.

»Es gibt im Savoy-Palast nicht vieles, Bruder, von dem ich nicht erfahre. Ein Silberstück hier, ein paar Grots da, und die Diener singen wie die Vögel auf den Bäumen. Bevor Ihr also fragt, die Antwort lautet nein. Sir Maurice ist ein ehrenvoller Ritter, ein tapferer Mann, ein Krieger, aber er ist arm, praktisch landlos und bringt nichts als sein Schwert mit.«

»Und sein Herz«, hakte Sir John rasch ein. »Ein gutes, starkes Herz, Thomas. Wie das Eure vor vielen Jahren, als wir gemeinsam die Gerichtsschenken unsicher machten.«

»Und was ist mit Angelica?« fragte Athelstan. »Liebt sie Sir Maurice nicht? Wollt Ihr sie verheiraten, so wie Ihr eine Stute zu einem Beschäler bringt? Sie zwingen, eine kalte, lieblose Verbindung einzugehen?«

»Angelica kennt ihre Pflichten.« Parr stellte seinen Weinkelch ab und spielte mit dem Ring an seinem Finger. Seine Züge wurden weicher. »Sie ist mein einziges Kind, und ich liebe sie von Herzen. Aber sie muß einsehen, daß es ein Irrtum war, ihr Herz an einen armen fahrenden Ritter zu verschenken.«

»Sie liebt ihn«, erklärte Athelstan. »Und er liebt sie, Sir Thomas, und ich kann Euch sagen ...«

»Was wollt Ihr mir sagen?« unterbrach Parr ihn. »Ihr wollt mir etwas sagen, Bruder? Was wißt Ihr denn schon von Liebe, von Frauen, von Begierde?«

Er war bleich geworden. Athelstan spürte die Besorgnis in dem Mann, der einen Krieg mit sich selbst austrug und somit einen Krieg gegen alle, die in seiner Nähe waren.

»Ich weiß nichts von den Maiden aus den Liedern der Troubadoure«, antwortete Athelstan. »Aber ich weiß viel über die Liebe, Sir Thomas, und die stirbt nie.«

»Wenn das so ist, dann könnt Ihr meine Tochter Angelica bei den Nonnen von Syon aufsuchen und ihr etwas über die Liebe zu ihrem Vater sowie über Pflicht, Gehorsam und Treue erzählen!« Er stand auf.

Athelstan gefiel das süßliche Grinsen auf Hershams Gesicht nicht. Der Mann lehnte mit verschränkten Armen an der Tür und schnalzte leise mit der Zunge. Athelstan mußte tief Luft holen, um seine Wut zu unterdrücken. Sir Thomas war abstoßend genug.

»Wart Ihr nie arm?« fragte er.

»Ja, genauso, wie Sir John einmal schlank war. Das Leben verändert sich, Bruder Athelstan, und was ist die Vergangenheit anders als ein Haufen Staub?« Er ging zur Tür. »Ihr habt meine Erlaubnis, Angelica zu besuchen, aber ich will nicht mehr mit Euch über diese Angelegenheit reden.«

Athelstan stellte seinen Becher auf einen Tisch. Sein Blick fiel auf ein geschnitztes Holzschiff, auf dem in kleinen, vergoldeten Buchstaben der Name *The Great Edward* stand.

»Gehört die Kogge Euch, Sir Thomas?«

Parr zuckte die Achseln. »Ich trage zu ihrem Unterhalt bei und bekomme einen Anteil an der jeweiligen Beute. Trotzdem, Bruder, bevor Ihr etwas sagt: Nein, es mildert meine Einstellung gegenüber Maltravers nicht! Nun, Sir John ...«

Ehe sie sichs versahen, standen der Coroner und Athelstan auf der Straße. Hinter ihrem Rücken ließ Ralph Hersham eine Bemerkung gegenüber den Gefolgsleuten fallen, die dort herumlungerten; schallendes Gelächter brach aus. Zornentbrannt drehte sich Sir John um und wollte ihnen etwas entgegnen, doch Athelstan zog ihn am Ärmel.

»Laßt sie, Sir John, wer zuletzt lacht, lacht am besten.«

Sie gingen zurück zur Cheapside. Inzwischen war es spät am Nachmittag, einige Verkaufsstände hatten den Handel bereits eingestellt, und die Menschenmenge begann sich zu zerstreuen. Sir John schmatzte. Auch Athelstan hatte Hunger, doch er wollte nach St. Erconwald zurück, um über die Ereignisse des Tages nachzudenken. Dennoch, überlegte er kleinlaut, hatten sie noch etwas zu erledigen.

»Sir John, ich weiß, Ihr wollt einen Humpen Ale und eine Pastete, aber die Zeit bleibt nicht stehen, und wir müssen noch eine Dame besuchen. Vulpina.«

Sir John stimmte ihm widerwillig zu. Sie gingen die Westchepe entlang, durch die Ivy Lane, vorbei an den massigen, hoch aufragenden Mauern der St. Paul's Kathedrale. An der Friedhofsmauer saßen die Gauner und Vagabunden, die auf dem Gottesacker von St.-Paul's-Zuflucht vor der Zuständigkeit der Stadtbüttel suchten. Sie erkannten Sir John und grüßten ihn mit derben Späßen. Athelstan zog sich die Kapuze tief ins Gesicht, während Sir John, der immer noch wütend über Hershams hämisches Gelächter war, mit gutmütigen Beschimpfungen antwortete.

»Eines Tages, meine Herzchen«, rief er, ehe sie um eine Ecke bogen, »sehe ich euch alle auf der Leiter zum Galgen!«

Durch diesen Wortwechsel gestärkt, legte er einen Schritt zu und zog Athelstan geradezu hinter sich her über die Fleet Street und durch ein Gewirr dunkler Gassen nach Whitefriars.

Whitefriars war kein angenehmer Ort. Die Häuser und Wohnungen waren schäbig, kaum gestrichen, der Putz bröckelte, die Farbe blätterte ab. Die Straßen wirkten wie Nadeln zwischen den überhängenden Häusern, die das Sonnenlicht aussperrten und den Himmel verbargen. Dunkle, höhlenartige Durchgänge gab es zuhauf, in denen Bettler sich an Straßenecken drängten und Huren schamlos auf

Türschwellen standen und Kunden ansprachen. Um sie herum schwirrten der Abschaum und Pöbel von London.

Sir John wurde nicht aufgehalten. Abgesehen von einer gelegentlichen Obszönität, die ihm an den Kopf geworfen wurde, war er ein geachteter und gefürchteter Mann. Wurde er provoziert, konnte es durchaus vorkommen, daß der Coroner ein Wirtshaus betrat und eine ganze Verbrecherschar am Schlafittchen packte und festnahm. Am Ende einer Gasse blieb er stehen, den Finger auf den Lippen.

»Die Straßen der Hölle, Bruder«, schnaufte er. »Am hellichten Tag ist es sicher, aber sobald es dunkel wird, tauchen die Dämonen auf.«

Wie zur Bestätigung seiner Worte stürmte eine Gruppe Zwerge und Kleinwüchsiger, knapp einen Meter groß, aus einer Tür. Sie umringten den Coroner und hüpften herum wie lärmende Kinder. Sie trugen eine buntgescheckte Mischung aus Lumpen und Harnischen. Der eine hatte einen kleinen Helm auf dem Kopf. Ein anderer hielt einen Schild in der Hand. Sie grüßten Sir John wie Schüler einen beliebten Lehrer. Athelstan erkannte die »Kurzen« aus Rats Castle; Zwerge, die aus Selbstschutz zusammenlebten. Sie waren bekannt dafür, daß sie Dieben und Einbrechern ihre Dienste anboten, da es kein Fenster gab, durch das sie nicht zu schlüpfen vermochten, und kein Durchgang zu schmal für sie war.

»Sir John, Sir John!«

Sir John klatschte in die Hände und bot ihrem Anführer, der sich als Sir Galahad überschwenglich bedankte, einen Schluck aus seinem Weinschlauch an. Der winzige, narbengesichtige Zwerg nahm ihn und fiel beinahe hintenüber, als er den Kopf zurücklegte, um zu trinken.

»Nette Kerle!« bemerkte Sir John. »Und welche Neuigkeiten habt ihr für Sir Jack?«

Die Kurzen antworteten mit einem Schwall hoher Stimmen im Dialekt der Londoner Elendsviertel. Er hörte wohlwollend zu, beugte sich dann herab, als Sir Galahad ihm etwas ins Ohr flüstern wollte.

»Da soll mich doch! Da soll mich doch!«

Der Coroner ließ ein paar Münzen in die Hand des kleinen Mannes fallen.

»Sie wollen, daß du sie segnest, Bruder.«

Athelstan hob die Hand zum Segen. Er konnte das alles kaum glauben, es war wie im Traum. Doch sobald er zum Segen ansetzte, fielen alle auf das Knie, den Kopf nach vorn geneigt.

»Erteile ihnen einen besonderen Segen!« drängte Sir John.

»Ich segne euch im Namen des Heiligen Franziskus«, hob Athelstan an und bemühte sich um eine feierliche Miene. »Diesen Segen kann man nur einmal im Monat erteilen, und ihr sollt ihn bekommen.«

Jetzt sanken sie auf beide Knie. Athelstan empfand Mitleid, als er sah, wie sie die kleinen Hände vor sich falteten.

»Möge sich unser Herr Jesus Christus euch zuwenden«, sagte er. »Möge er euch ein Lächeln schenken. Möge er euch an jedem Tag eures Lebens behüten.« Er schlug das Kreuz über ihnen.

Sir John packte ihn beim Handgelenk.

»Sie wollen auch eine Einladung«, sagte er heiser.

»Wohin?« fragte Athelstan.

»Nach St. Erconwald.«

Athelstan blieb das Herz stehen, aber er lächelte weiter.

»Sie ziehen um«, fuhr Sir John fort. »Sie sagen, sie seien hier nicht mehr sicher.«

»Ihr wollt mir doch nicht erzählen, Sir John, daß sie Southwark auserwählt haben?«

»Offenbar doch. Sie kennen einen aus deiner Gemeinde, Ranulf, den Rattenfänger. Sie haben von seiner Zunft gehört.«

Athelstan wußte, was kommen würde, und er verzagte noch mehr.

»Sie mögen dich, Athelstan. Weißt du, sie haben ihre eigene Zunft gegründet.«

»Und sie wollen St. Erconwald zu ihrer Kirche machen?«

»Sag nicht nein. Sie sind sehr wertvoll, Bruder – für mich.«

»Ihr seid herzlich willkommen«, sagte Athelstan.

Sir Galahad sprach erneut, schnell. Athelstan verstand

den Dialekt halbwegs: er erkannte die Wörter »Haus« und »Rattenfänger«.

»Offensichtlich«, übersetzte Sir John, »hat Bruder Ranulf sie auf Speichern und in Kellern sowie in Tunneln eingesetzt, um herauszufinden, wo die Ratten ihre Nester haben. Er hat ein Haus für sie nicht weit von St. Erconwalds gefunden, an der Ecke von Cat Stall Alley.«

Athelstan lächelte. »Der Herr sei uns gnädig, Sir John«, flüsterte er, als die Kurzen, vor Aufregung schnatternd, in einer Gasse verschwanden. »St. Erconwald wird ...«

»Willst du damit sagen, zur Zuflucht all jener, die ebenso merkwürdig wie wunderbar sind?«

»In der Tat, Sir John, ähnlich wie bei der Arche Noah. Voll mit allen möglichen Geschöpfen Gottes.« Er schob seine Kapuze zurück. »Aber was wollten die Kurzen von Euch?«

»Oh, sie haben mir die neuesten Gerüchte aus dem Bezirk mitgeteilt. Die kleine Rauferei, die wir heute morgen in der Cheapside erlebt haben, zum Beispiel. Offenbar schwärmen zur Zeit Agenten der Großen Gemeinschaft in der Stadt aus. Ihr einziges Problem ist, daß sie keine Waffen haben.«

»Heute morgen schienen sie gut gerüstet.«

»Oh, ein paar Bogen, ja. Ich sag dir was, Bruder. Wenn der Sturm losbricht, wird diese Stadt wilde Kämpfe erleben. Man wird den Tower und die anderen Befestigungsanlagen an der Themse verstärken. Viele Kaufleute wie Thomas Parr werden ihre Häuser in Festungen verwandeln. Die Bauern marschieren vielleicht mit ihren Sicheln und Rechen, Breithacken und alten Langbögen auf die Stadt, aber sie werden schlagkräftigere Waffen brauchen.«

»Könnten sie die nicht schon vorher in die Stadt bringen?«

»Jeder Karren, der in die Stadt kommt, wird von den Marktsheriffs und Bütteln untersucht, ganz zu schweigen von der Armee der Spione, die Gaunt ausgeschickt hat. Die Kurzen haben uns auch darüber in Kenntnis gesetzt«, fuhr Sir John fort und ging langsam weiter, »daß ein unbekannter Priester im Bezirk gesehen wurde.«

»Ist das merkwürdig?«

»Priester kommen nicht hierher. Whitefriars ist selbst für

die, die hier leben, gefährlich. Ihr Anführer, Sir Galahad«, fuhr er fort, blieb vor einer alten Schenke stehen und schaute zu den schmutzigen Fenstern hinauf, »sagte, er sei vor ungefähr zehn Tagen in einer Gasse gewesen. Man habe ihn angerempelt, der Mann habe das Kreuz geschlagen und eine Entschuldigung geflüstert, die Galahad als lateinisch erkannte.«

»Wonach schaut Ihr, Sir John?«

»Als junger Kerl pflegte ich diese Schenke aufzusuchen. Sie hieß ›Zum Maulbeerbaum‹. Ach, sie hat auch schon bessere Tage gesehen.« Er öffnete die Tür.

»Sir John, wenn Ihr eine Stärkung braucht ...«

»Nein, Bruder, nur deine Gesellschaft!«

Sie betraten den übelriechenden Schankraum, einen feuchten muffigen Ort. Die Fenster waren mit Brettern verrammelt, ein paar Öllampen brannten und verbreiteten einen ranzigen Geruch. In ihrem flackernden Licht glichen die Gäste, die auf umgedrehten Fässern saßen, um so mehr formlosen Schatten aus einem Alptraum.

»Guten Tag, alle miteinander!« brüllte Sir John. »Und Gott sei mit euch!«

Athelstan kniff die Augen zusammen. Er konnte die Weinfässer auf der Theke ausmachen, die Glut im Ofen, ein paar Bierfässer.

»Verpiß dich, Jack!«

»Na, das ist aber keine Art, einen guten alten Freund zu begrüßen! Wen haben wir denn da? Du liebe Zeit, das ist ja der einäugige Jesajah! Für dich liegen Haftbefehle vor, mein Lieber. Ein ungelöster Diebstahl in der Poultry.«

»Ich bin unschuldig wie ein Lamm«, krächzte die Stimme.

»Was willst du, Cranston?«

Eine Gestalt trat aus dem Schatten. Athelstan dachte zuerst, es sei ein Mann, aber im Schein einer Öllampe erkannte er, daß es sich trotz des Lederwams, den Beinlingen und Stiefeln um eine Frau handelte. Ihr fleckiges, etwas zu enges Batisthemd betonte die üppigen Brüste und den dicken, fetten Hals. Das Gesicht wirkte grotesk: die Nase war gespalten – eine lange, rote, häßliche Narbe vom Ansatz bis zur Nasenspitze, während sich kreuz und quer über das Gesicht Dolchspuren zogen. An einem Ohrläppchen baumelte eine große Perle an einer Silberkette.

»Na, na, Jack, Ihr seid doch nicht etwa gekommen, um unseren armen Jesajah festzunehmen?«

Der Coroner trat einen Schritt zurück und verbeugte sich spöttisch.

»Nein, Mistress Vulpina. Ich möchte ein paar Worte mit Euch wechseln.«

»Dann kommt am besten mit.«

Sie ging ihnen voran in eine entlegene Ecke des Schankraums und eine schmale, wackelige Stiege hinauf. Das Zimmer oben stand in krassem Gegensatz zu der üblen Kaschemme im Erdgeschoß. Die Fenster an einer Seite waren bunt verglast, die Wände weiß getüncht und mit farbigen Tüchern behängt. Der Boden war mit roten Ziegeln ausgelegt, sauber geschrubbt, und die Möbel sahen aus, als wären sie bei einem Zimmermann der Zunft in der Cheapside gekauft worden. In kleinen Töpfen wuchsen Blumen, parfümierte Duftkissen hingen an den Holzbalken unter der Decke. Vulpina führte sie in die gegenüberliegende Ecke, in der Stühle um einen polierten, ovalen Tisch gruppiert waren. Ein silbernes Salzfäßchen in Form einer Burg stand in der Mitte. Sie bot ihnen Wein an, doch Sir John lehnte überraschenderweise ab. Vulpina lachte kehlig. Bei hellem Tageslicht sah Athelstan, daß sie früher eine schöne Frau gewesen sein mußte. Sie hatte dunkelbraune Augen, groß und strahlend, obgleich ihr Blick unruhig hin und her huschte. Sie konnte ihnen nicht in die Augen schauen, sondern ging auf und ab, berührte das Salzfäßchen, sah aus dem Fenster oder gab vor, auf Geräusche aus dem Schankraum unten zu lauschen.

»Ihr seid nicht wegen des einäugigen Jesajahs hier.« Sie musterte Athelstan. »Ihr und der Dominikaner?« Ihre Lippen kräuselten sich verächtlich. »Ich habe nicht viele Priester unter meinen Kunden.«

»Die Ale und Bier kaufen?« fragte Athelstan.

Der verächtliche Zug wich aus Vulpinas Gesicht.

»Was verkauft Ihr?« hakte Athelstan nach.

Vulpina zupfte nervös an einem Büschel ihrer kurzen, dunklen Haare.

»Alles.«

»Einschließlich Gift?« fragte Cranston.

Vulpina lehnte sich auf ihrem Stuhl zurück, die Hände im Schoß, und klimperte mit den Augenlidern.

»Oh, Sir John«, gurrte sie.

»Keine Spielchen, ›Heiße Meg‹, mit mir nicht! Es wächst kein Kraut, kein Trank wird gewonnen, den Ihr nicht kennt.« Er schaute zur Decke hoch. »Ich frage mich, wo Ihr sie aufbewahrt?«

Cranston stand auf und ging durch das Zimmer. Er blieb vor der Holztäfelung an der gegenüberliegenden Wand stehen und betrachtete sie eingehend.

»Ein veritables Gewirr!« rief er aus. »Na, Vulpina? In meiner Jugend war der ›Maulbeerbaum‹ bekannt für seine Geheimgänge und Verstecke. Die Leute konnten mitten in der Nacht kommen und gehen, ohne gesehen zu werden. Ich glaube nicht, daß sich das geändert hat. Wer hat Euch in letzter Zeit besucht, Vulpina?«

»Wenn ich es Euch sagte, würdet Ihr nur rot, Sir John. Kommt und setzt Euch. Ihr habt keinen Haftbefehl oder eine Vollmacht, hier einzudringen.«

»Ich könnte jederzeit eine bekommen.« Er kam wieder zurück und ließ sich auf dem Stuhl nieder. »Das wäre ein schönes Stück Arbeit für einen ganzen Tag, was, Vulpina? Ich und ein paar Kerle aus der Stadt. Ich frage mich, was wir hier finden würden?« Er zog das silberne Salzfäßchen zu sich heran. »Ich bin sicher, das hier hat mal ein Haus in der Cheapside geziert.«

Vulpina stellte es mit einem Ruck wieder an seinen Platz.

»Was wollt Ihr, Cranston?«

»Ich will, daß Ihr mir etwas über Gift erzählt.«

»Wollt Ihr etwas kaufen?«

»Ja«, ergriff Athelstan das Wort. »Ich will, daß Ihr mir Gift verkauft.« Er hielt kurz inne. »Das ich einnehmen kann, ohne daß es mir schadet. Aber wenn ich es in Sir Johns Ale schütte, wäre er in einer Stunde tot.«

»Unmöglich!« schnaubte sie.

»Seid Ihr sicher?«

»Bruder, unter der Sonne wächst nichts, was eine schädliche Wirkung hat und nicht jedem schadet, der es nimmt.« Sie hob die Schultern. »Gewiß wirken einige stärker auf Euch als auf andere. So wie Ale oder Wein den einen schneller betrunken macht als den anderen.«

»Und Ihr kennt so ein Gift nicht?« beharrte Athelstan.

»Wenn ja, Bruder, wäre ich sehr daran interessiert. Warum fragt Ihr?«

»Hawkmere Manor«, sagte Sir John.

Der Coroner hatte ins Schwarze getroffen. Vulpina versuchte, ihre Gesichtszüge zu beherrschen, doch ein Flackern in den Augen, ein Schwanken in der Stimme verrieten sie.

»Ich habe den Namen schon gehört, ein alter, düsterer Ort.«

»Dort sind französische Gefangene untergebracht«, erklärte Sir John. »Einer von ihnen wurde vergiftet.«

»Ah!« Vulpina lächelte und schnalzte laut mit der Zunge. »Ihr schiebt also Vulpina die Schuld in die Schuhe? Sir John, ich sage Euch die Wahrheit. Ich verkaufe Gift und Liebestränke an unglücklich verliebte Damen, an Männer, die vielleicht einen Konkurrenten loswerden wollen. Ich frage nicht danach, wer sie sind oder woher sie kommen. Ich bin Apothekerin.«

»Ihr seid eine Mörderin! Eine mit Blut an den Händen!« Cranston stand auf und beugte sich über den Tisch. »Eines Tages, wenn ich Zeit und die nötigen Vollmachten habe, werde ich zurückkommen.« Er ging zur Tür. »Wir werden diesen anheimelnden Ort verlassen.« Er wartete, bis Athelstan neben ihm stand. »Und ich will nicht, daß man mir folgt. Kein Aufruhr oder ein plötzliches Handgemenge in den Straßen unten. Ihr wart keine Hilfe, Vulpina, und das werde ich mir merken.«

»Sir John!«

Er trat wieder in den Raum.

»Ihr seid auf Gaunts Befehl hier, nicht wahr? Ihr seid sein Botenjunge.«

»Ich bin niemandes Junge!«

Vulpina grinste höhnisch und legte den Kopf in den Nacken. Sie musterte Sir John unter halb geschlossenen Lidern. Athelstan unterdrückte ein Schaudern. Er mochte diesen Ort nicht. Je länger er sich hier aufhielt, um so sicherer war er, daß er sich in Gegenwart des Bösen schlechthin befand, daß diese Frau von Bosheit durchtränkt war. Er war an die Taugenichtse und Schurken von Southwark gewöhnt, Menschen wie Pig's Arse und Godbless, die raubten und stahlen, weil ihnen nichts anderes übrigblieb. Vulpina hingegen genoß das Böse, das sie hervorbrachte, schwelgte in dem Chaos und dem Kummer, den es verursachte.

»Ich warte, Heiße Meg!«

»Ihr seid Gaunts Mann.« Wieder schnalzte sie mit der Zunge und hob die Hand. Athelstan bemerkte, daß sie an ihrer Rechten einen hautengen Handschuh trug. »Ich kann Euch eine Liste von Kunden geben, Cranston!« zischte sie. »Darin eingeschlossen sind die sogenannten Mächtigen und Guten, die nur wenig Zeit für Eure bohrenden, lästigen Fragen haben, und das schließt Mylord von Gaunt nicht aus! Oder zumindest seinen liebeskranken Ritter. Wie heißt er doch? Maltravers? Soweit ich mitbekommen habe, lacht die ganze Stadt bereits über ihn. Er hat zwei französische Schiffe aufgebracht und denkt jetzt, er kann zu Angelica Parr zwischen die Laken schlüpfen, nicht wahr?«

»Was sagt Ihr da?« Sir John trat bedrohlich einen Schritt näher.

Vulpina hob eine Pfeife, die ihr an einer Silberschnur um den Hals hing.

»Kommt nur, dicker Jack!« reizte sie ihn. »Ein Pfiff, und wir werden sehen, wie Ihr und Euer priesterlicher Freund mit meiner Armee von Ratten fertig werdet!«

Der Coroner zog Schwert und Dolch. Vulpinas Miene büßte ein wenig an Überheblichkeit ein.

»Fahrt fort!« sagte er. »Kommen wir zur Sache, Vulpina. Himmel oder Hölle, aber Ihr werdet sterben.«

Die Königin der Giftmischer holte tief Luft und atmete geräuschvoll aus.

»Gut, gut, Sir John. Ich will, daß Ihr hier verschwindet und will mir nicht Eure Feindschaft zuziehen.« Sie ließ die Pfeife sinken. »Gaunts Mann war hier.«

»Maltravers?«

»Genau der.«

»Was wollte er?«

»Einen Liebestrank.«

»Wofür?«

»Ich habe ihn nicht gefragt. Er hat auch Gift gekauft. Ich fragte ihn, warum. Es war nichts Außergewöhnliches, etwas Bilsenkraut, ein wenig Tollkirsche.«

»Hat er den Grund dafür genannt?«

»Er sagte, es sei gegen die Ratten. In seinem Zimmer. Er bat erst nachträglich darum.« Vulpina lächelte. »Aber ich habe gesehen, wie es in den klugen Augen Eures Dominikanerfreundes aufblitzte, als Ihr Hawkmere Manor erwähnt habt. Ich hatte Besucher von dort. Zum einen Limbright. Sir Walter kommt ständig hierher, kauft ein bißchen Fingerhut und ein paar andere Tränke, zum Beispiel Johanniskraut.«

Athelstan betrachtete die Frau und fragte sich, wie viele Geheimnisse sie haben mochte.

»Oh, die Liste geht noch weiter. Der gute Arzt Aspinall? Auch er steht in meinem Buch.« Sie merkte, was sie gesagt hatte, und tippte sich rasch an die Schläfe. »Dem Buch, das ich hier drinnen aufbewahre, Sir John. Und das ist alles, was ich Euch sagen kann.« Vulpina winkte ihnen einen spöttischen Abschiedsgruß zu.

»Dem Herrn sei Dank, daß wir draußen sind!« seufzte Athelstan, als sie sich aus Whitefriars entfernten. »Sir John, was für ein Gewirr von Unkraut haben wir da.«

»Es ist in der Tat ein Gewirr.« Der Coroner blieb stehen und kratzte sich am Kopf. »Wir sollten wirklich noch Lady Angelica aufsuchen, aber Bruder ...«

»Ihr braucht Euch nicht zu entschuldigen. Meine Beine sind müde und mein Bauch ist leer. Ich will nach Hause und mit Bonaventura reden.«

»Ganz zu schweigen von Judas, dem Ziegenbock!«

»Thaddeus«, stellte Athelstan richtig. »Er heißt jetzt Thaddeus, Sir John. Aber was fangen wir mit all dem an?«

»Wir haben Vulpina Angst eingejagt. Deshalb hat sie uns die Leckerbissen vorgeworfen. Vergiß nicht, mein lieber Ordensbruder: Lady Maude sucht eine Apothekerin in der Cheapside auf und kauft Gift gegen die Ratten in unserem Keller, aber das macht sie noch lange nicht zur Mörderin.«

»Ja, aber sie verbirgt es nicht, Sir John. Limbright, Maltravers und Aspinall müssen uns Rede und Antwort stehen.«

Sir John kaute auf dem Mundwinkel, drehte sich ruckartig um und schaute die Gasse hinunter.

»Was ist los, Sir John?«

»Vulpina ist eine mörderische Hexe, Athelstan, aber sie ist nicht dumm.« Der Coroner kratzte sich den Backenbart. »Vorhin, als wir mit den Kurzen sprachen, hatte ich das Gefühl, verfolgt zu werden. Jetzt bin ich mir dessen sicher. Ein Schatten hinten auf der Straße bewegt sich ein wenig zu langsam.«

Er trat einen Schritt vor, doch Athelstan hielt ihn am Arm fest.

»Sir John, wir wollen nach Hause gehen.«

Athelstan warf einen Blick auf die schmutzigen Häuser, die hageren, verkniffenen Gesichter, die hinter schäbigen Türen hervorlugten, die Bettler, die sich in Gassen drängten. Als einer sich bewegte, blitzte eine Klinge auf.

»Wir wollen nach Hause gehen, Sir John«, wiederholte er. »Das hier ist ein verworrenes Netz, und wir haben in der Tat das Reich des Teufels betreten!«

Sieben

Athelstan saß am Küchentisch und zog die Kerze ein Stück näher zu sich heran. Der Abend war überraschend kühl geworden, so daß er ein Feuer angezündet hatte, das jetzt munter im Kamin prasselte. Bonaventura, noch nicht bereit für die nächtliche Jagd, hockte auf dem Tisch und schlürfte elegant aus einer Milchschale. Immer wieder hob er den Kopf und richtete das gesunde Auge neugierig auf seinen sonderbaren, wunderlichen Herrn. Athelstan kitzelte den Kater mit der Spitze seines Federkiels an der Nase. Bonaventura verzog keine Miene. Er blinzelte, wandte sich ab und blickte starr in die andere Ecke.

»Ich weiß, was du vorhast«, sagte Athelstan.

Der Mönch hatte vor dem Kamin eine Maus über den Boden huschen sehen.

»Aber es ist nur eine kleine Maus, Bonaventura. Eine Feldmaus. Sie ist wahrscheinlich hereingekommen und wird gewiß auch wieder hinauslaufen.«

Bonaventura schnurrte tief im Hals.

»Weich wie ein Schatten«, fuhr Athelstan fort. »Geschmeidig und schnell. Was hältst du von Thaddeus?«

Bonaventura war natürlich draußen gewesen, um sowohl den Ziegenbock als auch Godbless in Augenschein zu nehmen. Er war am Bein des Bettlers entlanggestreift und hatte am Ziegenbock geschnüffelt. Athelstan, der es mit angesehen hatte, wußte, daß der Herr der Gassen Thaddeus als unter seiner Würde betrachtete.

Godbless hatte sich in der Tat häuslich niedergelassen. Benedicta hatte ihm freundlicherweise eine mit Stroh gefüllt Matratze zur Verfügung gestellt, ein Kissen, zwei Decken, einen Teller und einen Zinnbecher. Godbless benahm sich inzwischen wie der Herr im Hause, während Thaddeus eifrig das Gras rupfte. Athelstan hatte ihm einen Teller von dem Eintopf hinausgetragen, den Benedicta ihm zusammen mit etwas Brot, eingeschlagen in ein Tuch, und einen Krug Wein mit Wasser hingestellt hatte, ein Geschenk von Joscelyn, dem Wirt der Schenke »Zum Gescheckten«.

Athelstan hob den Kopf und lauschte auf die nächtlichen Geräusche. Zuweilen ging er nächtens hinaus und lief durch die Gassen, blieb bei den Bettlern und Nachtschwärmern, den Huren und Schlampen, dem Treibgut dieses heruntergekommenen Viertels stehen, um sich mit ihnen zu unterhalten. Dann wieder, wenn ihm der Kopf zu platzen schien, stieg er auf den Kirchturm und blickte hinauf in den Himmel. Athelstan hatte ein schlechtes Gewissen bei diesem Wohlleben, doch je länger er zu den Sternen aufschaute, um so stärker wurde ihm die Macht Gottes und die reine Schönheit seiner Schöpfung bewußt. Könnte er doch nur mehr entdecken! Könnte er doch nur die Theorien überprüfen! Sangen die Planeten, wenn sie sich drehten? Warum leuchteten einige Sterne heller als andere? Was hielt sie an ihrem Platz? Sie bewegten sich, behielten indes gleich dem Mond ihre Bahn bei. Was hielt sie davon ab, auf die Erde zu fallen? Und die Kometen, insbesondere die hellen, die mit ihrem feurigen Schweif über den Himmel zogen, beherrschten sie die Angelegenheiten der Menschen? Athelstan nahm seinen Becher und trank einen Schluck. Er mußte diese Sache wirklich einmal bei Prior Anselm ansprechen. Die Kirche verurteilte die Astrologie, aber war die Geburt Jesu Christi nicht von einem neuen Stern angekündigt worden? Und als der Retter starb, hatte sich der Himmel da nicht verdunkelt? Oder hatte Aquinius, der große Schriftsteller, recht? War die Schöpfung das Spiegelbild Gottes und hatte nichts mit den Angelegenheiten der Menschen zu tun?

Athelstan blickte starr auf das Pergament. »Vom Erhabenen zum Lächerlichen«, stellte er fest. Er schaute auf die Überschrift »Hawkmere Manor« und die Fragen, die er aufgeschrieben hatte.

Item – Fünf Franzosen werden an dem einsamen Ort gefangengesetzt und warten auf ihr Lösegeld. Ist einer von ihnen ein Verräter? Hat er der englischen Krone die Bewegungen der *St. Sulpice* und *St. Denis* offenbart? War das der Fall, warum wurde nicht ein Gefangener bevorzugt behandelt? Das hätte man einrichten können. Bequemere Unterkunft im Tower. Oder hätte ihn das bloßgestellt? Die Wahrheit gezeigt und ihm somit die Rückkehr nach Frankreich unmöglich gemacht?

Item – Wie ist Serriem gestorben? Daß er vergiftet wurde, steht fest. Aber wie, wenn er nur aß und trank, was die anderen zu sich nahmen? Oder hatte man ihn verleitet, etwas zu essen, eine Delikatesse, der ein Gefangener wie er nicht zu widerstehen vermochte? Das hätte aber doch gewiß seinen Argwohn erregt? Hinzu kam, daß wohl kaum ein Gefangener in einer Atmosphäre des Mißtrauens den anderen bevorzugt werden wollte?

Item – Wer war der Mörder? Einer seiner Kameraden? Aber woher sollte er das Gift haben? Und wie wollte er es verabreichen, ohne Verdacht zu erregen?

Item – Sir Walter Limbright war ein verbitterter, rachsüchtiger Mann, der die Franzosen haßte. Er behauptete, es sei kein Gift im Haus gewesen. Doch wenn man Vulpina Glauben schenkt, war er einer ihrer Kunden gewesen; dasselbe galt für Sir Maurice Maltravers und Master Aspinall. War der gute Arzt in die Geschichte von Hawkmere verwickelt? War er gekränkt wegen einer möglichen Verbindung mit dem weibischen Gresnay?

Item – Was geschah in der Nacht, als Serriem starb? Wer hatte die Tür abgeschlossen? Hatte irgend jemand die Gefangenen überprüft? In welchem Zustand befand sich der Raum, als er geöffnet wurde?

Item – Wußten die Franzosen, daß es in ihrer Mitte einen Verräter gab? Waren alle diese Männer zum Tode verurteilt? War Gaunt der Giftmischer? Hatte er seinen Verräter angewiesen, falls sich dieser in Hawkmere Manor befand, die anderen zu vergiften? Aber würde das seinen Agenten nicht bloßstellen? Und was würde mit ihm geschehen? Ein vorgetäuschter Tod, ehe er heimlich in ein abgelegenes Lehnsgut oder ins walisische Marschland in den Ruhestand geschickt würde?

Item – Ein unbekannter Priester war in Whitefriars aufgetaucht. Vielleicht ein Kunde von Vulpina? Aber wer könnte das sein?

Athelstan blickte auf. Ich frage mich, was Sir John jetzt wohl macht, dachte er. Er lächelte in sich hinein, als er an die beiden Kerlchen dachte. Noch nie hatte er zwei robuste Söhne gesehen, die so sehr ihrem Vater glichen: wenig Haar, dicke, rote Gesichter, ein kleines Bäuchlein und stämmige Beine. Den lieben langen Tag stritten die Kerlchen miteinander oder jagten Gog und Magog durch das Haus. Athelstan wandte sich wieder dem Pergament zu.

»Irgend etwas stimmt hier nicht, Bonaventura«, sagte er. Etwas Ungewisses, das er nicht packen konnte. Er rief sich Gaunt ins Gedächtnis, wie lässig er auf seinem Stuhl gesessen hatte. »Das ist es!« Athelstan streichelte Bonaventura. »Mylord, der Regent, ist wie eine Katze, die das Sahnehäubchen abgeschleckt hat und beabsichtigt, sich noch mehr zu holen.«

Womit war Gaunt so zufrieden? Er hatte viel zu gewinnen, überlegte Athelstan. Das Unterhaus dürfte hocherfreut sein, daß notorische französische Piraten jetzt im Gefängnis saßen. Der Regent selbst konnte sich auf das Lösegeld freuen, und Maltravers war einer seiner Gefolgsleute, in dessen Ruhm er sich sonnen konnte. Und Vulpina? Trotz des Weins, den der alte Sir Cranston getrunken hatte, war es ihm gelungen, die Schlechtigkeit der Frau ins Wanken zu bringen. Sie war nervös und gab liebend gern ein paar interessante Leckerbissen preis, um den Rest zu verheimlichen. Athelstan legte das Gesicht in beide Hände. Es gab Verbindungen: Maltravers hatte die beiden französischen Schiffe aufgebracht; Gaunt half Sir Maurice in der Sache mit der göttlichen Lady Angelica. Sir Thomas Parr gehörte ein Teil des Schiffes *The Great Edward*, das Sir Maurice in seinem Kampf gegen die französischen Freibeuter kommandiert hatte. Sir Maurice hatte Gift gekauft. Außerdem versorgte er Hawkmere Manor mit Nahrungsmitteln. Warum sollte ein Bannerherr sich auf solche unbedeutenden Kleinigkeiten einlassen? Im Haushalt eines großen Herrn hatte zwar selbst ein Gefolgsmann wie Maltravers einen weiten Aufgabenbereich: einige nebensächlich, andere, bei denen es um Leben und Tod ging. Aber wohin führte das alles?

Athelstan stand auf und streckte sich. Bonaventura tat es ihm gleich und sprang vom Tisch. Der Kater tappte zur Tür. Athelstan machte ihm auf.

»Viel Glück bei der Jagd!« sagte er.

Er wollte die Tür gerade schließen, als eine Stimme rief: »Bruder Athelstan!«

»Wer ist da? Ah, Godbless, hast du mich erschreckt!«

Der Bettler trat in den schwachen Lichtschein, den Ziegenbock im Gefolge.

»Was ist los, Godbless? Kannst du nicht schlafen? Hast du Hunger?«

Der Bettler schaute mit verschlafenen Augen zu ihm auf.

»Auf dem Gottesacker gibt's Gespenster.«

»Gespenster! Godbless, geh wieder ins Bett. Die einzigen Gespenster auf dem Gottesacker sind die Kurtisane Cecily oder Watkin und Pike. Du hast die beiden nicht gesehen, oder?«

Godbless schüttelte den Kopf.

»Es gibt keine Gespenster. Geh wieder ins Bett. Schließ die Tür ab.«

»Bruder, ich hab wirklich Angst, und Thaddeus auch.« Er warf einen sehnsüchtigen Blick an Athelstan vorbei.

»Na schön!« Der Dominikaner trat einen Schritt zurück.

Godbless schoß wie der Blitz durch die Tür, Thaddeus hetzte hinter ihm drein. Der Bettler setzte sich vor den Kamin.

»Ich mag Feuer«, seufzte er. »Meine Frau hat immer eins angemacht.«

Athelstan, neugierig geworden, schob den Riegel vor die Tür und schloß ab. Thaddeus, stellte er amüsiert fest, hatte sich neben Godbless niedergelassen.

»Du warst verheiratet, Godbless?«

»Ja, Bruder, ich stamme aus Dorset. Ein freier Bauer wie die anderen verrückten Kerle, die das Geld des Königs nahmen und in den Krieg zogen. Als ich zurückkam, waren meine Frau und mein Kind tot, an der Pest gestorben. Der Pachtherr hatte die Zäune eingerissen, Ackerland in Weideland verwandelt und ließ Schafe darauf grasen. Ich hasse

Schafe. Ziegen mag ich, aber Schafe kann ich nicht ausstehen.«

»Im Evangelium ist es genau umgekehrt«, scherzte Athelstan.

»Seid nicht böse, Bruder, aber ich glaube nicht ans Evangelium. Ich bin kein Christ.«

»Wenn das so ist«, sagte Athelstan, »dann bist du in guter Gesellschaft. Nur sehr wenige Menschen sind Christen, Godbless.«

Der Bettler schaute ihn schief an. »Eines Tages, Bruder, werde ich Euch Eure Freundlichkeit vergelten.«

Athelstan klopfte ihm auf die Schulter. »Ich hole dir ein paar Decken.«

Er machte es Godbless bequem, sagte ihm, daß noch Essen in der Vorratskammer sei und kletterte die Stiege zu seiner Kammer unter dem Dach hinauf. Dort wusch er sich Hände und Gesicht in der Waschschüssel, legte die Kutte ab und schlüpfte in sein schmales Bett. Er betete. Unten hörte er Godbless schnarchen.

»Merkwürdig«, überlegte der Dominikaner. Godbless war ein Einzelgänger. Wahrscheinlich zog er über Englands Landstraßen und war daran gewöhnt, in den gottverlassensten Gegenden zu übernachten, aber heute abend hatte er Angst gehabt. Was hatte Godbless auf dem Friedhof gesehen, das ihn wach werden ließ und ihm Angst einflößte? Athelstan sank in den Schlaf.

Vulpina saß in ihrem Zimmer und betrachtete den Fremden, der sich hinter einer Maske und unter einer Kapuze verbarg.

»Seid Ihr Franzose?« fragte sie. »Seid Ihr Priester?«

»Stellt keine Fragen, Mistress.«

Vulpina war beruhigt; seine Stimme war leise, er sprach kultiviert. Ihr Blick fiel auf seine Hände, denn er hatte einen Handschuh ausgezogen, und sie sah, daß sie weich und weiß waren, nicht die Hände eines Mannes, der in der Erde wühlte, um seinen Unterhalt zu verdienen.

»Ihr seid wegen Gift hier?«

»Und ich kann nicht lange warten.«

Vulpina nickte und stand auf. Sie trat an die Holzverkleidung und drückte auf eine geheime Stelle, worauf sich die Verkleidung öffnete. Sie nahm einen großen Weidenkorb und ein in Leder gebundenes Buch heraus und brachte sie herüber. Der Fremde knüpfte seinen Geldbeutel auf. Vulpinas Augen blitzten beim Anblick der Silbermünzen, die er zu einem funkelnden Stapel ausschüttete. Sie warf einen kurzen Seitenblick auf die beiden gedungenen Wächter, die zu beiden Seiten der Tür standen.

»Ein guter Verdienst für eine Nacht«, rief sie und klatschte in die Hände.

»Ja, und mehr«, erwiderte der Fremde. »Ich werde ein ständiger Kunde sein.«

»Dann wollen wir diese Verbindung feiern.«

Vulpina klatschte erneut in die Hände und nickte einem der gedungenen Wächter zu. Er brachte zwei randvoll mit Wein gefüllte Becher. Vulpina hob den ihren in die Höhe.

»Auf Silber und Gold und alles, was es mit sich bringt.«

Der Mann hob seinen Becher, trank aber nicht. Er erhob sich. Vulpina schaute mißtrauisch auf, doch der Mann war schnell. Das Wurfmesser, das er unter seinem Mantel hervorzog, traf den gedungenen Wächter im Rücken, als er auf seinen Posten zurückging. Der andere war so verblüfft, seine Hand hatte den Griff des Dolches kaum berührt, als der Fremde auch schon mit einer schnellen Bewegung die kleine Armbrust vom Gürtel hakte und anlegte. Es klickte, und der wirbelnde Bolzen traf Vulpinas Burschen mitten ins Gesicht. Die Giftmischerin sprang auf. Sie versuchte, an diesem mörderischen Fremden vorbeizuhuschen, doch er hielt sie an der Schulter fest, und als sie sich umdrehte, um ihm ins Gesicht zu schlagen, half sie ihm nur, die Garrotte noch leichter um ihren Hals legen zu können. Sie kämpfte und wehrte sich wie eine Katze, aber die Garrotte wirkte jetzt wie ein Stück Eisen, das ihr die Luft abschnürte. Vulpina sank zu Boden. Der Mörder beugte sich über sie und hielt den Draht der Garrotte so lange fest, bis ihr Todeskampf aufhörte. Er nahm die Weinbecher an sich und kippte den Inhalt über ihre Leiche. Der Wächter, der einen Dolch im Rücken hatte, stöhnte, so daß der Fremde dem Unglücklichen mit einer raschen Bewegung die Kehle durchschnitt. Er griff nach dem Giftbuch, setzte sich hin und las es sorgfältig durch, Seite um Seite. Als er zufrieden war, nahm er den Korb mit dem Gift und das Buch und steckte beides in den Kamin. Dann ging er zu den Satteltaschen, die er gleich neben der Tür hatte stehenlassen, zog einen mit Öl gefüllten Weinschlauch heraus und goß den Inhalt über die Teppiche. Das Feuer hatte bereits den Korb erfaßt, die Tiegel explodierten, ätzender Gestank breitete sich im Zimmer aus. Der Mörder zog ein glimmendes Holzscheit aus dem Kamin. Er öffnete die Fensterläden und schaute hinab. Die bröckelnde Mauer bot den Füßen genug Halt. Er warf das Holzscheit in eine Öllache und schwang sich hinaus. Noch während er hinabkletterte, fing das Öl Feuer. Vulpina, ihre Wächter, ihre Tinkturen und Gifte und der gesamte Inhalt ihrer geheimen Kammer gingen in tosenden Flammen auf.

Auch ein anderer Teil der Stadt bekam Mord zu spüren, als sei er ein ekelhafter Schatten, der schnell wie der Wind durch die Gassen und Winkel streift. Die Schenke »Zur goldenen Fackel« gegenüber dem Hospital von St. Antonius war ein fröhliches, geräumiges Wirtshaus mit einem großen Schankraum und luxuriös ausgestatteten Zimmern für wohlhabende Kaufleute und andere Besucher der Stadt. Margaret, die Schankmagd, wunderte sich dennoch über zwei der Gäste.

Da war zum einen ein junger Ritter, Sir Maurice Maltravers, der die Taverne betreten und vorgegeben hatte, jemand wolle ihn dort treffen. Margaret erinnerte sich an ihn, weil er hübsch und doch ziemlich traurig und einsam aussah. Er hatte eine Stunde in der Ecke gesessen und sich an einem Humpen Ale festgehalten, hatte geistesabwesend einem Jongleur zugeschaut, der für ein warmes Essen und einen Becher Wein die Gäste unterhalten hatte. Dann aber war er gegangen. Zum anderen die junge Frau, die am späten Nachmittag eingetroffen war, ein Zimmer im oberen Stockwerk gemietet und kaum ihr Gesicht gezeigt hatte. Tobias, der Schankgehilfe, hatte am Türgriff gerüttelt, doch die Tür war verschlossen, und als er klopfte, erhielt er keine Antwort. Margaret ging zu ihrem Vater, dem Wirt, der neben den Fässern stand.

»Was gibt's?«

»Die Lady«, antwortete sie. »Sie ist jetzt schon stundenlang oben, Vater.«

Der Wirt wischte sich die fettigen Finger an der Schürze ab. Es war später Samstagabend, und der Schankraum begann sich zu füllen. Junge Gecken mit ihren Flittchen, Reisende, die bis Montag bleiben wollten.

»Wir haben bald viel zu tun.« Er seufzte. »Na schön, dann komm.«

Er folgte ihr die Treppe hinauf und klopfte an die Tür.

»Welchen Namen hat sie genannt?« fragte er.

»Mistress Triveter.«

»Mistress Triveter!« rief er und kam sich ziemlich lächerlich vor. »Mistress Triveter, seid Ihr wohlauf?«

Keine Antwort. Er klopfte noch einmal.

»Mistress Triveter, ich bitte Euch, ich muß die Tür aufmachen!«

Er rasselte mit den Schlüsseln, die an einem Strick von seinem Gürtel baumelten. Er durchsuchte sie nach dem Generalschlüssel, doch als er diesen ins Schlüsselloch steckte, stöhnte er auf. Der Zimmerschlüssel steckte noch von innen.

»Vater«, bat Margaret, »ich glaube, da stimmt was nicht.«

»Wir können die Tür nicht aufbrechen.«

Sie gingen die Treppe hinunter in den gepflasterten Hof. Tobias, der Schankgehilfe, holte eine Leiter und kletterte behende hinauf, nachdem sein Herr ihn darum gebeten hatte.

»Mach schon!« drängte der Wirt. »Öffne das Fenster!«

Tobias zog den Fensterladen auf. Der Fensterflügel dahinter stand offen, so daß er in den düsteren Raum klettern konnte. Zuerst wollte er es nicht glauben. Das Bett sah aus, als hätte jemand darin geschlafen, zumindest waren die Laken zerwühlt. Später erzählte er Gästen hinter vorgehaltener Hand, er habe anfangs gedacht, Mistress Triveter habe auf einem Hocker gestanden, doch dann habe er leise aufgeschrien. Der Schemel war zur Seite gestoßen, und die junge Frau baumelte an einem Strick, der um einen Deckenbalken geschlungen war. Das üppige rote Haar fiel über ihr Gesicht.

Athelstan zog seine Meßgewänder aus, legte sie auf den Tisch in der kleinen Sakristei und verneigte sich vor dem Kruzifix. Dann kniete er auf dem Betschemel nieder und sprach ein kurzes Gebet zum Erntedank.

»Bruder Athelstan!«

Er drehte sich um. Crim, der Meßdiener, hüpfte von einem Bein auf das andere.

»Geh nach draußen, wenn du pinkeln mußt, mein Junge. Ich habe dir gesagt, du sollst vor der Messe kein Wasser aus den Fässern trinken. Es ist kalt und läuft direkt durch dich hindurch.«

»Das ist es nicht, Bruder.« Crim verzog das Gesicht. Er hatte es gewaschen, doch dabei den Dreck nur zu den Ohren hochgeschoben. »Ist es eine Sünde, in der Kirche zu rülpsen?«

»Warum, Crim?«

»Weil ich es während der Messe getan habe. Mutter hat gestern abend einen Eintopf gekocht …«

»Es ist keine Sünde.« Athelstan tätschelte ihm den Kopf. »Bedenke stets, Crim, Sünde hat mit dem Willen zu tun. Du mußt schon etwas Böses oder Respektloses im Sinn haben; einem rumpelnden Magen ist Gott gnädig. Geht es dir jetzt besser?«

»Gleich, Bruder.«

Damit schoß der Junge aus der Seitentür auf den geschlossenen Abtritt draußen vor der Kirche zu.

Athelstan ging zum Hochaltar. Er sah nach, ob alles in Ordnung war und schritt durch das Kirchenschiff; die meisten seiner Pfarrkinder drängten sich vor dem Portal. Die Frauen von Watkin und Pike hatten eine Holzplatte auf Böcke gelegt und verkauften eifrig Kirchen-Ale, das sie aus kleinen Fäßchen auf Hockern zapften. Athelstan fragte sich, wieviel Geld aus dem Verkauf schließlich in die Gemeindeschatulle fließen würde. Doch er hatte sich mit diesen Verlusten abgefunden. Seine Gemeindemitglieder waren keine Diebe; sie waren sehr arm, und, wie er Sir John gegenüber bemerkte, es ist leicht, tugendhaft zu sein, wenn man nicht in Versuchung gerät.

»Guten Morgen, Bruder.« Sie prosteten ihm mit ihren abgenutzten Humpen voll Ale zu.

»Ein wunderschöner Tag heute, Bruder«, sprach Pemel, die Flämin, ihn an.

Athelstan stimmte ihr zu; er war vor der Messe spazierengegangen. Godbless und Thaddeus hatte er auf dem Friedhof gelassen und nach Philomel gesehen. Das Streitroß schien überhaupt nicht zu altern und fraß, als würde sein Leben davon abhängen. Athelstan ging zur Kirchentür. Die Leute saßen auf der Treppe und genossen die Sonne. Kinder rannten umher, Hunde kläfften. Die dicke Sau von Ursula, der Schweinebäuerin, kam polternd daher und hielt direkt auf den Rattenfänger Ranulf zu, der einen Berg Äpfel zwischen den Beinen hatte. Er brach sie mit den Händen durch und verteilte sie an seine Sprößlinge, die alle gleich gekleidet waren: kleine schwarz geteerte Jacken mit Kapuze, wie ihr Vater. Athelstan ging wieder in die Kirche, wo sich jetzt eine kleine Gruppe um Godbless drängte.

»Auf dem Friedhof sind Gespenster«, verkündete Watkin mit sonorer Stimme.

»Oh ja.« Athelstan warf Cecily einen warnenden Blick zu, die sich gerade mit den Fingern durch das lange blonde Haar fuhr. Das Flittchen erwiderte keck seinen Blick. »Wer war gestern abend auf dem Friedhof?«

»Ich nicht, Bruder!« ertönte es im Chor.

»Nun, es muß jemand dagewesen sein. Godbless hat ganz bestimmt etwas gehört.« Fragend schaute er den Bettler an, neben dem Thaddeus mit stolz erhobenem Kopf stand. »Was genau hast du gesehen, Godbless?«

»Umrisse und Schatten im Mondlicht«, antwortete Godbless düster. Er schaute bekümmert drein. »Ich will keine Umstände machen, aber ich weiß, was ich gesehen habe.«

Athelstan empfahl sich und ging hinaus. Der Friedhof lag ruhig da, bis auf summende Bienen und tanzende Schmetterlinge, die winzigen Engeln gleich über dem grünen Gras schwebten. Ein friedlicher, heiterer Ort mit bröckelnden Grabsteinen und verwitterten Holzkreuzen.

Athelstan folgte dem Pfad zum Leichenhaus und warf einen Blick hinein. Godbless hatte sich in der Tat häuslich eingerichtet. Athelstan hatte das Haus noch nie so sauber und gemütlich vorgefunden. Als er die Tür schloß, fiel sein Blick auf den Erdhügel am Rande des Grabens, den Watkin und Pike an der Friedhofsmauer aushoben. Er ging hinüber. Die Erde war trocken und pulvrig, von der Sonne gebacken. Athelstan schaute in den Graben hinunter, der vier oder fünf Fuß tief zu sein schien, doch er konnte nichts Außergewöhnliches entdecken. Er überquerte den Friedhof, fand aber nur ein verblichenes rosa Band. Schmunzelnd hob er es auf.

»Bruder, versteckst du dich?«

Athelstan schrak zusammen. Sir John stand an der Kirche, neben ihm Sir Maurice Maltravers.

»Der Herr steh uns bei!« flüsterte Athelstan. »Das sieht nach Ärger aus.«

Sir John störte ihn sonntags nie. Es war vielmehr zur Regel geworden, daß Moleskin Athelstan über den Fluß ruderte, damit er den Nachmittag bei Jack und seiner Familie verbringen konnte, besonders an einem Tag wie diesem. Sie pflegten sich in eine Laube in Sir Johns Garten zu setzen. Der Coroner nippte dann an seinem Ale, ließ sich über alles und jeden aus, und Athelstan saß neben ihm und hörte zu. Die Kerlchen trippelten umher, die beiden großen Wolfshunde dösten im Schatten.

»Stimmt etwas nicht, Sir John?«

Athelstan ging auf sie zu. Sir Maurice sah blaß aus, kränklich beinahe, das Gesicht abgehärmt, die Augen rot umrandet und übernächtigt. Sir John hingegen strotzte vor Gesundheit. Er trug seinen Sonntagsstaat, ein purpurrotes Wams über einem cremefarbenen Satinhemd, das am Hals mit einer silbernen Spange zusammengehalten war. Er öffnete den Beutel an dem glänzenden Gürtel um seinen feisten Leib, nahm eine kleine Pergamentrolle heraus und drückte sie Athelstan in die Hand.

Der Dominikaner setzte sich auf einen Grabstein und las. Die Schrift war klein, die Buchstaben krakelig:

An meinen Geliebten, ich bin aus Dover angereist. Ich habe darum gebeten, Dich zu treffen, Du aber hast es abgelehnt. Was ist das Leben nun ohne Liebe? Du hast mich benutzt. Du hast mich im Stich gelassen, deshalb habe ich das Leben aufgegeben. Gezeichnet: Anna Triveter.

»Was ist das?« fragte Athelstan.

»Am besten kommst du gleich mit uns«, sagte Sir John. »Unser junger Ritter hier hat uns eine Menge zu erklären.«

Athelstan ging zur Kirche zurück, wo Benedicta auf einem Hocker saß und sich mit dem Bezirksbüttel Bladdersniff unterhielt. Die junge Witwe schaute auf.

»Schließt die Kirche ab«, bat Athelstan sie. »Habt ein Auge auf das Haus und Godbless. Ach, übrigens« – er drückte ihr das verblichene rosa Band in die Hand – »sagt Cecily, der Friedhof sei für die Toten, darauf zu liegen, nicht für die Lebenden!«

Sir John und Sir Maurice warteten ungeduldig an der Straßenecke. Sir John schritt aus, als marschiere er einem Feind entgegen. Sein ganzer Körper strahlte Zorn aus. Athelstan warf einen Blick auf Sir Maurice, doch der junge Ritter wirkte wie ein erschöpfter Hund, verloren in einem Meer voller Kummer.

Sie nahmen kein Boot. Sir John war zu ungeduldig. Statt dessen gingen sie zu Fuß zur London Bridge. Athelstan murmelte im stillen ein Dankgebet, daß Master Burdon, der kleinwüchsige Hüter des Brückentors, sie nicht erspäht hatte, denn er war stets zu einem Schwätzchen mit Sir John aufgelegt. Athelstan wandte den Blick von den über der Brücke aufragenden Stangen ab, auf denen die abgetrennten, verrottenden Köpfe von Verrätern aufgespießt waren. Die Gassen zwischen den Läden und Häusern zu beiden Seiten waren ruhig. Sie kamen an der Kapelle des Heiligen Thomas vorbei. Aus dem Inneren vernahm Athelstan Gesang; die Gemeinde der Brücke feierte ihre sonntägliche Messe. Dann waren sie vorüber und folgten den stillen Straßen.

»Was ist los, Sir John?«

Cranston blieb stehen und wischte sich den Schweiß von der Stirn.

»Wir sind unterwegs zur ›Goldenen Fackel‹. Sie steht gegenüber vom Hospital von St. Antonius in Bishopsgate. Vergangene Nacht«, dabei tippte er auf sein Wams, in das er die Pergamentrolle gesteckt hatte, »oder gestern abend mietete eine junge Frau, Anna Triveter, ein Zimmer. Sie verriegelte die Tür, machte die Fensterläden dicht und erhängte sich.«

Athelstan schloß die Augen.

»Sie muß zwanzig Lenze sein«, fuhr Sir John fort. »Offenbar kam sie aus Dover. Ihr Zelter steht noch im Stall. Anscheinend eine junge Frau aus gutem Hause.«

»Und was hat sie mit Euch zu tun, Sir Maurice?«

»Nun, unser junger Hektor hier hatte, als er in Dover war, eine Beziehung mit einer Mistress Triveter.«

»Was für eine Art Beziehung?«

»Du hast die Schriftrolle gesehen.« Sir John zog sie heraus.

Athelstan las die Zeile auf der Rückseite.

»Der Himmel möge uns behüten!« flüsterte er. »Das habe ich gar nicht gesehen: ›An meinen Mann, Sir Maurice Maltravers‹.«

»Sie ist nicht meine Frau!« entgegnete Sir Maurice.

»Habt Ihr Mistress Triveter gekannt?«

»Ich bin ihr nie begegnet.«

»Habt Ihr die Leiche gesehen?«

Er schüttelte den Kopf.

»Seid Ihr je vermählt gewesen?«

Wieder Kopfschütteln.

»Gab es eine Frau in Dover?«

Sir Maurice schlug die Augen nieder.

»Na?« fragte Sir John scharf. »Beantwortet die Frage, Sir Maurice!«

»Es hat eine Frau gegeben«, erwiderte er. »Eine junge Dirne. Eine unter vielen, die um unser Lager am Hafen herumlungerten. Sie war ganz hübsch.«

»Und wie hieß sie?«

»Anna, mehr weiß ich nicht.«

Athelstan holte tief Luft und schloß die Augen.

»Ja«, sagte er langsam, »jetzt haben wir eine Frau, die Selbstmord begangen und diesen Brief an Euch hinterlassen hat.«

»Beim Höllenschlund!« fluchte Sir John. »Sir Maurice, ich habe Euch vertraut.«

»Das könnt Ihr auch weiterhin!« entgegnete der Ritter. »Ich bin Soldat, Sir John. Wie andere junge Männer trinke ich Ale und liebäugle mit den Dirnen, aber das war vor Angelica!«

»Warum sollte aber ein junges Mädchen in einem Londoner Wirtshaus Selbstmord begehen?«

»Ich weiß es nicht, Sir John, wirklich nicht!«

Sie gingen weiter zur Cheapside, vorbei an Carfax. Hier waren die Straßen nicht mehr so leer. Der Käfig über der großen Wasserleitung steckte voller Pöbel, den die Wachen der Stadt am Abend zuvor aufgegriffen hatten. Einige lagen in der hölzernen Einpfählung und litten noch an ihrem Rausch. Andere riefen Freunden einen Gruß zu, ein paar fluchten, als Athelstan und Sir John vorübergingen.

Schließlich erreichten sie die »Goldene Fackel«. Der Wirt erwartete sie im Schankraum, umringt von seinen Küchenjungen und Dienstboten, blaß und ängstlich.

»Wo ist die Leiche?« fragte Sir John.

Athelstan merkte, daß der Coroner sehr erbost war. Er bat nicht einmal um eine Stärkung.

»Ihr habt doch hoffentlich nichts angefaßt?« fragte er, als der Wirt vortrat.

Der Mann, noch im Kirchenstaat, schüttelte den Kopf. In seinen ziemlich großen, blankgeputzten Stiefeln wirkte er unbeholfen und linkisch.

»Habt Ihr die Messe besucht?« fragte Athelstan ihn freundlich.

»Oh, ja, Bruder. Kenne ich Euch?«

»Bruder Athelstan. Ich bin Gemeindepfarrer in St. Erconwald. Ich bin zugleich Sekretär des Coroners hier.«

»Wir waren in der Kirche, aber ich habe Tobias, den Schankgehilfen, hiergelassen. Er hat das Zimmer bewacht. Ich wollte diese lumpigen Büttel nicht hier …«

»Führt uns hinauf!« befahl Sir John.

Sie stiegen die Treppe zur Galerie hinauf. Der Junge, der mit dem Rücken an der Tür saß, drückte die Türklinke und öffnete die Tür.

»Oh, mein Gott!« keuchte Sir Maurice.

»Ich kenne Euch.«

Athelstan drehte sich um. Eine junge Frau stand im Türrahmen und zeigte auf Sir Maurice.

»Ihr wart gestern abend hier unten im Schankraum!«

Er sank auf den Hocker und bedeckte das Gesicht mit den Händen.

Acht

»Kommt!« drängte Sir John. »Helft uns, die arme Frau herunterzuholen!«

Während Sir Maurice die Leiche hielt, säbelte Sir John den Strick durch. Die Leiche wurde auf das Bett gelegt. Athelstan beugte sich darüber und stellte fest, daß das Gesicht angeschwollen und violett war, die Zunge trat aus dem Mund, die Augen dunkelten nach, die ganze Schönheit und Anmut waren durch den heftigen Todeskampf zerstört. Athelstan flüsterte schweren Herzens das Reuebekenntnis ins Ohr des armen Mädchens und erteilte ihr anschließend die Absolution. Er vernahm ein Piepsen in der Ecke, griff ohne zu überlegen nach einem Tiegel, der auf dem Tisch stand, und warf ihn verärgert nach der Ratte, die dort entlanghuschte. Als er den Knoten der Schlinge löste, erbebte die Leiche, die allmählich steif wurde. Er strich das Haar zurück und versuchte die Augen zuzudrücken, aber sie blieben halb offen und starrten mit leerem Blick nach oben. Athelstan nahm einen Lappen aus der Waschschüssel, wischte der Frau sorgfältig über Mund und Kinn und blickte sich dann um. Der Wirt und seine Tochter, stattliche Menschen, standen im Türrahmen.

»Es ist nicht Eure Schuld«, sagte Athelstan. »Wo ist das Gepäck der Frau?«

Der Wirt öffnete eine Truhe am Fuß des Bettes und holte ein Paar Satteltaschen heraus. Der Inhalt bestand nur aus Kleidung zum Wechseln, Schuhen und einem kleinen Geldbeutel, der ein paar Silbermünzen enthielt. Athelstan gab dem Wirt zwei davon.

»Für Eure Mühe«, sagte er. »Sir John, wohin soll die Leiche geschafft werden?«

»Zuerst müssen wir sie untersuchen; da jedoch Sommer ist«, antwortete der Coroner mit kläglicher Stimme, »muß sie schnell beerdigt werden. Schickt Euren Schankgehilfen«, bat er den Wirt, »zum Leichenbestatter. Ihr wißt, wer das ist?«

Der Wirt schluckte heftig und nickte.

»Bevor Ihr geht«, sagte Athelstan, »noch ein paar Fragen. Wann traf diese junge Frau ein?«

»Gestern nachmittag.«

Athelstan deutete auf die Leiche. »Und sie trug dieses blaue Taftkleid?«

»Nein«, antwortete die Tochter des Wirtes. »Sie trug Reisekleidung, einen braunen Mantel, der am Hals zusammengehalten wurde, und darunter ein schlichtes Gewand. Sie hat mir die Sachen zum Waschen gegeben, sie sind jetzt im Waschhaus.«

»Und was war dann?« fragte Athelstan. Er lächelte. »Oh, wie heißt Ihr?«

»Margaret. Ich kam hier herauf. Die junge Dame sagte, sie sei aus Dover angereist.«

»Und?«

»Als ich heraufkam, hatte sie sich umgezogen. Sie gab mir die Kleider und sagte, ich solle sie waschen und trocknen lassen; die Kosten sollten auf die Rechnung gesetzt werden. Ich fragte sie, ob sie etwas essen oder trinken wolle. Da sie ablehnte, ging ich wieder.«

»Und ihr Pferd?«

»Ein rotbrauner Zelter«, sagte der Wirt. »Steht noch im Stall unten, gesattelt und gezäumt.«

»Fahrt fort.« Athelstan setzte sich neben die Leiche auf das Bett.

Der Wirt trat unruhig von einem Bein auf das andere.

»Nun ja, Stunden vergingen. Meine Tochter machte sich allmählich Sorgen, aber die Tür war von innen verschlossen und verriegelt. Deshalb kletterte Tobias, der Schankgehilfe, vom Stallhof aus hoch.« Er breitete die Arme aus. »Dann schickte ich nach dem Coroner. Ich wollte sie abschneiden, aber ich kenne die Bestimmungen der Stadt: man soll eine Leiche so lassen, wie man sie vorfindet.«

»Braver Mann.« Sir John nahm einen Schluck aus seinem Weinschlauch.

»Ich versichere Euch, Sir, wir haben nichts angefaßt

oder diesem armen Mädchen etwas weggenommen. Ich weiß nichts von ihrem Tod.«

»Und niemand hat sie besucht?«

»Nicht einmal dieser junge Mann hier?« Athelstan zeigte auf Sir Maurice.

»Er war im Schankraum«, antwortete Margaret. »Hielt sich an einem Humpen Ale fest und sah sehr betrübt aus, aber meines Wissens war er nicht hier oben.«

»Hat auch nicht nach Anna Triveter gefragt?« wollte Athelstan wissen.

Margaret schüttelte den Kopf.

»Also gut.« Sir John zog sich in die Höhe. »Master Wirt, ist das die Leiche der jungen Frau, die hier eintraf?«

»Ja, Mylord Coroner.«

»Und Ihr habt nichts von der Leiche oder ihrer Habe an Euch genommen?«

»Nein!«

»Nun dann.« Sir John wandte sich an Sir Maurice. »Sir Maurice, Bannerherr seiner Durchlaucht des Herzogs von Lancaster, kennt Ihr diese Frau?«

»Nein, Sir.«

»Habt Ihr oder hattet Ihr je mit ihr zu tun?«

»Nein.«

»Könnt Ihr das beschwören?«

»Ich schwöre es, Sir John, ich hatte im Leben nichts mit ihr zu tun, und ich habe ganz gewiß mit ihrem Tod nichts zu tun.«

»Dann lautet so mein Urteil«, verkündete der Coroner. »Anna Triveter, vermutlich wohnhaft in Dover, hat mit Vorbedacht am Samstagabend, dem 29. August im Jahre des Herrn 1380 Selbstmord begangen. Gut!« Er klatschte in die Hände. »Das hätten wir also. Master Wirt, Ihr könnt die Habseligkeiten der Frau behalten, einschließlich ihrer Kleidung, ihres Pferdes und der Silbermünzen. Wenn der Leichenbestatter sie abholt, müßt Ihr für ein ehrenvolles Begräbnis auf dem Armenfriedhof von St. Mary-Le-Bow und für einen Priester sorgen, der vor dem nächsten Epiphaniasfest fünf Seelenmessen liest. Schwört Ihr, das zu befolgen?«

»Ja, Mylord Coroner. Aber ...«

»Was ist, Sir?«

Athelstan vertraute dem Wirt mit dem breiten, ehrlichen Gesicht, ein häuslicher Mann, der sich ehrenhaft verhalten hatte. So mancher Wirt hätte das Silber stibitzt und behauptet, das Pferd sei gestohlen worden. Der Wirt fuhr sich mit der Zunge über die Lippen.

»Nun, Bruder. Jetzt erkenne ich Euch. Ihr seid Athelstan aus St. Erconwald in Southwark, nicht? Watkin, der Mistsammler, kommt manchmal her!«

»Da bin ich mir ziemlich sicher«, erwiderte Athelstan sarkastisch. »Er ist in vielen Schenken der Stadt gut bekannt.«

»So wie ich«, fügte Sir John warnend hinzu. »Aber was ist los, Mann?«

»Sie ist eine Selbstmörderin«, platzte es aus dem Wirt heraus. »Sie sollte um Mitternacht an einer Kreuzung draußen vor der Stadt beerdigt werden!«

»Sie ist ein armes Mädchen«, entgegnete Athelstan, »das wahrscheinlich Hand an sich legte, als es nicht bei Sinnen war.« Er nahm die Hand der Leiche und betrachtete eingehend ihre Fingernägel. »Und wir wissen nicht, ob es Selbstmord war oder nicht.«

»Der Coroner hat sein Urteil gesprochen.«

»Der Coroner hat sein Urteil darüber abgegeben, was augenscheinlich ist. Doch je länger ich hier stehe, um so stärker nagen Zweifel an mir.«

Athelstan begann, die Haare der jungen Frau genau zu untersuchen, teilte sie und ließ die Strähnen durch die Finger gleiten. Er erinnerte Sir John an Lady Maude, wenn sie den Kopf der beiden Kerlchen nach Läusen absuchte.

»Kann ich gehen?« fragte der Wirt.

»Ja, aber bleibt unten, bis der Leichenbestatter kommt und wir hier fertig sind.«

Cranston lehnte sich an die Wand und strich sich über die Stirn, während Sir Maurice die Arme verschränkt hatte. Athelstan fuhr mit der Überprüfung der Leiche fort: die Haare, die Nägel, dann hob er den Rock und begann ihren Rumpf zu untersuchen.

»Müßt Ihr das tun?« fragte Sir Maurice.

»Leiche ist Leiche. Die Seele ist fort, die Schönheit des Körpers ist tot.«

Peinlich genau untersuchte er den Bauch der Frau. Die Haut der Oberschenkel war mit Pusteln und Flecken übersät. Er verschob die Leiche, um den Rücken zu betrachten.

»Wonach sucht Ihr, Bruder Athelstan?«

Der Dominikaner richtete die Leiche wieder ordentlich aus.

»Wollt Ihr sagen, sie sei erhängt worden?«

»Wir haben es hier mit einer jungen Frau zu tun«, sagte Athelstan. Er schnalzte mit der Zunge. »Sie nennt sich Anna Triveter und reist von Dover nach London. Ihr einziger Wunsch ist, ihren geliebten Sir Maurice Maltravers zu treffen. Junger Mann! Ihr könnt an der Wand lehnen und schmollen, oder Ihr könnt mit uns zusammenarbeiten.«

»Ich schmolle nicht«, entgegnete Maltravers. »Bruder, ich bin außer mir! Ich habe diese Frau nicht gekannt. Und bis Sir John mir eine Botschaft in den Savoy-Palast geschickt hat, wußte ich nicht ...«

»Natürlich nicht«, unterbrach Athelstan ihn schmunzelnd.

»Was ist denn nun?« Sir John ließ den halb erhobenen Weinschlauch sinken.

»Es ist eine Frage der Logik«, sagte Athelstan. »Anna trifft im ›Goldenen Falken‹ ein.« Er zeigte auf ihre Stiefel, die direkt neben der Tür lagen. »Hebt sie auf, Sir John.«

Cranston folgte; sie waren klein, recht modisch, aus Leder gefertigt und mit silbernen Schnallen versehen.

»Schaut Euch die Absätze und die Sohlen an.«

Der Coroner tat, wie ihm geheißen.

»Sie sind sauber, nicht?«

»Das hätte sie selbst tun können.«

»Das hat sie auch.«

Athelstan trat an den hölzernen Waschtisch, auf dem eine Schüssel und ein Krug standen. Auf dem Boden darunter lag ein Stapel Lappen. Er hob einen auf. Er war schmutzig und naß.

»Bruder.« Sir John schaute den Dominikaner finster an. »Wir wollen nicht um den heißen Brei herumreden. Es ist doch einleuchtend, daß die Frau nach ihrer Reise müde und erschöpft war. Sie hat ihre Stiefel geputzt, wie es wohl so mancher Reisende tun würde. Sie hat die Kleidung gewechselt und ins Waschhaus gegeben.«

»Und dann hat sie einfach Selbstmord begangen.« Athelstan zeigte auf den Strick. »Woher hat sie den?«

»In jedem Raum befindet sich ein Strick«, ergriff Sir Maurice das Wort. »Für den Fall, daß Feuer ausbricht.« Er zeigte auf den Rest des Strickes in einer Ecke, trat hinzu und hob das Messer auf, das noch dort lag. »Sie hat ein Stück davon abgeschnitten, ein Ende um den Balken gelegt, eine Schlinge gebildet und diese um den Hals gelegt.«

»Aber«, entgegnete Athelstan, »warum sollte eine junge Frau, die sich sehnlichst wünscht, Euch zu sehen, Sir Maurice, in dieses Zimmer gehen, die Kleider wechseln, ihre Stiefel säubern, die Tür verschließen und verriegeln und sich dann erhängen? Vor allem, woher hat sie die Schreibutensilien?« fragte Athelstan. »Für den letzten Liebesbrief?«

»Ich verstehe, worauf Ihr hinauswollt«, sagte Sir John atemlos.

»Ich glaube nicht, daß sie Selbstmord begangen hat. Ich bezweifle, daß sie Anna Triveter heißt, und ich glaube nicht, daß sie aus Dover kam.« Athelstan lächelte Cranston schuldbewußt an. »Tut mir leid, wenn ich Euer Urteil so schnell über den Haufen werfe, aber ich glaube, es ist am besten, wenn diese Dinge geheim bleiben!«

»Fahrt fort!« blaffte der Coroner.

»Anna Triveter ist wahrscheinlich eine Hure. Wenn Ihr die Fingernägel untersucht, Sir John, unten an der Haut des Nagelbetts, werdet ihr Spuren von Farbe feststellen. Wenn Ihr das Haar betrachtet: es ist schön, glänzend und rot, doch am Haaransatz findet ihr Spuren von Farbtönung. Ihr Körper ist gezeichnet, kleine Schnitte auf dem Rücken. Striemen, die vor einiger Zeit verheilt sind. Ich vermute, sie ist ausgepeitscht oder gezüchtigt worden, entweder als Strafe oder aus Vergnügen«, fuhr Athelstan sarkastisch fort. »Ich weiß es nicht. Es erübrigt sich zu betonen, Sir John, Sir Maurice, daß dies keine junge Dame ist.«

»Aber warum?« fragte Sir John. »Was ist geschehen?«

»Sie ist eine Hure. Und wurde hierher gebracht, um ihre Rolle zu spielen. Man hat ihr Kleider zum Wechseln gegeben, zwei Satteltaschen und etwas Silber. Sie traf im ›Goldenen Falken‹ ein und ließ gemäß ihrer Anweisungen die Kleider zum Waschhaus hinunterbringen, während sie ihre Stiefel säuberte.«

»Aber warum?« fragte Sir John noch einmal.

»Oh, Sir John, Ihr seid an so manchem Tag zwischen Dover und Canterbury gereist.«

»Gewiß. Im Sommer ist der Pilgerpfad weiße Kreide. Sie haftet an deinem Mantel. Ich habe Reisende gesehen, die so voll Staub waren, daß sie dachten, sie seien mit Schnee bedeckt.«

»Genau, Sir John. Sie ließ ihre Kleider waschen und putzte ihre Stiefel.«

Er warf Sir Maurice einen kurzen Blick zu. Der junge Ritter starrte mit offenem Mund vor sich hin; zuweilen wanderte sein Blick zu der Leiche, die auf dem Bett steif wurde.

»Das hier ist ein geschäftiges Wirtshaus«, fuhr Athelstan fort. »Die Menschen kommen und gehen, besonders an einem Sonnabend. Die arme Anna, die dachte, sie habe noch nie so viel Geld so leicht verdient, legt sich ins Bett. Sie hat getan, was man ihr befohlen hat, und wartet auf weitere Anweisungen. Der Mörder tritt ein. Er verschließt und verriegelt die Tür hinter sich und geht zum Bett hinüber. Die arme Anna ist eingeschlafen, sie wird mühsam wach, aber die Hand des Mörders oder wahrscheinlich der Draht einer Garrotte liegt schon um ihren Hals. Sie ist tot, noch ehe sie recht zur Besinnung kommt. Der Mörder ist schlau. Er stiehlt kein Silber, sondern nimmt das Messer, das sie bei sich hat und schneidet ein Stück Strick ab. Das eine Ende schlingt er um die Balken, das andere um den Hals des armen toten Mädchens. Dort läßt er sie hängen. Der Strick ist dick und rauh: die blauen Flecken und die Verfärbung durch den Tod verstecken die wahre Todesursache, Erdrosselung durch den Draht einer Garrotte.«

»Und der Mörder?« fragte Sir Maurice.

»Oh, er wird sich unter einer Kapuze versteckt haben. Er hat gewartet, bis sich der Hof der Schenke unten geleert hat. Dann trat er ans Fenster.«

»Aber die Fensterläden waren geschlossen!«

Athelstan ging hinüber. »Ich weiß von Sir John, daß dies einer der einfachsten Kniffe der Einbrecherzunft ist. Der Mörder hat eine Seite der Läden geschlossen, ist hinausgeklettert auf die Dachrinne, hat den anderen zugezogen und sich dann zu Boden fallen lassen.«

»Aber man hätte ihn sehen, wenn nicht sogar ergreifen können.«

»Sir John, es würde nur Sekunden dauern, um zu fliehen und in einer der Gassen zu verschwinden. Im übrigen, wer wäre tapfer genug, ihn herauszufordern?«

»Und der Brief?«

»Oh, bevor der Mörder ging, wurde der Liebesbrief neben die Leiche gelegt. Noch ein letztes: Sir Maurice, Ihr versteht eine Menge von Pferden. Geht doch hinunter in den Stall und untersucht den Zelter, auf dem diese Frau die ganze Strecke von Dover zurückgelegt haben will. Dann kommt zurück und teilt uns mit, was Ihr festgestellt habt.«

Der Ritter eilte hinaus.

»Zum ersten Mal sehe ich Leben in ihm«, bemerkte Sir John, als er die Tür schloß. »Glaubst du wirklich, Athelstan, daß diese arme Frau ermordet wurde?«

»Seht doch selbst, Sir John. Seht Euch die Haare an, die Nägel, den Hals.«

»Aye«, sagte er und hielt die Finger in die Höhe. »Farbspuren direkt im Nagelbett des Daumens.«

Er untersuchte das Haar der Frau und schaute sich den Hals eingehend an, der von dem Strick furchtbar verschrammt war. Er war kaum fertig, als Sir Maurice den Raum wieder betrat. Zum ersten Mal sah Athelstan ihn wirklich lächeln.

»Bruder, ich sage Euch was.« Der Ritter rieb sich die Hände. »Der Zelter ist ein stämmiges kleines Pferd, aber er ist ebensowenig von Dover hierhergetrabt wie ich. Die Hufe sind frisch beschlagen.«

»Das hätte geschehen können, als sie in London eintrafen«, sagte Sir John.

»Das glaube ich nicht, Sir John«, erwiderte Athelstan. »Ich vermute, die arme Anna Triveter hat nicht mehr als eine Meile zurückgelegt.«

»Parr!« schrie Sir Maurice. »Das Werk von Sir Thomas Parr!«

»Reichlich plump«, sagte Athelstan. »Junger Mann.« Er ging auf den Ritter zu. »Wir haben Fragen an Euch, und vieles hängt von Euren Antworten ab. Das hier waren üble, hinterhältige Ränke. Sir John und ich können zwar beweisen, daß Anna Triveter ebensowenig von Dover angereist ist wie wir von Jerusalem. Aber das nur, weil wir beide in der Kunst des Beobachtens und der logischen Schlußfolgerungen geübt sind. Wir haben Erfahrung bei der Jagd nach den Söhnen Kains«, fuhr Athelstan fort. »Jener Menschen, die in der Finsternis töten und dann ans Licht treten, sich den Mund abwischen und sagen, sie hätten nichts Schlechtes getan.« Er zeigte auf die Leiche. »Dennoch haben wir hier auch für das ungeübte Auge eine junge Frau, die behauptet, mit Euch durch Heirat verbunden zu sein. Sie ist aus Dover gekommen und hat sich aufgrund Eurer Abweisung das Leben genommen. Daher ein paar Fragen, auch wenn einige davon ermüdend sind. Seid Ihr dieser Frau schon einmal begegnet?«

»Nein, Bruder, bei meiner Seel'!«

»Aber Ihr habt in Dover mit einem Mädchen namens Anna verkehrt?«

»Ja, Bruder, mit einer Hure. Ich habe alles restlos gebeichtet und Buße getan.« Sir Maurice fuhr sich mit der Zunge über die Lippen. »Ich bitte Euch, diese Sache, die in den Beichtstuhl gehört, für Euch zu behalten. Es geschah, noch ehe ich Lady Angelica kennenlernte. Seitdem habe ich keine andere Frau angeschaut. Ich habe ein keusches Leben geführt und war reinen Geistes und reiner Seele.«

Er redete so leidenschaftlich, daß Athelstan davon ausging, der Ritter spreche die Wahrheit.

»Sehr schön.« Athelstan zog die Kordel um seine Taille fest, fummelte an den drei Knoten, die ihn an seine Gelübde der Armut, Keuschheit und des Gehorsams erinnern sollten. »Jetzt haben wir Anna Triveter, die unangekündigt die Bühne betritt. Wir wissen, daß sie eine Hure ist. Dennoch kommt sie hierher und gibt vor, Eure rechtmäßige Frau zu sein, die den ganzen Weg von Dover hierher zurückgelegt hat. Sie putzt ihre Stiefel und gibt ihren Reisemantel in die Wäsche, weil sie zu verbergen versucht, daß sie wahrscheinlich nur aus einem der Stadtbezirke gekommen ist. Sie ist von jemandem angeheuert worden, der sie umbringt, ihre Leiche an den Strick knüpft und einen Brief hinterläßt, den alle Welt lesen soll. Dann schlüpft der Mörder aus dem Fenster. Einverstanden?«

Sir Maurice nickte.

»Und warum seid Ihr gestern in diese Schenke gekommen?« Der Dominikaner hob die Hand. »Nein, ich will es Euch sagen: ein Bote kam in den Savoy-Palast und hat nach Euch gefragt?«

»Einer der ältesten Kniffe aus dem Lehrbuch«, stellte Sir John fest.

»Es war ein Betteljunge«, antwortete Sir Maurice. »Er kam etwa zwei Stunden, nachdem Ihr gegangen wart, ins Savoy. Die Wachen hielten ihn an, aber er sagte, er habe eine wichtige Botschaft. Ich kam hinunter, und der Junge, ein kleiner Straßenlümmel, sagte, in der ›Goldenen Fackel‹ warte ein Bote der Lady Angelica auf mich.«

»Aha!« rief Athelstan. »Das würde meinen Verdacht bestätigen. Fahrt fort!«

»Ich habe nicht lange nachgedacht. Ich kam eilends hierher, kaufte einen Humpen Ale und blieb über eine Stunde hier sitzen.«

»Habt Ihr denn niemanden gefragt?« wollte Sir John wissen.

»Als ich schließlich in der ›Goldenen Fackel‹ eintraf, war mein Eifer erlahmt. Ich fragte mich, ob mich jemand hereingelegt hatte. Ob es eine Falle war. Ich teilte dem Schankmädchen meinen Namen mit und sagte ihr, ich erwarte jemanden. Die Zeit verging. Ich leerte das Ale und ging fort, wütend über derartige Ränke.« Er kratzte sich am Kopf. »Ich wußte nicht, wem ich die Schuld geben sollte. Ein derart kleinliches Vorgehen war unter Sir Thomas Parrs Würde. Ich dachte, es könnte einer meiner Kameraden aus dem Haushalt des Regenten gewesen sein, der sich einen Scherz erlaubt hatte, einen Spaß, aus reinem Zeitvertreib.«

Sir John ging zur Leiche und deckte sie zu.

»Aber Ihr seht doch, daß ich unschuldig bin!« schrie Sir Maurice.

»Oh, ich werde mein Urteil ändern. Aber versteht Ihr denn nicht, Sir Maurice? Bruder Athelstan und ich kennen die Wahrheit, aber was wird die Welt denken? Hier liegt eine tote Frau! Der Brief! Gerüchte werden nach draußen dringen wie Wein aus einem geborstenen Faß. Sir Thomas Parr wird davon erfahren.« Der Coroner schaute ihn traurig an. »Schlimmer noch, auch Lady Angelica.«

»Sir John spricht die Wahrheit«, stimmte Athelstan ihm zu. »Selbst wenn wir das Urteil ändern, wird man uns beschuldigen, ein Verbrechen zu decken, das einer von Gaunts Gefolgsleuten begangen hat. Versteht Ihr nicht, Sir Maurice, der Mörder wußte vermutlich, daß wir die Wahrheit entdecken würden, aber der Schaden ist angerichtet. Wenn man nur genug Dreck schleudert, wird etwas davon hängenblieben!«

Sir Maurices Hand fuhr an seinen Dolch, sein Gesicht war weiß vor Zorn. »Ich werde jeden umbringen, der mich beschuldigt! Ich werde ihn herausfordern!«

»Oh, um der Liebe Christi willen!« rief Sir John. »Was wollt Ihr tun, Sir Maurice, gegen jeden Mann in London antreten?«

»Sir Thomas Parr kennt die Wahrheit«, gab Sir Maurice schnippisch zurück. »Er hat das alles so eingefädelt.«

»Sir Maurice! Sir Maurice!« Athelstan ergriff seine Hand. »Vor Gericht könnte ich beweisen, daß diese junge Frau ermordet wurde und nicht Selbstmord beging, aber wir wissen noch immer nicht, wer sie ist oder woher sie kam.« Athelstan hielt kurz inne. »Wir haben keinen Beweis dafür, daß Parr oder irgendein anderer für ihren Tod verantwortlich ist. Der Finger des Verdachts zeigt noch auf Euch. Er befleckt Euren Ruf und beschmutzt Eure Ehre.«

»Die Saat des Zweifels ist gesät«, sagte Sir John, »und das war der eigentliche Zweck dieses schrecklichen Verbrechens. Ist Sir Maurice Maltravers der, der er zu sein vorgibt? Es könnte Monate dauern, wollte man die Archive von Dover durchstöbern, und noch länger, wollte man herausfinden, woher diese junge Frau tatsächlich kam. Am Ende wird sich das Gerücht in der Stadt verbreitet haben. Sir Maurice hat eine junge Dame verführt, hat sich ihren Körper mit einer Heirat vor einem Heckenpriester gesichert und sie dann abgewiesen, so daß sich die junge Frau das Leben nahm.«

Sir Maurice war weiß wie ein Laken geworden, Schweiß rann ihm über die Wangen.

»Ich bin ein Krieger«, flüsterte er. »Ich sehe meinen Feind vor mir und stelle mich ihm ehrenhaft auf dem Schlachtfeld; Schild gegen Schild, Schwert gegen Schwert. Solche Dinge sind mir fremd.«

»Oh, nein.« Athelstan schob ihn zu einem Schemel und ließ ihn sich setzen. Dann baute er sich vor ihm auf, eine Hand auf seiner Schulter. »Wir haben noch mehr Fragen.« Er hielt inne.

Schritte waren auf der Treppe zu hören, jemand kam über die Galerie und klopfte an die Tür.

Athelstan hatte den Leichenbestatter schon zuvor kennengelernt, doch er schreckte zurück, als der Mann das Zimmer betrat. Er hatte eine große, schwarze Kapuze über den Kopf gezogen, das Gesicht war hinter einer Totenmaske verborgen. Als er durch das Zimmer schritt, knirschten seine schwarzen Lederbeinlinge. In der einen Hand hielt er ein zusammengelegtes Leinentuch, in der anderen ein Stück Seil.

»Mylord Coroner, so trifft man sich wieder.« Seine Stimme war leise, weich, gut moduliert.

»Ja, Sir, der Tod ruht nie. Und das, was er hinterläßt, ist über die ganze Stadt verstreut.«

Der Leichenbestatter trat ans Bett. Mit geschäftsmäßigen Gesten wickelte er die Leiche sanft in das Leinentuch, das er mit dem Seil festzurrte. Der Wirt stand mit aschfahlem Gesicht im Türrahmen.

»Dauert das noch lange?« klagte er. »Unten sind Gäste, mein Geschäft wird darunter leiden.«

»Nichts dergleichen«, erwiderte der Leichenbestatter mit gedämpfter Stimme. »Die Leute werden in Scharen kommen und sich erkundigen, was passiert ist. Ihr werdet mehr Ale verkaufen als an einem Festtag oder Maientag.« Er sicherte die Leiche und hob den verhüllten Körper sanft auf, wie eine Mutter ihr Kind. »Sie sollte bald beerdigt werden, Mylord Coroner.«

»Heute noch. Der Wirt zahlt Euch alle Auslagen. Ein Armengrab auf St. Mary's, aber nicht im Gemeindegraben. Ein eigenes Grab mit einem Holzkreuz, das ihren Namen trägt. Der Wirt wird dafür sorgen. Der Herr schenke ihr die ewige Ruhe!« Der Coroner wandte sich ab und wedelte mit der Hand.

Der Leichenbestatter ging hinaus. Der Wirt bekreuzigte sich und schloß die Tür hinter sich. Athelstan wartete ab, bis sich die Schritte entfernt hatten.

Sir Maurice saß mit verschränkten Armen, die Füße fest nebeneinander, angespannt und wachsam auf dem Schemel. Athelstan empfand Mitleid mit ihm.

»Schön, Sir Maurice!« begann er. »Ihr behauptet also, Ihr seid unschuldig, und ich glaube Euch, obwohl ich Euch später bitten werde, das zu beschwören. Doch zunächst dürft Ihr nicht Sir Thomas Parr die Schuld geben. Eure heimliche Verlobung mit Lady Angelica dürfte bei vielen Verärgerung und Eifersucht hervorgerufen haben, sogar Haß, weil Ihr so hoch hinaus wolltet. Ihr seid außerdem ein Held, dem es gelungen ist, zwei marodierende französische Freibeuterschiffe aufzubringen und zu zerstören. Ihr selbst habt gedacht, Euer gestriger Besuch hier sei ein Spaß, ein Scherz, den sich jemand aus Lord Gaunts Haushalt erlaubt habe. Darüber hinaus gibt es noch andere in der Stadt, wie zum Beispiel Monsieur Charles de Fontanel, der französische Gesandte. Auch er dürfte ein lebhaftes Interesse daran haben, was Ihr so treibt. Folglich möchte ich Euch bitten, den Mund zu halten; schlagt nicht um Euch und sprecht Beschuldigungen aus, die nicht bewiesen werden können.«

»Einstweilen nehmt einen Schluck!« Sir John drückte ihm den wunderbaren Weinschlauch in die Hand.

Sir Maurice tat, wie ihm geheißen, nahm einen großzügigen Schluck, und Sir John schloß sich ihm an. Er bot den Weinschlauch Athelstan an, doch der Dominikaner schüttelte den Kopf.

»Ich habe noch nichts gegessen, Sir John.«

»Na schön, wie du willst. Wir haben aber noch weitere Fragen. Warum wart Ihr bei Lady Vulpina, um einen Liebestrank und Gift zu kaufen?«

Sir Maurice hustete und bedeckte das Gesicht mit den Händen.

»Ihr wart doch dort, oder?« fragte Athelstan ruhig.

Der junge Mann seufzte geräuschvoll. »Vulpina ist bei Hofe wohl bekannt. Ich will ehrlich sein, als Sir Thomas mich vertrieb, dachte ich, ich müßte sterben. Ich ging zu ihr, weil ich einen Trank haben wollte. Ich war dumm genug zu glauben, er würde die Leidenschaft, die in mir brannte, besänftigen. Ich haßte die Frau, verschlagen, listig und böse, wie sie ist. Sie lachte mich heimlich aus, das sah ich ihren Augen an, warf den Burschen, die sie bewachten, einen hämischen Blick zu, während ich mit ihr verhandelte. Ich war so verlegen. Ich habe auch um Gift gebeten.«

»Um die Ratten in Eurer Kammer zu töten?« unterbrach Athelstan.

»Bruder, bitte, versucht mich nicht hereinzulegen. Mylord von Gaunt hat seine eigenen Rattenfänger. Ich habe es gekauft«, seufzte er, »weil es für mich eine Demütigung war, überhaupt dort zu sein.«

»Ich glaube, Ihr seid zweierlei«, sagte Athelstan lächelnd. »Ihr seid ein tapferer Krieger, Sir Maurice, und Ihr seid ein schlechter Lügner. Was Ihr mir da sagt, ist so plump, so schlecht vorbereitet, es muß die Wahrheit sein, obwohl der Herrgott weiß, wohin wir damit kommen.«

»Ich muß Lady Angelica sehen.« Sir Maurice packte Athelstans Hand. »Bitte, Bruder, Ihr müßt dafür sorgen!«

Athelstan warf Sir John einen kurzen Blick zu, doch der Coroner schüttelte betrübt den Kopf.

»Wenn ich Dominikaner wäre …« sagte Sir Maurice.

Athelstan ließ seine Hand los und trat ans Fenster. Im Hof darunter begannen die Stallknechte mit ihrem Tagewerk, führten Pferde aus dem Stall und zogen mit großen Rechen das schmutzige Stroh aus den Boxen. Ihm kam eine Idee, doch die Zeit war dafür noch nicht reif.

»Wir haben die Leiche untersucht«, sagte Athelstan langsam. »Wir kennen die Wahrheit und können nicht viel mehr tun. Sir Maurice, habt Ihr Vorräte für die Gefangenen in Hawkmere gekauft?«

»Das habe ich Euch bereits gesagt, Bruder. Ich gehe mit einem Kämmerer des Regenten in die Cheapside. Ich kaufe nur, was gekauft werden muß, und dann wird es auf einem Karren nach Hawkmere gebracht.«

»Und mit den Gefangenen selbst habt Ihr nichts zu tun?«

»Ihr habt sie kennengelernt, Bruder. Sie wollen ebenso wenig mit mir zu tun haben wie ich mit ihnen.«

»Was wollt Ihr damit sagen?«

»Mylord, der Regent, hält sie für Lösegeld fest, doch in meinen Augen sind sie Piraten. Sie mögen Briefe ihres Königs in Paris bei sich gehabt haben, aber sie haben englische Koggen angegriffen und die Mannschaften umgebracht. Ich hätte alle fünf auf der Stelle gehängt.«

»Sir John Cranston! Sir John Cranston!«

Athelstan schaute in den Hof hinunter.

Ein Gerichtsdiener mit seinem weißen Amtsstab stand unter dem Fenster.

»Was ist?« fragte Athelstan.

»Mylord Coroner wird in Whitefriars gebraucht. Eine Botschaft aus dem Rathaus: das Haus einer Frau, Vulpina mit Namen, ist bis auf die Grundmauern niedergebrannt, ihre sterblichen Überreste hat man gefunden.«

Neun

Sir John Cranston warf einen betrübten Blick auf die verkohlten, stinkenden Überreste, die von seiner früheren Lieblingsschenke übriggeblieben waren. Büttel und Bezirkssheriffs hielten die Menge der Bettler und Gassenbewohner zurück, die sich drängten, um den Schauplatz zu begaffen und zu sehen, ob es etwas mitzunehmen gab. Die drei Leichen, die man aus dem verbrannten Gebäude gezogen hatte, lagen unter einem verschmutzten Leinentuch.

»Es wird mir schon nicht den Magen umdrehen«, sagte er. »Zieht es zurück!«

Der Büttel, der einen schwarzen Lappen vor dem Gesicht trug, griff mit tränenden Augen nach dem Tuch.

»Es ist kein angenehmer Anblick, Sir John.«

»Das war sie auch nicht, als sie noch lebte, wo ist also der Unterschied?«

Der Mann schlug das Laken zur Seite. Athelstan wandte sich ab, die Hand vor dem Mund. Die Leichen waren nur noch verkohltes Fleisch, von Kopf bis Fuß schwarz. Die Augen waren ausgelaufen, die Gesichtshaut verschrumpelt, so daß sie wie groteske Wasserspeier aussahen.

»Waren sie tot, als das Feuer ausbrach?« fragte Sir John.

»Tot oder betrunken. Der Himmel weiß, was geschehen ist.«

Der Büttel drehte eine der Leichen um. Der hölzerne Bolzen war verbrannt, doch Athelstan sah die Eisenspitze tief im verkohlten Fleisch stecken. Sir John entfernte sich. Athelstan und Sir Maurice folgten ihm, und ihre Stiefel knirschten auf der schwarzen Asche. Noch immer stoben Funken hoch, und die Luft war schwer von beißendem Rauch.

»Und alles ist mit ihr verbrannt?« Athelstan seufzte. »Alle Aufzeichnungen über Gifte und Liebestränke zu Asche geworden.« Er ging über das Pflaster zurück.

»Was meint Ihr, Sir John?« fragte der Büttel.
»Vermutlich Mord«, antwortete er. »Bruder?«
Athelstan starrte auf die Verwüstung.
»Wahrscheinlich hat jemand Mistress Vulpina gestern abend besucht, aber es ist zwecklos, die hier zu fragen, was sie wissen.«
Die Galgenstricke und Geächteten musterten sie mit zusammengekniffenen Augen, traurig darüber, daß Vulpina, einst Königin und Schutzpatronin dieser gemeinen, stinkenden Gassen, nicht mehr lebte.
»Irgend jemand hat Vulpina und zwei ihrer Gefolgsleute getötet«, stellte Athelstan achselzuckend fest. »Ein bißchen Öl, Feuer; wie Ihr schon sagtet, Sir John, diese Gebäude sind alt und trocken. Sie brennen wie Zunder.«
»Mylord Coroner.«
Sir John drehte sich zu der Stimme um. Der Mann stand hinter ihm, war klein und hatte rosa Wangen und hellblaue Augen. Das rasierte Gesicht, das flaumige, weiße Haar erinnerte Athelstan an einen alternden Cherub. In einiger Entfernung hatten sich drei Bewaffnete in der königlichen Uniform aufgebaut, die Hand am Schwertgriff, die spitz zulaufenden Eisenhelme glitzerten in der Sonne, der breite Nasenschutz verdeckte beinahe das ganze Gesicht.
»Ich kann es nicht glauben!« Sir John streckte eine Hand aus. »Bruder Athelstan, darf ich dir Gervase Talbot vorstellen, einen Mann, der nicht so unschuldig ist, wie er aussieht. Ein Liebhaber guten Rotweins, gewitzt und gerissen wie ein Fuchs. Einst Oberster Gerichtsschreiber in der Kanzlei des Schwarzen Prinzen Edward, Gott hab ihn selig.«
Talbot stellte sich auf Zehenspitzen und tauschte den Friedenskuß mit dem dicken Coroner aus. Dasselbe machte er mit Athelstan. Dem Dominikaner stieg der Duft kastilianischer Seife sowie der Geruch eines Frauenparfüms in die Nase, leicht und süß. Talbots Hand war weich, doch sein Händedruck fest.
»Bruder Athelstan, ich habe schon von Euch gehört.« Gervase sprach kaum lauter als im Flüsterton, während sein Blick sich auf die Verwüstung hinter ihm richtete.
»Mistress Vulpina tritt nun also vor ihren Schöpfer?

Dann soll Gott sie erlösen. Sie wird alle Gnade brauchen, die sie bekommen kann. Eine böse Frau …«

»Gervase, es ist Sonntag, Ihr solltet im Garten sein und Eure Rosen beschneiden oder eins Eurer Lieder singen. Sir Gervase hat eine schöne Stimme«, erklärte Sir John.

»Ich bin noch immer Chorleiter in St. Oswald.« Gervase ließ die Hände in den Ärmeln verschwinden. »Aber kommt, Sir John, der Rauch hier trocknet mir den Mund aus und kratzt in der Kehle.«

Sir John und Athelstan folgten ihm. An einer Straßenecke blieb er stehen. Einer der Soldaten wanderte sogleich durch die Gasse, um nachzuprüfen, ob alles sicher war. Die anderen beiden standen zwischen ihrem Herrn und der Menge der Neugierigen.

»Gervase ist der Hüter der königlichen Geheimnisse«, erläuterte Sir John.

Athelstan nickte. Er hatte von einem solchen Amt gehört, in dem Kanzleibeamte arbeiteten. Es war in einem Haus in der Nähe der Fleet Street untergebracht. Diese Beamten herrschten über die Spione und Agenten des englischen Hofes sowohl im Inland als auch im Ausland. Sie lauschten Seeleuten und Kaufmännern, fügten Bruchstücke und interessante Beobachtungen zusammen.

»Ihr müßt mit mir kommen, Sir John, und Ihr auch, Bruder Athelstan. Mylord von Gaunt erwartet Euch im Haus der Geheimnisse.«

Sir John stöhnte. »Keine Ruhe für die Bösen.«

»Nein, ich fürchte nicht, Sir John. Mylord, der Regent, wird Euch alles erzählen. Sir Maurice!« rief er. »Ihr auch!« Sein Engelsgesicht verzog sich zu einem Lächeln. »Ich habe von dem Todesfall in der ›Goldenen Fackel‹ gehört«, flüsterte er. »Ist Maltravers darin verwickelt?«

»Ein Geflecht aus Lügen«, entgegnete Athelstan. Er war neugierig auf diesen kleinen Mann und darauf, was der Regent an einem Sonntagmorgen von ihm und dem Coroner wollte.

Gervase setzte sich mit schnellen, fast trabenden Schritten in Bewegung, und seine Leibwache scharte sich um ihn.

»Was soll das nun wieder, Sir John?« fragte Athelstan und zupfte den Coroner am Ärmel.

»Ich weiß nicht. Aber irgend etwas ist geschehen. Gervase liebt seine Rosen und läßt nur sehr selten eine Gelegenheit aus, an einem Sonntagmorgen im Chor zu singen. Deshalb muß es tatsächlich etwas Ernstes sein. Mylord von Gaunt sollte mit seinen Hunden unterwegs sein und Wild jagen.«

Sie ließen Whitefriars hinter sich und kamen in die weniger verkommenen Gegenden um die Fleet Street. Hier liefen die Straßen schräg nach unten auf die Rinnsteine in der Mitte zu. Athelstan dankte Gott im stillen, daß es nicht geregnet hatte, denn die Schräge war ziemlich heikel und die Rinnsteine randvoll mit Unrat. Zugleich hielt Athelstan ein Auge auf die Schilder, die über den Läden hingen und dem Unachtsamen einen üblen Schlag gegen den Kopf versetzen konnten. Der »Kupido mit der Fackel« des Glasers, die »Wiege« des Korbmachers, die nackten Gestalten von Adam und Eva für alle, die Äpfel verkauften, und »Jack im Grünen« für die Brauer. An der Ecke der Bride Lane füllten die Hundekotsammler mit ihren kleinen Schaufeln die Körbe, um den Inhalt an Gerber und Heiler für Hautkrankheiten zu verkaufen.

»Für manche Menschen«, stellte Sir John fest, »gibt es weder Sonntag noch Ruhetag.«

Er hielt einen Wasserverkäufer an und bezahlte für eine Kelle voll aus seinem Eimer, doch er warf die Kelle rasch wieder hinein und spuckte geräuschvoll aus.

»Dein Wasser ist brackig!« schimpfte er den kleinen Mann mit dem gemeinen Gesicht aus. »Kipp das in den Rinnstein und hol frisches Wasser, oder ich werde dich am hinteren Ende des Karrens auspeitschen lassen!«

Der Mann eilte davon, daß der Eimer auf seinen Schultern hüpfte und das Wasser überschwappte.

»In meiner Abhandlung über die Verwaltung der Stadt …«

»Kommt, Sir John!« Gervase Talbot stand an einer Straßenecke.

»Ja doch!« Der Coroner eilte hinter ihm her.

Das Haus der Geheimnisse stand in der Rolls Passage, einer Seitenstraße der Chancery Lane. Es war ein hohes, schmales Haus, dessen Erdgeschoß aus rotem Ziegelstein und die oberen Stockwerke aus Fachwerk bestanden. Die

Fenster waren verglast und außen mit schützenden Eisenstäben versehen. Die Tür war schmal und mit großen Eisennägeln verstärkt. Gervase zog an der Klingel. Die Tür ging auf, und ein Amtsdiener bat sie herein. Der Gang dahinter war gepflastert und sauber gefegt, die Wände mit glänzender Holzvertäfelung verkleidet, über der farbige Tücher und bemalte Leinwände hingen. Es roch nach Pergament, Kerzen, Siegellack und Tinte. Im Erdgeschoß befanden sich kleine Zimmer, deren Türen jedoch fast alle geschlossen waren. Nur eine stand offen, und Athelstan erspähte hohe Hocker und die mit grünem Boi überzogenen Pulte der Beamten.

John von Gaunt befand sich in einem Hinterzimmer. Er saß auf einem Schemel und wühlte müßig in den Schriften auf dem Boden herum. Als sie eintraten, lächelte er.

»Mylord Coroner, verzeiht, und Ihr, Bruder Atheltstan. Wie Ihr seht«, Gaunt deutete auf sein Jagdwams, die Beinlinge und Stiefel, an denen die Sporen bei jeder Bewegung klirrten, »habe auch ich mich auf etwas anderes vorbereitet, doch Gervase sagte, er habe mir etwas mitzuteilen.« Er schaute auf die Stundenkerze im Glas. »Dann wollen wir auch keine Zeit verlieren.«

Gervase rief einen Amtsdiener, man brachte noch mehr Stühle herein, deren Sitzflächen gepolstert waren. Weißwein wurde gereicht, Obst und Nüsse in kleinen Silberschalen. Während Gervase seine Vorbereitungen traf, betrachtete Athelstan seine Umgebung. Es gab einen kleinen Kamin, doch fast alle Wände waren mit Regalen bedeckt, auf denen sorgsam verschnürte Ledermappen in sauberen Stapeln lagen. Das große Fenster an einer Seite sorgte für Licht. Die Kerzen auf Bronzehaltern an der Wand hatten spitz zulaufende Hütchen als Schutz gegen Funken.

»Das ist meine zweite Heimat«, bemerkte Gervase, der Athelstans Blicken gefolgt war und sich nun setzte. »Hier, Bruder, bewahren wir den Hofklatsch auf. Wer ist Günstling in Avignon? Welcher Kardinal wird sich bestechen lassen? Wer ist in den Rat der Zehn in Venedig berufen worden? Welcher Höfling steigt in Paris auf?« Er hob seinen Kelch. »Ich verrate Euch Geheimnisse.«

»Bevor wir anfangen«, schaltete Gaunt sich ein, »Sir Maurice, ich habe von der Sache in der ›Goldenen Fackel‹ gehört.« Er lächelte. »Vielmehr, Master Gervase hat es mir erzählt. Sir Jack, wart Ihr dort?«

»Ja, Mylord, und Sir Maurice ist unschuldig wie ein Neugeborenes. Hinterhältige, üble Ränke, um ihn bei seiner Angebeteten in Ungnade fallen zu lassen.«

»Das ist nicht der Stil von Sir Thomas Parr.« Gervase meldete sich zu Wort. »Ich habe von Eurem Kummer gehört, Sir Maurice.« Er schenkte ihm eine gewinnendes Lächeln.

»Es mag mit dieser Sache hier in Zusammenhang stehen«, sagte Gaunt. Der Regent drohte Sir Maurice spielerisch mit dem Finger, verzog sein hübsches Gesicht zu einem Lächeln, die Augen halb geschlossen. »Ihr steht mit den Franzosen nicht auf gutem Fuße, Sir Maurice. Die *St. Sulpice* und die *St. Denis* waren zwei ihrer besten Schiffe.«

»Glaubt Ihr, die Franzosen könnten die Sache in der ›Goldenen Fackel‹ aus Bosheit eingefädelt haben?« fragte Sir Maurice hoffnungsvoll.

»Mag sein. Aber wir wollen uns anhören, was Master Gervase erfahren hat.«

»Ich wurde heute morgen schon früh gestört«, begann Gervase. »Pompfrey war so aufgeregt. Mein Spaniel«, erklärte er. »Ein Kaufmann war aus Frankreich zurückgekommen, Name und Stand tun hier nichts zur Sache, aber er ist ein guter Porträtmaler, ein Schnüffler, was Geheimnisse betrifft. Er trinkt oft in den Schenken der Ile de France und verbrüdert sich mit den Beamten der französischen Kanzlei.«

»Er wird auch gut bezahlt«, warf Gaunt barsch ein.

Gervase zwang sich zu einem Lächeln, das nicht bis zu den Augen vordrang.

»Gewiß, Mylord. Dennoch riskiert der Mann Kopf und Kragen. Silber und Gold wiegen gebrochene Arme und Beine auf dem Rad in Montfaucon nicht auf oder holen Euch vom Galgen, wenn man Euch den Hals umgedreht hat.«

Athelstan senkte den Kopf, um seinerseits ein Lächeln

zu verbergen. Ihm gefiel dieser sanfte, leise sprechende Mann, der vor dem Regenten ebenso auf der Hut zu sein schien wie er, Athelstan.

»Nun, mein Freund aus Paris war völlig außer sich. Er hatte die Stadt vor ein paar Tagen verlassen und fuhr nach Boulogne, anschließend nach Calais. Wir haben einen Waffenstillstand mit Frankreich, aber er mußte sichergehen, daß ihm niemand folgte. Die Franzosen nun haben einen Meisterspion. Wir wissen einiges über ihn. Er selbst nennt sich Mercurius, nach dem griechischen Gott. Der Name paßt gut zu ihm. Heimlich, gerissen, fähig, seine äußere Erscheinung zu verändern. Er ist nicht nur Spion, sondern auch ein hinterhältiger Mörder. Wir haben von seinen Streifzügen durch die norditalienischen Städte gehört: Pisa, Genua, Venedig. Im vergangenen Jahr war er in Deutschland und hat gewisse Aufgaben für seine Herren in Paris erledigt.«

»Als da wären?« fragte Athelstan.

»Spionieren, Geheimnisse verkaufen und vor allem Mord. Angeblich ging ein Beamter der französischen Kanzlei auf Pilgerfahrt zum Schrein der Drei Weisen in Köln. Was er seinen Herren in Paris nicht sagte, war, daß er gewisse Geheimnisse mitnahm und an die Bürger von Köln verkaufte. Es waren Handelsgeheimnisse, deren Kenntnis die Beherrschung des Weinmarktes ermöglichten. Zwischen den Weinbergen Frankreichs und Deutschlands herrscht große Konkurrenz. Der Beamte wurde gut belohnt. Natürlich konnte er nicht nach Paris zurückkehren, sondern ließ sich nach Empfang seines auf krumme Weise erlangten Gewinns in einem Bürgerhaus nieder, einem schönen Haus mit Blick auf den Kölner Dom. Eines Nachmittags fand man ihn mit dem Draht einer Garrotte um den Hals in seinem Karpfenteich. Der Stadtrat hatte keine Beweise, aber unter den Kaufleuten der Stadt ging das Gerücht, Mercurius habe dem französischen Verräter einen Besuch abgestattet.« Gervase trank von seinem Wein. »Nun, Sir Maurice hier hat viel Staub aufgewirbelt, als er die *St. Sulpice* und die *St. Denis* aufbrachte. Die Franzosen glaubten, wir hätten einen Spion in ihren oberen Rängen. Nein, nein.« Er hob die Hand. »Ich muß deutlicher werden.

Sie glaubten, daß einer der höheren Offiziere an Bord vom englischen Hof bezahlt werde.«

»Und, stimmt das?« blaffte Sir John.

»Jack, Jack.« Gervase legte den Kopf schräg. »Ihr dürft fragen, aber Ihr wißt, daß ich nicht antworte. Es genügt, wenn ich sage, daß die Franzosen es glaubten.«

»Und sie haben Mercurius nach London geschickt?«

»Genau. Das sind die Neuigkeiten, die unser Kaufmann mitgebracht hat.«

»Aber es gibt immer französische Spione in London.« Cranstons Miene zeigte die Verärgerung über die hinterhältige, halbseidene Niedertracht ringsum. »Und ein Franzose ist ein Franzose, wo er auch hingeht.«

»Ich habe nicht gesagt, daß er ein Franzose ist«, erwiderte Gervase. »Wir wissen viel über Mercurius. Er ist weder Franzose noch Gaskogner, sondern Engländer. Als Beamter im Haushalt des Bischofs von Norwich schloß er sich einer Söldnerschar an und ging nach Frankreich. Er wurde gefangengenommen. Nun haben die Franzosen eine ganz eigene Art des Umgangs mit Freibeutern, sie hängen sie kurzerhand auf. Mercurius, dessen richtiger Name Richard Stillingbourne ist, ließ sich auf einen Handel mit seinen neuen Herren ein. Sie schenkten ihm das Leben und einen Beutel Silber und ließen ihn frei. Als Gegenleistung führte er die Franzosen an die Stelle, an der seine Söldnerschar einquartiert war und ließ sie abschlachten. Mercurius tötet leidenschaftlich und geschickt – wie andere reiten oder singen. Ich glaube nun, daß die Franzosen ihn nach England geschickt haben und daß er für den Tod von Serriem in Hawkmere verantwortlich ist.«

»Folglich könnte es jeder beliebige sein?« fragte Athelstan.

»Es könnte jemand aus der Gemeinde sein. Sogar Aspinall, der Arzt. Einer der Diener, ein Hausierer, ein Kesselflicker, eine Wache. Er ist ein Meister der Verkleidung. Er kann gebeugt und alt erscheinen, der Bettler an der Ecke, oder hochnäsig und arrogant.« Gervase grinste Sir Maurice an. »Selbst als junger Ritter mit einem Falken auf dem Handgelenk.« Er breitete die Arme in gespielter Unschuld aus. »Selbst als bescheidener Beamter.«

»Ob de Fontanel davon weiß?« fragte Athelstan.

Gaunt schüttelte den Kopf. »Der französische Gesandte hat ein Haus in der Adel Lane genommen; es wird Tag und Nacht überwacht. Kein Fremder hat sich ihm genähert.«

»Und de Fontanel selbst?«

»Er geht nie aus.« Gaunt schmunzelte. »Vielleicht hat er Angst. Meine Wachhunde kennen ihn, die geckenhafte Art, wie er sich kleidet, den lächerlichen Hut!«

»Er ist nur ein kleinerer Gesandter«, fügte Gervase hinzu. »Ausgeschickt, um Ärger und Unruhe zu säen. Mercurius wird ausschließlich dem Kanzler in Paris Rechenschaft ablegen.«

»Wenn die Franzosen glauben«, fuhr Gaunt fort, »daß es unter den Männern in Hawkmere einen Verräter gibt, wird Mercurius ihn töten.« Gaunt beugte sich vor, das Gesicht angespannt vor Erregung.

Im ersten Moment erinnerte er Athelstan an einen Wolf, den er im Tower gesehen hatte, die scharfen, spitz zulaufenden Gesichtszüge, die verhüllten, reglosen Augen, die eingezogenen Schultern.

»Ich habe gebetet«, sagte Gaunt, »daß Mercurius uns eines Tages ins Netz gehen wird. Die Franzosen haben zum Tanz aufgespielt, und wir müssen tanzen, aber, Sir Jack, Bruder Athelstan, und Ihr, Master Gervase, ich will Mercurius' Kopf. Er ist wichtiger als alle Schiffe, die die Franzosen im Kanal zusammenziehen können.«

»Aber er ist nicht nur zu diesem Zweck hier, oder?« Athelstan deutete auf Sir Maurice. »Euch geben sie auch die Schuld an dem Verlust ihrer Schiffe. Ich will Euch nicht ängstigen«, fuhr Athelstan fort, und Gervase nickte jetzt mit dem Kopf. »Mercurius könnte auch in England sein, um Euch umzubringen.«

»Dem stimme ich zu«, sagte Gaunt. »Aber diese Männer in Hawkmere sind seine eigentliche Beute.«

»Warum verlegen wir die Gefangenen nicht?« fragte Sir John. »Raus aus Hawkmere, flußaufwärts in den Tower?«

»Das klingt verlockend«, erwiderte Gaunt. »Aber ich glaube nicht, daß wir viel erreichen werden. Wichtig ist, daß wir Mercurius gefangennehmen. Wir haben eine größere Chance, wenn wir sie in dem, wie soll ich sagen, offeneren Gelände von Hawkmere belassen. Mehr noch, wenn Mercurius einer von ihnen ist, macht es keinen großen Unterschied. An diesem Punkt des Tanzes machen die Franzosen, was sie wollen. Wenn die Gefangenen sterben, werden sich die Franzosen an den Papst in Avignon wenden und uns so hinstellen, als hätten wir die Wahrheit verfälscht und den päpstlichen Frieden gebrochen. Gewiß, die Morde werden fortgeführt, aber den Franzosen ist es eigentlich gleichgültig. Sie hoffen, den Verräter zu töten. Vielleicht wollen sie ein Exempel an ihm statuieren und ganz nebenbei auch noch einen meiner wichtigsten Ritter erschlagen.« Gaunt schnaufte. »Möglicherweise hat Mercurius Vulpina ermordet, um sie zum Schweigen zu bringen.« Er schlug sich mit seinen ledernen Handschuhen auf den Oberschenkel. »Ihr, Sir Maurice, solltet auf der Hut sein. Die Sache in der ›Goldenen Fackel‹ kann auch das Werk von Mercurius gewesen sein. Nun, Gervase, jetzt zu Bruder Athelstan. Da ist noch etwas.«

Der Meister der Geheimnisse wandte den Blick ab und räusperte sich.

»Ah, ja. Bruder, Euch sind die Umtriebe der Großen Gemeinschaft des Reiches bekannt?«

»Ganz London weiß davon.«

Der Hüter der Geheimnisse öffnete sein weißes Hemd. Athelstan bemerkte amüsiert den Hasenfuß, der ihm an einer Kette um den Hals hing. Gervase fing seinen Blick auf.

»Der dient dazu, Koliken abzuwehren«, erklärte er und rieb sich den Bauch.

»Fahrt fort!« befahl Gaunt barsch. »Meine Falken und Hunde warten, die Zeit vergeht.«

»Aus gut unterrichteten Kreisen weiß ich«, fuhr der Hüter der Geheimnisse fort, »daß die Große Gemeinschaft in Southwark sehr aktiv ist und möglicherweise Agenten hat, die Eurer Gemeinde angehören.«

»Davon ist mir nichts bekannt«, erwiderte Athelstan hastig.

»Es gibt viele Heckenpriester unter den Anführern«, schaltete sich Gaunt mit öliger Stimme ein. »Sie spicken ihre Rede mit Zitaten aus der Bibel über die Gleichheit der Menschen.«

»Dann, Mylord, zitieren sie richtig.«

»In Wirklichkeit«, entgegnete Gaunt, »sind sie so unchristlich wie gnadenlos.«

»Wenn das so ist, Mylord, haben sie eine Menge mit den Menschen gemein, gegen die sie sich verschwören.«

Sir Maurice senkte den Kopf. Sir John legte die Hand über die Augen, während Sir Gervase zur Decke hinaufschaute, als suche er nach Spinnweben. Gaunt hielt Athelstans Blick stand.

»Eines Tages, Bruder.« Er stand auf. »Eines Tages wird dieser ganze Spuk zu einer Entscheidung kommen. Ich werde jeden hängen!«

»Sie haben nur Hunger«, sagte Athelstan. »Sie essen hartes Brot. Sie lassen ihre Kleinkinder an Lumpen saugen, die in Wein getränkt sind. Im Winter ist der Rotz, den sie schlucken, manchmal ihre einzige Mahlzeit.«

»Bruder!« unterbrach Sir John ihn warnend.

Gaunts Gesichtsausdruck veränderte sich plötzlich. Er lächelte und legte dem kleinen Dominikaner eine Hand auf die Schulter.

»Nur ein ehrlicher Mann spricht die Wahrheit, Bruder.« Er öffnete seinen Geldbeutel, schüttete ein paar Silbermünzen heraus und drückte sie Athelstan in die Hand. »Kauft Euren Armen ein wenig Brot. Sagt ihnen, sie sollen für John von Gaunt beten.« Er legte seine Handschuhe an. »Aber sagt ihnen, wenn sie bewaffnet erwischt werden, wie sie sich gegen die Krone verschwören, dann sollen sie hängen.« Gaunt ging zur Tür und drehte sich, die Hand schon an der Klinke, noch einmal um. »Ich habe Euch eine schwierige Aufgabe gestellt, Bruder«, sagte er ruhig. »Ich will, daß Ihr Sir Maurice helft, denn er ist ein Mann, wie ich mir meinen eigenen Sohn wünsche. Ich will, daß diese Morde aufhören. Ich will Mercurius' Kopf an einer Stange auf der London Bridge sehen. Gelingt Euch das, schwöre ich, daß die Straßen von Southwark in Wein schwimmen werden. Und jetzt, wie gesagt, warten meine Hunde. Ich empfehle mich.«

Er schloß die Tür und schlenderte den Korridor entlang. Gervase legte das Gesicht in die Hände und seufzte.

»Bruder, Ihr seid zu weit gegangen.«

»Es war das erste Mal, daß ich Angst hatte«, sagte Sir Maurice, nahm seinen Becher und trank in gierigen Zügen.

Cranston hatte seinen bereits leergetrunken und nahm jetzt einen großzügigen Schluck aus dem Weinschlauch.

»Was, um alles in der Welt, hat Euch geritten, Bruder?«

»Ich weiß es nicht«, antwortete Athelstan. Er setzte sich, denn ihm zitterten jetzt die Knie; am ganzen Körper war ihm der Schweiß ausgebrochen. Er blickte auf die Silbermünzen in der Hand. »Ich vermute, ich bin es leid, die Armen darben zu sehen. Ihr kennt meine Pfarrkinder, Sir John, Watkin und Pike. Der Herr sei mit uns, die und sich gegen die Krone verschwören! Die können kaum geradeaus pissen! Master Gervase, kennt Ihr die Namen derer, die in Southwark mitmachen?«

Der Hüter der Geheimnisse schüttelte den Kopf. »Nur Geschwätz«, antwortete er. »Klatsch vom Markt. Schatten und Umrisse, erspäht bei Nacht und Nebel!«

»Und Mercurius?« fragte Sir John. »Gibt es noch etwas, das wir wissen müssen? Eine Beschreibung?«

Gervase schüttelte den Kopf. »Was ich weiß, wißt Ihr jetzt auch.« Er packte den jungen Ritter beim Handgelenk. »Aber Ihr, Sir Maurice, solltet vorsichtig auftreten. Ich weiß, daß Ihr ein mutiger Mann seid, wie es sich für einen Krieger geziemt, kühn und tapfer. Doch hier geht es nicht um einen Kampf an Deck eines Schiffes, um das Klirren der Waffen auf dem Schlachtfeld. Mercurius wird wie ein Dieb in der Nacht kommen, und man kennt weder Tag noch Stunde. Was noch wichtiger ist, er kommt vielleicht nicht einmal persönlich, sondern schickt andere vor. Seid auf der Hut!«

Sie verließen das Haus der Geheimnisse und gingen durch Newgate zur Cheapside. Die breite Durchfahrt war leer bis auf den Bettler Leif und seinesgleichen. Sir Johns rothaariger Sargnagel stand am Stock. Er hielt sich, bedenklich schwankend, mit einer Hand am großen Holzpfosten fest, die andere lag auf der Brust. Er hatte den Kopf zurückgelegt, die Augen geschlossen, und unterhielt seine Kameraden mit einem Lied.

»So wahr Gott lebt!« rief Sir John mit einem Blick auf die bunte Schar. »Hör dir das nur an, Bruder.«

Athelstan mußte zugeben, daß Leif als Sänger sehr zu wünschen übrig ließ. Als wäre sein Gebet erhört worden, flog über Leif ein Fenster auf.

»Um der Liebe Christi willen!« donnerte eine Stimme, und ein Nachttopf wurde ausgeleert, doch Leif war schneller und hüpfte wie ein Eichhörnchen davon. Er drehte sich um und schüttelte die Faust.

»Ich muß nach Hause«, sagte Sir John. »Bruder Athelstan, Sir Maurice, wollt Ihr mit uns essen?«

»Sir John, ich danke Euch«, antwortete Athelstan. »Aber ich muß noch ein Wort mit Sir Maurice reden. Vielleicht ist das in St. Erconwald sicherer als woanders. Morgen werde ich um Euren Beistand bitten, Sir John.«

»Morgen ist morgen. Aber heute ist Sonntag. Meine Kerlchen warten, und ich will zu Hause sein, bevor sie ihren Vater zu sehr vermissen.«

Er stapfte davon und legte noch einen Schritt zu, als Leif plötzlich seinen großen, dicken Freund erblickte. Der Bettler stieß einen Begrüßungsschrei aus und torkelte auf ihn zu.

»Der arme Sir John«, sagte Athelstan. »Kommt.«

Sie durchquerten die Cheapside und gingen über die London Bridge. Southwark lag verlassen da, es schlief unter der warmen Sommersonne. Athelstan stellte fest, daß es in der Kirche ruhig war, das Portal war geschlossen, Godbless und Thaddeus dösten auf der Treppe. Benedicta hatte Philomel versorgt und einen Topf Schmorbraten sowie frische Brötchen hingestellt. Folglich speisten Athelstan, Sir Maurice, Godbless und Thaddeus, nicht zu vergessen Bonaventura, an jenem Nachmittag wie die Könige. Nach dem Essen kehrte Godbless zum Friedhof zurück und nahm Thaddeus und den käuflichen Bonaventura mit. Athelstan öffnete die große Truhe unter dem kleinen Fenster und zog die Kutte eines Dominikaners heraus.

»Meine Brüder in Blackfriars schicken mir zu Ostern und Weihnachten immer eine frische Kutte. Manche sind länger als andere.«

Sir Maurice blieb der Mund offenstehen. Er war noch verblüffter, als Athelstan erneut in die Truhe tauchte und eine lange, scharfe Schere zutage förderte.

»Bruder?«

»Aye, Bruder«, erwiderte Athelstan. »Ihr seid jetzt nicht mehr Sir Maurice Maltravers, sondern Bruder Norbert vom Dominikanerorden. Ihr müßt Euch von mir die Haare schneiden lassen und eine kleine Tonsur. Ihr werdet lernen, wie ein Dominikaner geht und spricht, wenn das möglich ist.«

Grinsen breitete sich auf dem Gesicht des jungen Ritters aus.

»Morgen werden wir das Kind Gottes, Lady Angelica Parr, im Konvent der Nonnen von Syon besuchen.«

Sir Maurice sprang auf wie ein Junge, dem man eine hohe Belohnung versprochen hat.

»Geht das, Bruder?«

»Vorausgesetzt, Ihr behaltet Eure fünf Sinne beisammen und Lady Angelica verrät uns nicht?«

»Was ist, wenn Sir Thomas eine Wache dort hat?«

»Kämpfende Männer sind in einem Konvent nicht erlaubt, und die Nonnen von Syon sind sich selbst Gesetz, wie Ihr feststellen werdet.«

»Aber Bruder, werdet Ihr keinen Ärger bekommen?«

Athelstan schloß den Deckel der Truhe. »Sir Maurice, ich habe stets Ärger. Und, um der Liebe Christi willen, was ist denn falsch an dem, was wir tun? Es geht doch nur um die Liebe! Damit werde ich mich verteidigen!« Er packte die Schere fester. »Aber alles unter der Sonne hat seinen Preis. Bruder Norbert, öffnet Euer Wams.«

Eine Stunde später gestand Sir Maurice Maltravers sich im stillen ein, daß er verwandelt war. Sein dunkles Haar war kurzgeschnitten, am Hinterkopf prangte eine kleine Tonsur. Er trug jetzt die schwarzweiße Ordenstracht mit der geknoteten Kordel um die Taille. Er übte in der Küche auf und ab zu schreiten, die Hände in den Ärmeln, den Blick niedergeschlagen. Bonaventura war zurückgekommen und betrachtete neugierig diese merkwürdige Verwandlung. Athelstan lachte und klatschte in die Hände.

»Werden sie uns einlassen?« fragte Sir Maurice ängstlich.

»Oh, uns nicht«, erwiderte Athelstan. »Aber es gibt keine Tür in London, durch die Sir Jack Cranston nicht kommt.«

»Und was wird drinnen geschehen?«

»Nun, ich erwarte nicht von Euch, daß Ihr auf das Knie fallt und Eure Liebe gesteht«, sagte Athelstan und streichelte Bonaventura, der auf seinen Schoß gesprungen war. »Aber Ihr könnt reden.« Er verzog das Gesicht. »Über die Liebe in allgemeinen, geistlichen Begriffen. Dennoch müßt Ihr die Verkleidung und Geheimhaltung wahren, die ich Euch verliehen habe. Wenn Ihr die durchbrecht, werde ich gehen und keine Hilfe mehr gewähren.«

»Und was soll dabei herauskommen?« fragte Sir Maurice zweifelnd.

»Sir Maurice, ich bin Dominikaner, und das hier ist St. Erconwald. Ich vollbringe keine Wunder, deshalb nehmen wir jeden Tag, wie er kommt. Bleibt da!«

Athelstan stieg zu seiner Bettstelle hinauf und holte einen in Kalbsleder gebundenen Band mit Goldschnitt herunter.

»Das sind die Schriften des Heiligen Bonaventura.« Er reichte ihn Sir Maurice. »Nein, nicht des Katers. Bonaventura war ein großer Franziskaner, ein Doktor der Theologie. Seine Schriften über Liebe, insbesondere jener, die zwischen Mann und Frau bestehen sollte, sind eine erfrischende Lektüre. Einen Abschnitt darin mag ich besonders, in dem er sagt, daß die beste Freundschaft die zwischen Ehemann und Ehefrau sein muß. Ihr setzt Euch da hin und lest.« Athelstan ging zur Tür. »Ich bete in der Kirche um ein wenig Weisung und Schutz. Danach werden wir Godbless aufsuchen und sicherstellen, daß er der einzige Lebende ist, der sich auf unserem Friedhof zur Ruhe legt!«

Athelstan verließ das Haus. Er schaute nach Philomel, der an der Seitenwand seiner Box lehnte und im Stehen fest schlief. Der Dominikaner ging zur Kirche hinüber. In Gedanken versunken, bemerkte er nicht den Schatten am Ende der Gasse, der ihn genau beobachtete. Etwas Böses, Dunkles ging von dem Schatten aus. Nachdem der Priester in der Kirche war, hockte sich der Beobachter nieder und setzte seine eingehende Betrachtung der Kirche und des kleinen Hauses daneben fort.

Zehn

Die Dämmerung senkte sich auf Whitefriars hinab und hüllte den Bezirk in Dunkelheit. Um diese Zeit erwachten die Hauptstraßen und die mit Unrat bedeckten Gassen zum Leben. Diebsgesindel und Bettler schwärmten wie Ratten über einen Misthaufen aus und suchten nach Beute, nach den Unachtsamen, den Verletzlichen, bereit, beim leisesten Anzeichen von Schwäche übereinander herzufallen. Eine Gegend voll schlechter Häuser, schmaler Straßen und noch schlechteren Herzen. Mercurius kannte das alles.

Er war vor vielen Jahren hier gewesen und hatte sich vor dem Gesetz versteckt, und sein stolzer Gang, mit Dolch und Messer im Gürtel, war für jene, die in den Eingängen lauerten oder hinter zerbrochenen Fensterläden hervorlugten, abschreckend genug. Er betrat die »Zerlumpte Standarte«, ein großes, übelriechendes Wirtshaus, das nur einen Steinwurf vom Karmeliterkloster entfernt lag, dem das Viertel seinen Namen verdankte. Der Schankraum war von dünnen Fackeln, die einen ätzenden Gestank verbreiteten, schwach beleuchtet.

Mercurius zog die Maske tiefer ins Gesicht und prüfte nach, ob die Kapuze seinen Kopf ganz bedeckte. Er setzte sich ans Fenster und schaute hinaus in die zunehmende Dunkelheit. Der Wirt hatte den rührenden Versuch unternommen, einen Garten anzulegen, ein Fleckchen sonnenverbrannten Unkrauts, abgezäunt von staubigen, billigen Kräuterbeeten durch Schafschenkelknochen und verschiedene Tierschädel. Eine Schlampe kam zu ihm. Mercurius zog ein Silberstück hervor.

»Ale«, befahl er. »Ordentlich gezapft und der Humpen schön sauber!«

Er löste eine kleine Armbrust von seinem Gürtel und legte sie auf den Tisch. Die Schlampe eilte davon. Draußen im Hof vor den Ställen widersetzten sich zwei Hengste dem

Stallburschen, bäumten sich wiehernd auf und schlugen aus. Ein paar Gäste kamen herbei, um sich den Spaß anzuschauen. Ein Mann schrie, er gehe jede Wette ein, daß der Stallbursche verletzt werde. Der Wirt, ein schmieriges Faß von einem Mann, schob sie zur Seite und ging mit einem brennenden Holzscheit in der Hand nach draußen, um die beiden Hengste auseinanderzubringen.

Mercurius machte es sich in der Ecke bequem. Mitten im Schankraum streckte sich ein Volltrunkener aus einer Truppe fahrenden Volkes auf dem Boden aus. Der Mann lag platt auf dem Rücken, alle viere von sich gestreckt, die Teufelsmaske klebte noch fest an der oberen Gesichtshälfte. Ein kleiner Junge hockte sich neben ihn und wischte den Speichel ab, der ihm aus dem offenen Mund troff. Auf der anderen Seite des Schankraums stritten sich die anderen Mitglieder der Truppe um die Einnahmen. Sie schwiegen kurz, als der Nachtwächter die Straße hinunterkam, mit seiner Glocke läutete und den Hausbesitzern zurief, vorsichtig zu sein: Feuer zu löschen und Kerzen zu sichern. Irgend jemand bot mit rauher Stimme eine frische Maid zum Verkauf an.

Nachdem sich das Geschrei im Hof gelegt hatte, gingen die Gäste wieder an ihre Plätze. Diebsgesindel teilte seine Einnahmen, berufsmäßige Bettler, in nasse Lumpen gekleidet, wischten Farbe und Salpeter ab, die sie benutzten, um Wunden vorzutäuschen. Mercurius wartete mit unstetem Blick, stets auf der Hut vor einem Sheriff oder einem Spion des Regenten. Er wußte nicht, ob den Engländern bekannt war, daß er sich in London aufhielt, doch er konnte kein Risiko eingehen. Die Sache in Hawkmere lief gut, dennoch war er nicht verantwortlich.

Er sah zwei Schatten zur Tür huschen – seine Gäste waren eingetroffen. Sie stolzierten auf ihn zu, erblickten die Armbrust und erkannten das Zeichen. Während sie Schemel heranzogen, nahm Mercurius einen Schluck aus seinem Humpen und musterte sie: wie zwei Erbsen aus ein und derselben verschimmelten Hülse. Sie trugen Beinlinge und Stiefel, unter den Lederwämsen, deren Ärmel abgetrennt waren, sah man ihren nackten Oberkörper. Kupferbänder wanden sich um die muskulösen Arme. Ihre Köpfe waren kahlgeschoren, sie hatten scharfgeschnittene Gesichtszüge und schmale Augen. Der eine befingerte den Kupferring in seinem Ohrläppchen.

»Ihr seid derjenige?«

»Ja.«

»Und was wollt Ihr?«

Der Mörder schnippte mit den Fingern, und schon eilte die Schlampe herbei. Man bestellte zwei weitere Humpen Ale. Einer der Kahlköpfe beugte sich vor, die Arme auf dem Tisch.

»Wir können hier nicht die ganze Nacht rumsitzen. Was wollt Ihr? Unsere Pferde stehen draußen. Wir können nehmen, was wir wollen, und gehen!«

»Wenn ihr je wieder so mit mir redet, werde ich euch beide töten.«

»Wie?« knurrte der größere der beiden Kahlköpfe.

»Seht unter den Tisch.«

Der Mann tat, wie ihm geheißen, und erblickte die andere Armbrust, die sich der Mörder auf den Oberschenkel gelegt hatte. Sie war geladen, der Widerhaken zurückgezogen, der Finger lag am Abzug. Der Kahlkopf schluckte heftig und schaute seinen Kameraden an.

»Wir wollten Euch nicht kränken.«

»Gewiß nicht.«

Die Schlampe kam mit den Humpen. Der Fremde mit der Kapuze legte die Armbrust nieder und warf eine kleine Börse auf den Tisch.

»Sechs Silberlinge, in Venedig frisch geprägt. Drei für euch jetzt, drei, wenn die Aufgabe erledigt ist.

»Um wen geht es?«

»Sir Maurice Maltravers, Gefolgsmann im Haushalt des Lords von Gaunt.«

Der führende Kahlkopf verschluckte sich an seinem Bier.

»Einer von Gaunts Leuten?«

»Ich habe den Namen schon gehört.« Jetzt sprach der andere. »Er hat ein Schiff im Kanal gekapert. Ein Kämpfer.«

»Mit Waffen und Rüstung, ja«, erwiderte der Mörder. »Aber nicht in der Tracht eines Mönches. Ihr findet ihn im

Haus des Pfarrers in St. Erconwald in Southwark, ihr kennt den Ort, wette ich.«

Die Kahlköpfe nickten gleichzeitig.

»Ihr könnt es ausführen, wann immer ihr wollt. Ein Messer im Rücken, ein Pfeil im Hals …«

»Wir töten keine Priester«, wandte der führende Kahlkopf ein. »Den Mönch, der auch da ist, Athelstan. Er ist bekannt und beliebt.«

Der Mörder langte tief in seinen Geldbeutel und holte vier Silbermünzen heraus, die er auf die kleine Börse legte. Die Kahlköpfe lächelten.

»Wenn man's recht überlegt, jeder Hund muß schließlich mal sterben!«

Der Anführer wollte schon die Silbermünzen an sich nehmen, doch der Mörder packte ihn beim Handgelenk.

»Du wohnst nicht hier, oder? Du lebst in der St. Mary Axe Street. Du hast da eine Schwester, oder eine angebliche Schwester. Eins sage ich dir, nimm das Silber nicht an dich, wenn du die Aufgabe nicht zu erledigen gedenkst.«

»Es wird ausgeführt.«

»Gut!« Der Mörder lehnte sich zurück. »Und wenn der Priester stirbt, um so lustiger.«

Er leerte seinen Humpen und erhob sich. Eine Armbrust klinkte er an den Haken am Gürtel, die andere hielt er in der Hand.

»Wie teilen wir Euch mit, daß Euer Auftrag ausgeführt ist?«

»Oh, das ist nicht nötig«, antwortete der Mörder leise und tätschelte dem Mann die Schulter. »Ich werde es erfahren, und keine Bange, ich komme euch besuchen. Jetzt bleibt noch eine Weile hier sitzen und trinkt euer Ale.«

Dann war er verschwunden.

Athelstan hielt die Frühmesse ab. Sir Maurice Maltravers, der sich die Ordenstracht noch nicht angezogen hatte, betätigte sich als Meßdiener. Godbless und Thaddeus, der am Altartuch zu knabbern versuchte, leisteten ihnen Gesellschaft. Bonaventura war natürlich auch gekommen. Der Kater schaute unverwandt auf den Abendmahlskelch, und die kleine rosa Zunge hing ihm heraus, da er Milch darin vermutete. Pemel, die alte Flämin, die ihr Haar inzwischen grellgelb gefärbt hatte, nahm auch teil. Sie kniete neben Ranulf, dem Rattenfänger. Als die Messe zu Ende war, kam Ranulf in die Sakristei geschlurft. Er wartete geduldig, bis Athelstan das Meßgewand abgelegt hatte.

»Bruder, wir sind alle bereit.«

Athelstan fiel es gerade noch rechtzeitig ein. »Oh ja, gewiß, die Messe für eure Zunft.«

»Können wir sie am Mittwochmorgen abhalten, Bruder? So gegen zehn Uhr?«

Athelstan schluckte, doch Ranulf schaute ihn flehentlich an – ein Blick, der Athelstan daran erinnerte, daß er es schon oft versprochen hatte.

»Wie soll es ablaufen, Ranulf?«

»Nun, Mittwoch ist gut für Rattenfänger, Bruder. Wir halten die Messe ab und bringen unsere Tiere mit.«

»Und das wären?«

»Frettchen, Katzen, Hunde, unsere Fallen und Käfige.«

»Und wie viele werden kommen? Ich meine, Rattenfänger?« fügte Athelstan rasch hinzu.

Er warf Sir Maurice einen kurzen Blick zu, der verwirrt dieses eigenartige Gemeindemitglied in seiner schwarz geteerten Jacke und Kapuze betrachtete. Am glänzenden Gurt um Ranulfs Taille hingen Haken, kleine Fallen und Drahtschlingen, die Ausrüstung eines Rattenfängers.

»Sechzehn oder achtzehn. Danach werden wir unser nächtliches Fasten an einem Tisch in der Vorhalle brechen. Wir bringen Essen und Ale mit. Wir möchten gern, daß Ihr uns segnet und einen besonderen Segen über unsere Tiere ausspricht.«

»Einverstanden!« sagte Athelstan. »Aber sprich noch mit Benedicta. Und jetzt raus aus der Kirche, und schließ die Tür! Ich habe den Meßdiener Crim zu Sir John geschickt. Wenn er zurückkommt, hilf ihm bitte mit Philomel, macht nur den Stall sauber. Danach kannst du die Hafergrütze in der Küche aufessen.«

Ranulf erklärte sich sofort bereit und lief hinaus.

»Eine Zunft der Rattenfänger?« fragte Sir Maurice.

Athelstan schmunzelte. »Es ist ein wundervolles Leben, Bruder Norbert. Ja, es wird Zeit, daß Ihr Euch umzieht.

Legt die Tracht an, die ich Euch gegeben habe, aber zieht den Umhang fest um Euch.«

Der Ritter eilte hinaus, und Athelstan ging wieder in die Kirche. Er kniete auf den Stufen des Hochaltars, um ein kurzes Dankgebet zu sprechen, sowie anschließend eine Anrufung des Heiligen Geistes, in der er um seine Hilfe und sein Geleit an diesem Tag bat.

Sir Maurice hatte den größten Teil der Nacht damit verbracht, in den Schriften des Heiligen Bonaventura zu lesen; als Athelstan wach wurde, saß der junge Ritter vor dem Kamin und rezitierte einem glupschäugigen Godbless und einem ziemlich gereizten Thaddeus Liebesgedichte, die er auswendig gelernt hatte. Athelstan, der rasch mit seiner Messe beginnen wollte, hatte den jungen Ritter nur zur Vorsicht gemahnt, nicht so ungestüm zu sein.

Er beendete sein Gebet, bekreuzigte sich und ging durch das Kirchenschiff. Maler Huddle stand unter dem Portal, ein Stück Holzkohle in der Hand. Der Künstler schaute lächelnd auf die nackte Fläche einer frisch getünchten Wand.

»Ich könnte ein schönes Bild malen, Bruder.« Huddle drehte sich um, das lange Pferdegesicht zu einem Lächeln verzerrt. »Wie wär's mit Jesus beim Jüngsten Gericht?«

Athelstan trat einen Schritt zurück. Die Wand eines Querschiffs war inzwischen mit Huddles Gemälden bedeckt, roh, lebhaft und farbenfreudig, eine beständige Quelle des Staunens für die Gemeinde. Athelstan benutzte sie häufig für seine Predigten, stieg vom Hochaltar und stellte sich vor Huddles Darstellung der Szenen aus dem Evangelium.

»Das wird Euch Geld kosten, Bruder. Wir brauchen Rot und Gold, Zinnoberrot, etwas Schwarz natürlich und ein schönes Scharlachrot.«

Athelstan wollte schon ablehnen, als ihm das Silber einfiel, das John von Gaunt ihm gegeben hatte.

»Mach eine Skizze mit Holzkohle«, stimmte Athelstan zu. »Eine deiner Strichzeichnungen, und dann stell eine Kostenschätzung für die Farbe auf.«

Huddles Lächeln verschwand. »Oh, nicht der Gemeinderat, Bruder! Ihr kennt Watkin!«

»Im Grunde bewundert Watkin deine Arbeit«, erwiderte Athelstan. »Aber der Gemeinderat muß zustimmen.«

»Aber Ihr werdet den Vorschlag unterstützen? Ihr werdet Christus beim Jüngsten Gericht sehen, die Schafe zur Rechten, die Böcke zur Linken. Ich denke da an Eure Predigt im letzten Advent.«

»Sehr schön, Huddle, aber keinen von deinen Späßen!«

Athelstans Blick wanderte ins Seitenschiff. Der Künstler hatte die Szene von Christi Geburt dargestellt, eine brillante, lebensgetreue Szene direkt neben dem Marienaltar. Alle hatten sie bewundert – außer Watkin: Huddle hatte dem Ochsen aus Rache Watkins Gesicht verliehen.

»Ich werde ihn unterstützen.« Athelstan klopfte dem Maler auf die knochigen Schultern.

Huddle war außer sich vor Freude. Der Dominikaner ließ ihn stehen und trat aus dem Portal. Godbless saß vor der Kirche und hatte die Arme um Thaddeus geschlungen.

»Ich werde heute den Friedhof in Ordnung bringen, Bruder, und Unkraut auf einigen Gräbern jäten.«

»Du bist ein braver Mann, Godbless.«

»Aber letzte Nacht waren sie wieder da.«

Athelstan drehte sich um. »Die Gespenster?«

»Ja, Bruder. Ich habe sie in der Luft gesehen, dunkle Gestalten am Nachthimmel. Ich habe Thaddeus mit ins Leichenhaus genommen und die Tür abgeschlossen. So etwas habe ich noch nie gesehen. Nur als ich mit einem Söldnerheer einmal in Venedig war. Ich habe einen Mann gesehen, der hätte sterben sollen, aber nicht starb.«

»Du bist sicher, daß du Gestalten gesehen hast?« fragte Athelstan.

»Gewiß, Bruder. Sie hingen zwischen Himmel und Erde.«

»Bruder Athelstan!«

Sir Maurice trat aus dem Haus des Pfarrers, den Militärmantel um sich geschlungen. Athelstan hätte Godbless zu gern noch weiter ausgefragt, doch die Zeit verging, und je eher er die Themse überquerte und das Nonnenkloster in Syon besuchte, desto besser.

Sie gingen durch die Gasse und machten an Merrylegs Pastetenladen halt, um eine Fleischpastete zu kaufen. Die

Verkaufsstände und Buden waren bereits aufgebaut und warteten auf Kundschaft. Die Schenke »Zum Gescheckten« hatte geöffnet. Einige Pfarrkinder Athelstans standen im Eingang, Humpen in der Hand. Watkin und Pike stützten sich auf ihre Schaufeln und Hacken. Hig, der Schweinemetzger, warf finstere Blicke um sich, als hätte sich alle Welt gegen ihn verschworen. Sie grüßten Athelstan lauthals, und er segnete sie.

Am Ufer waren die Bezirksbüttel ebenfalls eifrig bei der Arbeit. Bladdersniff, dessen Nase rot glühte, überwachte mit wässrigen Augen, wie zwei Trunkenbolde in den Block gesperrt wurden. Man hatte sie volltrunken in einer Gasse gefunden.

»*Caeci caecos ducunt*: Die Blinden führen die Blinden«, übersetzte Athelstan. »Bladdersniff trinkt, als gäbe es kein Morgen!«

Sie kamen an die nassen Stufen des Anlegers. Moleskin war da, das nußbraune Gesicht zu einem Lächeln verzogen. Er verbeugte sich in seinem Boot, das bedenklich schwankte, und bedeutete Athelstan, schnell herunterzukommen.

»Bald wird hier viel los sein, Bruder.«

Er half Athelstan in das schaukelnde Boot und musterte Sir Maurice neugierig. Achselzuckend beugte er sich über die Ruder und steuerte sein Boot über die Themse.

Über dem Wasser hing noch Morgendunst, doch auf dem Fluß waren viele Proviantboote unterwegs, Kriegskoggen, Skiffs, die großen Klingelbarken, die den Unrat und Mist aus den Straßen der Stadt mitten in den Fluß kippten. Einige Barken hatten Glocken, mit denen sie andere auf dem Fluß warnten. Hin und wieder hielt Moleskin an, um einen Bekannten zu grüßen, und einmal zog er die Ruder ein, als eine königliche Barke voller Höflinge, Amtsdiener und Schreiber die Themse hinunter zum Tower fuhr. Große Banner in Blau und Scharlachrot flatterten kräftig an Heck und Bug. Im Nebel tauchte ein langes, niedriges schwarzes Skiff auf, die Glocke am Bug stimmte das Totengeläut an.

»Um Gottes willen!« hauchte Sir Maurice.

Athelstan drehte sich um und schob die Kapuze zurück. Das Skiff war lang und lag tief im Wasser. In der Mitte war eine nasse, schmutzige Leiche auf einer Holzpritsche aufgebahrt. Ringsum kauerten mit Kapuzen verhüllte Männer. Der Anführer stand wie der Tod persönlich am Heck, die Kapuze zurückgeschoben, so daß sein merkwürdiges, knochiges Gesicht und sein Kahlkopf zu sehen waren. Er schaute zu Athelstan hinüber, als sie vorüberfuhren.

»Guten Morgen, Bruder.«

Athelstan erkannte den Menschenfischer, dessen Aufgabe es war, die Themse nach Leichen abzusuchen, für deren Bergung der Stadtrat ihm eine Prämie zahlte. Athelstan schlug das Kreuz in Richtung der Leiche.

»Selbstmord?« fragte er.

Der Fischer befahl seinen Ruderern mit barscher Stimme, anzuhalten; sein Fahrzeug kam schwankend längsseits. Moleskin wandte den Blick ab, räusperte sich und spuckte aus.

»Kein Selbstmord, Bruder, Tod durch Unfall. Der arme Mann ist in der Nähe von Dowgate von einem tollwütigen Hund gebissen worden. Sie haben ihn ins Wasser geworfen, weil sie dachten, das würde ihn heilen. Der Arme ist ertrunken, so daß seine Seele zu Gott und seine Leiche an die Stadtverwaltung geht. Rudert weiter, meine Schönen!« Er hob die Hand zum Gruß, und seine gespenstische Barke verschwand im Morgendunst.

»Ich fahr nicht gern an ihm vorbei«, teilte Moleskin ihnen mit. »Sucht den Fluß nach Toten ab.«

»Ein Werk der Gnade«, entgegnete Athelstan, »und weiß der Himmel, Moleskin, der Herr ruft schließlich jeden von uns zu sich.«

Dem hätte Sir John Cranston, Coroner der Stadt, sicherlich zugestimmt. Er stand in der Fennel Street, einer Nebenstraße der Catte Street, schob seinen Biberhut zurück, kratzte sich den Kopf und starrte ungläubig auf das Chaos vor ihm. Die Leiche eines alten Mannes, die Kniehose bis zu den Fußgelenken heruntergelassen, lag in den Trümmern des zusammengebrochenen Aborts. Der Unglücksrabe war mitsamt der Latrine, auf der er saß, in die Tiefe gestürzt.

»Erzählt es mir noch einmal.« Er schaute an den Häusern auf beiden Seiten hinauf.

»Aye, Sir John. Das Haus zu Eurer Linken gehört dem Opfer, Elias Ethmol, früher ein Fellhändler, der sich aber jetzt zur Ruhe gesetzt hatte. Das Haus zur Rechten gehört Humphrey Withrington, einem Färber. Und, wie Ihr seht, Sir John«, fuhr der Büttel betrübt fort, »stehen die beiden Häuser sehr eng beieinander, zumindest die oberen Stockwerke. Und Elias und Humphrey waren alte Männer.«

»Wo ist Humphrey jetzt?«

Ein alter Mann mit wässrigen Augen trat aus der kleinen Schar, die sich versammelt hatte, und hob seinen Eschenstock.

»Das bin ich, Sir Jack.«

»Mylord Coroner für Euch!« Er schaute hinauf; die oberen Stockwerke befanden sich mindestens zwanzig Fuß über dem Boden.

»Die beiden«, fuhr der Büttel fort, »haben einen Abtritt gebaut.«

»Ihr meint, eine Latrine?«

»Ja, Sir John, zwischen den oberen Stockwerken.«

»Hattet Ihr eine Genehmigung dafür?« Sir John schaute Humphrey wütend an.

Der alte Mann schüttelte ängstlich den Kopf.

»Fahrt fort!«

»Nun ja, die Latrine wurde zwischen die beiden Stockwerke geklemmt. Sie konnten sie nachts benutzen und morgens leeren. Gestern abend folgte der arme Elias dem Ruf der Natur und setzte sich auf die Latrine.«

Sir John warf dem Büttel einen warnenden Blick zu, als er die Belustigung in dessen Stimme gewahrte.

»Nun, so, wie ich es mir zusammenreime«, fuhr der Büttel mit unbewegter Miene fort, »war Elias ziemlich betrunken. Er hat die Latrine benutzt und dann beschlossen, zu tanzen.«

»Ich habe den Lärm gehört«, meldete sich Humphrey zu Wort. »Das hat der alberne, alte Schurke immer gemacht. Er war ein richtiger Pißpott, Sir John, vielmehr Mylord Coroner.«

Sir John betrachtete die beiden kleinen Türen an den Außenwänden der Häuser und den Schaden an den Stellen, wo der Abtritt weggebrochen war.

»Der Rest ist offensichtlich«, sagte der Büttel. »Das ganze Ding ist zusammengebrochen, Sir John: Dielen, Decke, Latrine und alles.«

»Einschließlich des armen alten Elias.« fügte Sir John hinzu. »So war es dann wohl.« Der Coroner hielt sich bei dem Gestank die Nase zu. »Hat Elias Familie?«

»Keine Freunde außer mir«, sagte Humphrey.

»Gut, dann seid Ihr für die Leiche verantwortlich. Jammert nicht, Mann. Es war eine dumme Idee, den Abtritt zu bauen, noch dazu gegen die städtischen Vorschriften. Ich werde Euch den dritten Teil einer Mark als Strafe auferlegen.«

Simon, sein Schreiber, trug das Urteil des Coroners in das kleine, in Kalbsleder gebundene Buch ein, das er stets bei sich trug.

»Und wer hat diesen sogenannten Abtritt gebaut?«

»Michael Focklingham«, jammerte Humphrey und rieb sich die tränenden Augen.

»Ah, ja, der alte Focklingham.« Sir John lächelte. »Ein Mann, der baut, wo er will. Nicht gerade der beste Zimmermann von London. Ich treffe hier nicht zum ersten Mal auf sein Werk. Er soll eine ganze Mark Strafe zahlen.«

Der Schreiber blieb stehen, um die Schreibfeder in ein kleines Tintenfaß zu tauchen, das an seinem Gürtel hing.

»Und er soll es bis zum Michaelitag zahlen: das ist mein Urteil. Simon hier schreibt es auf.« Der Coroner wandte sich ab.

»Gehen wir ins Rathaus, Sir John?« Simon eilte hinter ihm her. »Es liegt eine Reihe von Fällen an …«

»Ich habe noch nicht gefrühstückt. Ich habe die Messe besucht und mir gerade die Dummheit der Menschen ansehen müssen. Ich brauche etwas Ale und eine saftige Fleischpastete.«

»Also auf ins ›Lamm Gottes‹, Sir John?«

Er legte dem Schreiber seine große Pranke auf die magere Schulter.

»Aye, Simon, und bis wir uns erfrischt haben, kann die Stadt London warten.«

Sir John gab sich genüßlich seiner Pastete und dem Ale

hin, da betrat Crim, der bereits Lady Maude aufgestört hatte, die Schenke und rief lauthals nach ihm.

»Hierher, mein Junge!« Sir John winkte ihn zu sich.

Crim trottete herbei, den Mund noch halb voll vom frisch gebackenen Weißbrot, das Lady Maude ihm in die Hand gedrückt hatte. Der Honig, den sie darauf geschmiert hatte, bedeckte jetzt das Gesicht des Jungen.

»Bruder Athelstan.« Crim schluckte heftig.

»Was ist los, Junge?« Sir John erhob sich und baute sich vor ihm auf.

»Bruder Athelstan.« Crim schloß die Augen, die Hand am Zwickel. »Oh, Sir John, ich muß mal!«

»Raus in den Garten mit dir!«

Crim schoß davon und kehrte, vor Erleichterung strahlend und immer noch kauend, wieder zurück.

»Bruder Athelstan.« Wieder schloß Crim die Augen. »Er ist zu den Nonnen nach Syon gegangen. Er sagt, es ist sehr wichtig, daß Ihr auch dorthin kommt. Ihr werdet ihn in der Schenke ›Jerusalem‹ treffen …«

»Im ›Baum von Jerusalem‹« berichtigte Sir John.

»Ja, stimmt, Sir John.«

Cranston langte in seinen Geldbeutel und gab dem Jungen einen halben Penny.

»Ich werde hingehen, Simon.« Er strahlte seinen Schreiber an. »Geh ins Rathaus zurück, schreib mein Urteil über Elias Ethmol auf und schau durch, was alles auf uns wartet. Mit Todesfällen beschäftige ich mich. Der Rest … Schalte deinen Grips ein!«

»Wie Ihr befehlt, Sir John.«

Simon folgte Crim aus der Schenke. Sir John hob seinen Schwertgurt auf und schnallte ihn um. Er gab der Wirtin einen saftigen Kuß und trat voller Freude hinaus in die Cheapside.

Philippe Routier lief um sein Leben. Er klammerte sich an das provisorische Messer, das in seinem Gürtel steckte, und rannte über das Brachland auf eine Baumgruppe zu. In den Beutel, den er bei sich trug, hatte er etwas Brot und eine kleine Wasserflasche gesteckt. Er warf einen Blick zum Himmel. Der Tag versprach schön zu werden, die Sonne wurde allmählich warm, und wenn alles nach Plan liefe, könnte er sich im Brachland im Norden der Stadt verstecken. Und danach? Vielleicht wieder zurück zum Fluß? Oder an die Küste? In Hawkmere hätte er es keinen weiteren Tag mehr ausgehalten. Diese grauen, erdrückenden Mauern, der griesgrämige Sir Walter, der ständige Verdacht und die angespannte Stimmung zwischen seinen Kameraden. Routier blieb stehen und warf sich hinter einen Busch. Er schaute auf den Weg zurück, den er gekommen war, konnte die grauen Mauern von Hawkmere ausmachen und sogar ein paar diensthabende Wachleute erkennen. Nicht gerade tüchtige Burschen!

Routier hatte seine Flucht genau geplant. Sie hatten sich in der Großen Halle zum Frühstück versammelt, und dann hatte man ihnen wie üblich erlaubt, im Garten spazierenzugehen, »ein wenig frische Morgenluft zu schnuppern«, wie Sir Walter es mit grimmiger Genugtuung bezeichnete.

Routier war die Einkerkerung von allen Gefangenen am meisten verhaßt. Er war im Hafen von Brest geboren und aufgewachsen und somit an offenes Heideland und das Meer gewöhnt: Schiffsplanken unter den Füßen, Wind im Gesicht, das Klatschen und Knarren der Leinwand und die Erregung der Schlacht. Als ein Mann, der nie geheiratet hatte, weil er nicht an einen Ort gebunden sein wollte, hatte Routier mit der Zeit Hawkmere hassen gelernt, Sir Walter und seine Kameraden ebenso. Für ihn stand zweifelsohne fest, daß es einen Verräter unter ihnen gab. Sie hatten es immer wieder erörtert: Die *St. Sulpice* und die *St. Denis* waren dem Feind durch Verrat in die Hände gefallen, folglich mußte es einer von ihnen gewesen sein. Aber wer? Routier öffnete die Wasserflasche und trank einen Schluck. Und Sir Walter? War er der Mörder?

Routier hatte seine Pläne mit den anderen besprochen. Er hatte sie sogar aufgefordert, ihn zu begleiten. Routier lachte still in sich hinein. Natürlich hatten sie abgelehnt, weil sie es für unmöglich hielten. Routier hingegen hatte festgestellt, daß man leicht über die Gartenmauer klettern konnte. War man erst einmal in dem Hof dahinter, brauchte man sich nur noch in einem der Außengebäude verstecken und durch ein unverschlossenes Fenster steigen.

Routier spürte ein leichtes Ziehen im Magen und knabberte an einem Stück Fleisch, das er mitgenommen hatte. Er wünschte sich, wenigstens einer der anderen wäre mit ihm gegangen; sie hatten sich geweigert, waren jedoch einverstanden, zungenfertig miteinander zu streiten, was Routier ermöglicht hatte, über die Gartenmauer zu steigen und zu fliehen. Der Franzose warf noch einmal einen Blick zurück. Wie lange würde es dauern, bis Sir Walter merkte, daß er entkommen war? Routier rappelte sich auf und lief gebückt auf eine Baumgruppe zu. Im Laufen legte er sich die Hand auf den Bauch. Die Schmerzen nahmen zu. Wurde er krank? Hatte er etwas Falsches gegessen? Dann fiel ihm die Leiche des armen Serriem ein, grau, feucht und kühl. Hatte man ihn, Routier, auch vergiftet? Endlich erreichte er die ersten Bäume. Der Schmerz war jetzt so stark, daß Routier sich setzen mußte. In der Ferne hörte er Hundegebell und wußte, daß man seine Flucht entdeckt haben mußte. Er versuchte, wieder in die Höhe zu kommen, stellte jedoch fest, daß es unmöglich war. Die Beine hatten ihre Kraft verloren, der Schmerz hatte sich vom Bauch in die Brust ausgebreitet, und er hatte Schwierigkeiten beim Atmen. Die Zunge schien dick und geschwollen.

Routier legte sich nieder, streifte mit seinem heißen Gesicht das kühle, duftende Gras. Über ihm schrie ein Vogel und weckte Erinnerungen an den Hafen von Brest und die vom Meer hereinschwebenden Seevögel. Vielleicht war er schon wieder dort? Er vernahm einen heftigen Aufprall, ähnlich der Brandung gegen Hafenmauern. Routier drehte sich auf den Rücken. Sein Körper zuckte vor Schmerz. Wer hatte ihm das Essen gegeben, das er mitgenommen hatte? Routier versuchte nachzudenken, obwohl er immer wieder ohnmächtig wurde. Er hatte dasselbe gegessen und getrunken wie die anderen, aber da war natürlich das Wasser, die Nahrung, die er bei sich trug!

Routier zerbrach sich den Kopf. Hatte er bestimmt nichts gegessen? Nichts, was er die anderen nicht auch hatte essen und trinken sehen. Vergeblich bemühte er sich, mit der Zunge über die Lippen zu fahren. Das Wasser hatte er aus den Fässern vor der Halle genommen, aber das Brot? Hatte Gresnay ihm nicht ein Stück von seinem Brot zugesteckt? Routier krümmte sich vor Schmerzen. Er hörte die Vögel jetzt lauter schreien, das Dröhnen schien näher gekommen. Er wollte ein Gebet sprechen und starrte durch die Äste in den blauen Himmel, doch die Worte kamen ihm nicht über die Lippen. Nur noch an Gresnay konnte er denken, das mädchenhafte Gesicht zu diesem schiefen Lächeln verzogen, als er ihm das Brot anbot. Und er hatte es wie ein Narr angenommen!

Elf

Sir John Cranston brach nach einem Blick auf Sir Maurice Maltravers, der neben Athelstan in der Schenke »Baum von Jerusalem« saß, in lautes Gelächter aus. Er nahm seinen Biberhut ab, schlug sich damit auf die Oberschenkel, so daß die Hausierer und Kesselflicker, die am Ufer ihren Geschäften nachgingen, sich schon fragten, ob der Coroner jetzt den Verstand verloren habe. Athelstan schüttelte in gespieltem Vorwurf den Kopf.

»Sir John«, zischte er. »Das hier soll heimlich vor sich gehen.«

»Ich verspreche es dir, Bruder. Aber glaubst du wirklich, du könntest die Lady Monica mit den Adleraugen täuschen? Das« – er nahm den Humpen, den Athelstan bestellt hatte, und trank einen tiefen Schluck – »das«, wiederholte er, »muß ich mir ansehen. Ihr seid?«

»Bruder Norbert aus dem Orden der Dominikaner.« Sir Maurice sprach mit sanfter Stimme und verzog sein Gesicht so, wie er dachte, daß es fromm wirkte.

»Oh, um Himmels willen! Sie werden denken, Ihr seid aus der Irrenanstalt in Bedlam entlaufen, wenn Ihr Lady Monica so anschaut. Ich schlage vor, Bruder, Athelstan spricht mit Lady Monica, und Ihr haltet am besten den Mund, bis wir Angelica treffen.«

Sie gingen den steilen, gewundenen Pfad zum Kloster über der Themse hinauf, das sich hinter einer grauen Außenmauer verbarg. Ein Pförtner ließ sie zur Hinterpforte herein und führte sie durch gepflegte Gärten mit Kräutern, glattem grünen Rasen, Blumenbeeten, Lauben und kleinen Rasensitzen. Die Luft war schwer vom Duft der Blumen. Sir John blieb stehen, um eine üppige Rose zu bewundern, die über den Pfad hing.

»Die Damen von Syon sind nicht zur Armut verpflichtet«, bemerkte Athelstan.

»Nein, nein, Bruder, hier können die Hofdamen, die sich von weltlichem Glanz zurückziehen wollen, sitzen, nachdenken, meditieren und beten.«

Das Nonnenkloster war aus honigfarbenem Stein erbaut. Sie kamen an einem Juwel von Kapelle vorbei, betraten die kühlen, schattigen Vorhallen ruhiger Kreuzgänge und gelangten in das Hauptgebäude. Hier war der Boden gefliest und von Kisten und Blumentöpfen gesäumt. An der Wand hingen Teppiche in fröhlichen Farben, die Szenen aus der Bibel oder herrliche Motive wie eine flammende Rose unter einer goldenen Krone darstellten. Hin und wieder kamen sie an Nonnen vorbei, die in Fensternischen oder auf Stühlen saßen und entweder in Stundenbüchern lasen oder sich leise miteinander unterhielten. Der Pförtner, ein drahtiger kleiner Mann, bog um eine Ecke und klopfte an eine eisenbewehrte Tür. Athelstan hauchte ein schnelles Gebet. Sir John nahm noch einen raschen Schluck aus dem Weinschlauch, dann traten sie ein, um Lady Monica zu begrüßen.

Athelstan fand sie höchst abstoßend. Die Lady war groß, vornehm und majestätischer als jede Königin. Sie trug eine schneeweiße Ordenstracht mit einer beige eingefaßten Haube, die ein herrisches Gesicht mit stechenden, grauen Augen umrahmte, dazu hatte sie eine schmale Nase und dünne, mißbilligende Lippen. Sie streckte ihnen eine mit Juwelen geschmückte Hand entgegen. Sir John beugte das Knie, um die langen, elfenbeinfarbenen Finger zu küssen. Athelstan und Sir Maurice verbeugten sich, der Mönch machte ein hastiges Kreuzzeichen. Lady Monica setzte sich hinter ihren Schreibtisch, während der Pförtner, vor sich hin brummend, drei Kastenstühle heranschob. Lady Monica nickte, und alle drei nahmen Platz. Athelstan hatte das Gefühl, als hätte man die Zeit zurückgedreht: er stand wieder mit seinem Bruder in der Spülküche, um einen Rüffel von der Mutter entgegenzunehmen. Schweißtropfen standen ihm auf der Stirn, und er fragte sich, ob sein Vorgehen klug gewesen war. Lady Monicas harte, graue Augen musterten sie der Reihe nach. Athelstan erspähte einen Anflug von Humor in ihren ernsten Zügen.

»Es ist lange her, Jack.«

Sir John errötete und scharrte mit den Füßen.

»Erinnert Ihr Euch noch an das Turnier?« Sie seufzte. »Ihr und mein geliebter Sir Oliver habt alle geschlagen, die da kamen. Der König hat Euch den Siegeskranz des Turniers überreicht, wißt Ihr noch?«

»Große Tage«, murmelte der Coroner, dem Tränen in die Augen traten. »Ich bin älter geworden, Mylady, und viel dicker, aber Ihr habt Euch nicht im geringsten verändert. Schön wie damals.«

»Ihr wart schon immer ein Schmeichler, Jack, und ein Weinliebhaber. Darf ich Euch etwas anbieten?«

Lady Monica gab dem Pförtner, der noch hinter ihnen stand, ein Zeichen.

»Cuthbert, etwas Wein für unsere Gäste. Den besten Rotwein, den du hast.« Ihr Gesicht verzog sich zu einem Lächeln. »Sir Jack hat eine Vorliebe dafür.«

Der Wein wurde gereicht, der Pförtner ging hinaus. Die ganze Zeit spielte Lady Monica mit dem Rosenkranz aus Elfenbein, der auf ihrem Schreibtisch lag. Sie erkundigte sich nach Lady Maude und gratulierte Sir John zur Geburt der beiden Kerlchen. Schließlich schlang sie den Rosenkranz um ihre Finger und lehnte sich auf ihrem Stuhl zurück. Athelstan konnte ihr nicht in die Augen sehen und ließ den Blick daher über die schönen, in Schwarz und Gold gerahmten Devotionalienbilder schweifen, die an den schneeweißen Wänden hingen.

»Was führt Euch her, Jack?«

Sir John hustete und rollte den kleinen Becher mit den verschlungenen Mustern zwischen den Händen.

»Sir Thomas Parr, Mylady.«

»Ah, Angelica. Ein eigensinniges Mädchen. Liebe ist etwas Furchtbares, nicht wahr, Jack? Sie kehrt die Seele um und verwirrt den Verstand.« Sie sammelte die Rosenkranzperlen in der Hand. »Habt Ihr mich je geliebt, Jack?«

Er hielt den Kopf gesenkt wie ein kleiner Junge.

»Das habe ich Euch schon einmal gefragt«, fuhr Lady Monica fort.

»Mylady, Ihr wart verlobt. Sir Oliver stand mir näher als ein Bruder.«

»Aber Ihr habt mich geliebt!« beharrte Lady Monica.

Athelstan beobachtete fasziniert, wie Sir John Tränen in die Augen traten, und zum ersten Mal schienen dem bärbeißigen, rauhbeinigen Coroner die Worte zu fehlen.

»Ihr wart immer offen, Mylady. Ich glaube, Ihr kennt die Wahrheit. Und der Herr möge mir vergeben, wenn ich jemanden gekränkt habe, aber Oliver hat es auch getan.«

»Mylady«, schaltete sich Athelstan ein, der seinem Coroner helfen wollte. »Sir Thomas Parr hat seine Tochter in Eure Obhut gegeben. Er hat mich gebeten, sie zu besuchen und ihr seelischen Beistand zu leisten.«

»Und dazu seid Ihr alle drei erforderlich?« Lady Monica betrachtete Athelstan eingehend. »Ich habe von Euch gehört.« Sie deutete mit dem Finger auf ihn. »Ich habe immer verfolgt, was aus Jack geworden ist. Alle Heldentaten. Aber dennoch, warum alle drei?«

»Mylord Coroner ist hier, weil er Euch kennt«, antwortete Athelstan gelassen. »Ich bin hier, weil ich sein Sekretär bin, während Bruder Norbert gerade aus dem Brigittenkonvent in Oxford zurückgekehrt ist.« Athelstan betete im stillen, daß ihm diese Lüge nicht zur Last gelegt würde. »Wo er den guten Schwestern dort mit weisem Rat und seelischem Trost beigestanden hat.«

»Warum seid Ihr also hier?« Lady Monica schaute Sir Maurice direkt an.

»Ich bin hier, Mylady …« Er verstummte.

Athelstan schloß die Augen.

»Ihr scheint ziemlich sprachlos für jemanden, der seelischen Trost spendet.« Lady Monicas Stimme hatte den Anflug feinen Spotts.

»Ich bin hier«, fuhr Sir Maurice trotzig fort, »um Lady Angelica an die Liebe, ihre wahre Natur, ihre Funktion und ihren Zweck zu gemahnen.«

Lady Monica stütze das Kinn in die Hand und schnalzte mit der Zunge.

»Ihr kommt mir bekannt vor. Jedenfalls …« Lady Monica griff nach einer kleinen Glocke und läutete. »Ich bin beauftragt, mich um Lady Angelica zu kümmern. Ihr gewährt dem Mädchen seelischen Trost, weil Sir Thomas Parr es wünscht.« Ein feines Lächeln trat in ihre Züge. »Er hat mir in dieser Angelegenheit geschrieben. Aber«, fuhr Lady Monica fort, »der Trost muß in meiner Gegenwart gespendet werden.«

Athelstan sank der Mut. »Bruder Norbert« beugte sich vor, als wolle er etwas einwenden, doch Athelstan trat ihm unauffällig auf den Fuß. Der Pförtner kehrte zurück. Lady Monica erteilte ihm Anweisungen, und kurz darauf führte er Lady Angelica herein.

Dies war der Augenblick höchster Gefahr. Lady Angelica war ähnlich gekleidet wie die Äbtissin. Ein Blick in ihr schönes, herzförmiges Gesicht, umrahmt von der fest anliegenden, seidenen Haube, und Athelstan wußte, warum Sir Maurice so betört war. Lady Monica stellte sie vor. Athelstan war sicher, daß sie sein Herzklopfen hören mußte, doch Lady Angelica verriet sie nicht. Sie verneigte sich vor Sir John und Athelstan, und als Lady Monica den Grund ihrer Anwesenheit erklärte, bedachte Angelica Sir Maurice nur mit einem kalten, harten, herrischen Blick.

»Ihr sagt, Vater schickt Euch«, begann sie und setzte sich neben Lady Monica.

»Ich kenne Euren Vater schon sehr lange«, antwortete Sir John. »Er war entschlossen, Euch außer Gefahr zu bringen und nicht von einem Emporkömmling belästigen zu lassen.«

»Und Ihr seid gekommen, um mich an meine Pflicht gegenüber meinem Vater zu gemahnen?«

»Um es kurz zu machen, ja, Mylady«, sagte Athelstan.

»Und Ihr habt diesen …?« Angelica hielt inne, die strahlend blauen Augen jetzt auf »Norbert« gerichtet. Athelstan bemerkte einen Anflug von Weichheit, sowie einen Funken Mißtrauen. »Ihr habt diesen guten Bruder mitgebracht, doch was weiß er schon von Liebe?«

»Ich weiß, daß sie von Gott gegeben ist«, antwortete Sir Maurice rasch. »Ich weiß, daß sie nie aufhört. Ich weiß, daß sie wie die Luft ist, die wir einatmen, und daß wir ohne sie nicht leben können.«

»Schön gesagt«, bemerkte Angelica schnippisch. »Ich liebe meinen Vater, aber ich liebe auch jemanden, den er nicht mag.« Sie griff sich in vorgetäuschter Qual an die Brust. »Was soll ich nur tun? Wie kann Liebe widersprüchlich sein?«

Unter anderen Umständen hätte Athelstan über dieses kleine Luder gelacht, die das Spiel so gelassen und klug spielte. Ihre Augenlider flatterten.

»Wenn ich meinen Vater lieben muß, wie Ihr mir sagen werdet, dann muß ich ihm gehorchen. Und wenn ich ihm gehorche, muß ich die Liebe, die ich für diesen Ritter empfinde, aufgeben.«

»Wohl gesprochen«, bemerkte Lady Monica. »Angelica, Ihr solltet wirklich in unser Studienhaus kommen. Unsere Bibliothek hier ist gut ausgerüstet ...«

»Aber es ist kein Widerspruch«, sagte Sir Maurice.

»Wie das?« fuhr Lady Monica ihn an. »Das vierte Gebot sagt uns, daß wir Vater und Mutter gehorchen sollen!«

»Im Leben«, antwortete er, »gibt es eine Hierarchie, nicht wahr? Selbst in diesem Orden seid Ihr, Lady Monica, höher gestellt, und dasselbe gilt für die Natur. Manche Pferde sind flinker als andere, manche Hunde feuriger. Auch in der Liebe gibt es eine Hierarchie mit Gott an der Spitze.«

»Und darunter?« fragte Angelica. »Doch gewiß die Liebe zu Vater und Mutter?«

»Das hat Jesus Christus nicht gesagt«, erwiderte er und begann, sich für das Thema zu begeistern. Er schaute Angelica direkt an, die nun errötete. »Er hat gesagt, daß eine Frau, wenn sie einen Mann liebt, Freunde und Verwandte verlassen und zu ihm gehen soll, so daß sie ein Fleisch werden. Das ist Gottes Wille, und was Gott zusammengefügt hat, soll der Mensch nicht scheiden.«

»Sehr gut gesagt«, neckte Angelica. »Aber, Bruder, ich bin noch nicht die Frau dieses Mannes. Ich bin nicht einmal verlobt.«

»Aber Ehen werden im Himmel geschlossen«, entgegnete »Norbert«.

»Was soll das?« fragte Lady Monica.

Athelstan schob die Hände in die Ärmel seiner Kutte und wandte den Blick ab. Sir John tastete schon nach seinem Weinschlauch. War »Bruder Norbert« zu weit gegangen?

»Ratet Ihr Lady Angelica, ihrem Vater zu trotzen?«

»Oh nein. Ich habe nur über Philosophie gesprochen, über den wahren Wert der Liebe und ihren Zweck.«

»Aber was ist Liebe?« schaltete sich Angelica rasch ein, um Lady Monica abzulenken.

»Sie ist das größte Geschenk Gottes.« Er antwortete langsam, als sei er sich bewußt, daß er einen unbedachten Schritt getan hatte. »Liebe bedeutet, das Herz, die Seele, den Körper dem anderen zu schenken. Liebe kennt kein Hindernis; sie ist reines, ewiges Feuer.«

Athelstan hob die Augen zum Himmel. Er fragte sich, ob Sir Maurice aussprach, was er in Bonaventuras Schriften gelesen hatte, oder ob er aus dem Herzen sprach. Die Eindringlichkeit des jungen Ritters überraschte ihn, und auf merkwürdige Weise beneidete er ihn um seine glühende Leidenschaft. Habe ich je so geliebt wie er, werde ich je so lieben, fragte er sich.

»Liebe hört nie auf«, fuhr Sir Maurice fort. »Wir sind so zur Welt gekommen, mein Kind. Ich glaube fest, daß jeder Mann und jede Frau zwei große Lieben hat: die eine Liebe ist Gott, und die andere ihr Gefährte. Eine solche Liebe spiegelt in der Tat das Leben der Dreieinigkeit wider. Schon der große Bonaventura sagt: ›Wie Gott seinen eingeborenen Sohn liebt und den Geist ins Leben ruft, der Liebe ist‹, also werden Mann und Frau in einer heiligen Verbindung eins und schaffen göttliches Leben, haben somit Teil an Gottes Schöpfung.«

»Und Liebe kennt keine Lügen?« fragte Angelica.

»Keine.«

»Oder Trennung?«

»Keine.«

»Was soll Angelica also tun?« fragte Lady Monica. Athelstan bemerkte, daß ihr Gesicht leicht gerötet war.

»Sie sollte beten«, antwortete Sir Maurice. »Mit all ihrem Verstand, von ganzem Herzen und aus tiefster Seele beten, daß Gottes Wille deutlich wird. Mylady, die Entscheidung liegt weder bei Sir Thomas Parr noch bei Euch, noch bei der jungen Frau hier, noch bei dem armen, unglücklichen, traurigen, verlassenen ...« – Athelstan trat ihn gegen das Schienbein – »... jammervollen Ritter, sondern allein bei Gott. Und Gott steht auf der Seite der Liebenden.« Er bemerkte den harten Glanz in Lady Monicas Augen. »Sein Wille wird geschehen.«

»Und bis dahin?« fragte Angelica, richtete sich auf, Lachfalten um die Augen. »Soll ich hierbleiben und verschmachten? Nicht, daß die guten Schwestern hier«, fügte sie eilig hinzu, »mich schikanieren, aber ich frage mich, wie das alles enden soll.«

»Gott wird ein Zeichen geben«, sagte Athelstan. Er streckte eine Hand aus und drückte sanft Sir Maurices Knie, um ihn daran zu gemahnen, daß er genug gesagt hatte.

»Bruder Athelstan hat recht«, sagte Sir Maurice und ließ Lady Angelica nicht aus den Augen. »Er wird ein Zeichen geben, und Sein Wille wird offenbar. Am Ende wird alles gut; alles wird sich zum Guten richten.«

»Und wollt Ihr mit diesem jungen Ritter reden?« fragte Lady Monica.

»Oh ja. Ich werde mit ihm reden, sobald ich meine Mission hier ausgeführt habe. Ich werde ihn suchen.« Er hob eine Hand. »Und ich weiß, was er sagen wird, denn ich habe seinesgleichen schon oft kennengelernt, wenn auch noch nie jemanden, der so verliebt war wie er. Er wird niedergeschmettert sein, ständig weinen und sich seiner Einsamkeit hingeben. Er wird mir erzählen, daß er die junge Frau hier mehr liebt als das Leben. Daß er sie bis zum Tode und darüber hinaus lieben wird. Er wird mir sagen, daß er wegen ihr die Tore der Hölle stürmen und sich allen Mächten der Finsternis entgegenstellen würde. Daß Himmel und Erde vergehen, aber diese Liebe ewig bestehen wird. Daß er Lady Angelica sein Herz geschenkt hat, und daß sie es entweder heilen oder brechen wird!«

Lady Monica seufzte laut, die Augenlider flatterten. »Der arme Junge. Ich werde auch für ihn beten.«

»Bruder Norbert, sagt ihm …«

»Nein, nein!« Lady Monica packte Angelicas Handgelenke. »Ihr könnt ihm keine Botschaft schicken, mein Kind.«

Athelstan sah den Ausdruck in den Augen der jungen Frau und wußte, es war nicht notwendig. Langsam stand er auf. Sir John tat es ihm nach.

»Wir müssen jetzt gehen«, bestimmte Athelstan. »Aber,

Lady Monica, wenn es Euch genehm ist, werden wir wiederkommen?«

»Oh ja, oh ja.« Die Äbtissin wischte sich eine Träne aus dem Augenwinkel. »Sir Jack, das alles weckt süße Erinnerungen.«

Cranston nickte feierlich. »Wir haben gelebt, Lady Monica. Oh, wir haben gelebt!«

Als sie das Kloster von Syon verließen, hatte Athelstan nichts dagegen einzuwenden, daß Sir John »sie in Versuchung führte« und wie ein Pfeil auf die willkommene Dunkelheit im »Baum zu Jerusalem« zuschoß. Sir Maurices Gesicht war schweißüberströmt. Athelstan merkte, daß ihm anfangs die Beine zitterten, während Sir John in sich hinein kicherte, was sich, nachdem sie drei Humpen gutes schäumendes Londoner Ale bestellt hatten, zu lautem Gelächter auswuchs.

»Ich hätte es nicht für möglich gehalten.« Er seufzte. »Glaub mir, Athelstan, Lady Monica, oder Isabella Fitzpercy, wie sie hieß, als ich noch dünn wie eine Bohnenstange war, ist eine hervorragende Frau.«

»Ich nehme Euch beim Wort.« Athelstan trank das Ale ziemlich schnell. »Ich werde zu St. Anton von Padua beten, meinem Lieblingsheiligen, daß Prior Anselm das nie herausbekommt.« Er prostete Sir Maurice zu. »Aber ich warne Euch, wenn das der Fall ist, werdet Ihr in den Dominikanerorden eintreten müssen. Ihr gebt einen guten Prediger ab, Sir Maurice.«

»Mir ist schlecht«, stöhnte Sir Maurice. »Glaubt mir, ich habe Schiffe geentert. Ich habe in den blutigsten Scharmützeln von Angesicht zu Angesicht gekämpft, aber ich habe nie so viel Angst ausgestanden.«

»Habt Ihr Lady Monica einmal geliebt?« fragte Athelstan.

Sir John plusterte sich auf und zwirbelte sich den Schnurrbart.

»Als ich noch jung war.« Er trank einen Schluck. »In meiner Jugend war ich der Schwarm der Frauen, flink auf den Beinen, mit scharfem Blick und gewitztem Verstand. Ich konnte tanzen. Oh, das konnte ich, Athelstan! Das waren die ruhmreichen Tage, als Edward der Große Hof hielt.

Ich will niemanden kränken, aber Männer wie Sir Maurice gab es wie Sand am Meer. Schlank wie ein Windhund.« Sir John wischte sich die Tränen aus den Augen. »Schnell wie ein herabstoßender Falke!«

Athelstan betrachtete liebevoll die Körpermasse des großzügigen, von Lachen erfüllten Mannes, die ebenso groß war wie sein Herz.

»Ihr habt Euch wacker geschlagen, Sir Maurice«, sagte Sir John beifällig und rief dann nach einem neuen Humpen. »Und Lady Angelica ist sehr schön. Man könnte seine Seele in ihren Augen verlieren. Wenn ich jünger wäre.« Er tippte sich auf die fleischige Nase. »Sagt es nur nicht Lady Maude, aber wenn ich jünger wäre, Sir Maurice, würde ich gegen Euch zum Kampf antreten. Ach, waren das noch Zeiten!« seufzte er. »Wie schnell doch die Zeit vergeht!«

»Eins ist mir aufgefallen«, sagte Athelstan und stellte seinen Humpen auf den Tisch. Er sah einem Jungen zu, der mit einem Stoffwiesel im Schoß auf der Türschwelle saß. »Lady Angelica wußte nichts von dem Vorfall in der ›Goldenen Fackel‹. Wenn das nun das Werk von Sir Thomas Parr gewesen wäre, hätte er es seine Tochter gewiß sofort wissen lassen.«

»Das habe ich mir auch schon überlegt«, sagte Sir John, die Nase tief im Humpen. Er setzte ihn ab und schmatzte genußvoll. »Ich habe meinen Schreiber Simon gebeten, einen wahren Spürhund, unter den Kupplerinnen und Huren nachzuforschen, in den Bordellen und unter den Kurtisanen, ob eine junge Frau vermißt wird.«

»Sir John?« Ein Schatten fiel über die Schwelle.

»Es ist wie Zauberei. Kaum spreche ich den Namen des Mannes aus, und schon taucht er auf! Simon, komm her zu uns.«

Der Schreiber stolperte auf seinen spindeldürren Beinen auf sie zu. Sir John bot ihm seinen Humpen an, den der Mann in einem Schluck leerte. Dann strahlte er Sir John an, als er dessen finsteren Blick gewahrte.

»Eine Botschaft ist für Euch im Rathaus eingetroffen. Ihr werdet in Hawkmere gebraucht.« Er schaute Sir Maurice fragend an. »Kenne ich Euch nicht?«

»Kümmere dich um deine eigenen Angelegenheiten!« fuhr Sir John ihn an. »Was ist in Hawkmere geschehen?«

»Einer der Gefangenen ist entkommen, und Sir Walter Limbright ist außer sich vor Wut!«

Zerzaust, staubig und schwitzend trafen sie in Hawkmere Manor ein. Sir Maurice hatte seine Dominikanertracht abgelegt und trug jetzt braune Beinlinge aus Wolle, ein weißes Hemd, und den Militärmantel hatte er über die Schulter geworfen. Er hatte Simon die Mönchskleidung überlassen, der sich bereiterklärt hatte, sie für einen Penny über den Fluß nach St. Erconwald zu bringen.

Sir John führte sie in beinahe wütendem Tempo durch Farringdon Ward und Holborn. Nur hin und wieder blieb er stehen, um Atem zu schöpfen und laut auszurufen: »Ein französischer Gefangener entkommen! Limbright wird viele Fragen zu beantworten haben.«

Hawkmere war in Aufruhr. Im Hof drängten sich Soldaten und Bogenschützen. Jäger hielten große Bulldoggen, die an den Leinen zerrten und deren Gebell von den grauen Bruchsteinmauern widerhallte. Reiter kamen und gingen. Sir Walter schritt auf und ab, brüllte Befehle und wischte sich den Schweiß vom Gesicht. Auf der Treppe zur Großen Halle saß seine mondgesichtige Tochter und klaubte etwas vom Boden auf. Neben ihr standen die drei französischen Gefangenen, von Bewaffneten gut bewacht. Unter einem Baum, der den einzigen Schatten im sonnendurchfluteten Hof spendete, saß Monsieur de Fontanel mit dem Rücken am Baumstamm, nippte an einem Weinbecher und aß von einer kleinen Serviette, die er über den Schoß gebreitet hatte. Sein Pferd neben ihm wurde von einem Burschen mit fettigem Haar gehalten und knabberte am spärlichen Gras. Sobald er sie erblickte, sprang de Fontanel auf und schritt auf sie zu, als wolle er die Besucher noch erreichen, bevor Sir Walter Limbright bemerkte, daß sie eingetroffen waren. Er zog seine kleine Kappe und verneigte sich mit einer höchst spöttischen Verbeugung.

»Mylord Coroner, Bruder Athelstan. So trifft man sich wieder.« Er deutete mit ausladender Geste auf den Hof. »Nach den Gesetzes des Krieges, Sir John, sollen Gefangene beschützt und gut bewacht werden. Ich werde mich bei Mylord von Gaunt aufs heftigste beschweren.«

»Es ist nicht meine Schuld, daß der Gefangene entkommen ist!« Sir Walter kam mit hochrotem, verschwitztem Gesicht auf sie zu.

»Woher sollen wir das wissen?« entgegnete Sir John. »Woher sollen wir wissen, daß der Ärmste nicht tot und seine Leiche irgendwo an diesem verfluchten Ort versteckt ist?«

»Philippe Routier ist entkommen«, beharrte Sir Walter und würdigte de Fontanel keines Blickes.

»Zeigt es mir!« befahl Sir John.

Sir Walter führte sie durch das Herrenhaus in den kleinen Garten hinter dem Hauptgebäude. Er zeigte auf die gegenüberliegende Mauer.

»Wie Ihr feststellen werdet, Sir John, befinden sich dort Trittkerben. Zwei Soldaten waren im Garten. Ein Streit brach unter den Gefangenen aus. Den hat Routier benutzt, um über die Gartenmauer zu klettern.«

Er führte sie durch das Gartentor in den staubigen Hof dahinter, wo er auf ein Außengebäude deutete.

»Da hat er sich hineingeschlichen, unbemerkt von den Wachen, ist durch ein Fenster geklettert, hat den Fensterladen aufgemacht und ist über die Heide entkommen.«

»Hätten die Soldaten auf der Mauer das nicht bemerkt?« fragte Athelstan.

»Nein«, antwortete Sir John, dem der aufgeregte Sir Walter leid tat. »Wachen haben die Angewohnheit, nach innen zu schauen. Ihre Aufgabe war es, sicherzustellen, daß niemand das Gut verläßt, nicht, daß jemand einsteigt.«

»Danke, Sir John. Sie waren auch faul. Sie saßen sogar auf der Brustwehr. Routier muß das gewußt haben. Ist man erst einmal draußen, fällt das Land gleich ab, und da wächst Stechginster, hinter dem man sich verstecken kann.« Er hob die Schultern. »Aber wir vergeuden Zeit.«

Sie kehrten in den Hof des Haupthauses zurück. Die drei Besucher und de Fontanel schlossen sich Sir Walter und seinen Männern an, als sie über die warme Heide ausschwärmten. Vor ihnen ließen die Diener die Bulldoggen frei, die jetzt ausschwärmten, um den Geruch aufzunehmen. Ein Hund entdeckte schließlich die Spur und sprang den anderen voran über das sonnenverbrannte Gras auf eine Baumgruppe in der Ferne zu. Die Hunde blieben kurz vor einer Bodensenke stehen. Als Sir John an die Stelle kam, kauerte er sich nieder, ebenso Sir Maurice. Das Gras war niedergetreten, Brotkrumen lagen herum.

»Hier hat er einen Moment Pause gemacht«, murmelte der Coroner. »Aber dann ist er weitergegangen. Er hat gegessen ...«

Lautes Geheul unterbrach ihn. Die Soldaten liefen auf die Baumgruppe zu, wo die Bulldoggen herumsprangen. Der Klang eines Horns übertönte die Rufe und das Gebell.

Als sie die Baumgruppe erreichten, waren die Hunde bereits eingefangen und an die Leine gelegt. Sir Walter kniete neben der Leiche, die auf dem Gras unter einem Baum ausgebreitet lag.

»Er ist tot. Der arme Bastard ist tot wie ein Nagel!«

Die anderen kamen näher und bildeten einen Kreis. Athelstan kniete nieder. Ein Blick auf Routiers Leiche genügte. Die Haut des Mannes war jetzt schmutzig-weiß, die Augen verdreht, der offene Mund fleckig, die Zunge leicht geschwollen. Athelstan öffnete das Lederwams und das zerrissene Hemd. Purpurrote Flecken überzogen Bauch und Brust. Die Hände waren kalt und wächsern. Neben der Leiche lag eine Wasserflasche und ein Leintuch, das ein Stück Brot und ein wenig Dörrfleisch enthielt. Athelstan beugte sich hinüber, nahm es in die Hand und roch daran: er konnte nichts Verdächtiges feststellen.

»Vielleicht ist er an einem Schlaganfall gestorben«, sagte Sir Walter hoffnungsvoll.

De Fontanel schüttelte den Kopf. »Routier war ein kräftiger Seemann. Ein Mann in bester körperlicher Verfassung.«

»Leider muß ich Monsieur de Fontanel zustimmen«, sagte Athelstan und stand auf. Er schlug das Kreuz über dem Leichnam. »Routier wurde vergiftet, bevor er das Gut verließ.« Er deutete zurück über die Heide. »Er hat sich schwach gefühlt, vielleicht die ersten Symptome, deshalb hat er in der Senke Rast gemacht und etwas Stärkung zu sich genommen. Aber als er die Bäume erreichte, setzte die volle Wirkung des Giftes ein. Der arme Mann ist hier zusammengebrochen und gestorben.«

»Schmachvoll!« sagte de Fontanel. »Es handelt sich um Bürger der französischen Krone. Kriegsgefangene, die sich ehrenhaft ergeben haben. Sie sollten auch ehrenhaft behandelt werden.«

»Piraten sind sie«, mischte Sir Maurice sich ein, schob sich nach vorn und baute sich vor dem Franzosen auf. »Piraten«, wiederholte er. »Man hätte sie kurzerhand hängen sollen. Ihr habt keine Beweise, Monsieur de Fontanel, daß Routier nicht von einem seiner Kameraden vergiftet wurde.«

Ein Streit wäre ausgebrochen, wenn Sir John sich nicht eingeschaltet hätte.

»Genug!« blaffte er. »Sir Walter, laßt die Leiche entfernen. Monsieur de Fontanel, Ihr dürft Euch gern unseren Untersuchungen anschließen. Ich schlage vor, daß wir damit sofort in Hawkmere beginnen.«

Kurz darauf saßen Sir John, Athelstan und Sir Maurice am Tisch auf dem Podest in der Halle des Lehnsgutes. Sir Walter hatte etwas Wein mit Wasser aufgetragen sowie frisch gekochtes Hühnerfleisch. Athelstan war dankbar für das Essen und die Erfrischungen sowie für die Möglichkeit, sich Hände und Gesicht in einer Schüssel Rosenwasser zu waschen. Der Hausverwalter führte auch Aspinall, den Arzt, herein, der gleich nach ihnen in Hawkmere eingetroffen war. Der Arzt hatte die Leiche oberflächlich untersucht und sich Athelstans Urteil angeschlossen.

»Kein Schlaganfall«, verkündete er. »Routier wurde ermordet, derselbe Tod wie der arme Serriem.«

De Fontanel saß an einem Ende des Tisches. Ostentativ weigerte er sich, etwas zu essen oder zu trinken, genau wie die anderen drei Gefangenen, nachdem die Wachen sie hereingeführt hatten. Sir John befahl, die Türen zu verschließen und zu bewachen, nahm einen Schluck Wein und schaute mit finsterem Blick in die Runde. Er hatte sich bereits mit Athelstan und Sir Maurice abgestimmt, die beide seine Ansicht teilten, daß Ehrlichkeit der beste Weg nach vorn sei.

»In Hawkmere läuft ein Mörder frei herum«, brummte

er. »Was diese Männer auch waren, was sie auch getan haben, sie sind Gefangene der englischen Krone und verdienen ehrenvolle Behandlung. Zwei sind ermordet worden. Serriem hier und Routier draußen auf der Heide. Die Frage ist, wie konnte es geschehen und wer ist dafür verantwortlich? Sir Walter, als Serriems Leiche entdeckt wurde, hat man nichts Ungewöhnliches in seiner Kammer gefunden?«

»Nichts, Sir John. Wie ich schon sagte, Serriems Leiche wurde auf dem Boden gefunden.«

Sir John wandte sich an die drei französischen Gefangenen.

»Und soweit Ihr wißt, hat Serriem nur gegessen und getrunken, was Ihr zu Euch genommen habt?«

»Gewiß doch«, lispelte Gresnay in einem Ton, als sei er der Befragungen überdrüssig.

»Dasselbe gilt für Routier!« knurrte Maneil. »Heute morgen kamen wir hier an diesen verdammten Ort.« Er zeigte in die Runde. »Wir bekamen das übliche eklige Brot, stinkendes Fleisch und ein fauliges Getränk.«

»Und Routier hat von allem gegessen und getrunken?« fragte Athelstan.

»Ja. Er hatte den Plan, zu fliehen. Er brauchte jede Stärkung, um bei Kräften zu bleiben.«

»Aber das stimmt nicht«, erwiderte Athelstan. »Als wir seine Leiche fanden, hatte er eine Wasserflasche, Brot und Fleischstücke bei sich.«

»Ich habe sie ihm gegeben.« Gresnay hob lässig die Hand.

»Warum?«

»Weil er fliehen wollte. Er hat es uns gestern abend gesagt.«

»Und deshalb habt Ihr ausgemacht, im Garten einen Streit anzufangen, um die Aufmerksamkeit der Wachen abzulenken?«

»Sehr scharfsinnig«, sagte Gresnay gedehnt.

»Und warum wollte er entkommen?« fuhr Athelstan fort, ohne auf den Hohn einzugehen.

»Weil er sich in Sir Walters Tochter verliebt hat.« Gresnay grinste. »Sie wollten durchbrennen, so wie Sir Maurice mit Lady Angelica.«

Sir Walter und Sir Maurice sprangen gleichzeitig auf, doch Sir John brüllte sie an, sich zu setzen.

»Und Ihr, Sir«, er zeigte auf Gresnay, »haltet Eure Zunge im Zaum, sonst landet Ihr in einem Verlies im Tower!«

»Droht mir nicht!« schrie Gresnay mit wutverzerrtem Gesicht zurück. »Ich bin Bürger von Frankreich, ein Seemann. Ich werde in diesem Misthaufen voller Fliegen und Ratten festgehalten und bedroht. Der Tower wäre eine willkommene Abwechslung!«

»Routier ist geflohen«, schaltete Vamier sich mit leiser Stimme ein, »weil er es nicht länger ertragen konnte, eingesperrt zu sein, gefangen wie ein Vogel in der Schlinge. Er glaubte, eine Schwachstelle entdeckt zu haben, die er ausnutzen könne. Er wäre entweder nach London gegangen oder in einen anderen Hafen. Hätte Schutz und Beistand bei einem Kapitän gesucht. Ich kann ihm keinen Vorwurf machen.«

»Warum seid Ihr nicht mitgegangen?« fragte Athelstan.

Vamier zuckte die Achseln. »Er hatte keine große Chance. Je mehr zu fliehen versuchten, um so gefährlicher würde die Sache werden. Im übrigen wird unser Lösegeld bald bezahlt.«

»Ja, danach wollte ich gerade fragen.« Athelstan nahm seinen Beutel mit Schreibutensilien zur Hand und legte ihn auf den Tisch. »Monsieur de Fontanel, diese Männer sind erfahrene Seeleute, wie die englische Marine feststellen konnte. Warum bezahlt die französische Krone die Lösegelder nicht und bringt die Sache hinter sich?«

Athelstan war nicht überrascht, daß die Gefangenen zustimmend nickten. De Fontanel breitete die Arme aus.

»Ihr habt französische Gefangene in Hawkmere, aber auch in Calais, Dover, Winchelsea und Rye. Das französische Parlament wird mit Petitionen überschwemmt.« Er lächelte hinterhältig. »Aber Ihr habt recht, Bruder, ich habe meine Herren in Frankreich bezüglich der Forderungen dieser Männer zur Eile gedrängt, und ihr Lösegeld wird bald eintreffen.«

»Aber nicht schnell genug für Routier!« entfuhr es Vamier.

»Ich bin nicht verantwortlich für das, was in Paris geschieht. Ich tue für Euch, was ich kann.« De Fontanel fügte noch rasch etwas auf Französisch hinzu.

Vamier sank mutlos auf seinem Stuhl zurück.

»Was war das, Monsieur?« fragte Athelstan.

»Ich habe ihn nur daran erinnert, daß ich für seine Gefangennahme keine Schuld trage.«

»Kommen wir wieder zur Sache.« Sir John nahm einen Schluck aus seinem Weinschlauch. »Routier wurde vergiftet, bevor er von Hawkmere floh. Ihr, Monsieur Gresnay, wart der letzte, der ihm etwas zu essen oder zu trinken gegeben hat, was Euch zum Mörder machen könnte.«

»Es liegt ebenso auf der Hand«, knurrte Gresnay zurück, »daß ich, wenn ich Routier Gift verabreicht hätte, wissen mußte, daß er nicht allzu weit kommen würde. Ich hätte damit rechnen müssen, beschuldigt zu werden, oder?«

Athelstan mußte der Logik des Franzosen zustimmen. Er wollte schon weitere Fragen stellen, als die Tür der Halle aufgestoßen wurde und ein Soldat mit bleichem Gesicht hereinpolterte, den Helm in der Hand.

»Sir Walter, Eure Tochter! Kommt schnell!«

Zwölf

»Ich glaube, wir gehen lieber mit«, sagte Athelstan.

Sir Walter lief mit großen Schritten die Haupttreppe hinauf. Auf dem Treppenabsatz flüsterte ein ängstlich wirkender Diener ihm etwas ins Ohr. Er blieb stehen, klammerte sich an den Treppenpfosten, schwankte vor und zurück und stöhnte entsetzlich.

»Oh Gott!« schrie er. »Meine arme, arme Tochter!«

Er verschwand auf der Galerie. Als Athelstan, Sir John und Sir Maurice hinzukamen, hörten sie ihn durch eine offene Tür laut klagen. Im Zimmer fanden sie ihn kniend neben seiner auf dem Boden niedergestreckten Tochter, deren Kopf leicht zur Seite verdreht war. Athelstan griff nach dem Handgelenk des Mädchens und tastete an ihrem Hals nach dem Puls, spürte aber nichts. Er drehte das Gesicht des Mädchens zu sich. Die Augenlider waren fast geschlossen, die Kiefer entspannt, ein wenig Speichel rann über das Kinn; das Gesicht war eher rosig als blaß, die Haut kalt und feucht. Athelstan achtete nicht auf Sir Walters Stöhnen und untersuchte rasch den Körper des Mädchens, konnte aber kein Mal, keinen blauen Fleck oder Schnitt entdecken. Aspinall trat zur Tür herein und kauerte sich nieder. Er hielt das Gesicht des Mädchens zwischen beiden Händen, nahm, ungeachtet der Proteste Sir Walters, ein kleines Messer und schnitt den braunen Kittel auf. Hals und obere Brustpartie waren bereits mit hellen, purpurroten Flecken übersät.

»Sie ist vergiftet worden«, sagte Aspinall leise, »und noch nicht eine Stunde tot.«

»Warum?« Sir Walter krallte sich in das Haar seiner Tochter und wickelte es um die Finger. »Warum?« stöhnte er. »Sie hatte keinen Verstand, kein Leben!«

Athelstan flüsterte der Toten das »*Absolvo Te*« ins Ohr, murmelte ein kurzes Gebet und machte das Kreuzzeichen über der Leiche. Er stand auf und half Sir Walter auf die Beine. Das Gesicht des Ritters war von Kummer gezeichnet, Tränen rannen ihm über das Gesicht, die Lippen bewegten sich, doch kein Laut drang hervor.

»Sir Walter?« Athelstan führte ihn zu einem Stuhl. »Sir Walter, hört mich an.«

Der Ritter wandte sich ihm mit leerem Blick zu.

»Diese Bastarde!« preßte er hervor. »Diese französischen Bastarde! Es ist ihre Schuld!« Er rang die Hände und schwankte vor und zurück. »Ich bringe sie alle um!« flüsterte er. »Ich töte jeden einzelnen! Ihr helft mir dabei, Cranston, ja? Der Mönch hier kann ihnen die Absolution erteilen, und wir werden sie an einem verdammten Baum aufknüpfen, weil sie Piraten sind: Mörder, Meuchelmörder, Frauenschänder, Kindermörder!«

»Sir Walter! Dafür haben wir keine Beweise.«

Sir John schaute sich in dem Zimmer um. Es enthielt ein paar Ledertruhen, verblichene Tücher an den Wänden, einen Schrank, zwei Hocker und ein kleines Schreibpult unter dem Fenster mit einem Schreibstuhl, der zur Seite gerückt war.

»War dies das Zimmer Eurer Tochter?«

Sir Walter nickte.

»Und wo war sie vorher?«

»Warum fragt Ihr?«

»Wo war Eure Tochter vorher?« beharrte Athelstan.

»Sie ging in den Garten. Sie lief einfach herum, wie immer. Bruder, wer sollte so ein armes Ding vergiften?« Er fuhr sich mit der Zunge über die Lippen. »Ich brauche etwas Wein«, sagte er heiser.

Aspinall ging hinaus und kam mit einem großen Kelch zurück, der bis zum Rand gefüllt war, doch Sir John hielt ihn auf.

»Woher habt Ihr den?«

»Aus Sir Walters Zimmer weiter hinten auf der Galerie. Er ist voll mit Gift, Sir John«, fügte er sarkastisch hinzu.

»Trinkt selbst einen Schluck«, befahl Sir John.

Der Arzt wollte sich schon weigern, doch Sir Johns Hand fuhr an den Gürtel zum Dolch.

»Oh, um der Liebe Christi willen!« stöhnte Aspinall und

nahm einen tiefen Schluck. Dann ging er zu Sir Walter, der den Kelch gierig entgegennahm. Er leerte ihn in einem Zug und deutete dann auf die Leiche seiner Tochter.

»Hebt sie auf«, befahl er. »Sie ist kein Hund, der auf dem Boden liegt und alle viere von sich streckt!«

Sie hoben die Leiche der jungen Frau auf, legten sie sacht auf das Bett und falteten die Hände. Sir John öffnete seinen Geldbeutel und legte ihr zwei Pennies auf die Augen.

»Laßt mich allein.« Sir Walter zwang sich zu einem Lächeln, doch in seinen Augen glitzerten Tränen. »Laßt mich eine Weile allein. Ihr habt mit den Dämonen unten noch zu tun.«

»Bleibt bei Sir Walter«, bat Athelstan den Arzt. »Sir John, Sir Maurice, wir wollen nach unten gehen.«

Sie kehrten in die Halle zurück und teilten den Franzosen mit, was geschehen war. De Fontanel bekreuzigte sich hastig. Die Gefangenen, die eng beieinandersaßen, wirkten verängstigt.

»Es ist nicht sicher, uns hierzulassen«, sagte Vamier. »Sir Walter ist bereits unser Feind. Er wird uns für den Tod seiner Tochter verantwortlich machen.« Er schlug mit der Faust auf den Tisch. »Ich verlange, verlegt zu werden! Eine sichere und bessere Bewachung als hier!«

»Dafür kann ich sorgen.« Sir John nahm Platz und trommelte mit den Fingern auf der Tischplatte.

Athelstan setzte sich und nahm sein Schreibtablett heraus. Er öffnete das Tintenhorn, tauchte den Federkiel ein, kratzte indes nur über das Pergament und malte merkwürdige Zeichen und Symbole. Er hatte nicht viel zu schreiben; es gab an dieser Sache nichts, das irgendeinen Sinn ergab. Er warf Sir John einen Blick zu.

»*Semper veritas*«, murmelte er. »Immer die Wahrheit. Vielleicht ist es an der Zeit, daß wir offen und ehrlich sind und diesen Herren hier erzählen, daß sie in der Tat in Todesgefahr schweben, aber nicht durch Sir Walter. Wenn wir sie an einen anderen Ort verlegten oder dem Regenten rieten, ihren Bewacher auszutauschen, würde es aussehen, als zeigte der Finger der Anklage auf Sir Walter.«

»Er ist, wie Ihr richtig sagt, ihr Bewacher«, sagte de Fontanel gedehnt. »Er ist für ihre Sicherheit verantwortlich. Es tut mir ehrlich leid, daß seine Tochter gestorben ist, aber Vamier sagt in der Tat die Wahrheit. Limbright ist unser Feind.«

»Sagt mir, meine Herren.« Sir John schaute die drei Gefangenen über den Tisch hinweg an. »Habt Ihr je den Namen Mercurius gehört?«

Athelstan betrachtete ihre Gesichter. Flackerte in Gresnays Augen Erkennen auf?

»Mercurius?« De Fontanel grinste höhnisch. »Wer ist Mercurius?«

»Er ist ein gedungener Mörder«, antwortete Athelstan langsam. »Im Dienste der französischen Krone. Er bringt Menschen um, die seine Herren in Paris möglichst schnell beiseite schaffen wollen. Wißt Ihr, meine Herren, Ihr seid wahrscheinlich in England sicherer als in Frankreich.«

»Sprecht nicht in Rätseln!« fuhr Gresnay ihn an.

»Mercurius ist ein gedungener Mörder«, wiederholte Athelstan. »Die Franzosen glauben, die *St. Sulpice* und die *St. Denis* seien durch einen Offizier an Bord eines der Schiffe verraten worden. Wir glauben, das heißt, wir wissen, daß Mercurius in England ist. Seine Aufgabe ist es, den Verräter unter Euch zu töten.«

»Wenn das so ist«, sagte Maneil vorsichtig, »dann hat er zwei umgebracht.«

»Nein, nein«, meldete sich Gresnay. »Ich weiß, was Ihr sagen wollt, Bruder, Mercurius ist es einerlei, wie viele von uns sterben.«

»Solange der Verräter stirbt«, verkündete Athelstan, »und das ist die Hauptsache. Das Todesurteil ist über Euch gefällt worden.«

»Aber wer?« Vamier sprang auf. Er packte Gresnay bei der Schulter. »Du, Jean?«

»Wie meinst du das?« Gresnay entwand sich seinem Griff.

»Vamier hat recht«, sagte Maneil. »Du warst früher Beamter! Du prahlst immer mit deinen Beziehungen zu den höchsten Kreisen von Paris!«

»Und was ist mit dir?« konterte Gresnay. »Bist du nicht

auf die *St. Denis* befördert worden, weil du einen Verwandten bei Hofe hast?«

»Das ist doch lächerlich!« De Fontanel stand auf, trat ans Tischende und nahm neben Vamier Platz. »Sir John Cranston, ich bin akkreditierter Gesandter, ein hochrangiger Beamter der Verwaltung. Ich habe noch nie etwas von diesem Mercurius gehört. Ich glaube, Ihr versucht, Zwietracht unter diesen Männern zu säen, sie in Angst zu versetzen, damit sie etwas gestehen und sich gegenseitig bespitzeln.«

»Es wäre gewiß eine Hilfe«, sagte Sir John und lächelte ihn an. »Wenn sie einander besser im Auge hielten, könnten sie vielleicht den Mörder entdecken.«

De Fontanel legte die Hände mit gespreizten Fingern auf den Tisch.

»Fünf Männer waren hier«, erwiderte er langsam. »Zwei sind an demselben Gift gestorben, aber sie haben nur gegessen und getrunken, was die anderen zu sich genommen haben. Stimmt. Serriem ist vielleicht hereingelegt worden, aber Routier war vor jeder Gefahr auf der Hut. Und warum sollte Mercurius das arme Mädchen umbringen, das für niemanden eine Gefahr darstellte? Stimmt Ihr mir da nicht zu, Bruder?«

Athelstan verdrehte die Augen. Der Mord an Sir Walters Tochter warf alle diese Theorien über den Haufen.

»Es könnte ein Racheakt sein«, sagte Sir Maurice.

»Ach kommt, kommt!« knurrte Vamier. »Sir Maurice, Euch und Sir Walter würde ich nur zu gern einen Kopf kürzer machen. Wir sind Soldaten, Kämpfernaturen. Warum sollten wir ein armes Mädchen umbringen? Sie hatte den Körper einer Frau, aber den Verstand eines Kindes.«

»Was die Franzosen verschuldet haben«, fügte Sir Maurice rasch hinzu.

De Fontanel erhob sich. »Ich bin nicht hier, um Beleidigungen auszutauschen. Sir John, was beabsichtigt Ihr hinsichtlich der Bewachung dieser Männer zu unternehmen?«

»Sie sollen hier bleiben. Bruder Athelstan, mein Sekretär, hat recht. Werden sie verlegt und Sir Walter seiner Pflichten entbunden, so verwirrt er auch sein mag, sähe es so aus, als stünde er unter Verdacht.«

»Wenn das so ist, werde ich eine dringende Depesche

nach Frankreich schicken und darum bitten, daß das Lösegeld so rasch wie möglich angewiesen wird. Ich bitte meine Landsmänner, sich auf ihre Gebete zu besinnen, täglich ein Ave Maria anzustimmen und sehr vorsichtig zu sein mit dem, was sie essen und trinken.« Er verbeugte sich. »Ich komme wieder.«

Seine Schritte hallten durch den verlassenen, unheimlichen Korridor, dann fiel die Tür hinter ihm ins Schloß.

»Wir sind hier fertig«, sagte Athelstan. »Wir können nichts mehr tun, außer mit Aspinall reden. Die Sache mit Vulpina«, fügte er flüsternd hinzu.

Sir John nickte und verließ mit Sir Maurice die Halle. Athelstan blieb sitzen und zeichnete zwei parallel verlaufende Linien auf ein Stück Pergament.

»Ihr scheint ratlos«, sagte Vamier freundlich.

»Hier herrscht das Böse«, antwortete Athelstan langsam. »Der Ort hier trägt zu recht den Namen ›Reich des Teufels‹.«

»Ich kenne Euren Orden in Frankreich«, sagte Gresnay. »Mein Vater hat einen Dominikaner als Kanzleipriester in seine Dienste genommen, ein zuvorkommender Mann. Könnt Ihr denn gar nichts für uns tun, Bruder?«

Athelstan schüttelte den Kopf. »Nichts. Zumindest im Augenblick nicht. Und nun sagt mir unter Eid – vergeßt, daß ich Engländer bin, denkt nur an meine Funktion als Priester –, sagt mir, ob Ihr irgend etwas Verdächtiges gesehen oder gehört habt?«

Die drei Männer schwiegen und schüttelten dann, einer nach dem anderen, den Kopf.

»Habt Ihr keinen Eurer beiden Kameraden, die ermordet wurden, gesehen, wie sie etwas anderes gegessen oder getrunken haben?«

Erneutes Kopfschütteln.

»Oder haben sie Euch etwas gesagt?«

»Bruder.« Maneil meldete sich zu Wort. »Wir saßen alle im selben Boot. Wir haben in unseren Zimmern weder etwas zu essen noch zu trinken. Wir werden ausschließlich aus Sir Walters Küche versorgt, so dürftig es auch ist.«

»Bringt de Fontanel etwas zu essen mit?«

»Nie. Sir Walter würde es nicht zulassen.«

»Ich sage Euch folgendes.« Gresnay hob einen Finger. »Gestern morgen erst haben wir uns erneut feierlich geschworen, nichts zu essen oder zu trinken, was die anderen nicht auch zu sich nehmen. Wir haben uns auch gegenseitig durchsucht, sowie die schäbigen Stuben, in denen wir untergebracht sind. Wir haben nichts gefunden.«

»Das habt Ihr getan?« fragte Athelstan.

»Bruder, ein Mörder bedroht uns. Wir müssen sichergehen.«

Athelstan erhob sich.

»Eins interessiert mich.«

»Was?« fragte Vamier.

»Nun, Routier ist heute morgen entkommen. Er kletterte über die Gartenmauer, überquerte den Hof und entkam durch eines der Außengebäude. Woher wußte er, welchen Weg er nehmen mußte? Woher wußte er, daß das Außengebäude verlassen und der Fensterladen nicht verriegelt war? Man hat Euch nie in diesen Teil des Lehnsgutes gelassen, oder?«

Alle drei schüttelten den Kopf.

»Dann wünsche ich Euch einen guten Tag, meine Herren.«

Athelstan verließ die Halle und trat hinaus in den Garten. Er schaute zu den Brüstungen hinauf und stellte fest, daß es leicht war, die Ecke zur Mauer zu überqueren und den bröckelnden Stützpfeiler zu erklimmen, wenn die Wachen nicht sehr aufmerksam waren. Genau das machte er jetzt und ließ sich auf der anderen Seite hinab. Der Außenhof war menschenleer. Eine seichte Brise wirbelte kleine Staubwölkchen auf. An der gegenüberliegenden Außenmauer stand eine Reihe hölzerner Außengebäude, die wahrscheinlich als Lagerraum benutzt wurden. Athelstan ging hinüber. Die meisten Türen waren verschlossen. Athelstan fand eine, die offenstand, und trat ein. Die Wände im Inneren waren schmutzig und mit Spinnweben bedeckt, der Geruch von Stroh und Pferdemist hing in der Luft. Die Fensterläden an der gegenüberliegenden Wand waren geschlossen und verriegelt. Athelstan hob den Riegel, öffnete die Läden und schaute hinaus über die sonnenverbrannte Heide. Er stellte seinen Beutel ab, kletterte hinaus und folgte demselben Pfad, den Routier vermutlich genommen hatte. Er blieb stehen und schaute sich um. Über ihm kreiste eine Krähe mit heiserem Krächzen. Athelstan sah, daß auf der hinteren Mauer keine Wache stand, während die auf der Seite nicht nur lasch gewesen sein mußten, sondern darüber hinaus noch abgelenkt durch den vermeintlichen Streit, der unter den Gefangenen ausgebrochen war. Routier war sehr wahrscheinlich auf die Baumgruppe in der Ferne zugelaufen. Selbst wenn er den Wachen aufgefallen wäre, hätten sie ihn vielleicht für einen Hausierer oder Bauern gehalten, da ihnen entgangen war, daß einer ihrer Gefangenen fehlte. Er blickte zurück auf das Fenster, dessen Läden noch immer offenstanden. Routier hatte sie wahrscheinlich geschlossen, als er floh. Athelstan suchte den Himmel ab.

»Irgend etwas stimmt hier nicht«, sagte er sich. »Etwas, das ich gesehen und gehört habe, aber es ist immer dasselbe: Teile eines Puzzlespiels!«

Er ging zurück, stieg durch das Fenster, schloß die Fensterläden hinter sich und trat ins Freie. Seine beiden Gefährten warteten in der Halle auf ihn. Als Athelstan eintrat, kam Aspinall die Treppe hinunter.

»Wollt Ihr gehen, Sir John?«

»Wenn wir Euch noch ein paar Fragen gestellt haben, Sir.« Athelstan lächelte.

Aspinall schaute ihn neugierig an. »Wie, Bruder, was kann ich Euch noch sagen?«

»Nun, zuerst, wie geht es Sir Walter?«

»Ich habe ihn überredet, wieder in sein Zimmer zu gehen. Er ist eingeschlafen. Ich werde mich um die Leiche seiner Tochter kümmern. Sir Walter wird sie wahrscheinlich in die Stadt schaffen und im Haus der Kreuzbrüder beisetzen lassen; dort besucht Sir Walter immer die Sonntagsmesse.«

Aspinall setzte sich auf eine Bank und streckte die Beine aus.

»Habt Ihr noch weitere Fragen, Bruder?«

»Geht Sir Walter oft in die Stadt?« fragte Sir John. »Wir wissen, daß er Kunde bei der Giftmischerin Vulpina war.«

Aspinall schaute rasch auf.

»So wie Ihr, Sir.«

»Vulpina ist tot«, sagte Aspinall. »Sie ist bei einem Hausbrand ums Leben gekommen.«

»Nein, sie wurde ermordet.« Athelstan setzte sich neben ihn auf die Bank. »Sie wurde umgebracht, Master Aspinall. Jemand wollte, daß die Geheimnisse, die Vulpina bewahrte, für immer geheim blieben.«

Der Arzt rutschte unbehaglich zur Seite.

»Worauf wollt Ihr hinaus, Bruder? Ja, ich war bei Vulpina. Ihre Sammlung an Kräutern und Giften war stadtbekannt. Eine böse, skrupellose Frau«, fuhr Aspinall fort. »Sie hatte jedes nur denkbare Kraut, und, ja, ich habe Gift bei ihr gekauft. Fingerhut wird dazu benutzt, den Herzschlag zu beschleunigen und dickflüssiges Blut anzuregen. Arsen, sowohl rot als auch weiß, kann allen verabreicht werden, die Schmerzen in den Gedärmen haben. Nur weil eine Pflanze giftig ist, heißt das nicht, daß man sie nicht als Heilpflanze verwenden kann. Es hängt von der Menge ab, die man verabreicht.«

»Wußtet Ihr, daß Sir Walter Gift bei ihr gekauft hat?«

Aspinall wollte es schon abstreiten, doch dann zuckte er mit den Schultern.

»Ja. Sir Walter hat Liebestränke und Gift gekauft. Ich habe ihm davon abgeraten, aber er hat auf Vulpina gehört.«

»Warum?« fragte Sir John.

»Für seine Tochter«, antwortete Aspinall. »Ich glaube, dem armen Mädchen war nicht zu helfen. Sie hatte keinen Verstand, ihr Geist war leer. Vulpina hat Sir Walter anders beraten. Er hat Kräutermischungen gekauft, um sie ruhigzustellen, damit sie nicht so viel umherstreifte: Johanniskraut und etwas Tollkirsche. Diese Pflanzen können besänftigend wirken, wenn die Säfte des Geistes gestört sind. Trotzdem, ich sage Euch folgendes, Bruder, die Todesfälle, die hier aufgetreten sind, wurden nicht durch ein gewöhnliches Gift hervorgerufen. Ich habe noch nie ein Gift mit solcher Wirkung erlebt. Ihr müßt wissen«, er hatte Athelstans erstaunten Blick bemerkt, »wenn man jemanden vergiften will, dann tritt die Wirkung dieser Gifte fast auf der Stelle ein. Wenn ich einem Mann von Sir John Cranstons Statur einen Becher verabreichte, der stark mit Arsen versetzt ist, würde er innerhalb kürzester Zeit die Wirkung verspüren. Hier ist es anders. Falls Ihr mir nicht glaubt, fragt einen beliebigen Arzt in der Stadt. Ein Mann wie Routier konnte das Gift einnehmen, doch seine bösartige Wirkung setzt wesentlich später ein; dann beschleunigt sie sich und läßt das Herz stillstehen.«

»Folglich?« fragte Athelstan. »Der Mörder hat dieses Gift gewählt, weil es langsam wirkt?«

»Möglicherweise«, stimmte Aspinall ihm zu. »Was ich sagen will, meine Herren, ist, daß die meisten Gifte schnell töten. Reduziert man die Menge, tritt höchstens eine Krankheit auf, nicht der Tod. Was wir hier haben, was immer es auch sein mag, funktioniert auf einfache Weise: es verzögert die Wirkung, die am Ende dennoch tödlich ist. Eine treffliche Wahl, weil der Mörder gewiß nicht in der Nähe sein will, wenn sein Opfer stirbt.«

»Aber wenn das der Fall ist«, fragte Sir Maurice, »wie ist das arme Mädchen dann gestorben?«

»Ich glaube, hierbei handelt es sich um einen Unfall. In der Tat. Irgendwie hat Lucy das Gift entdeckt und zu sich genommen. Ihr habt sie selbst gesehen: sie hat ständig irgend etwas vom Boden aufgelesen und in den Mund gesteckt. Ich habe sie in der Halle gesehen, nachdem eine Mahlzeit beendet war, wie sie die Krumen vom Tisch aß.«

»Das kann sein«, überlegte Athelstan. »Ich frage mich, ob der Mörder die Absicht hatte, Routier und einen anderen umzubringen? Vielleicht war Zuckerwerk übriggeblieben? Ein Stück Käse oder Brot, das mit einer vergifteten Substanz belegt war? Master Aspinall, sind die Räume der Gefangenen abgeschlossen?«

»Soweit ich weiß, nachts ja, aber tagsüber nicht. Man erlaubt ihnen, morgens und abends Luft zu schnappen, aber die meiste Zeit werden die Gefangenen hier im Haus gehalten. Sie unterhalten sich, schlafen, würfeln oder spielen Schach.«

»Demnach hätte Lucy in eins ihrer Zimmer gehen können?« fragte Sir John.

»Kann sein.«

»Wenn das so ist«, verkündete Athelstan, »haben mich

die Gefangenen belogen. Sie haben gesagt, sie hätten ihre Zimmer gegenseitig durchsucht, um jeden Verdacht auszuschließen, aber nichts gefunden. Trotzdem haben wir hier ein Mädchen ohne Verstand, welches das Gift nicht nur findet, sondern auch zu sich nimmt.«

Cranston nahm einen Schluck aus seinem Weinschlauch und schaute hinter sich zur Treppe hinauf.

»Es könnte trotzdem Mord sein«, sagte er über die Schulter. »Limbright haßt die Franzosen, die Franzosen hassen ihn. Der Tod seiner Tochter könnte als ein furchtbarer Racheakt betrachtet werden. Master Aspinall, glaubt Ihr, daß einer dieser Gefangenen so bösartig ist?«

Der Arzt schüttelte den Kopf.

»Sie kommen mir vor wie Soldaten, Krieger. Sie mögen in der Hitze eines Gefechts plündern und brandschatzen, aber vorsätzlich eine arme Verrückte umbringen?« Er verzog das Gesicht. »Nein.«

Athelstan stand auf. »Lucy wurde in ihrem Zimmer gefunden. Die Tür stand offen. Das stimmt doch?«

»So hat der Soldat es mir gesagt«, antwortete Aspinall. »Die Tür stand offen, und sie lag auf den Binsen.«

»Wie lange dauert es längstens, bis ein Gift wirkt?« fragte Athelstan.

Aspinall hob die Schultern. »Nach meinen Untersuchungen gewiß nicht länger als eine Stunde. Wenn ich hingegen Eurer Logik folge, wäre es fast unmöglich festzustellen, wo Lucy überall war. Sie ist in diesem Haus wie ein Gespenst umgegangen.«

»Es wäre demnach vergeblich, weitere Nachforschungen hinsichtlich ihres Todes anzustellen?«

»Ja, Bruder, Lucy hatte sowohl vor den Franzosen als auch vor den Wachen Angst. Sie würde nie etwas von ihnen annehmen, und der Himmel mag wissen, wo sie in der Zeit vor ihrem Tod war!«

Athelstan wandte den Blick ab. Lucy hatte das Gift gewiß während des Aufruhrs, der Routiers Flucht folgte, genommen, oder man hatte es ihr in dieser Zeit verabreicht. Aspinall hatte recht: Nur der Herrgott wußte, wohin sie gegangen war, aber, überlegte Athelstan, hätte das Mädchen etwas von diesem Arzt angenommen?

»Bruder Athelstan, Sir John«, meldete Sir Maurice sich zu Wort. Er hatte die Arme vor der Brust verschränkt und tippte mit der Stiefelspitze auf die Bodenfliesen. »Gehen wir um eines Beweises willen davon aus, daß der Mörder unter den Gefangenen ist. Ich weiß, es fällt schwer zu glauben, aber ...«

»Ich weiß, was Ihr sagen wollt«, unterbrach Sir John ihn. »Die Logik gebietet, daß es zwei weitere Todesfälle geben wird und daß der Mann, der am Leben bleibt, der Mörder sein muß.«

»Nicht unbedingt«, sagte Athelstan. »Der Herr mag wissen, was de Fontanel tun wird. Vielleicht hat er das Lösegeld der Gefangenen parat und kauft sie aus Hawkmere frei. Nach allem, was wir wissen, könnte Routier der letzte Tote sein. Wir sollten, noch ehe wir Hawkmere verlassen, das Haus von oben bis unten durchsuchen, einschließlich der Zimmer der Gefangenen. Master Aspinall, wenn Ihr ein Auge auf Sir Walter haben könntet, werde ich mit meinen Kollegen die Durchsuchung beginnen. Die Wachen können nichts dagegen einwenden. Ich vermute, Monsieur de Fontanel ist schon gegangen?«

»Ja«, antwortete Sir John. »Er verließ die Halle und ging auf direktem Weg aus dem Haus.«

Athelstan rieb sich die Nasenspitze. »Wir wollen im Garten anfangen.«

In der kleinen Kammer, die ihm sowohl als Zimmer als auch als Zelle diente, schob Eudes Maneil den Bolzen vor, um seine Tür zu sichern, und setzte sich an den kleinen Tisch unter der Schießscharte, die als Fenster diente. Er schaute hinaus in den blauen Himmel. Ein Vogel schwirrte vorüber, und Maneil spürte einen Anflug von Neid. Derselbe Himmel, dieselbe Sonne wie in Frankreich. Er schloß die Augen halb. Auf den Märkten in Paris würde jetzt ein lebhaftes Treiben herrschen. Die Schenken und Garküchen wären voll, die schmalen Straßen ein Meer von Farben, in dem sich Kaufleute mit ihren Frauen, Studenten von der Sorbonne, Beamte und Schreiber drängten. Wie schön wäre es, durch diese Gassen zu streifen, mit den Kurtisanen zu liebäugeln, sich dann in eine Taverne zu setzen und einen Eintopf aus frischem Fleisch und Gemüse zu genießen, einen Becher Malvasier oder einen der besten Rotweine aus Bordeaux. Maneils Magen knurrte aus Protest. Er schlug die Augen auf und trommelte mit den Fingern auf dem Tisch. Würde er Paris je wiedersehen? Die *St. Sulpice* und die *St. Denis* waren gekapert worden. Er hatte sich auf eine angemessen lange und unerquickliche Gefangenschaft bei den Gottverfluchten eingerichtet, diesen bezopften Engländern, doch jetzt war es gefährlich geworden. Maneil blickte über die Schulter zur Tür. Wie, um alles in der Welt, waren Routier und Serriem umgebracht worden? Er war sicher, daß seine beiden Kameraden vorsichtig gewesen waren mit dem, was sie aßen und tranken. Es gab keine versteckten Nahrungsvorräte. Sir Walter war ein Geizhals, und Küche und Speisekammer wurden streng bewacht. War er demnach der Mörder? Maneil kratzte sich das Kinn. War deshalb die arme, geistlose Lucy gestorben? War sie in das Zimmer ihres Vaters gegangen? Oder war es ein anderer? Heute morgen hatte er etwas gesehen, draußen im Garten. Er rief sich ins Gedächtnis, wie Routier auf und ab gegangen war. Dann war er wieder in der Halle verschwunden. Jemand war ihm gefolgt, er war sicher, aber wer?

Maneil legte sich auf sein Bett. Bevor er von zu Hause fortgelaufen und zur See gegangen war, hatte sein Vater ihn auf eine der besten Kirchenschulen von Paris geschickt. Maneil versuchte, sich ins Gedächtnis zu rufen, was man ihn gelehrt hatte: Beweise zu sammeln, sie sorgfältig zu prüfen und Schlußfolgerungen zu ziehen. Wenn der Mörder also einer von ihnen war, mußte er auch derselbe sein, der von den Engländern als Spion bezahlt wurde. Doch das schien unmöglich. Wenn es einen Spion unter den französischen Offizieren gegeben hätte, der englisches Gold entgegennahm, warum sollte dieser Spion sich nun als Mörder entpuppen? Maneil holte Luft. Nicht ein einziges Mal, und er kannte die anderen vier schon seit einigen Jahren, hatte er etwas Verdächtiges gehört oder gesehen. Seine Kameraden hatten sogar alle Verwandte an die Engländer verloren und waren zu dem blutigen Seekrieg wild entschlossen. Wenn es also keinen Spion gab, warum sollte einer von ihnen sich nun zum Mörder wandeln? Maneil sah Routier vor sich, wie er am Tisch saß und frühstückte. Er, Maneil, war gegen den Fluchtversuch seines Kameraden gewesen. Routier hingegen hatte ihm zugeflüstert, er könne es in Hawkmere nicht länger aushalten; er müsse ausbrechen, oder er werde wie Limbrights Tochter den Verstand verlieren. Er hatte Maneil nicht anhören wollen. Er hatte sein Brot gegessen und das Ale getrunken, das Sir Walter ihnen gereicht hatte. Maneil hatte die ganze Zeit neben ihm gesessen. Richtig, Gresnay hatte einen Teil seiner Mahlzeit aufgehoben, damit Routier es mitnehmen konnte. Doch das war eine spontane Geste gewesen, während Gresnay selbst etwas von dem Brot und dem Fleisch gegessen hatte. Dann waren sie aus der Halle in den Garten gegangen. Routier hatte sie nur verlassen, um wieder ins Haus zu gehen.

Es klopfte an Maneils Tür.

»Wer ist da?«

Erneut klopfte es. Maneil seufzte und schwang die Beine aus dem Bett. Er schob den Riegel zurück, öffnete die Tür, und der Bolzen aus der Armbrust traf ihn in den Hals.

Dreizehn

Athelstan war noch immer in den Anblick des Gartens vertieft; Sir John nahm eine kleine Erfrischung in der Laube zu sich und wischte sich den Schweiß von der Stirn, Sir Maurice war nicht in ihrer Nähe, als Simon Gismond, Sir Walter Limbrights Hauptmann der Wache, ins Freie trat und nach Sir John rief.

»Was ist?« fragte dieser kurz angebunden.

»Mylord Coroner, einer der Gefangenen ist tot.«

»Vergiftet?« fragte Athelstan.

»Kann schon sein. Ein Armbrustpfeil steckt in seinem Hals. Die Leiche ist noch warm. Am besten kommt Ihr und seht es Euch an.«

Sie folgten ihm zurück ins Gutshaus und trafen Sir Maurice auf der Treppe. Alle drei gingen hinter Gismond über die staubige, schäbige Galerie. Die Zimmertür stand offen. Maneil lag auf dem Rücken, die Arme ausgebreitet, den Kopf leicht zur Seite gedreht. Sein Wams war vorn mit Blut durchtränkt, und um seinen Kopf hatte sich eine dunkelrote Lache auf dem Boden gebildet. Ein Soldat stand am Fenster und schaute hinaus.

»Wer hat die Leiche gefunden?« fragte Athelstan.

»Ich.«

Der Soldat trat hinzu, den Helm unter dem Arm. Er hatte das offene, ehrliche Gesicht eines Bauernjungen mit aufgesprungenen, roten Wangen. Von neuem schaute er auf die Leiche und eilte wieder zu dem kleinen Nachttopf unter dem Fenster, um sich zu übergeben.

Athelstan kniete nieder. Er legte eine Hand auf Maneils Wange. Sie war noch nicht kalt. Aspinall trat ein. Er warf einen Blick auf die Leiche, stöhnte auf, kniete sich daneben und zog das Wams herunter. Athelstan sah das große, rote, böse Loch um den Armbrustpfeil. Er schaute zurück zur Tür. Der Tote war durch die Wucht des Pfeils mindestens zwei, drei Schritte in den Raum zurückgeschleudert worden.

»Er dürfte sofort tot gewesen sein«, sagte Athelstan. »Die Armbrust war nicht weiter als ein paar Zentimeter von seinem Hals entfernt.«

Athelstan durchsuchte die Tasche des Toten, konnte jedoch nichts außer ein paar Münzen und einem Stück Pergament finden. Er trat ans Bett und schaute auf das schmutzige, zerknüllte Laken, hob es auf und roch den säuerlichen, scharfen Geruch von abgestandenem Schweiß. Er warf es zurück und drehte sich um, als man Vamier und Gresnay ins Zimmer führte. Sir John entließ die Wache, bat Gismond jedoch, zu bleiben. Die beiden Franzosen warfen einen Blick in das Gesicht ihres toten Kameraden und sanken mit kläglicher Miene auf das Bett.

»Wir werden sterben«, verkündete Gresnay. »Wir werden in diesem scheußlichen, von Dunkelheit heimgesuchten Haus sterben. Getötet von einem bezopften Engländer. Versteht Ihr mich?« Er sprang auf, das Gesicht fleckig vor Wut.

Er wandte sich Sir John zu, doch Gismond trat zwischen sie.

»Ich glaube, es ist besser, wenn Ihr Euch hinsetzt«, sagte er leise. »Der Coroner ist für den Mord an Eurem Freund nicht verantwortlich.«

»Wer dann?« fragte Vamier vorwurfsvoll. Er wedelte mit den Armen. »Wo ist die Armbrust? Gresnay und ich haben nicht einmal eine Nadel bei uns!«

»Master Gismond«, blaffte Sir John, »bringt Maltravers her. Ich will, daß hier nach allem gesucht wird, was verdächtig erscheint: Messer, Dolche, Armbrüste, alles!«

Er befahl Vamier, die Beine der Leiche zu nehmen. Gemeinsam legten sie sie auf das Bett. Athelstan kniete nieder, flüsterte die Worte der Absolution und schlug das Kreuz über dem Toten. Er war kaum fertig, als Sir Walter hereinstapfte und sich den Bauch hielt. Er schaute kurz auf die Leiche und sackte gleich hinter der Tür zusammen. Sein Gesicht war bleich, Erbrochenes hing im Mundwinkel.

»Noch ein Toter!« knirschte er. »Ich habe alles verloren.« Er begann leise mit gesenktem Kopf vor sich hin zuschluchzen, die Schultern zuckten.

Selbst die Gefangenen betrachteten ihren Bewacher mitleidig.

»Ich schwöre vor Gott, daß ich mit dem Tod dieser Männer nichts zu tun hatte. Der Tod meiner Tochter ist eine Strafe Gottes für den Haß in meinem Herzen!«

Sir John trat zu ihm und kauerte sich neben ihn.

»Kommt, Mann«, drängte er. »Nehmt einen Schluck Wein. Er wird Euren Magen beruhigen, nicht zuviel.«

Sir Walter gehorchte.

»Und jetzt steht auf.« Sir John zog ihn an den Ellenbogen hoch. »Ihr seid ein englischer Ritter, Ihr seid verwirrt und seid wie wir im Reich des Teufels. Ein Mörder streift über die Galerien von Hawkmere. Nun, es könnte einer von diesen beiden sein.« Er zeigte auf die beiden Franzosen. »Oder ebensogut jeder hier.«

»Die Franzosen können es nicht sein«, murmelte Sir Walter und sah sie beschämt an. »Nicht einmal meine eigenen Männer haben Armbrüste. Die sind in der Waffenkammer eingeschlossen, die mit zwei Vorhängeschlössern versehen ist! Gismond hat einen Schlüssel, ich den zweiten.« Er breitete hilflos die Arme aus. »Sir John, was soll ich tun?«

»Ich habe einen Vorschlag.« Der Mönch meldete sich zu Wort. »Damit könnte Leben gerettet werden. Unsere beiden französischen Gefangenen sollen getrennt voneinander in ihren Zimmern eingesperrt werden. Eine Wache drinnen und eine draußen. Man soll ihnen das Essen direkt aus der Küche bringen. Sie dürfen niemandem außer dem Soldaten, der bei ihnen im Zimmer ist, begegnen.«

Vamier wollte schon etwas einwenden, doch Athelstan hob die Hand.

»Nein, nein, das ist der sicherste Weg.«

»Er hat recht«, sagte Gresnay. »Man hätte das schon längst veranlassen sollen, tut mir leid, Pierre.« Er warf Vamier einen kurzen Blick zu. »Aber bis unser Lösegeld gezahlt ist, selbst wenn der Mörder wieder zuschlägt, können solche Maßnahmen ihn in die Falle locken.«

»Aber warum trennt man uns?« protestierte Vamier.

»Wer auch immer den armen Maneil umgebracht hat, trug eine Armbrust und einen Bolzen bei sich. Der Mörder muß der Garnison hier angehören oder ein Besucher sein. Und«, fügte er schließlich hinzu, »Monsieur de Fontanel war längst gegangen, als der arme Eudo ermordet wurde.«

Sir Maurice trat wieder ein.

»Die Waffenkammer ist noch immer verriegelt und verschlossen«, verkündete er. »Gismond hat mir gesagt, daß niemand eine Armbrust hat, die Wachen haben Pfeil und Bogen.«

»Sir Walter.« Sir John schnippte mit den Fingern. »Laßt diese beiden Männer umgehend in ihre Zimmer bringen! Die Wachen sollen aufgestellt werden. Vorsicht ist geboten mit dem Essen.«

»Ich werde es persönlich kosten«, bot Sir Walter an, darauf bedacht, seine Autorität geltend zu machen.

Sir John und Athelstan verabschiedeten sich und verließen kurz darauf mit Sir Maurice das Lehnsgut.

Der Tag näherte sich langsam dem Ende. Athelstan schätzte, es müsse um die Vesper sein, denn am blauen Himmel zeigten sich rote Streifen. Eine Brise war aufgekommen, und über der Stadt türmten sich Wolken. Er schaute auf das verbrannte Gras.

»Es wäre gut, wenn es ein Gewitter gäbe«, bemerkte er. »Die Erde braucht etwas zu trinken, und wir, Sir John, müssen einen Mörder dingfest machen.«

»Ich gehe nicht in die Stadt zurück. Ich vermute, Sir Maurice, Ihr begleitet Bruder Athelstan. Ich werde meine Freunde, die Kurzen, aufsuchen«, sagte der Coroner und schwankte leicht. »Ich frage mich, ob sie etwas über eine arme Hure erfahren haben, die vermißt wird?«

»Ah, der Vorfall in der ›Goldenen Fackel‹?« fragte Sir Maurice.

»Sie werden Euch helfen können«, sagte Athelstan. »Ich kenne ihren Ruf. Aber, Sir John, wenn Ihr Euch schon damit beschäftigt, könnt Ihr vielleicht jemanden auftreiben, der mit Gift handelt?«

»Vulpina war die Beste«, murmelte er. »Aber ich will sehen, was sich machen läßt.«

Sie gingen auf St. Giles zu, wo Sir John sich von ihnen trennte. Athelstan war müde, so daß er sich mit Sir Maurice eine Fahrt in einem Wagen leistete, der durch Portsoken um die Stadtmauern herum zum Tower fuhr. Dann gingen sie zu Fuß weiter an den Woolquai und mieteten eine Barke, die sie über den inzwischen unruhigen Fluß nach Southwark brachte.

Als sie in St. Erconwald eintrafen, braute sich das Gewitter, das Athelstan vorhergesagt hatte, gerade zusammen. Die Brise war aufgefrischt, die Wolken verdunkelten die untergehende Sonne und hingen bedrohlich tief. Sie fanden Godbless in der Kirche, wo er mit einem Arm um Thaddeus fest schlief. Huddle hatte fleißig an der Wand gearbeitet, und im nachlassenden Licht konnte Athelstan die Holzkohlezeichnung erkennen. Er bat Sir Maurice, Godbless zu wecken und ihn und Thaddeus ins Pfarrhaus zu bringen, während er den Friedhof überquerte.

Der Graben, den Watkin und Pike ausgehoben hatten, wurde immer länger. Athelstan betrachtete die harte Erde an den Fundamenten der Friedhofsmauer.

»Das ist für die Ewigkeit gebaut worden«, sagte er sich. »Mit der Mauer ist alles in bester Ordnung.«

Da er immer noch ein wenig argwöhnisch war, wollte Athelstan gerade in den Graben steigen, um ihn näher in Augenschein zu nehmen, als die ersten, schweren Regentropfen seine Meinung änderten. Er kehrte zurück, schloß die Tür des Leichenhauses und ging wieder in die Küche, wo Sir Maurice bereits ein kleines Feuer angezündet hatte. Der Ritter tippte an den Kessel, der an einem Dreifuß hing.

»Jemand hat Euch einen Eintopf dagelassen.« Er roch daran. »Fleisch und Gemüse sind frisch.«

Athelstan kniete neben ihm nieder.

»Das war Benedicta«, sagte er. »Die Witwe.« Er zeigte in die Runde. »Sie hält hier alles wunderbar sauber. Wo ist Godbless?«

»Er ist noch in der Kirche. Er sagte, er sei gern dort.«

Athelstan ging in die Speisekammer, wo er eine Schüssel voll Wasser füllte und sich Hände und Gesicht wusch. Er stieg zu seinem Schlafplatz hinauf und fand die Dominikanertracht, die der Schreiber Simon zurückgebracht hatte. Unten ging die Tür auf, und Godbless trat ein.

»Rührt das Essen um!« rief Athelstan hinunter. »Eine Kelle findet ihr in der Speisekammer! Wenn es kocht, ruft mich!«

»Ich mag Eintöpfe«, rief Godbless zu ihm hinauf. »Master Merrylegs hat mir eine Pastete geschenkt, aber ich habe immer noch Hunger!«

»Gut.«

Athelstan legte sich auf sein Bett und starrte an die Decke. Er sprach ein kurzes Gebet, aber er war zu zerstreut, und seine Gedanken wanderten wieder nach Hawkmere. Wie waren diese Männer gestorben? Routier wie ein tollwütiger Hund draußen auf der Heide. Und Maneil mit dem Pfeil aus einer Armbrust im Hals. Sir Walter und Aspinall hatten Zugang zu Giften, aber obwohl er keinen echten Beweis hatte, glaubte er, daß die Erklärung des Arztes hinreichend war. Woher also kamen die Gifte? Und wer hatte die Armbrust und den Bolzen? Gewiß keiner der französischen Gefangenen! Er hörte Sir Maurice über etwas lachen, das Godbless gesagt hatte. War Maltravers unschuldig? Oder Limbright, trotz seiner Einwände? Oder war noch jemand auf dem Lehnsgut? Ein heimlicher Mörder, der sich versteckte? War Mercurius unter den Wachen?

»Schon möglich«, flüsterte Athelstan, dem die Augen zufielen. Er sank in einen tiefen Schlaf und wachte verwirrt auf, als der Ritter ihn an der Schulter rüttelte.

Athelstan richtete sich auf.

»Bruder, Godbless hat gekocht, es ist jetzt fertig.«

Athelstan roch den würzigen Duft, der aus der Küche heraufzog.

»Ich verhungere«, sagte er und stieg hinter Sir Maurice die Leiter hinunter.

Bonaventura war zurückgekommen und richtete sich neben Thaddeus am Kamin ein. Godbless hatte den Tisch mit drei Schalen, Hornlöffeln, Krügen und Zinnbechern sowie einem Krug Ale aus der Speisekammer gedeckt. Athelstan, der noch halb schlief, murmelte ein Dankgebet, und sie setzten sich. Er brach das Brot, segnete es und verteilte es an seine Gefährten. Der Regen trommelte auf das Dach, und von fern ertönte Donnergrollen. Athelstan aß langsam, denn der Eintopf war köstlich, aber kochend heiß. Godbless schnatterte wie ein Eichhörnchen, und Sir Maurice hörte dem alten Bettler nur stumm und belustigt zu, wie er seine Kriegszeit in den Niederlanden, in Frankreich und sogar in Norditalien beschrieb. Athelstan war noch immer in Gedanken bei den Geschehnissen in Hawkmere. Er konnte es sich nicht zusammenreimen. Hin und wieder warf er einen verstohlenen Blick auf den jungen Ritter, der so vornehm über die Liebe reden konnte. War er so unschuldig, wie er behauptete?

»Was werdet Ihr wegen der Gespenster unternehmen, Bruder?« Godbless legte seinen Löffel nieder und starrte hungrig auf den Kessel über dem Feuer.

»Nimm dir noch etwas«, forderte Athelstan ihn auf. »Und in der Speisekammer ist noch ein anderes Weißbrot in ein Leintuch gewickelt.«

»Worum geht's?« fragte Sir Maurice, als der Bettler davoneilte.

»Er glaubt, daß wir auf dem Friedhof von St. Erconwald Gespenster haben. Nun, ich glaube an Gespenster, aber doch nicht in Southwark. Ich glaube, es ist ein Spiel oder ein Scherz oder wahrscheinlich einer aus meiner Gemeinde, der etwas im Schilde führt.«

»Da sind Gespenster.« Godbless kam kopfschüttelnd an den Tisch.

»Du hast noch etwas gesagt«, erinnerte sich Athelstan. »Von einem Mann in Italien, der hätte tot sein sollen, aber du hast ihn lebend gesehen?«

Godbless schaute Athelstan verständnislos an und fragte sich, wieviel er an jenem Tag getrunken hatte.

»Ja, ja.« Godbless kratzte sich das Kinn. »Ich weiß es jetzt nicht mehr so richtig. Aber es fällt mir wieder ein. Seid Ihr Dominikaner oder nicht?« fragte er Sir Maurice, abrupt das Thema wechselnd. »Der eingebildete Schreiber, der die Kutte zurückbrachte, sagte, sie gehöre Euch.«

»Ich war für kurze Zeit Dominikaner«, antwortete Sir Maurice. »Aber das ist ein großes Geheimnis, und du darfst es niemandem erzählen, Godbless.«

Sie verstummten, als direkt über ihnen ein Donnerschlag

krachte. Draußen vor dem Fenster zuckte der Blitz, und der Regen rauschte jetzt in Bächen vom Dach.

»Am besten, ich sehe mal nach meinem Leichenhaus«, sagte Godbless und legte seinen Löffel nieder. »Nein, nein«, sagte er, als Athelstan ihn zurückhalten wollte. »Ich will nur nachsehen, ob im Dach keine Löcher sind.« Er schnappte sich seinen Mantel, zog ihn sich über den Kopf und ging hinaus.

»Ein merkwürdiger Gesell.« Maltravers füllte seinen Becher. »Bruder, können wir morgen wieder zum Nonnenkloster gehen?«

»Nein, tut mir leid, Sir Maurice, Lady Monica könnte zu argwöhnisch werden. Vielleicht Mittwoch, wenn ich die Messe für die Zunft der Rattenfänger abgehalten habe.« Als es an der Tür klopfte, schrak er zusammen.

»Wer ist da?« rief er.

»Bruder, um der Liebe Christi willen, helft uns!«

Vor der Tür stand ein Mann im Dunkeln und stützte einen zweiten, der den Kopf hängen ließ und einen Arm über die Schultern des ersten gelegt hatte. Athelstan erblickte ein unrasiertes Gesicht und einen Kupferring an einem Ohrläppchen.

»Man hat uns überfallen, Bruder! Um der Liebe Christi willen, können wir hereinkommen?«

Athelstan trat einen Schritt zurück. Der Mann führte seinen Begleiter brummend und stöhnend ins Haus. Athelstan schloß die Tür, als er Sir Maurices Aufschrei vernahm. Er drehte sich um und sah, daß beide Männer jetzt aufrecht standen, die Kapuzen zurückgeschlagen, Armbrüste in der Hand, angelegt und gespannt. Sie waren beide kahlköpfig und hatten hagere, böse Gesichter, um so mehr, als Kupferringe an ihren Ohrläppchen hingen. Athelstan erblickte Schwert und Dolchgurte unter ihren Mänteln.

»Ich bin Priester«, sagte Athelstan und trat vor.

Die beiden Männer wichen zurück.

»Ihr habt nicht das Recht, hier einzudringen! Das hier ist ein Gottesacker, und Ihr begeht die schreckliche Sünde eines Sakrilegs!«

»Es ist Jahre her, seit ich in einer Kirche war«, erklärte der Größere. »Keine gezierte Moralpredigt also, obwohl, wenn Ihr wollt, könnt Ihr noch ein Gebet sprechen.«

Er bedeutete Athelstan, von der Tür wegzutreten und sich ans andere Ende des Tisches zu stellen, wo der Ritter unruhig von einem Fuß auf den anderen trat und seinen Blick in die Kaminecke wandern ließ, in der sein Schwertgurt an einem Haken hing und der Griff seines Schwertes verlockend im Kerzenlicht glitzerte. Der kahlköpfige Anführer folgte seinem Blick.

»Bitte, bedient Euch, wenn Ihr wollt.« Er grinste und fuhr sich mit der Zunge über fehlerhafte, gelbe Zähne. »Ihr habt gut gegessen und getrunken. Ihr werdet nicht so geschmeidig sein, wie Ihr gern wärt.«

»Warum seid Ihr hier?« fragte Athelstan.

Die beiden Männer waren entschlossen, zu töten, doch er konnte nichts tun. Er kannte ihresgleichen, gedungene Berufsmörder aus den Gassen.

»Wie Ihr, Bruder, haben wir eine Aufgabe zu erledigen.«

»Und die wäre?«

Der Größere zeigte schnell auf Sir Maurice.

»Der da muß sterben. Ich fürchte, Ihr müßt mit ihm sterben, weil wir keinen Zeugen hinterlassen können.«

Er warf einen Blick zum Feuer, wo sich Thaddeus an der Hitze erwärmte; Bonaventura neben ihm war aufgestanden und hatte den Rücken zu einem Buckel gekrümmt, das Fell gesträubt, als spürte er, daß diese Männer bedrohlich waren.

»Wer hat Euch geschickt?« fragte Athelstan.

»Nun, der Teufel persönlich.«

Athelstan schaute den Ritter an, der mit einem Blick auf das Feuer deutete. Athelstan schluckte. Der Ritter verlangte von ihm, sich zwischen die beiden Mörder und Sir Maurice zu stellen. Athelstan trat einen Schritt vor.

»Wohin geht Ihr, Bruder?«

»Ich will das Feuer löschen«, sagte Athelstan. »Wenn ich umgebracht werden soll, will ich nicht, daß das Haus abbrennt. Die Menschen, denen ich diene, sind arm. Der Bischof würde von ihnen erwarten, daß sie ein neues Haus für den nächsten Pfarrer bauen.«

Er sah einen Anflug von Verwirrung im Blick des Kahlkopfes, als er weiterging.

»Na komm schon, Bonaventura!«

Athelstan bückte sich und hob den Kater auf. Er spürte, daß sich etwas bewegte, drehte sich blitzschnell um und warf den Kater dem Kahlkopf vor die Füße. Sir Maurice hatte sich bewegt, seine Schnelligkeit überraschte Athelstan. Ein Bolzen schwirrte aus einer Armbrust und klatschte auf die weiß getünchte Wand gegenüber. Athelstan spürte, wie er zur Seite gestoßen wurde. Er stolperte rückwärts, und als er sein Gleichgewicht wiederfand, war Sir Maurice zwischen den Mördern. Die beiden Männer hatten ihre Armbrüste abgeschossen, und das bedeutete ihr Ende, denn sie hatten keine Zeit, Schwert und Dolch zu ziehen. Das Schwert des Ritters schlitzte die Schulter des einen auf, der aufschreiend zurücktaumelte. Der andere schleuderte seine Armbrust auf Sir Maurice und traf ihn am Arm, als er sich umdrehte. Der Ritter hielt inne, verzog das Gesicht vor Schmerz, was dem größeren Kahlkopf Zeit gab, seine Waffen zu ziehen und den Mantel über die Schulter zu werfen. Sir Maurice trat auf ihn zu und ließ das Schwert durch die Luft sausen. Der Mörder war leichtfüßig und wehrte den Schlag mit Schwert und Dolch ab. Der zweite hockte jetzt an der Tür. Der Ältere brüllte ihn an. Er vergaß seinen Schmerz, kam auf ein Knie, zog das Schwert, schaute zuerst auf das Handgemenge, dann auf den Dominikaner. Athelstan packte einen Schemel. Der Mörder kam schwankend auf die Beine. Athelstan warf, der Mann duckte sich, und der Schemel verfehlte ihn. Da kam Godbless heran und riß die Tür auf. Sie traf den Mörder in den Rücken und brachte ihn ins Straucheln.

Bonaventura stand jetzt auf dem Tisch, die Haare standen ihm zu Berge, und er fauchte vor Wut. Thaddeus war aufgesprungen und in eine hintere Ecke geflohen. Sir Maurice und der Kahlkopf kämpften nah beieinander, Schwert und Dolch verkeilt, und jeder suchte seinen Vorteil. Athelstan hob den nächsten Schemel auf, den Godbless ihm jedoch aus der Hand riß. Der verwundete Mörder dreht sich um, und schon ließ Godbless den Schemel auf ihn niedersausen. Athelstan schloß die Augen; der

Schemel traf den Mörder mit nachhallendem Schlag mitten auf die Stirn. Der Mann brach zusammen. Noch ehe Athelstan etwas unternehmen konnte, stand Godbless mit dem Dolch in der Hand über dem Mann und schlitzte ihm mit einem raschen Schnitt den Hals von einem Ohr zum anderen auf. Im selben Augenblick trat Sir Maurice einen Schritt zurück. Athelstan dachte, der Kampf sei noch nicht beendet. Der Kahlkopf hatte sich vornüber gebeugt, einen Ausdruck der Verwirrung auf dem Gesicht, die Lippen leicht geöffnet. Er trat vor, Schwert und Dolch noch in der Hand. Ein großer, dunkler Fleck breitete sich unter dem Herzen aus; schaumige Blasen traten in die Mundwinkel.

»In Gottes Namen!« keuchte der Mann. Er verdrehte die Augen, während ihm Schwert und Dolch aus der Hand fielen.

Sir Maurice trat erneut vor und stieß dem Mann den Dolch tief in den Hals. Der Mörder sank auf die Knie, Blut drang aus den Wunden in Brust und Hals, dann stöhnte er auf und fiel auf das Gesicht.

Athelstan merkte, daß er am ganzen Leib zitterte. Er hob Bonaventura auf, nahm einen Schemel und setzte sich vor das Feuer. Er streichelte den Kater. Sir Maurice sagte etwas, doch er verstand kein Wort. Godbless trat zu ihm und tippte ihm auf die Schulter.

»Ist alles in Ordnung, Bruder? Das ist immer so, wenn Blut fließt.«

»Es ist mein Haus«, antwortete Athelstan und konnte sich seiner Tränen nicht erwehren. »Das ist mein Haus. Ich lebe hier mit Bonaventura.«

Sir Maurice hockte sich neben ihn. Er füllte einen Becher mit Wein, und Athelstan trank einen Schluck.

»Natürlich ist es Euer Haus«, sagte der Ritter ruhig.

»Habt Ihr diese Männer getötet?« fragte Athelstan.

»Ihr wißt, daß ich es getan habe, Bruder. Und Godbless den anderen.«

»Nein, nein.« Athelstan schüttelte den Kopf und setzte Bonaventura ab. »Ich meine diese Franzosen in Hawkmere. Habt Ihr sie getötet?«

»Nein, Pater, das war ich nicht.«

Athelstan durchlief ein Schauder. »Verzeiht«, flüsterte er. »Ich habe schon Männer sterben sehen, aber«, er nahm einen großen Schluck aus dem Weinbecher, »ich wünschte, der alte Jack wäre hier!«

»Ich kann nach ihm schicken.«

»Nein, nein.« Athelstan stellte den Becher ab. »Ich zittere wie eine Jungfrau.«

Er stand auf und kniete sich, ungeachtet der Einwände der beiden anderen, vor die beiden verstorbenen Mörder und gab ihnen die letzte Ölung. Die Männer lagen zusammengekrümmt am Boden. Rührend sahen sie jetzt aus mit leerem Ausdruck, blicklosen Augen und einer Blutlache um den Kopf.

»Wenn Gott Euch vergeben kann, kann ich es auch«, sagte Athelstan.

Der Bettler durchwühlte sogleich die dürftige Habe der beiden Mörder und fand nichts außer ein paar Münzen. Athelstan sagte ihm, er könne sie behalten. Dann schlug er die Leichen in ihren Mänteln ein und brachte sie hinaus. Das Gewitter war vorüber, der Regen hatte aufgehört. Sie legten die beiden direkt unter das Friedhofstor.

»Wir beerdigen sie morgen«, sagte Athelstan. »Wir können sie in den Graben legen, den Pike und Watkin ausgehoben haben.«

Sir Maurice nahm jetzt die Sache in die Hand. Er bestand darauf, daß Athelstan, Bonaventura und Thaddeus in die Kirche gingen.

»Ich kann doch helfen«, wehrte sich Athelstan.

»Nein, nein, Bruder, diese Männer waren hinter mir her. Das mindeste, was ich tun kann, ist, Euer Haus in Ordnung zu bringen.«

Athelstan schloß die Kirche auf und ging mit den beiden Tieren hinein. Er begab sich an den Hochaltar, und nachdem er sich mit ein paar Kissen aus einer Truhe in der Sakristei versorgt hatte, setzte er sich dort mit verschränkten Armen hin und blickte starr zum roten, flackernden Ewigen Licht empor. Er versuchte, für sich zu beten, für Sir Maurice, für Sir Jack und jene beiden unglücklichen Seelen, die in die Finsternis geschickt wurden. Er betete, sie mögen nicht der ewigen Verdammnis anheimfallen. Thaddeus zitterte noch, und Athelstan mußte einen Arm um ihn legen. Bonaventura rollte sich auf seinem Schoß zusammen.

»Wir sind nicht gerade ein sehr tapferes Trio, was?« sagte Athelstan. »Aber was hätte ich denn tun sollen?«

Die Tür ging auf. Er sah eine brennende Kerze und zwei dunkle Gestalten. Sir Maurice und Godbless kamen durch das Kirchenschiff.

»Das Haus ist sauber, Bruder. Es war nicht viel Blut da.«

Godbless hatte sich noch eine Schale Eintopf genehmigt.

»Nichts regt den Appetit so an wie Hieb und Stoß.«

Sir Maurice streckte die Hand aus. »Kommt, es ist Zeit, daß wir schlafen gehen. Wir können nichts mehr tun.«

»Wer hat sie geschickt?«

»Ah!« Das sonst so hübsche Gesicht des Ritters verzog sich zu einer häßlichen Fratze. »Parr! Ich werde morgen zu ihm gehen und ihn stellen!«

Athelstan schüttelte den Kopf. »Tut das nicht, Maurice, bitte, mir zuliebe!«

Der Ritter hockte sich neben ihn, die hohle Hand schützend um die Kerzenflamme gelegt.

»Ihr glaubt in Wirklichkeit nicht, daß es Parr war?«

»Nein«, antwortete Athelstan. Er stand auf. »Diese gedungenen Mörder. Wißt Ihr, hätte man sie gefangengenommen und ausgefragt, dann hätte Parr vor dem Tower den Kopf verloren oder wäre sogar bei Tyburn gehängt worden!« Er seufzte. »Ich vermute, es ist Mercurius. Wie könnten diese Schurken uns zu ihm führen? Ach ja. Am Ende werden wir die Wahrheit wissen. Komm, Godbless, du schläfst am besten auf dem Küchenboden.«

Athelstan schaute den Ritter an.

»Wird Mylord von Gaunt Euch nicht im Savoy vermissen?«

»Ich stehe in der Gunst des Regenten. Was ich zwei oder drei Tage lang mache, Bruder, interessiert ihn nicht.«

Während Sir Maurice und Godbless mit Thaddeus und Bonaventura zum Haus zurückgingen, verriegelte Athelstan die Kirchentür. Dann trat er neben die beiden Leichen, die auf dem nassen Gras lagen. Er machte das Kreuzzeichen über ihnen und ging ins Haus.

Die Messe in St. Erconwald am darauffolgenden Morgen war gut besucht. Der Gemeinderat rückte mit Macht an und drängte sich vor dem Hochaltar. Die Nachricht des Überfalls hatte sich in Windeseile in ganz Southwark verbreitet. Athelstan erteilte den abschließenden Segen, drehte sich um und wollte in die Sakristei gehen.

»Sollen wir sie hängen, Bruder?« rief Pike, sich lässig auf seiner Schaufel abstützend. »Sollen wir sie zur Abschreckung an den Füßen aufhängen?«

Seinen Worten folgte zustimmendes Raunen unter den anderen Gemeindemitgliedern. Athelstan erblickte Benedictas bleiches Gesicht, das ihn mit hohlen Augen anschaute, ihre Lippen bewegten sich, als spreche sie still ein Gebet vor sich hin.

»Ihr laßt die Leichen da, wo sie sind. Was sind ihre Körper jetzt anderes als leere Hüllen? Ihre Seelen sind vor Gott, aber ihr könnt mir helfen.«

Nachdem er seine Meßgewänder ausgezogen hatte, ging Athelstan auf den Friedhof. Seine Gemeinde scharte sich um ihn. Hig, der Schweinemetzger, stand bei den Leichen Wache, einen dicken Knüppel in der Hand.

»Crim«, sagte Athelstan, »geh in die Sakristei. Hole ein Weihwasserbecken und einen Weihwedel. Pike, da hinten unter den Eiben findest du ein altes Holzkreuz.«

»Ihr wollt sie doch nicht hier beerdigen?« kreischte Pemel, die Flämin.

»Es ist ein christlicher Akt, die Toten zu begraben«, antwortete Athelstan.

»Wollt Ihr uns nicht sagen, was passiert ist?« fragte Manger, der Henker.

»Sie kamen her, um zu rauben. Und mein lieber Freund Sir Maurice Maltravers hat mich heldenhaft verteidigt! Ein wahrer Held, ein Sir Galahad!«

Im Nu war der Ritter von der Gemeinde umringt.

»Euer Pfarrer war ebenso tapfer«, verkündete er. »Und Godbless auch!«

Auch dem Bettler wurde Hochachtung gezollt. Athelstan sah, wie Benedicta ihm heimlich ein paar Münzen zusteckte.

»Wir beerdigen sie hier«, sagte Athelstan. »Und da werden sie bis zur Auferstehung warten.«

»Jawoll, und wenn die Schufte aufwachen«, brüllte Watkin, »werd ich ihnen zuerst eins über den Schädel hauen!«

Die anderen stimmten den Worten des Mistsammlers im Chor zu.

»Ratten sind das«, meldete sich Ranulf, der Rattenfänger, zu Wort. »Und wie Ratten sind sie gestorben. Ach übrigens, Bruder, Ihr habt doch unsere Messe morgen nicht vergessen?«

»Worum geht's?« fragte Watkin.

»Ranulf sagt es dir«, antwortete Athelstan. »Und ich will keine Diskussionen.«

Pike kam mit dem kleinen Holzkreuz zurück.

»Wo wollt Ihr sie beerdigen, Bruder?«

»In dem Graben an der Friedhofsmauer.«

Pike erblaßte. Er warf Watkin einen schiefen Seitenblick zu.

»Das ist doch naheliegend«, fuhr Athelstan fort. »Sie werden in geweihter Erde beigesetzt, aber ganz am Rande.« Er schlurfte auf Sandalen durch das nasse Gras. »Trotz des Regens ist der Boden zu hart. Es erspart euch das Ausheben eines neuen Grabes. Schließlich bittet niemand darum, an der Mauer beigesetzt zu werden.«

»Stimmt«, sagte Bladdersniff. Er schwankte, denn das Ale vom vorangegangenen Abend zeigte noch Wirkung. »Der beste Platz für die«, fügte er hinzu.

Watkin und Pike erklärten sich zögernd einverstanden.

»Sehr schön«, sagte Athelstan. »Hebt die Leichen hoch. Pike, du gehst mit dem Kreuz voran. Ihr anderen könnt meine Zeugen sein. Sprecht ein Gebet für ihre unglücklichen Seelen.«

Der seltsame Leichenzug zog über den Friedhof. Athelstan rezitierte laut das *Pater Noster.* Pike trug das Kreuz. Watkin blieb, vor sich hin murrend, zurück. »Als Bastarde wurden sie geboren, als Bastarde sterben sie!«

Sie kamen an den Graben, der zum größten Teil wieder aufgefüllt war. Die Leichen wurden hinabgelassen, so daß eine über der andern lag. Pike und Watkin kommandierten alle herum. Athelstan segnete das Grab und murmelte ein Gebet.

»So«, sagte er zu Watkin und Pike, »füllt den Graben!«

»Ja, füllt ihn auf«, fügte Godbless hinzu. »Was ist denn los mit euch beiden? Wir können zwei Leichen nicht so offen liegen lassen!«

Leise vor sich hin brummend, begannen Watkin und Pike die Erde hineinzuschaufeln. Athelstan schaute zur großen Platane hinauf, und da bemerkte er es. Ein Teil der Rinde war abgescheuert, als habe jemand ein Hanfseil darum gebunden. Bei näherem Hinsehen stellte er fest, daß ein paar Äste frisch abgebrochen waren, der ausgetretene Saft war noch sauber und weiß. Ein leises Unbehagen regte sich in ihm.

»Nun gut, wir haben sie jetzt beerdigt.« Er seufzte. »Damit ist die Angelegenheit beendet!«

Vierzehn

Athelstan war reichlich erschöpft, müde und ausgelaugt und beschloß deshalb, den Tag in seiner Gemeinde zu verbringen. Er stieg auf den Glockenturm und schaute über Southwark, sah den Rauchwolken nach, die aus den Katen und Gerbereien stiegen. Die Menschen in den schmalen Gassen sahen aus wie bunte Insekten, die hin und her eilten. An einem klaren Tag wie diesem konnte er, obwohl die Sonne verhangen war, die Themse und die einzelnen Schiffe und Barken ausmachen, die darauf fuhren. Er ließ sich von der Brise das Gesicht kühlen, ging in die Hocke, lehnte sich mit dem Rücken an die Mauer und dachte über die Ereignisse der vergangenen Tage nach.

»Was wissen wir?« Er sprach mit Bonaventura, der ihm gefolgt war und sich jetzt auf der Falltür sonnte. »Da ist, primo, ein Ritter mit Liebeskummer, doch ein Krieger in der Schlacht, der zwei Schiffe erobert hat. Secundo, mein lieber Bonaventura, hatte unser geliebter Regent vielleicht einen Spion unter den Offizieren an Bord dieser beiden Schiffe. Ob dieser Spion noch lebt oder nicht, wissen wir nicht.«

Athelstan betrachtete die über ihm segelnden Vögel. Aus irgendeinem unerfindlichen Grund mußte er an seine überstürzte Abreise aus St. Erconwald denken, ehe Prior Anselm ihm plötzlich befohlen hatte, wieder umzukehren. Hatte er sich gefreut, wieder hier zu sein? Ja. Trotz Streit und Blut, trotz der unbedeutenden Ärgernisse des Alltags liebte er diese Kirche und die Menschen, die zu seiner Gemeinde gehörten.

»Obwohl einige Schlitzohren unter ihnen sind«, sagte Athelstan laut. »Aber zurück zur Sache, mein lieber Bonaventura. Tertio wissen wir, daß die Franzosen einen Spion in England haben – Mercurius. Ein Mörder, an dessen Händen Blut klebt. Er mag verantwortlich sein für den Tod jener Männer und des armen Mädchens in Hawkmere, obwohl es keinen Sinn ergibt. Er hat vielleicht ein seltsames Gift verwendet, das er aller Wahrscheinlichkeit nach bei Vulpina gekauft hat. Ohne Zweifel hat er herausgefunden, daß wir Vulpina aufgesucht haben, folglich mußte sie sterben. Quarto.« Er rieb sich die Hände. »Wir haben den Tod der Frau in der ›Goldenen Fackel‹. Ohne Zweifel das Werk eines Menschen, der den armen Maltravers in Mißkredit bringen will. Quinto haben wir den Tod des Franzosen Maneil, der aber mit einer Armbrust umgebracht wurde, nicht mit Gift. Doch keiner der Gefangenen, nicht einmal die Wachen in Hawkmere, haben eine Armbrust. Und wer war außer mir, Cranston und Maltravers auf dem Lehnsgut? Sexto haben wir den Überfall auf Maltravers gestern abend. Er glaubt, es sei das Werk von Sir Thomas Parr, ich nicht. Parr würde sich nicht so weit herablassen, etwas zu tun, was ihn derart angreifbar macht.« Athelstan wandte das Gesicht der Sonne zu. »Was haben wir noch, mein lieber Kater, mein Waffengefährte? Ja, stimmt. Die losen Fäden. Woher wußte Routier, wie er entkommen konnte?«

Bonaventura und er schraken gleichzeitig zusammen, als sich die Falltür öffnete. Mit einem Satz sprang Bonaventura dem Mönch auf den Schoß. Athelstan setzte zum Sprung an, entspannte sich aber wieder, als Sir Johns breites, rotes Gesicht mit dem buschigen Schnurrbart und breitem Grinsen auftauchte.

»Dachte ich mir doch, daß du hier oben bist.«

»Sir John.« Athelstan hob die Hand. »Versucht nicht, durch die Falltür zu kommen. Ihr seid viel zu … nun, Ihr seid viel zu groß.«

Im ersten Augenblick dachte er, der Coroner wolle seine Warnung mißachten. Er stellte sich schon Sir John eingeklemmt in der Falltür vor, so daß die Gemeinde ihn herausziehen mußte. Doch Sir John war klug genug, seinen Rat zu befolgen.

»Ich habe Maltravers und den Nichtsnutz Godbless getroffen. Sie haben mir berichtet, was gestern abend geschehen ist.« Die eisblauen Augen des Coroners blitzten wütend auf. »Ich wünschte, ich wäre dabeigewesen, Athelstan, wild wie eine Bulldogge wäre ich gewesen, hätte schnell zugeschlagen wie ein Falke. Maltravers denkt noch immer, es sei Parr.«

»Ich weiß, ich weiß, Sir John, aber laßt uns um Himmels willen hinuntergehen!«

Als er zusah, wie der Coroner die schmale Wendeltreppe förmlich hinunter sprang, war Athelstan fasziniert, wie behende der übergroße Mann doch stets war. Athelstan folgte ihm mit Bonaventura auf dem Arm. Sir John erwartete ihn am Kirchenportal.

»Wir wollen nicht ins Haus gehen«, stöhnte der Coroner. »Wenn dieser Godbless mir noch einmal mit seinem Geschwätz kommt, schlage ich um mich, während Maltravers mir trübsinniger denn je erscheint.«

»Gehen wir in den ›Gescheckten‹«, schlug Athelstan vor. »Mir ist nach einem Krug Ale, vielleicht einer Pastete. Einverstanden?«

Sir John schritt die Treppe hinunter und war bereits weit in der Gasse, ehe Athelstan in einholte.

»Du glaubst, Mercurius hat die Mörder geschickt?« Sir John packte den Mönch an der Schulter. »Nun, ich habe gute Nachrichten für dich, aber das kann warten.«

Sie betraten den Schankraum. Sir John rief einigen Pfarrkindern Athelstans, die an den großen Holztischen saßen, wohlmeinende Spötteleien zu. Joscelyn, der Wirt, winkte sie in eine Fensternische; die Fensterflügel standen offen, und der süße Duft der Blumen wehte von draußen herein. Der einarmige Wirt brachte ihnen Humpen mit kühlem Londoner Ale und eine große, in vier Teile geschnittene Pastete. Er bestand darauf, sie persönlich zu bedienen, und legte die Teile auf hartgebackene Scheiben Brot.

»Erinnerst du dich an das Mädchen?« fragte Sir John schmatzend. »Das wir aufgehängt in der ›Goldenen Fackel‹ fanden? Ihr Name ist nicht Anna Triveter. In der Gegend um die St. Mary Axe Street, gleich neben dem Puntney Inn, ist sie besser bekannt unter dem Namen Beatrice, die Händlerin unzüchtiger Schriften. Eine ruhige, ziemlich freundliche Hure, die sich manchmal als Nonne verkleidete, um ihren Kunden einen Gefallen zu tun.«

»Wie bitte, Sir John?«

»Oh, glaube mir, Bruder, in jenem Teil der Stadt kann

dir eine Hure, wenn du nur genügend Geld springen läßt, jede Rolle vorspielen, die du willst: Nonnen, Komtessen, selbst Dominikaner!«

»Lästert nicht, Jack!«

»Die gute Beatrice ist vor ein paar Tagen verschwunden«, fuhr Sir John ungerührt fort. »Das haben mir die Kurzen zumindest erzählt. Jedenfalls war ich in der St. Mary Axe Street und habe mit Peterkin, dem Langfinger, gesprochen. Er ist ein Kuppler, ein wollüstiger Schurke, der junge Frauen dazu verleitet, auf die Straße zu gehen und sich zu verkaufen, während er ihnen Schutz anbietet. Peterkin wollte gar nicht mit mir reden. Aber nachdem ich ihn in der Gasse ein paarmal mit dem Kopf gegen eine Mauer gestoßen hatte, erinnerte er sich an zwei Fremde, die zu ihm gekommen waren. Da sie verhüllt und unter Kapuzen verborgen waren, konnte er nicht sagen, wer es war, aber sie gaben ihm gutes Silber für Beatrice und nahmen sie mit.«

»Zwei Männer?« fragte Athelstan.

»Ja, zwei. Doch hör zu, Bruder: Ihre Stimmen waren durch Halstücher entstellt, aber sie waren gut gekleidet, ganz sicher Engländer. Jedenfalls haben sie Beatrice mitgenommen, und das ist das letzte, was Peterkin von ihr gesehen hat. Danach habe ich den Regenten im Savoy aufgesucht. Ich habe ihm berichtet, was in Hawkmere geschehen ist. Und weißt du was, Bruder? Gaunt hielt sich die Hand über die untere Gesichtshälfte. Ich bin sicher, er hat mich ausgelacht.«

Athelstan lehnte sich an die Holzverkleidung und schaute hinaus in den Garten. Ihm fielen seine früheren Verdächtigungen gegenüber Gaunt ein. Genoß der Regent im stillen, was geschah? War das alles Teil eines Spiels, das dieser gerissene, verschlagene Verstand spielte? Der ihn und Cranston wie Marionetten tanzen ließ?

»Ist es möglich, Jack?« Athelstan nahm seinen Krug und hielt ihn in beiden Händen.

»Alles ist möglich, Athelstan. Das hast du selbst gesagt.«

»Nein, ich meine, kann es sein, daß Gaunt jene Gefangenen tötete, um Mercurius aus der Reserve zu locken?«

»Bruder Athelstan! Bruder Athelstan!«

Der Mönch drehte sich um. Godbless kam mit einem

Pfeil in der Hand und Thaddeus im Gefolge in die Schenke getrottet.

»Bei Satans Titten!« grollte Sir John. »Was will er denn?«

Godbless warf einen Blick auf den Humpen und leckte sich die Lippen.

»Noch drei Humpen!« rief Sir John. »Nein, wenn ich es recht überlege, lieber vier, einen für den verdammten Ziegenbock!«

Das Auftauchen von Thaddeus hatte für Unruhe gesorgt. Ein Köter kam aus dem Garten herein, doch als der Ziegenbock den Kopf senkte, überlegte es sich der Hund und trollte sich.

»Woher hast du den Pfeil, Godbless?«

Der Bettler reichte ihn herüber. Er war etwa einen Meter lang, das Holz glatt und weiß, die Spitze hell und scharf, die Gänsefedern in einem dunklen Orange gefärbt. Godbless wartete, bis die Humpen vor ihnen standen und setzte sich auf einen Schemel. Er trank aus seinem Humpen, während er Thaddeus erlaubte, an dem anderen zu schlürfen.

»Böcke dürfen nicht aus meinen Humpen trinken!« Joscelyn kam an ihren Tisch.

»Das würde ich nicht zu laut sagen«, entgegnete Godbless, »wenn das der Fall ist, hättet Ihr keine Gäste!«

Joscelyn schaute Athelstan an.

»Er ist ein sauberer Ziegenbock«, erklärte der Dominikaner. »Ich gebe Euch mein Wort, Joscelyn.«

Der Wirt zog sich zurück, leise vor sich hin schimpfend. Sir John beugte sich vor und näherte sich dem Gesicht des Bettlers bis auf wenige Zentimeter.

»Woher hast du den verdammten Pfeil? Und warum ist das so wichtig?«

»Ihr kennt doch den Friedhof in St. Erconwald? Nun, Thaddeus frißt gern alles mögliche. Ihr wißt ja selbst, wie neugierig er ist.«

Der kleine Ziegenbock hob den Kopf und blickte den Coroner liebevoll an.

»Und Thaddeus hat ihn dort gefunden?« fragte Athelstan.

»Ja, gleich neben der Eibe.«

»Gut. Jetzt reicht mir's!« Athelstan leerte seinen Humpen und stand auf. Der Mönch nahm den Pfeil an sich und verließ die Schenke, den bestürzten Coroner, Godbless und einen leicht beschwipsten Thaddeus im Gefolge. Athelstan schlängelte sich durch die Gassen von Southwark, bis sie den kleinen Marktplatz unten am Fluß erreicht hatten. Dort stellte er sich auf Zehenspitzen und schaute sich suchend um.

»Ah, da ist er ja!«

Er ging zu einem Verkaufsstand hinüber. Der Besitzer war ein großer, stämmiger Mann mit weißem Haar, Bart und Schnurrbart. Das Schild über dem Stand wies ihn als Peter, den Pfeilmacher, aus.

»Guten Morgen, Bruder Athelstan.« Das fröhliche Gesicht des Pfeilmachers wurde durch ein Lächeln erhellt. Er kam hinter dem Stand hervor und wischte sich die Hände an seiner Lederschürze ab. Traurig schaute er auf seine Hände. »Der Leim, immer dieser Leim!«

»Sir John Cranston, das ist eins meiner Pfarrkinder, Peter Megoran, ein Mann aus Yorkshire: Pfeilspitzenschmied, Befiederer und Zimmermann, einst meisterhafter Bogenschütze in der Kompanie des Earl of Salisbury in Frankreich.«

»Ich kenne Euch, Sir John.« Der Pfeilmacher drückte dem Coroner die Hand. »Ich war bei Poitiers dabei.«

»So, warst du?« sagte Sir John. Er holte seinen Weinschlauch hervor und bot ihn dem Pfeilmacher an, der einen großzügigen Schluck nahm.

»Ich war auf halber Höhe des Berges«, erklärte Megoran und reichte den Weinschlauch zurück.

Sir Johns Blick schweifte in die Ferne, als er sich an den Pfeilregen erinnerte, der die französische Kavallerie traf.

»Bei den Titten von Queen Mab! Und jetzt?«

»Ich bin Zimmermann, Teilhaber. Ich mache Bögen, Pfeile, aber ich habe keine Zulassung von der Stadt.«

Gemeinsam mit Sir John verfluchte er die Zünfte.

»Aber Bruder, was kann ich für Euch tun?«

Athelstan zeigte ihm den Pfeil. Megoran nahm ihn in die Hand und kniff die Augen vor der hellen Sonne zu.

»Der ist gut«, sagte er. »Das Holz keine Esche, es ist leichteres Holz, aber die Spitze ist scharf und das Ende aus guten Gänsefedern. Wenn Euch der trifft, Sir John, reißt er eine ernsthafte Wunde. Er trägt auch kein Zeichen. Die meisten Pfeilmacher hinterlassen ein Zeichen, wenn auch nur ein kleines, auf den Pfeilen und Bögen, die sie herstellen.«

»Er ist demnach nicht in der Stadt hergestellt worden?«

»Nein, ich kenne alle Befiederer und Pfeilschmiede.«

»Wo dann?«

Peter war jetzt erkennbar auf der Hut. »Manche Pfeile werden von Wilderern hergestellt. Jene, die das Wild des Königs jagen, wo sie nicht dürfen, tief drinnen im Wald.«

Athelstan holte tief Luft. »Ich glaube, ich weiß jetzt, woher er kommt. Vielen Dank, Peter.«

Sie entfernten sich ein Stück vom Verkaufsstand. Athelstan nahm einen Penny aus seinem Geldbeutel und drückte ihn Godbless in die Hand.

»Geh so schnell, wie dieser Pfeil fliegt«, flüsterte er, »in die Stadt. Sir John, kann ich eines Eurer Siegel haben?«

Verwirrt reichte Sir John ihm ein kleines Amtszeichen aus Wachs, das er als Symbol seiner Amtswürde bei sich trug.

»Ich schicke Godbless ins Rathaus«, erklärte Athelstan. »Ich hätte gern ein paar Eurer Sheriffs.«

»Such Henry Flaxwith«, befahl Sir John. »Du findest ihn in der Nähe der Ratcat Lane. Er hat den häßlichsten Hund, den Gott je erschaffen hat, Samson heißt er.« Er grinste den Mönch an. »Wie viele Männer brauchst du, Bruder?«

»Oh, ein halbes Dutzend mit Hacken und Schaufeln.«

»Ist das ein Rätsel?« fragte Godbless.

»Nicht mehr lange«, erwiderte Athelstan. »Und jetzt geh!«

Godbless lief davon, Thaddeus hinterdrein.

»Paß auf den verdammten Köter auf!« rief Sir John ihm nach. »Der frißt am Ende den Ziegenbock!«

Sir John und Athelstan kehrten nach St. Erconwald zurück. Athelstan ging auf den Friedhof und schaute hinüber zur Mauer und der riesigen Platane, die ihre belaubten Äste darüber ausbreitete. Er war versucht, hinüberzugehen und sofort nachzusehen, doch er war auf der Hut vor aufkeimendem Argwohn. Vielleicht kam eins seiner Pfarrkinder vorbei, die immer sehr neugierig waren, was ihr Pfarrer machte. Merkwürdig, er hatte schon länger den Verdacht gehegt, daß auf dem Friedhof etwas Anstößiges vor sich ging, ausgeheckt von Watkin und Pike. Daß Thaddeus einen nagelneuen Pfeil entdeckt hatte, bestätigte diesen Verdacht.

Sie kehrten zum Haus zurück. Sir Maurice saß auf einem Hocker, noch immer in die Schriften von Bonaventura vertieft. Er schaute voller Hoffnung auf, doch nach einem Blick auf die grimmige Miene seines Gastgebers sah er verwirrt zu Sir John, der ihm nur zuzwinkerte und den Finger auf den Mund legte. Athelstan trat an sein Schreibpult. Er nahm einen frischen Federkiel zur Hand, spitzte ihn an, öffnete das Tintenhorn und schrieb eine kurze Botschaft, die er anschließend einrollte und versiegelte.

»Sir Maurice, ich möchte Euch nicht als Boten mißbrauchen, aber würdet Ihr dies bitte zu unserem Mutterorden in Blackfriars bringen und schnell mit der Antwort hierher zurückkehren?«

»Gewiß, Bruder, worum geht es?«

»Es geht um Gifte. Wir haben in Blackfriars weder einen Bader noch einen Arzt, aber Bruder Simeon, unser Archivar, ist ein Mann mit umfangreichen Kenntnissen und weiß genau, welche Bücher und Handschriften die Bibliothek enthält. Ich habe ihn gebeten, auf die Suche zu gehen. Es kann eine Weile dauern, aber die Brüder sind sehr gastfreundlich. Und Sir Maurice«, Athelstan lächelte, »ich bin Euch für Eure beherzte Verteidigung gestern abend sehr dankbar, aber Euer Kopf ist voll Liebe und Euer Verstand geht irre. Um der Liebe Christi willen, Mann! Vergeßt Euren Schwertgurt nicht!«

»Ja, ja, gewiß.« Der Ritter holte ihn und schnallte ihn um.

»Paßt auf, Sir Maurice!« Sir John ließ sich auf den freigewordenen Hocker fallen.

»Ach, noch eines, Sir Maurice!«

»Ja, Bruder?«

»Wenn Ihr nach Blackfriars kommt, sagt ihnen nichts über die Nonnen von Syon oder den Besuch eines gewissen Bruder Norbert!«

Sir Maurice lächelte. »Gewiß nicht!«

Er ging hinaus und schloß die Tür hinter sich.

»Der Mann«, erklärte Sir John und nahm einen Schluck aus seinem Weinschlauch, »ist so verliebt, ich glaube, er weiß nicht einmal, welchen Wochentag wir haben.«

»Es ist Dienstag, Sir John, und wir haben ein gemeines Verbrechen zu verfolgen, die Wahrheit herauszufinden und Gerechtigkeit zu üben.«

»Du bist gut in Form, Bruder. War es der Überfall gestern abend?«

»Nein, das nicht. Die Angelegenheit in Hawkmere muß warten. Es ist vielmehr St. Erconwald oder ein paar Leute aus der Gemeinde, die mir Sorgen bereiten. Einige Stränge laufen zusammen, und dieser Pfeil verbindet sie beinahe.«

Mehr ließ sich der Mönch nicht entlocken. Statt dessen nahm er sein Rechnungsbuch zur Hand und gab vor, sich darin zu vertiefen. Sir John ging sich noch eine Pastete holen und wahrscheinlich seine Bekanntschaft mit dem »Gescheckten« auffrischen.

Sobald der Coroner gegangen war, schaute Athelstan nach Philomel, seinem alten Kriegspferd, und ging in die Kirche, um sich auf die Messe für die Zunft der Rattenfänger am nächsten Morgen vorzubereiten.

Als er wieder herauskam, kehrte Sir John zurück und schlenderte mit seinem alten Freund, Sheriff Henry Flaxwith, durch die Gasse. Der häßliche, pummelige Samson trottete hinter ihnen her. Godbless, der mit Thaddeus in gebührendem Abstand folgte, sah müde und erschöpft aus. Die diensthabenden Sheriffs waren eine stämmige, kräftige Gruppe, die Breithacken, Spitzhacken und Schaufeln mitbrachten. Athelstan ergriff Flaxwiths Hand.

»Ich danke Euch, daß Ihr gekommen seid, Henry. Ich kann Euch noch keine Stärkung anbieten. Trotzdem hätte ich gern, wenn Ihr mir einen Graben ausheben könntet.« Er suchte den Himmel ab, über den dünne, weiße Wolken zogen. »Es ist spät am Nachmittag«, sagte Athelstan, »und wahrscheinlich die beste Zeit. Sobald wir auf dem Friedhof sind, möchte ich, daß einer Eurer Männer das Friedhofstor bewacht. Niemand darf hereinkommen, ehe wir fertig sind.

Godbless, du kannst jetzt ins Haus gehen und dich stärken. Halte Thaddeus von Samson fern.«

Die anderen marschierten alle auf den Friedhof. Flaxwith ließ einen seiner Männer als Wache beim Friedhofstor zurück. Athelstan führte sie zur Grenzmauer.

»Diesen Graben hier«, erklärte Athelstan, »haben zwei Männer aus meiner Gemeinde ausgehoben, Watkin und Pike. Zuerst hatte ich nichts dagegen, da sie mir sagten, sie wollten nur nachprüfen, ob das Fundament der Mauer noch fest sei. Sie haben ihn offensichtlich ausgehoben, später wieder aufgefüllt und dann den Graben weitergezogen.«

Flaxwith kratzte sich das schüttere Haar. »Was ist daran nicht in Ordnung, Bruder? Das wird häufig gemacht. Es ist die einzige Möglichkeit festzustellen, ob die Fundamente einer Mauer stabil und sicher sind, vor allem an einer Stelle wie hier, wo Feuchtigkeit eindringen kann.«

»Genau das haben sie gesagt. Ein kleiner Bach fließt auf der anderen Seite entlang. Trotzdem bin ich wegen des ganzen Plans mißtrauisch geworden. Könnt Ihr mit Euren Leuten den Graben neu ausheben? Ich möchte gern sehen, was Ihr findet.«

Die Sheriffs machten sich mit Eifer an die Arbeit. Die Erde war weich, da sie frisch umgegraben war und vom Regen der vergangenen Nacht durchtränkt. Sir John und Athelstan gingen zurück zum Haus des Pfarrers, wo der Coroner im Nu in eine angeregte Unterhaltung mit Godbless über ihre Kriegszeiten im Ausland und die Plünderungen der französischen Kompanien in Südfrankreich und Norditalien verwickelt wurde.

Athelstan stieg zu seiner Schlafstelle hinauf, schlug das Brevier auf, bekreuzigte sich und begann die Psalmen und Textstellen für den Tag zu lesen. Immer wieder hielt er inne und hob den Kopf, als warte er auf etwas. Er fragte sich, was wohl geschähe, wenn nichts gefunden würde, doch dann hörte er schnelle Schritte, und Flaxwith stürmte ins Haus.

»Bruder Athelstan! Sir John! Das müßt Ihr Euch ansehen!«

Sie folgten ihm über den Friedhof. Der Graben war wieder offen. Die beiden Leichen, die am frühen Morgen beigesetzt worden waren, lagen oben am Grabenrand. Athelstan nahm Flaxwith beim Ärmel.

»Verzeiht«, entschuldigte er sich. »Ich hätte Euch davon in Kenntnis setzen müssen.«

»Oh, Bruder, dafür sind Friedhöfe ja da, und wir haben das Kreuz gesehen. Im übrigen hatten uns Sir Jack und Godbless erzählt, was geschehen war. Doch wir haben das hier gefunden.«

Er führte Athelstan und den Coroner zu einem Stapel erdverkrusteter Leinensäcke. Zwei waren geöffnet; ein Blick, und Athelstan wußte, daß er recht gehabt hatte.

»Pfeile! Frisch geschnitten und mit Federn versehen! Ich vermute, die anderen sehen genauso aus?«

Flaxwith nickte.

»Bei Luzifers Ochsen!« rief Sir John. »Henry, am besten, ihr holt den Rest raus!«

»Versteckt alles da drüben.« Athelstan zeigte auf ein paar Ginsterbüsche in einer entlegenen Ecke des Friedhofs.

»Du hast das vermutet, stimmt's?« fragte Sir John.

»Als Godbless mir den Pfeil brachte, ja. Auch die Gespenster, die er gesehen hat, kamen mir sehr verdächtig vor.«

»Warte, warte.« Der Coroner rieb sich die Hände. »Laß mal sehen, ob der Verstand des alten Jack so scharf ist, wie er sein sollte.« Er führte Athelstan außer Hörweite der anderen. »Geht man die Gasse hinunter, Bruder, und aus Southwark hinaus, kommt man zur London Bridge. Hat man die erst einmal überquert, ist man mitten in der Stadt.«

»Fahrt fort«, sagte Athelstan.

»Schön. Wenn die Große Gemeinschaft des Reiches, diese Bande von plärrenden, gemeinen Verrätern, ihre Aufstände aushecken und die Bauernarmeen auf London marschieren, kann die Stadt nach Norden, Osten und Westen durch die alte Stadtmauer verteidigt werden, aber im Süden liegt die Sache anders. Wer auch immer die London Bridge beherrscht, hat in der Tat die ganze Stadt unter Kontrolle. Wenn die Rebellen in großer Zahl hinüberströmen, können sie den Tower belagern und vom übrigen London abschneiden. Sie können auch nach Westen abschwenken, um beide Ufer der Themse in ihre Hand zu bekommen sowie Gaunts Palast im Savoy einzunehmen. Ist das erst erreicht, können sie sich in der Stadt ausbreiten, ohne von jemandem aufgehalten zu werden.«

»Stimmt, Sir John. Wir haben das schon oft durchgesprochen.«

»Die Bauernarmee wird mit Hacke, Breithacke, Spaten und Axt bewaffnet sein. Jeder Bauer trägt einen Bogen, und deshalb werden sie einen ständigen, frischen Vorrat an Pfeilen benötigen. Bis sie Southwark erreicht haben, könnte sich ihr Vorrat im Kampf mit örtlichen Sheriffs, Grundbesitzern, Baronen, den Grandseigneurs vom Lande, bereits erschöpft haben.«

»Wenn der Regent und die Stadtbehörden erst einmal wissen, daß sich die Armee der Aufständischen in Bewegung gesetzt hat, werden sie alle Waffenvorräte beschlagnahmen und sie entweder vernichten oder verstecken«, sagte Athelstan.

»Aber die Rebellen kommen nach St. Erconwald.« Ein feines Lächeln spielte um Sir Johns Lippen. »Nur wenige Meter von der London Bridge entfernt hat das treue Gespann Watkin und Pike einen tiefen Graben ausgehoben und behauptet, die Fundamente der Mauer prüfen zu wollen. Niemand hatte etwas dagegen, und sie können kommen und gehen, wann sie wollen ... Und was dann, Bruder?«

»Bei Nacht bringt die Große Gemeinschaft ihre Packpferde durch die Gassen von Southwark, in sicherer Entfernung vor spähenden Blicken. Die einzigen, denen sie begegnen können, sind solche wie der arme Bladdersniff, der so betrunken ist, daß er kaum einen Fuß vor den anderen setzen kann. Sie klettern auf die Mauer, legen ein Seil über den Ast der Platane und lassen sich in den frisch ausgehobenen Graben ab. Die Säcke mit den Pfeilen werden unter einer leichten Erdschicht versteckt, und fort sind sie. Pike und Watkin werden später kommen und den Rest des Grabens auffüllen und schwupp hat die Große Gemeinschaft ihre Vorbereitungen für ihren Marsch auf die London Bridge fast beendet.« Athelstan stampfte empört mit dem Fuß auf. »Der Herr möge mir verzeihen, Sir John, Godbless hat geschworen, er habe Gespenster in der Luft hängen sehen! Was er gesehen hat, waren diese Boten der Großen Gemeinschaft, die nächtens auf die Mauer kletterten, in den Graben stiegen und wieder hinaus!«

Athelstan hatte einen Ruf vom Friedhofstor gehört und eilte hinüber. Crim, der Meßdiener, zankte sich mit dem wachhabenden Sheriff.

»Was ist los, Bruder?« Das Gesicht des Jungen war gerötet und verschwitzt. »Ich wollte nur ein paar Blumen pflücken.«

»Geh und hol deinen Vater«, antwortete Athelstan. »Sag ihm nicht, was du gesehen hast, Crim. Sag Watkin einfach, er soll Pike suchen und mitbringen. Es ist sehr dringend. Nun geh schon!«

Crim rannte davon. Sir John ging zu den Sheriffs, um ihnen zu sagen, sie sollten die Pfeile bewachen, und leistete anschließend Athelstan im Pfarrhaus Gesellschaft.

»Ich bin sehr wütend«, verkündete Athelstan und setzte sich an den Tisch. »Gaunt hat Spione in Southwark; Watkin und Pike könnten in Tyburn baumeln!« Er schlug mit der Faust auf den Tisch. »Die ganze Gemeinde könnte bestraft werden. Hört, Sir John, das hier ist meine Sache.«

»Gemäß dem Gesetz, Bruder ...«

»Gemäß der Liebe Christi!« unterbrach Athelstan ihn verärgert. »Ich bin ihr Gemeindepfarrer!«

Sir John hob die Hand zum Zeichen des Friedens.

»Bruder, Bruder, um Watkin und Pike mache ich mir keine Gedanken ...«

»Was ist geschehen?«

Godbless streckte den Kopf zur Tür herein und trat behutsam ein.

»Ich habe gerade Thaddeus in den Stall zu Philomel gebracht. Sie mögen sich offenbar.«

»Godbless.« Athelstan öffnete seinen Geldbeutel und schob ein paar Münzen über den Tisch. »Bring die zu Master Flaxwith. Sag ihm, er soll die Sheriffs auf dem Friedhof lassen, aber hinunter in die Schenke gehen und ein paar Krüge Ale kaufen. Du gehst mit, und sag niemandem, was hier vor sich geht.«

Godbless verschwand.

»Was wolltet Ihr sagen, Sir John?«

»An Watkin und Pike bin ich nicht interessiert. Die haben nur Flausen im Kopf.« Cranston spielte mit dem Ring an seinem kleinen Finger. »Die Große Gemeinschaft hingegen, Bruder, das ist etwas anderes. Ich sympathisiere mit ihr. Viele Bauern sind voller Verzweiflung, aber wenn sie in London eindringen, sind sie Verräter, Aufständische gegen den König. Sie werden kein Mitleid mit Leuten wie mir und Lady Maude haben. Das ist Krieg, Athelstan. Es wird keine Gnade geben, und keiner wird gefragt.« Er sog geräuschvoll die Luft ein. »Und dasselbe gilt für dich, Bruder. Wenn du nicht für sie bist, bist du gegen sie.«

»Wie Ihr zu sagen pflegt, Sir John, ich würde keinen Pfifferling dafür geben! Es ist mir einerlei, ob sie den feierlichen Segen des Heiligen Vaters in Avignon haben! Sie benutzen meinen Friedhof nicht als Kriegsschauplatz!«

Er hielt inne, als es an der Tür klopfte. Watkin und Pike schlurften herein, die Stiefel voller Schlamm, die Gesichter schmutzig und verschwitzt.

»Ihr habt nach uns geschickt, Bruder?« Watkin fuhr sich nervös mit der Zunge über die Lippen.

»Ja. Macht die Tür zu. Schließt sie hinter euch ab!«

Pike tat, wie ihm befohlen. Athelstan nahm das kleine Holzkreuz, das ihm an einer Kordel um den Hals hing, und hielt es in die Höhe. Sein Gesicht war fahl und angespannt, als er die beiden Gauner aus der Gemeinde anfunkelte.

»Ich habe ein paar Fragen an euch«, begann er. »Und wenn ihr mir auch nur eine Lüge auftischt, will ich euch auf dieser Seite des Himmels nie wiedersehen!«

Fünfzehn

Watkin und Pike brauchten für ihr Geständnis nicht lange. Wie arme Sünder standen sie vor ihm und nuschelten und drucksten herum. Schließlich kam die Wahrheit ans Licht.

»Es ist so«, sagte Watkin betrübt. »Alle in Southwark kennen die Große Gemeinschaft. Es ist wie beim Herbst, jeder sieht ihn kommen. Eines Tages werden die Rebellen auf London marschieren.« Er breitete in hilfloser Geste die Arme aus. »Was sollen wir machen? Wenn wir uns weigern mitzumachen, müssen wir alle sterben.«

»Mitzumachen?« unterbrach Athelstan ihn. »Weißt du denn überhaupt, was das bedeutet?« Er hatte die Unsicherheit in Watkins Stimme bemerkt.

»Das hat uns die Große Gemeinschaft gesagt: mach mit oder stirb.«

»Das sind gedungene Mörder«, schaltete sich Sir John ein, »die euch zwei Trantüten benutzt haben, um Pfeile auf einem Kirchhof zu lagern. Ich vermute, in ganz Southwark gibt es Flecken wie diesen. Und als der Friedhof voll war, habt ihr sie woanders gelagert.«

»Nicht in unseren Häusern«, wehrte sich Pike. »Man kann in den Hütten von Southwark keine Köcher voller Pfeile verstecken.«

»Wißt ihr, daß man euch auf der Stelle hängen könnte?« blaffte Sir John. »Wißt ihr das, ihr Angeber? Ich könnte euch rausbringen, ein Seil über einen Ast der Platane legen und euch kurzerhand als Rebellen hängen!«

»Aber, Mylord ...«

»Mylord Coroner wird es nicht tun!« sagte Athelstan.

»Sie kommen wieder, oder?« fuhr Sir John fort. »Gestern abend war ein Gewitter, deshalb vermute ich, daß die Gesandten der Großen Gemeinschaft zu Hause geblieben sind. Jetzt, da der Boden weich ist, werden sie heute abend wiederkommen, stimmt's?«

»Das wissen wir nicht«, murmelte Pike. »Sie haben nur gesagt, wir sollen den Graben ausheben.«

»Aber ihr wußtet, was sie dort verstecken?« fragte Athelstan.

Watkin nickte und wischte sich die verschwitzten Hände am Lederwams ab.

»Wir haben den Graben ausgehoben, und dann haben wir ihn immer offengelassen. Wenn wir zurückkamen, haben wir einen Teil wieder aufgefüllt und weitergegraben.«

»Habt ihr je die Pfeile untersucht?«

»Ich«, antwortete Watkin. »Ich habe an einem Morgen, als Ihr die Messe gelesen habt, Bruder, einen Sack genommen und das Band oben aufgeschnürt und sie ausgeschüttet.«

»Dadurch haben wir sie entdeckt«, sagte Athelstan.

Die beiden Männer traten jetzt unruhig von einem Fuß auf den anderen, wischten sich die Hände ab und fuhren sich mit der Zunge über die Lippen.

»Ich muß mal«, murmelte Pike. »Tut mir leid, aber ...«

»Geh nach draußen«, befahl Athelstan. »Und wenn du fertig bist, geht beide in die Kirche und bleibt da. Wann kommen diese Männer wieder?«

»Das wissen wir nicht, Bruder! Nach Einbruch der Dunkelheit. In einer Nacht haben Pike und ich uns draußen vor dem Friedhof versteckt und zugesehen. Es waren zwei mit kleinen Packpferden. Sie nennen sich Valerian und Domitian. Ja, so heißen sie, haben sie gesagt.«

»Gebildete Männer.« Athelstan kratzte sich das Kinn.

»Was wird mit uns geschehen?«

»Nun.« Athelstan rieb sich die Hände. »Ihr beide habt dem Coroner bei seinen Ermittlungen geholfen. Wir werden euch nicht an die Große Gemeinschaft verraten.« Er warf Sir John einen kurzen Blick zu, der nickte. »Und an die Behörden werden wir euch auch nicht ausliefern. Trotzdem habt ihr mein Vertrauen mißbraucht. In der Kirche findet ihr unten im Turm ein paar Besen und ein bißchen Öl. Ich werde euch einschließen, und ihr werdet die Kirche säubern, bis diese Sache vorüber ist!«

»Kann ich erst austreten?« stöhnte Pike und hüpfte von einem Bein aufs andere.

»Oh, geh raus! Ich schließe die Kirche gleich auf.«

Die beiden Männer hasteten nach draußen. Athelstan schlug die Tür hinter ihnen zu.

»Sie sind dumm«, stellte Sir John fest. »Trotzdem können sie noch gehängt werden.« Er rieb sich das Gesicht. »Aber andererseits sind sie arm, leben in verräucherten Hütten, essen trockenes Brot und trinken bitteres Ale. Ich wüßte nur zu gern, wer Valerian und Domitian wirklich sind. Und, was noch wichtiger ist, ich möchte etwas überprüfen.«

Er eilte über den Friedhof. Athelstan ging zur Kirche, wo Watkin und Pike ihn am Portal erwarteten. Athelstan packte die beiden am Handgelenk.

»Seht mich an!« Sie gehorchten. »Nichts wird passieren«, versicherte Athelstan ihnen. »Trotzdem, ich will die Kirche gereinigt haben, und ich will, daß ihr aus dem Weg seid, damit euch kein Schaden zugefügt wird. Ihr dürft das nie wieder tun!« Er schloß die Tür auf.

»Bruder?«

Athelstan drehte sich um.

»Es tut uns sehr leid, Bruder«, sagte Watkin zerknirscht. »Wirklich.«

»Wenn ihr Durst habt«, sagte Athelstan, »dann geht in die Sakristei. Da darf jeder einen Schluck Meßwein trinken.«

Er schloß die Kirchentür und verriegelte sie hinter sich. Sir John war wieder ins Pfarrhaus zurückgekehrt und füllte sich seinen Krug mit Ale.

»Dutzende von Säcken müssen dort liegen, buchstäblich Tausende von Pfeilen. Ich frage mich, wer so viel Geld hat, das zu bezahlen? Bestimmt keine Bauern.« Sir John schnalzte mit der Zunge. »Siehst du, was deine beiden Trottel gesagt haben, stimmt. Ein Sturm braut sich zusammen. Vor zwei oder drei Jahren war die Große Gemeinschaft ein Witz, ein kleiner Dämon, der draußen auf dem Land lebte, in den Wäldern lauerte oder tief in den Brunnen. Ein Geschöpf in Feldrainen und Heuhaufen, eine Gestalt aus Lächerlichkeit und Spott.«

»Und jetzt ist der Dämon gewachsen?« fragte Athelstan.

»Ja, zu einer Gestalt, die Furcht und Schrecken verbreitet. Die Grundbesitzer und die Männer der Macht lachen nicht mehr, sondern sitzen in ihren Kontoren; sie kratzen sich das Kinn und fragen sich, was wohl geschehen wird, wenn der Sturm losbricht.«

»Ich muß mir die Pfeile ansehen«, sagte Athelstan.

Er ging mit dem Coroner hinaus. Athelstan stellte fest, wie rasch sich das Gerücht verbreitet hatte; ein paar Gemeindemitglieder versammelten sich vor der Kirche: Ursula, die Schweinebäuerin, Pemel, die Flämin, Mugwort, der Glöckner, Amisias, der Tuchwalker, und andere. Sie gaben vor, miteinander zu reden, und schauten mit schuldbewußter Miene auf, als Athelstan näher kam.

»Ich weiß, warum ihr hier seid«, sagte er. »Aber ihr müßt wieder gehen. Ihr dürft euch heute weder in der Nähe der Kirche noch auf dem Friedhof sehen lassen, und damit hat es sich.«

»Was ist mit meinem Gemälde?« rief Huddle aus den hinteren Reihen.

»Huddle, mein Bester! Lüg deinen Gemeindepfarrer nicht an. Der Tag neigt sich dem Ende entgegen, das Licht läßt nach. Das kann bis morgen warten.«

Die Menge zerstreute sich. Athelstan war bereits am Friedhofstor, als er seinen Namen vernahm. Sir Maurice kam auf ihn zu und drückte Athelstan eine Pergamentrolle in die Hand.

»Eure Brüder in Blackfriars lassen grüßen.« Er strich sich über den Bauch und grinste Sir John an. »Ihr hättet mitkommen sollen, Mylord Coroner: gutes, starkes Ale und eine Pastete, die im Mund zergeht.«

Athelstan öffnete den Brief.

»Stimmt etwas nicht, Bruder?« Sir John bemerkte den enttäuschten Blick.

»Simeon schreibt, es wird eine Weile dauern. Trotzdem hofft er, daß er bis morgen früh eine Antwort gefunden hat. Ich wollte mir eigentlich die Pfeile anschauen, aber vielleicht habe ich auch für heute genug getan, Sir John.«

»Ich glaube, es wird Zeit«, sagte Sir John, »daß wir uns auf unsere Besucher heute nacht vorbereiten. Wenn du nichts dagegen hast, werden Henry Flaxwith und meine tapferen Mannen bleiben. Die Trottel sind in der Kirche eingeschlossen?«

Athelstan nickte.

»Gut!« Sir John rieb sich die Hände. »Maltravers, ich werde Euch später erklären, was hier vor sich geht. Jedenfalls lasse ich Euch Wache halten. Niemand geht in die Kirche oder auf den Friedhof. Ihr habt Euch gestärkt, und es wird Zeit, daß Athelstan und ich dasselbe tun.« Er klopfte dem Ritter auf die Schulter. »Ihr könnt hierbleiben und ein Liebesgedicht schreiben, Bruder Norbert. Und ich werde in der Schenke einen Becher auf Euch trinken!«

Dunkelheit hatte sich über Southwark gesenkt, als die beiden Männer, verhüllt und unter Kapuzen verborgen, Schwert und Dolch im Kriegsgurt klirrend, die Packpferde nach Southwark führten. Valerian und Domitian hatten auf dem Feld hinter dem Wirtshaus »Zum Heroldsrock« den Kärrner getroffen. Sie hatten die Säcke vom Karren genommen und auf die Packpferde geladen. Jetzt waren sie in den schmalen Gassen unterwegs. Die Hütten und die baufälligen Häuser erhoben sich dunkel und abweisend zu beiden Seiten und schlossen den nächtlichen Himmel aus. Gegen den Gestank, der ihnen aus Misthaufen und den randvollen Sickergruben entgegenschlug, zogen sie sich den Schal über die Nase. Katzen kämpften und kreischten; Ratten schlüpften aus Mauerritzen. An Straßenecken jammerten Bettler. Sie streckten ihre Bettelschalen aus, empfingen aber wenig Trost von den beiden dunklen Schattengestalten. Hin und wieder spähte ein Gesicht mit glitzernden Augen hinter einem geschlossenen Fensterladen hervor, doch Valerian und Domitian waren bekannt bei den Banden, die Southwark plagten und mehr Angst vor diesen beiden Männern hatten als vor allen Spionen und Agenten Gaunts zusammen. Valerian zog am Seil und warf seinem Gefährten einen Blick über die Schulter zu.

»Es wird nicht mehr lange dauern.«

»Wie viele noch?«

»Vielleicht vier, fünf Nächte, dann ist unsere Arbeit beendet.«

Sie gingen weiter; die Packpferde waren willig, ihr Hufschlag durch Lumpen gedämpft. Valerian und Domitian hatten ihre Stiefel ebenfalls mit Tüchern umwickelt, so daß sie gleich Schatten von einer dunklen Gasse in die nächste glitten.

Schließlich gelangten sie ans Ende der Häuserreihe. Sie überquerten das kahle Brachland, das sich bis an die Friedhofsmauern von St. Erconwald hinzog. Valerian blieb stehen, seine Hand fuhr an den Dolch, er konnte die dunkle Masse der Kirche ausmachen, den großen Turm, der vor dem sternenklaren Himmel hoch aufragte. Er spähte zu den Zinnen der Turmspitze empor, sah aber weder Feuer noch Licht, was bedeutete, daß der kleine Mönch nicht in die Sterne guckte. Er wollte schon weitergehen, hielt aber wieder inne. Stimmte da etwas nicht? Am Abend zuvor hatte das heftige Gewitter den Mönch davon abgehalten, auf den Turm zu steigen. Aber in einer klaren Nacht wie dieser würde er die Gelegenheit doch gewiß nicht auslassen? Valerian fuhr sich nervös mit der Zunge über die Lippen; er mußte vorsichtig sein, sehr vorsichtig.

»Worauf warten wir noch?« zischte sein Gefährte.

»Ich weiß nicht.«

»Sind wir sicher?«

»Warum nicht? Wir können kaum zurück.«

In die Dunkelheit starrend, führte Valerian das kleine Packpferd voran. Sie überquerten den Bach, der jetzt im Sommer ausgetrocknet war, und kamen an die Mauer. Valerian nahm ein Seil und kletterte hinauf. Ein Seilende warf er über einen Ast der Platane, zog es herunter, machte einen Schleifknoten und ließ sich in den Graben hinab. Was stimmte hier nicht? Diese Trottel gruben für gewöhnlich bis zu einer gewissen Tiefe; jetzt schien es flacher. Er wünschte, er hätte eine Pechfackel zur Verfügung. War das Erdreich aufgewühlt? Hatten die beiden Ochsenköpfe die Tollkühnheit besessen, zu suchen, was hier vergraben war?

»Mach schon!« drängte ihn sein Gefährte.

Ein Sack kam über die Mauer. Valerian griff danach und legte ihn in den Graben. Ein zweiter – da flammte plötzlich ein Licht in der Dunkelheit auf. Valerian kletterte aus dem Graben.

»Was zum …?« rief er.

Hinter der Mauer vernahm er metallisches Kratzen. Gestalten, Schatten tauchten aus der Dunkelheit auf. Valerian erkannte den kleinen Mönch. Er zog den Dolch, nahm Kampfhaltung ein und erspähte die anderen. Das waren keine Soldaten! Es waren Sheriffs aus der Stadt, Büttel, Männer mit Familie, ängstlich wie Mäuse. Valerian versuchte sein Glück. Er sprang mit einem Satz nach vorn, und die Sheriffs stoben auseinander. Er blickte über die Schulter. Die Mauer war außer Frage, doch wenn er über den Friedhof huschen könnte, würde er sich bald in den Gassen von Southwark verlieren. Er war im Begriff, weiterzugehen, als eine breite, massige Gestalt aus der Dunkelheit trat. Im Schein der Fackel erblickte Valerian ein rotes Gesicht, Schnurrbart, einen zurückgeschlagenen Mantel, Schwert und Dolch in den Händen des Mannes.

»Aus dem Weg, du Speckfaß, sonst spieße ich dich auf!«

»Die Stimme kenne ich doch«, blaffte Sir John. »Leg Schwert und Dolch ab, und ergib dich dem königlichen Coroner, Sir John Cranston!«

»Verpiß dich!«

Valerian schoß nach vorn. Cranston war alt und dick, er würde kein Hindernis darstellen, doch der Coroner veränderte plötzlich die Stellung. Valerian blieb stehen, drehte sich um und holte mit dem Schwert aus. Der Coroner wehrte ab. Valerian zog sich zurück, kalter Schweiß brannte ihm im Nacken. Sir John schien leichtfüßig wie ein Tänzer. Einer Schlange gleich stieß er vor, Schwert und Dolch suchten nach einer Öffnung in dem schwirrenden Bogen aus Metall. Es gelang ihm, Valerian den Dolch aus der Hand zu schlagen. Dieser packte daraufhin sein Schwert mit beiden Händen und stürzte vor. Vielleicht konnte er dem Coroner Angst einjagen? Sein Schwert zerteilte die Luft, und Valerian wußte, er hatte einen Fehler gemacht, Sekunden bevor sich Cranstons Schwert tief unter seinem Herzen eingrub. Schmerz schoß in heißen Wogen durch seinen Körper, Blut blubberte in seiner Kehle. Er sank auf die Knie; der Nachthimmel drehte sich, die Stimmen waren wie ein fernes Dröhnen, dann fiel er Blut spuckend zu Boden.

Sir John Cranston wischte schwer atmend sein Schwert

am Mantel des Toten ab und steckte es in die Scheide. Er bat den Sheriff, die Fackel ein wenig näher zu halten, drehte die Leiche um und zog die Maske herunter.

»Bei Satans Ochsen!« fluchte er. »Es ist Ralph Hersham!«

Athelstan kniete nieder und zog die Kapuze zurück. Er erkannte die verdrießlichen, schmalen Züge des Gefolgsmanns von Sir Thomas Parr. Er erteilte dem Mann den letzten Segen, und noch während er nach dem Pulsschlag am Hals suchte, merkte er, daß die Seele bereits vor ihren Richter getreten war. Bei dem Geschrei, das sich am anderen Ende des Friedhofs erhob, stand er auf. Sir Maurice und die Sheriffs schleppten eine weitere Gestalt herbei. Der Kopf des Mannes war entblößt, das schützende Tuch herabgezogen. Als er in den Schein der Fackeln gestoßen wurde, sah Athelstan, daß er schwer angeschlagen und vor Angst schier verrückt war. Der Mann warf einen Blick auf Hershams Gesicht und fiel stöhnend auf die Knie, die Hände flehentlich erhoben.

»O Gott, habt Erbarmen!«

»Wie heißt du?« bellte Sir John. Er trat hinzu und zog den Kopf des Mannes an den Haaren zurück.

»Clement, Clement Margoyle!«

»Und Ihr seid Valerian?«

»Nein, ich bin Domitian. Hersham war Valerian.«

»Ihr habt Pfeile nach St. Erconwald gebracht«, sagte Athelstan anklagend. Der Mönch trat nahe heran und drückte dem Mann einen Finger auf den Mund. »Seid Ihr im Stande der Gnade, mein Sohn?« Athelstan zwinkerte dem Coroner zu.

»Ich weiß es nicht, Bruder.«

Sir John baute sich vor dem Mann auf und zog sein Schwert, das er am Griff in die Höhe hielt.

»Clement Margoyle, Ihr seid ein Schurke und Verräter. Ihr habt bei Nacht und Nebel Waffen herbeigeschafft, und der einzige Grund dafür kann nur sein, daß Ihr verräterische Pläne gegen unseren Herrscher, den König hegt. Ihr seid außerdem verhüllt und bewaffnet, seid im Dunkel der Nacht unterwegs, was in den Statuten über Verrat besonders geahndet wird.«

»Nein! Nein! Nein!« jammerte Margoyle.

»Deshalb«, fuhr Sir John fort und ließ seine Stimme wie eine Totenglocke dröhnen, »verurteile ich, Sir John Cranston, königlicher Coroner der Stadt und Umgebung, Euch, Clement Margoyle, zum Tode! Das Urteil ist unverzüglich zu vollstrecken. Möge der Herr Eurer Seele gnädig sein!« Er trat einen Schritt zurück und mied Athelstans Blick. »Hängt ihn auf!« brüllte er.

Einer der Sheriffs warf ein Seil über den Ast der Platane. Die Geschwindigkeit, mit der sie vorgingen, überraschte Athelstan. Ein Ende wurde zu einer Schlinge geformt und dem unglücklichen Margoyle um den Hals gelegt. Sir Maurice schickte sich an, etwas einzuwenden, doch Sir John befahl ihm, den Mund zu halten. Er stieß einen Befehl aus. Im Nu begannen die Sheriffs, die das andere Ende des Seils hielten, zu ziehen. Margoyle wurde hustend und keuchend hochgezogen, die Beine traten um sich.

»Sir John!« flehte Athelstan ihn an. »Um der Liebe Christi willen!«

»Oh ja, das habe ich vergessen. Laßt ihn wieder herunter!«

Margoyle prallte unsanft auf dem Boden auf. Eine Weile lag er keuchend und würgend im nassen Gras. Sir John löste die Schlinge.

»Maltravers, bringt ihn ins Pfarrhaus. Henry«, er bat Flaxwith nach vorn, »ich möchte, daß jeder einzelne Pfeil vom Friedhof verschwindet und in die Stadt gebracht wird. Nehmt Histhams Leiche mit und übergebt sie dem Leichenbestatter. Er wird einen Platz finden, wo er ihn begraben kann. Sagt ihm, er soll die Rechnung ans Rathaus schicken. Athelstan, wir wollen uns an die Befragung von Master Margoyle machen.«

Sie ließen das Durcheinander hinter sich und gingen ins Pfarrhaus. Margoyle saß auf einem Schemel und zitterte noch immer nach der groben Behandlung, die ihm widerfahren war. Athelstan schenkte ihm einen Becher Wein ein, den er ihm in die Hand drückte. Godbless und Thaddeus wollten hereinkommen, doch Athelstan bat sie, draußen zu warten. Er gab dem Bettler die Kirchenschlüssel.

»Geh hinüber«, sagte er ihm, »und laß die beiden Irrgläubigen raus. Sag ihnen, sie sollen auf schnellstem Weg nach Hause gehen. Sie haben hier nichts mehr verloren.«

Athelstan schloß die Tür hinter ihm und setzte sich Margoyle gegenüber.

»Sir John, kann dieser Mann hängen?«

»Das wird er gewiß«, antwortete der Coroner belustigt vom Tisch aus. »Entweder in Tyborn oder Smithfield, das hängt vom Richter ab.«

Margoyle nahm einen tiefen Schluck Wein.

»Und was passiert, wenn er mitmacht, Sir John?« Athelstan sah Hoffnung in den Augen des Gefangenen aufleuchten. »Was würdet Ihr tun, wenn Master Margoyle hier ein volles, freimütiges Geständnis ablegt?«

»Das würde von dem Lied abhängen, das ich zu hören bekäme. Ich bin gut in Form. Der Schwertkampf hat Erinnerungen an Scharmützel mit französischen Vorposten vor Dijon geweckt. Habe ich dir je erzählt, daß ...«

»Danke, Sir John«, sagte Athelstan hastig. »Das habt Ihr, schon bei so mancher Gelegenheit.« Er betrachtete Margoyle. Ein gedungener Mörder, dachte er, aber einer mit kränklichem Gesicht und wäßrigen, nervösen Augen. Ein Schurke und ein Feigling, folgerte Athelstan, ein Mann, der bestimmt nicht sterben wollte, um einen anderen zu schützen. »Master Margoyle«, bot er ihm an, »trinkt noch einen Schluck Wein, und dann legt ein Geständnis ab. Aber ich sage Euch folgendes: Wenn Ihr lügt, und sei es auch nur ein wenig, wird Sir John Euch da drüben an der Platane baumeln lassen.«

Margoyle trank den Becher in einem Zug leer. Athelstan füllte ihn erneut.

»Ich habe keinen Mord auf dem Gewissen«, platzte es aus Margoyle heraus. »Ich habe nie einen Mord begangen.« Er warf dem Coroner einen ängstlichen Blick zu. »Ich ... ich verstehe nicht, warum ich dafür hängen soll! Hersham ist für alles verantwortlich!«

»Wie?« fragte Athelstan. »Wovon um alles in der Welt redet Ihr da?«

»Von der Frau in der ›Goldenen Fackel‹.«

Margoyle zitterte so, daß er den Weinbecher in beide Hände nehmen mußte.

»Fahrt fort«, drängte Athelstan. »Ihr und Hersham wart verantwortlich für den Tod dieser Frau?«

»Also habe ich recht gehabt!« rief Sir Maurice. »Sir Thomas hatte seine Finger mit im Spiel!«

»O Herr, hilf, nein!« stöhnte Margoyle. »Ich versichere Euch, Herr, das war er nicht, das war einzig und allein Hershams Idee! Er hat Euch gehaßt, Sir Maurice, er wollte Euch vor Sir Thomas in Mißkredit bringen. Die Gerüchte haben inzwischen den Haushalt meines Herrn erreicht. Er hat bereits einen Boten zu den Nonnen von Syon geschickt!«

Wäre Sir John nicht eingeschritten, hätte sich Sir Maurice auf den Gefangenen gestürzt.

»Um Gottes willen, setzt Euch!« sagte Cranston. »Je mehr der Mann erzählt, um so besser.«

»Es war Hershams Idee«, fuhr Margoyle fort. »Er hat eine Hure von Peterkin, dem Langfinger, gemietet und ihr beigebracht, was sie zu tun hatte. Sie sollte in die ›Goldene Fackel‹ gehen, ein Zimmer mieten und die Tür verschließen, bis er zu ihr kam. Es war Samstag nachmittag. Hersham sagte mir, ich solle in den Stall gehen und dort Wache halten. Das habe ich auch getan. Er war lange fort; da ging es zu wie in einem Bienenstock. Ich lief dauernd zum Tor ein und aus. Niemand hat mich bemerkt. Dann gingen die Fensterläden auf. Ich hörte, wie jemand meinen Namen rief. Hersham sagte mir, ich solle pfeifen, sobald der Hof leer sei. Ich wartete eine Weile, und als sich die Gelegenheit bot, zwängte Hersham sich durch die Fensterläden. Er kletterte auf den Sims, drückte die Fensterläden zu und ließ sich in den Hof fallen. Er tanzte beinahe vor Schadenfreude. Erst später hat er mir gesagt, was passiert war.«

Margoyle trank noch einen Schluck aus dem Weinbecher.

»Offenbar hatte Hersham, und er war völlig verrückt, neben der Tür gestanden und war die Treppe hinaufgehuscht. Er hatte einen Weinschlauch bei sich, der ein Schlafmittel enthielt. Die Hure öffnete die Tür. Ich glaube nicht, daß sie wußte, warum sie dort war; sie führte nur die Anweisungen aus, die Hersham ihr erteilt hatte. Sie muß geglaubt haben, es sei eine Art Spiel. Hersham gab ihr den Weinschlauch, sie schlief auf dem Bett ein.« Margoyle stellte den Weinbecher ab und verschränkte die Arme über der Brust. »Ich wußte nicht, was ich tun sollte, als Hersham mir erzählte, er habe einen Strick genommen und die arme Dirne aufgehängt. Er sagte, das würde niemand herausbekommen, während man Maltravers, der in die Schenke gelockt worden war, beschuldigen würde.« Er schaute Athelstan ängstlich an. »Bruder, ich schwöre Euch, ich hatte damit nichts zu tun.«

Athelstan musterte die schlammbraunen Augen und nahm an, daß er die Wahrheit sagte. Margoyles Blick wanderte zu dem Ritter, der sich jetzt an den Tisch gesetzt hatte.

»Er hat Euch gehaßt«, sagte er. »Nicht nur wegen Lady Angelica, sondern weil Ihr alles wart, was er gern sein wollte!«

»Und dieser Mummenschanz auf dem Friedhof?« fragte Sir John.

»Da steckte ich auch mit drin«, bekannte Margoyle langsam. »Die Große Gemeinschaft des Reiches, Sir John, ist inzwischen in London tief verwurzelt. Sie hat Mitglieder in der Verwaltungsbehörde, unter den Ratsherren, den Kaufmännern und in den Zünften. Sie sprechen Drohungen aus, wenn die mächtigen Männer«, Margoyle stolperte über den Satz, »nicht assistieren und mitmachen, sie selbst, ihre Häuser, ihr Geschäft, ihre Familien werden vermerkt für die Vernichtung. Jetzt, oder wenn die Armee der Großen Gemeinschaft in London einmarschiert.«

Sir John trommelte auf den Tisch. »Natürlich!« Er schlug mit der Faust in die andere Hand.

»Natürlich was, Sir John?« fragte Athelstan.

»Nichts Besonderes. Nur, daß es gelegentlich ein Feuer in einem Lager gegeben hat, daß in Warenlager eingebrochen wurde, daß Eigentum zerstört wurde. Im Rathaus ist man der Meinung, es sei das Werk von Einbrechern, Wegelagerern, aber du, mein kleines Plappermaul, sagst, es könnte das Werk der Großen Gemeinschaft sein?«

Margoyle nickte ängstlich.

»Fahrt ruhig fort, Master Clement. Ihr singt wie ein

Hänfling. Was tragt Ihr noch an kleinen Geheimnissen mit Euch herum? Seid Ihr Mitglied der Großen Gemeinschaft?«

Margoyle ließ den Kopf nach vorn sinken und murmelte: »Ja, Sir John, ich und auch Hersham. Man hat uns die Namen Valerian und Domitian gegeben. Man hat uns in der neuen Republik hohe Ämter versprochen.«

Sir John brach in lautes Gelächter aus. »Als Adam grub und Eva spann«, lästerte er, »wo war da der Edelmann? Folglich werden die einen Gesetze durch andere ersetzt, oder?«

Margoyle nickte.

»Sing weiter.«

»Die Große Gemeinschaft hat vor kurzem in St. Albans eine Versammlung abgehalten. Sie glauben, daß ihre Armee in den nächsten zwölf Monaten marschiert, aber sie müssen die London Bridge erobern. Die Männer haben Bogen, aber keine Pfeile. Ließe man diese in der Stadt anfertigen, würde Gaunt – ich meine, Seine Hoheit der Regent –«, fügte Margoyle hastig hinzu, »es bald entdecken.«

»Und seine Wachen an den Stadttoren«, bemerkte Athelstan, »würden kaum Wagenladungen von Pfeilen passieren lassen.«

»Die Pfeile wurden von Bauern hergestellt«, fuhr Margoyle fort. »Im Süden von Essex und Hertfordshire. Sie wurden dann an einen vereinbarten Treffpunkt geliefert und verteilt. Sie sollten nach Southwark gebracht werden. Valerian und ich sollten eine Stelle so nah wie möglich an der London Bridge ausfindig machen, und da haben wir St. Erconwald ausgewählt.«

»Warum?« fragte Athelstan.

»Weil es eine arme Gemeinde ist, Bruder. Hier lebt keiner von den Großen.« Margoyle schaute zur Seite. »Es heißt, Ihr seid ein guter Pfarrer. Kümmert Euch eifrig um die Seelen. Viele im Rat der Großen Gemeinschaft glauben, daß Ihr der Sache wohlwollend gegenübersteht.«

»Das stimmt nicht«, sagte Athelstan. »Und ich habe etwas gegen Männer wie Euch, die einfache Gemüter wie Watkin und Pike in ihr tödliches Spiel hineinziehen!«

»Man hat uns ihre Namen gegeben«, fuhr Margoyle fort.

»Wir haben sie nachts getroffen und ihnen gesagt, was sie zu tun hätten. Sie sollten einen Graben ausheben und so tun, als wollten sie die Fundamente der Friedhofsmauer überprüfen. Wir haben die Pfeile hineingelegt und mit einer Erdschicht bedeckt.« Er hob die Schultern. »Der Rest ist Euch bekannt.«

»Aber Ihr habt eine wichtige Tatsache ausgelassen«, hakte Athelstan nach. »Pfeile kosten Geld. Holz muß gekauft werden. Säcke und Karren müssen besorgt werden. Pfeilspitzen angefertigt. Leim, ganz zu schweigen von Gänsefedern.«

»Das hat Sir Thomas besorgt. Hersham bekam ganze Beutel voll Silber. Sir Thomas führt ein Geheimkonto.«

»Folglich ist er ein Verräter«, unterbrach Athelstan.

»Er hatte keine andere Wahl.« Ein Anflug von Trotz schlich sich in Margoyles Stimme.

»Wie meint Ihr das?«

Der Blick des Mannes richtete sich auf Sir Maurice.

»Glaubt Ihr denn, Lady Angelica sei nur wegen Maltravers zu den Nonnen von Syon gebracht worden?«

Sir John schlug sich auf den Oberschenkel. »Klar! Wir dachten, sie halte sich dort auf, damit sie vor unserem Sir Lancelot hier sicher sei; aber sie stand auf der Liste der Großen Gemeinschaft, wie?«

Margoyle nickte. »Ich habe Euch die Wahrheit gesagt, Sir John.«

Der Coroner stand unbeholfen auf. »Bruder Athelstan, deine Kirche ist verschlossen und gesichert?«

»Gewiß, Sir John.«

»Und die Fenster sind zu schmal, so daß niemand heraussteigen kann?«

»Gewiß, Mylord Coroner.« Athelstan lächelte, als er begriff, worauf die Frage hinauslief.

Der Coroner trat an Athelstans Schreibpult, wo er die beiden Federkiele nahm, ein Tintenfaß und ein großes Stück geglättetes Pergament. Dann ging er zu Margoyle und zog ihn am Schlafittchen hoch.

»Bruder Athelstan«, sagte Sir John strahlend, »öffne deine Kirchentür. Master Margoyle geht jetzt in die Sakristei, setzt sich dort an den kleinen Tisch und schreibt sein Geständnis nieder. Wenn er damit fertig ist und ich mit dem Ergebnis zufrieden bin, werde ich ihn laufen lassen. Unter einer Bedingung.« Er drehte den unglücklichen Margoyle zu sich herum, damit er ihn ansah. »Wenn ich dich je noch einmal in London erwische, hänge ich dich auf der Stelle!«

»Er wird Parr mit hineinziehen«, warnte Athelstan. »Gaunt wird Sir Thomas' Kopf haben wollen.«

»Nein. Er schreibt, was ich ihm sage.«

»Aber die Sheriffs?«

»Männer wie Sir Thomas sind nicht so leicht zu beeindrucken. Hersham ist tot, Margoyle hier wird den Namen Parr nicht erwähnen, und Sir Thomas wird einfach behaupten, er habe mit dieser Schurkerei nichts zu tun.« Sir John zwinkerte ihm zu. »Aber er wird wissen, daß wir es wissen, und das, mein guter Ordensbruder, ist sehr wichtig!«

Sechzehn

Am darauffolgenden Morgen war die Gemeinde in Aufruhr. Die Nachrichten über die Ereignisse auf dem Friedhof hatten sich in Windeseile durch die Gassen bis hinunter an die Themse verbreitet. St. Erconwald war buchstäblich überlaufen, nicht nur wegen der Zunftmesse für die Rattenfänger, sondern weil viele Neugierige gekommen waren, um den neuesten Klatsch zu hören. Watkin und Pike schauten trübsinnig drein. Sie standen auf den Stufen zum Allerheiligsten und traten verlegen von einem Bein auf das andere. Athelstan, der sich in der Sakristei umzog, schloß die Augen und dankte Gott im stillen, daß alles gut ausgegangen war. Sir John hatte wie ein echter Soldat gewirkt; die Pfeile waren entfernt, auf Karren geladen und über die London Bridge gebracht worden. Watkin und Pike hatten sich in der Dunkelheit aus dem Staub gemacht, während Margoyle ein volles Geständnis niedergeschrieben und seine Waffen ausgeliefert hatte. Wie ein Schatten war er in die Nacht geflohen. Sir Maurice war außer sich. Godbless war herumgehüpft wie Rumpelstilzchen und hatte gerufen: »Ich hab es Euch doch gesagt! Ich hab doch gesagt, daß ich Schatten auf dem Friedhof gesehen habe!«

Es hatte bis weit nach Mitternacht gedauert, ehe Athelstan zur Ruhe gekommen war und ein paar Stunden Schlaf gefunden hatte.

»Nun gut«, sagte er, bekreuzigte sich und ging zum Hochaltar.

Die Messe war ein großer Erfolg. Die Rattenfänger mit ihren Frettchen, Katzen, kleinen Hunden, Käfigen, Fallen, den Schlaghölzern mit Eisendornen, Netzen und Ledersäcken drängten sich vor dem Altar. Die Zeremonie war eine der lebhaftesten, die Athelstan je ausgeführt hatte. Ein Hund heulte während der gesamten Messe, als singe er seinen eigenen heiligen Choral. Bonaventura schlich herein, und wenn Crim nicht eingegriffen hätte, wäre ein verbissener Kampf ausgebrochen, als dieser Prinz der Gassen mit seinem gesunden Auge einen Konkurrenten erspähte. Zwei Frettchen flohen und wurden von einem Hund auf den Friedhof verfolgt. Das eine wurde gefangen, doch Ranulf kehrte zurück, als Athelstan gerade die Wandlung beendete, schüttelte den Kopf und verkündete in lautem Flüsterton: »Der kleine Bastard ist abgehauen.«

Am Ende der Messe hielt Athelstan eine Predigt über alle Geschöpfe Gottes, die Sein Auge ergötzen. Ranulf hob die Hand.

»Sind damit auch Ratten gemeint, Bruder?«

»Ratten haben ihren Zweck, Ranulf«, antwortete Athelstan, »und Gott weiß, warum.«

»Sie beseitigen Unrat«, verkündete Ricauld, ein Rattenfänger aus der Priorei St. Mary.

»Du hast das Zeug für einen Theologen«, sagte Athelstan. »Aber es stimmt, ihr alle leistet der Gemeinschaft einen großen Dienst. Ich rufe euch auf, es ehrlich zu tun und so freundlich wie möglich.« Sein Blick begegnete dem Ranulfs. »Und verlangt nicht zuviel.«

Nach der Predigt hatte Athelstan die verschiedenen Tiere gesegnet. Wenn er es sich recht überlegte, war das sehr gefährlich. Ein paar Frettchen schnappten nach seinen Fingern. Bonaventuras Konkurrent fauchte wütend. Hätte Crim einen Hund nicht mit einem gut gezielten Tritt traktiert, hätte dieser das Bein an Athelstan gehoben. Der Ordensbruder schritt durch die Reihen der verschiedenen Tiere, besprenkelte sie mit Weihwasser und segnete sie danach mit Weihrauch. Der Hund, der während der Predigt zum Glück ruhig gewesen war, beschloß jetzt, seinen Choral wiederaufzunehmen. Athelstan war dem Herrn im Himmel nur dankbar, daß Sir John nicht anwesend war.

Am Ende der Messe drängten sich alle Rattenfänger gemeinsam mit anderen Gemeindemitgliedern unter dem Kirchenportal und auf dem freien Platz davor. Verkaufsstände und Buden waren aufgebaut worden, an denen Ale und Kuchen verkauft wurde. Benedicta hatte Pasteten gebacken. Watkins Frau hatte Obst mitgebracht. Alle waren sich einig, daß es ein Erfolg war, und Huddle, begeistert darüber, daß die Rattenfängerzunft ihn beauftragt hatte, verkündete lauthals, er werde bald ein Fresko zu Ehren der neuen Vereinigung an die Wand malen.

Bosco, ein einäugiger Geistlicher mit geschlitzter Nase und fehlendem Ohr, von dem Athelstan insgeheim glaubte, man habe ihm das Priesteramt entzogen, baute einen kleinen Tisch auf und entrollte die Vorschriften der Rattenfängerzunft. Jedes Mitglied unterzeichnete mit Namen oder einem Zeichen: eine Katze, eine Ratte, eine Falle oder ein Käfig. Ranulf nahm feierlich das neue Zunftsiegel aus seiner Tasche, und Bosco kippte Wachs auf das Pergament. Ranulf siegelte es, und Athelstan drückte das Gemeindesiegel auf. Neue Kopien wurden angefertigt, mit denen man dieselbe Prozedur wiederholte. Athelstan, den die ganze Angelegenheit belustigte, gestand rasch zu, daß eine Kopie in eine Schachtel gelegt und in den Gemeindearchiven in der Kirche gelagert werden sollte. Er versuchte, Benedictas Blick aufzufangen, doch sie lächelte nur, eifrig bemüht, dafür zu sorgen, daß das Gelage einen glatten Verlauf nahm. Watkin, Pike, der Schweinemetzger Hig, der Glöckner Mugwort und andere steckten in einer Ecke die Köpfe zusammen und tuschelten mit finsterer Miene. Athelstan wollte sich gerade zu ihnen gesellen, als er seinen Namen hörte. Sir Maurice, der sich zur Messe entschuldigt hatte, stand in der Kirchentür und hielt ein Stück Pergament in der Hand.

»Athelstan, es ist dringend! Es ist aus Blackfriars!«

Der Ordensbruder eilte hinüber, nahm das Pergament an sich und ging ins Haus. Nach dem hektischen Treiben vor der Kirche war es drinnen kühl und ruhig. Er prüfte das Siegel, brach es und las rasch, was Simon, der Archivar, geschrieben hatte. Athelstan lächelte still in sich hinein.

»Also doch!« sagte er.

»Gute Nachrichten, Bruder?«

»Gute Nachrichten, Sir Maurice.«

»Gehen wir die Nonnen von Syon besuchen?« fragte der Ritter hoffnungsfroh.

»Ich glaube nicht.« Athelstan beugte sich vor und packte den Ritter am Handgelenk. »Warum sollten wir dort hingehen, Sir Maurice?«

»Na ja, um Lady Angelica zu sehen.«

»Ich mache mir wirklich Sorgen um Euch, Bruder Norbert«, hänselte Athelstan. »Manchmal glaube ich, daß Angelica das einzige ist, woran Ihr denken könnt!«

»Ich liebe sie. Ich gehe mit dem Gedanken an sie schlafen. Ich träume von ihr. Ich sehe ihr Gesicht in der Menge. Habt Ihr noch nie geliebt, Bruder?« Der Ritter biß sich auf die Lippe. »Verzeiht.«

Athelstan setzte sich auf einen Schemel. Der Ritter schaute ihn unverwandt an.

»Ich ... ich wollte Euch nicht in Verlegenheit bringen, Bruder.«

Athelstan schloß die Augen und dachte an Benedicta.

»Ist es schwer?« fragte Sir Maurice, dem es dieser kleine, olivhäutige Ordensbruder angetan hatte, der so pfiffig schien und seine Gefühle so gut beherrschte.

»Ob es schwer ist? Wenn Ihr Pfarrer seid, Sir Maurice, ist es nicht der Liebesakt, der Euch fehlt, obwohl die Natur durchaus ihr Recht verlangt.« Athelstan lachte kurz auf. »Aber das geht vorbei. Es ist die schreckliche Einsamkeit, das Gefühl, daß Ihr die Welt vorbeiziehen seht und nicht Teil von ihr seid. Manchmal, nur sehr selten, begegnet Ihr jemandem! Gott sei Dank nicht oft, aber Ihr könnt es in ihren Augen sehen oder in ihrem Gesicht, an der Art, wie sie Euch anschaut. Euer Herz schlägt schneller; Euer Blut pocht ein wenig rascher in den Schläfen; Euer Mund trocknet aus.«

»Und was macht Ihr dann?«

»Man fällt auf die Knie, Sir Maurice, und betet, daß man sich niemals verliebt. Daß man nie in Versuchung geführt werde, denn wenn, ist die Chance groß, daß man am Ende Verlangen empfindet.«

»Beneidet Ihr Männer wie mich, Bruder?«

Athelstan lächelte zu dem Ritter auf.

»Ihr seid ein guter Mann, Sir Maurice, Ihr hättet einen guten Priester abgegeben, einen ausgezeichneten Dominikaner.« Das Lächeln wurde breiter. »Insbesondere wenn es darum geht, junge Nonnen zu beraten.«

Lachend legte Sir Maurice den Schwertgürtel an.

»Glaubt mir«, fuhr Athelstan fort, »Ihr werdet Lady Angelica heiraten, aber betet weiter! Betet«, wiederholte Athelstan, »daß Eure Liebe nie zu Ende geht, nie ins Schwanken gerät, sondern mit jedem Tag stärker wird.«

»Oh, das wird sie.«

»Ja, dessen bin ich sicher. Und jetzt sucht Sir Jack und sagt ihm, er möge vor Parrs Haus auf mich warten, aber, Sir Maurice, sagt weder jetzt noch irgendwann in der Zukunft Sir Thomas oder überhaupt irgend jemandem, was Ihr in der vergangenen Nacht erfahren habt.« Athelstan ging zur Tür. »Ich will mit Godbless über seine Abenteuer in Venedig reden und über einen Mann, der gestorben sein sollte, aber nicht gestorben ist.«

Maltravers lief so schnell wie ein Windhund. Athelstan ging zum Leichenhaus hinüber, plauderte mit Godbless und kehrte zurück, um seinen Schreibbeutel zu holen, und huschte aus dem Haus hinunter ans Ufer.

Er traf Moleskin mit anderen Bootsmännern am Anleger, wo sie zusahen, wie Henker einen Flußpiraten am Galgen aufhängten, der sich wie ein großer schwarzer Finger in den Himmel erhob. Sie hatten den Verbrecher die Leiter hinaufgestoßen. Er war ein riesiger, bulliger Einfaltspinsel, beschimpfte die Henker ununterbrochen und spuckte in die wartende Menge. Athelstan machte das Kreuzzeichen in seine Richtung. Der Pirat sah es und machte eine obszöne Geste.

»Komm da weg, Moleskin«, rief Athelstan.

Der Bootsmann stolzierte herbei, das sonst fröhliche, ledrige Gesicht mürrisch verzogen, die Augen hart.

»Du solltest dir so etwas nicht ansehen«, sagte Athelstan. »Es ist schrecklich, mit anzusehen, wie solche Männer kurz davorstehen, in die Hände Gottes zu fallen.«

Moleskin warf einen Blick über die Schulter zurück auf den Galgen.

»Ich könnte mir keinen besseren Ort vorstellen, Bruder. Dieser Bastard hat drei Bootsmänner nördlich der London Bridge auf dem Gewissen. Ihr kennt doch die Marsch? Ja, da hatte er ein Skullboot. Er ruderte hinaus, nahm ihr Geld und schlitzte ihnen die Kehle auf.«

Athelstan folgte seinem Blick. Das Seil lag jetzt um den Hals des Verbrechers. Ein Schrei löste sich aus der Menge.

Die Henker rutschten herunter. Die Leiter wurde fortgezogen, und der Verbrecher begann seinen Todestanz.

»Es ist vorbei!« sagte Moleskin. Er klopfte dem Ordensbruder auf die Schulter. »Und jetzt kommt, Bruder, sagt mir, was letzte Nacht passiert ist und wohin Ihr jetzt wollt?«

»Ich überlasse es den anderen, dir von der ganzen Aufregung zu erzählen, Moleskin. Ich möchte, daß du mich über die Themse fährst und ein venezianisches Schiff findest.«

Moleskin führte den Mönch über die grünen, feuchten Stufen zu seinem stabilen Boot hinab.

»Warum ein venezianisches? Wollt Ihr aus Southwark fliehen?«

»Nein, ich möchte dem Kapitän ein paar Fragen stellen.«

Moleskin konzentrierte sich darauf, sein Boot zu steuern, denn auf dem Fluß waren viele Barken und Fischerboote unterwegs. Sie kamen ans andere Ufer, und Moleskin fuhr langsam an den Hecks der angelegten Schiffe vorbei: massive, dickbäuchige Koggen aus der Ostsee, Kaufleute aus den Niederlanden und königliche Kriegsschiffe, die sich zum Auslaufen bereit machten. Schließlich entdeckte er eine venezianische Galeere, die niedrig und schnittig im Wasser lag. Ihr hoch aufragendes, rot und golden verziertes Heck war von kleinen Frachtbooten umringt, die Obst, Weißbrot und andere Waren von den Märkten der Stadt verkauften. Es gab sogar ein Boot voller Huren, die zu den Seeleuten hinaufkreischten und versuchten, sie mit ihrem Charme zu betören, um an Bord kommen zu dürfen. Moleskin, der sich in den Gepflogenheiten auf dem Fluß auskannte, gelang es, den Blick des wachhabenden Offiziers auf sich zu lenken. Der Bootsmann deutete mit einem Finger auf Athelstan und fragte mit Hilfe von Gesten an, ob dieser an Bord kommen könne.

Der Offizier war einverstanden. Eine Strickleiter wurde herabgelassen, und Moleskin half dem Mönch aus dem schwankenden Boot. Diese Aufmerksamkeit provozierte die Eifersucht der anderen, deren Boote um die große venezianische Kriegsgaleere wimmelten. Rufe und Flüche wurden laut, faules Obst flog durch die Luft. Athelstan rief Moleskin zu, er möge warten. Der Bootsmann legte ab und betrachtete die Szene aus der Ferne. Hin und wieder ruderte ein Freund oder Bekannter vorbei und grüßte ihn mit gutmütigen Beschimpfungen und Sticheleien. Moleskin öffnete die kleine Truhe im Bootsheck, holte ein Leinentuch heraus, steckte sich ein Stück gesalzenen Speck in den Mund und nahm kräftige Schlucke aus der Wasserflasche, die er mit Ale gefüllt hatte. Er fragte sich, was der kleine Mönch wohl von dem Kapitän einer venezianischen Kriegsgaleere wollte, doch dann zuckte er mit den Achseln, denn Athelstan war einfach ein eigenartiger Priester. Wenn er nicht gerade auf die Schurken von St. Erconwald aufpaßte, rannte er hinter Sir John Roßzermalmer her, dem großen und ehrenwerten Coroner der Stadt. Moleskin kniff die Augen zusammen. Das mußte er sich merken. Er zog gern über den Coroner her, und wenn Sir John das nächste Mal seine Dienste in Anspruch nahm, würde Moleskin ihm wegen seines Gewichts den doppelten Fahrpreis abverlangen.

Er aß seinen Speck auf und wurde allmählich ungeduldig, denn der Fluß schlug immer höhere Wellen. Dann nahm er Unruhe an Bord der Galeere wahr und erblickte die schwarzweiße Kutte seines Gemeindepfarrers. Moleskin wendete das Boot und legte an, wobei er Konkurrenten mit den Rudern vertrieb. Schließlich war er unter der Strickleiter. Athelstan ließ sich mit einem Seufzer der Erleichterung herab und setzte sich ins Heck.

»Worum ging es denn, Bruder?« fragte Moleskin, während er ablegte.

Athelstan lächelte zufrieden. »Weißt du, Moleskin«, sagte er und lehnte sich zurück, »es gibt gewisse Freuden im Leben, da geht es einem einfach gut.«

Moleskin verzog das Gesicht.

»Oh, nicht das!« Athelstan lachte. »Ich glaube, ich habe gerade einen Mörder, an dessen Händen Blut klebt, in die Falle gelockt! Moleskin, du bist mein Meister unter den Bootsmännern. Unser nächster Halt sind die heiligen Nonnen im Konvent von Syon!«

Moleskin legte sich in die Ruder. Nonnen, Meuchelmörder, Venezianer, dachte er. Womit, um alles in der Welt, beschäftigte sich der kleine Dominikaner? Das war doch alles Sir Jacks Sache! Jeder am Fluß wußte, wo der Lord Roßzermalmer auftaucht, gab es Ärger.

Sie fuhren rasch flußaufwärts, und Moleskin legte an der Treppe des Anlegers an.

»Soll ich warten, Bruder?«

»Nein, es wird dich freuen zu hören, daß ich Sir John treffe, sobald ich hier fertig bin.«

Athelstan bot Moleskin ein paar Münzen an, doch dieser schüttelte den Kopf.

»Euch, Bruder, kostet es nichts. Erinnert Euch nur bei der Messe an mich und mein Boot. Ich meine, wenn Ihr eine Ansammlung von Rattenfängern, Katzen und Frettchen segnen könnt ...« Er schaute voller Hoffnung zum Pfarrer auf.

»Ich halte das für eine sehr gute Idee, Moleskin«, antwortete Athelstan. »Wir werden einfach auf das Fest eines Seemanns warten oder auf einen Sonntag, an dem es im Psalm heißt, daß Jesus mit seinen Aposteln zum Fischen ging, dann komme ich hinunter an den Fluß und segne dich und dein Boot. Vielleicht können wir ihm einen Namen geben?«

Moleskin strahlte.

»Wie wäre es mit St. Erconwald?«

Moleskins Lächeln verschwand.

»Oder«, fügte Athelstan rasch hinzu, »die ›Rose von Southwark‹?«

»Das gefällt mir, Bruder. Ich habe ein nettes Mädchen gekannt, die hieß Rosamunde. Das einzige Problem ist, daß die Hälfte der Bootsmänner an der Themse sie auch kannten!«

»Dann sind wir uns also einig.« Athelstan segnete ihn und stieg die Treppe hinauf.

Eine junge Novizin führte ihn zu Lady Monica. Die Äbtissin erhob sich majestätisch wie eine Königin, obwohl ihr Gesicht leicht gerötet war.

»Ah, Bruder Athelstan. Wo ist Bruder Norbert?« Ihr Blick wanderte suchend umher. »Und Sir Jack?«

»Sie sind nicht mitgekommen, Mylady. Ich bin nur gekommen, um Lady Angelica abzuholen.«

»Wie bitte?« Lady Monica faltete die Hände und erhob

sich zu ihrer vollen Größe. »Mein lieber Bruder, Ihr kommt nicht einfach in ein Nonnenkloster und verlangt von mir, daß ich eins meiner Mädchen aushändige!«

»Lady Monica, ich bin Ordensbruder der Dominikaner. Die Heilige Mutter Kirche und mein Orden haben mich damit betraut, die Messe zu lesen, das Evangelium zu verkünden und mich um die Gläubigen im Herrn zu kümmern. Ich bin Pfarrer von St. Erconwald in Southwark, wo ich, weiß Gott, mehr Schützlinge habe, als ich handhaben kann. Außerdem bin ich Sekretär von Sir John Cranston, dem Coroner der Stadt, einem persönlichen Freund des verstorbenen, ruhmreichen Edward. Er ist einer der engsten Vertrauten unseres Regenten John von Gaunt und ebenfalls ein persönlicher Freund des jungen Königs. Ich glaube daher, daß ich auf ein junges Mädchen, das meiner Obhut anvertraut wird, aufpassen kann!«

Lady Monica ließ die Schultern hängen. »Ich weiß wirklich nicht ...« stammelte sie und schaute Athelstan unter halb gesenkten Augenlidern an. »Sir Thomas Parr wird ...«

»Sir Thomas Parr ist ein Londoner Kaufmann«, fuhr Athelstan mit Nachdruck fort, »der mehr Reichtum als Verstand hat. Nun, Mylady, muß ich zu den königlichen Gerichten in Westminster gehen und eine Vollmacht besorgen? Soll ich Soldaten aus dem Savoy-Palast des Regenten holen?« Athelstan hob die Hand. »Ich versichere Euch, Mylady, daß Lady Angelica mit mir zu ihrem Vater gehen soll.«

»Sehr gut, wenn Ihr es so hinstellt.« Lady Monica war inzwischen recht nervös. Sie nahm eine kleine Handglocke und läutete heftig. »Sag Lady Angelica«, trug sie der jungen Novizin auf, die zur Tür hereineilte, »sie solle sich fertigmachen zum Aufbruch. Sie soll im Gästehaus warten.« Als die Tür geschlossen war, sagte sie: »Bruder Athelstan, ich möchte Euch bitten, mir schriftlich zu bestätigen, daß Ihr Lady Angelica zu ihrem Vater bringt und dafür die volle Verantwortung übernehmt.«

Die Äbtissin führte Athelstan an ein kleines Schreibpult in der hinteren Ecke des Zimmers. Athelstan schrieb genau das auf, was sie wollte, unterzeichnete, wartete, bis es trocken war und überreichte es ihr. Dann erhob er sich und schickte sich an, zur Tür zu gehen.

»Bruder Athelstan.« Lady Monica hatte sich wieder an ihren Platz begeben. »Bitte setzt Euch.« Ihr Ton war beinahe einschmeichelnd.

Athelstan fiel auf, daß Lady Monica noch stärker errötete, die Augen glitzerten. Er setzte sich.

»Wie kann ich Euch helfen, Mylady?«

Die Äbtissin durchsuchte die Pergamentstücke auf ihrem Schreibpult.

»Es geht um Euren Bruder Norbert.« Sie hielt den Kopf gesenkt. »Ich … ich …« Sie schaute auf, blinzelte. »Bruder, er hat so überzeugend von der Liebe gesprochen. Nachdem er fort war, hatte ich merkwürdige Träume … Phantasien …«

Athelstan dankte Gott im stillen, daß Sir John nicht bei ihm war. Lady Monica hatte jetzt ein Stück Pergament in der Hand, mit dem sie sich Luft zufächelte.

»Ich habe mich gefragt, ob Bruder Norbert mich wohl besuchen würde, um seine Gespräche fortzusetzen? Um mir geistlichen Beistand zu leisten?«

»Mylady Äbtissin«, antwortete er betrübt. »Bruder Norbert ist nicht mehr bei uns.«

Lady Monica ließ das Pergament fallen. »Wo ist er?«

»Es ist ein großes Geheimnis«, gestand Athelstan und senkte die Stimme. »Aber schließt ihn in Eure Gebete ein.« Athelstan wandte den Blick ab. Die Enttäuschung in Lady Monicas Gesicht war zu deutlich. »Dennoch«, fügte er leise hinzu, »kann ich Euch versichern, daß Bruder Norbert Euch ebenso schätzte wie Ihr ihn. Bis er den Befehl erhielt, aufzubrechen, konnte er es kaum erwarten, wieder hierherzukommen.«

»Oh, ich danke Euch, Bruder.« Lady Monica lehnte sich zurück. »Ich werde an ihn denken. O ja!«

Kurz darauf verließ Athelstan in Begleitung von Lady Angelica den Konvent und folgte der Straße in die Stadt. Lady Angelica war noch immer als Nonne von Syon gekleidet; ihre Sandalen schlurften über das Pflaster. Athelstan hatte sie kaum eines Blickes gewürdigt, geschweige denn, Erklärungen abgegeben, während die junge Frau genug Verstand besaß, keine Fragen zu stellen, bis sie weit genug von den Klostermauern entfernt waren. An einer Straßenecke blieb sie stehen und hielt Athelstan am Arm fest.

»Bruder, was, um alles in der Welt, hat das zu bedeuten? Wohin gehen wir? Warum hat Lady Monica mich gehen lassen? Geht es meinem Vater gut? Wie geht es Sir Maurice?« Sie wischte sich eine Träne aus dem Auge. »Ich habe von der Geschichte in der ›Goldenen Fackel‹ gehört.«

Bruder Athelstan ergriff beide Hände der jungen Frau. Er achtete nicht auf die neugierigen Blicke zweier Bettler, die in einem Eingang hockten.

»Lady Angelica, Ihr geht wieder zu Eurem Vater zurück. Sir John und Sir Maurice sind bereits dort. Sir Maurice liebt Euch von ganzem Herzen. Er ist ein tapferer, edler Ritter, der das Herz auf dem rechten Fleck hat, und dieses Herz gehört Euch, solange es schlägt.«

»Ihr hättet Troubadour werden sollen, Bruder. Aber diese arme Frau?«

Athelstan bat sie beschwörend um Geheimhaltung und erklärte ihr dann alles, was geschehen war. In Lady Angelicas Gesicht vollzog sich eine wundersame Wandlung, die Athelstan an das alte Sprichwort von der »eisernen Faust im Samthandschuh« erinnerte. Sie wurde blaß, ihre blauen Augen wurden eiskalt wie harte Glasstücke, während ihr voller Mund sich zu einer schmalen Linie verformte.

»Mein Vater?« fragte sie.

»Ich glaube, Euer Vater ist unschuldig. Ich glaube nicht, daß Sir Thomas sich bis zu einem Mord herabließe, um den Namen eines Mannes in den Schmutz zu ziehen.«

»Ich glaube Euch.« Angelica schaute Athelstan über die Schulter. »Wir sollten lieber gehen, Bruder, sonst wird man uns beide noch dem Bischof melden als Ordensbruder und Nonne, die sich verliebt haben und ihre Liebe öffentlich zur Schau tragen!«

Sie gingen langsam die Straße entlang, während Angelica Fragen stellte und Athelstan, so gut es ihm möglich war, antwortete. Der Mönch war in der Tat so vertieft, daß er kaum Augen und Ohren dafür hatte, was in der Stadt vor sich ging: die geschäftigen, hektischen Rufe auf dem Markt, das Geschrei der Lehrburschen, das Geklapper der Pferdehufe und Karren. Noch ehe er sich's versah, standen sie an der Straße, die zu Sir Thomas Parrs Anwesen führte.

»Ich habe Hersham immer verachtet.« Lady Angelica fuhr mit dem Finger entlang der ziemlich eng anliegenden Haube um ihr Kinn. »Ich habe ihn oft erwischt, wie er mich beobachtete. Er hat mich an eine Katze erinnert, die sich an eine Taube heranschleicht.«

»Eine Taube, Mylady? Eher ein Falke, wie mein lieber Freund Sir Maurice herausfinden wird.«

Angelica ergriff seine Hand und drückte sie.

»Was Ihr getan habt, Bruder, war edel.« Ein Lächeln entspannte ihre Züge. »Und wenn ich Sir Maurice heirate, ist es mir einerlei, was Vater sagt, dann möchte ich, daß Ihr uns an der Kirchentür empfangt und Zeuge unseres Jaworts werdet.«

»Ich würde St. Erconwald nicht empfehlen«, antwortete Athelstan. »Insbesondere mit einem frei herumlaufenden Frettchen.«

»Ein Frettchen?«

»Ein Scherz. Kommt, Lady Angelica, wir wollen zuerst Euren Vater aufsuchen, ehe Ihr das Hochzeitsfest arrangiert.«

Der Diener, der die Tür öffnete, schaute Athelstan an, dann Angelica, und der Mund blieb ihm offenstehen.

»Der Herr sei mit uns!« keuchte er. »Oh, was für Geschichten! Was für ein Morgen! Die Sheriffs waren hier und haben sich mit Sir Thomas zurückgezogen. Jetzt stehen sich Sir John und Sir Maurice im Empfangszimmer die Beine in den Bauch.«

»Das hier ist mein Haus«, sagte Lady Angelica. »Richard, laß uns ein!«

»Gewiß, Mylady.« Der Diener trat zurück und führte sie in das Empfangszimmer.

Lady Angelica warf einen Blick auf Sir Maurice und eilte in einer Art, die bestimmt nicht das Wohlwollen von Lady Monica gefunden hätte, quer durch den Raum auf ihn zu und schlang ihm beide Arme um den Hals. Sir John, der in einer Fensternische saß und einen großen Becher in beiden Händen hielt, zuckte mit den Achseln und lächelte.

»Sir Maurice!« zischte Athelstan. »Lady Angelica! Die Lage ist verworren genug!«

Er vernahm Schritte auf der Galerie vor der Tür. Lady Angelica und Sir Maurice nahmen rasch Abstand voneinander, und Angelica setzte sich. Sir Thomas Parr rauschte in das Zimmer. Er warf seiner Tochter einen erzürnten Blick zu und schaute sich wütend um.

»Was soll der Unsinn? Angelica, wer hat dich hierhergebracht? Und Ihr, Sir!« Mit einer wegwerfenden Geste zeigte er auf Sir Maurice. »Ich werde Euch aus meinem Haus vertreiben lassen!«

»Vater!« Lady Angelica sprang auf. »Ich habe Euch gesagt, Ihr sollt nicht schimpfen, das steht Euch nicht zu Gesicht. Ihr steckt in großen Schwierigkeiten! Ich glaube, Ihr solltet Sir John und Bruder Athelstan anhören.« Angelica trat einen Schritt vor und drohte mit dem Finger. »Vater, ich bin Eure pflichtgetreue Tochter, aber ich bin sehr böse mit Euch.« Sie drehte sich um. »Sir Maurice, ich glaube, wir sollten uns zurückziehen. Keine Bange, Vater, ich werde nicht entehrt; ich gehe mit Sir Maurice in den Garten, und ich werde meine Zofe bitten, uns zu begleiten.« Sie warf Sir Maurice einen kurzen Blick zu. »Wenn auch nicht allzu nah.«

Sie rauschte aus dem Zimmer, Sir Maurice folgte ihr. Athelstan schloß die Tür.

»Sir Thomas, ich schlage vor, Ihr setzt Euch.«

»Das ist mein Haus, Mönch.«

»Setzt Euch!« brüllte Sir John. »Sonst werfe ich Euch gleich ins Gefängnis!« Der Coroner stand schwerfällig auf. »Thomas, Ihr wart für mich immer hart im Herzen und hart im Kopf, Ihr wart immer gleich. Unbeugsam, unnachgiebig!«

Parr setzte sich.

»Wollen wir hier über meinen Charakter sprechen, Sir John? Und wo sind eigentlich Hersham und Margoyle? Euer Sheriff, der mit dem verlausten Hund, sagte mir, daß beide Männer festgehalten worden seien?«

»Er hat gelogen. Auf meinen Befehl. Hersham ist tot, und Margoyle ist auf der Flucht.«

Sir Thomas schluckte heftig.

»Nun, Thomas, ich werde Euch sagen, was geschehen ist. Und bevor Ihr mich unterbrecht und Sir Maurice anklagt, ein Mörder zu sein, haltet ein!« Er stieß ihm den Finger in die Brust. »Ihr wißt selbst im tiefsten Herzen, daß er keinen Mord auf dem Gewissen hat.«

»Die Geschichte hat mir Rätsel aufgegeben.«

»Aber dennoch habt Ihr es Eurer Tochter berichtet«, schaltete Athelstan sich ein.

»Genug! Genug!« Sir John nahm seinen Weinbecher wieder in die Hand. »Sir Thomas, es gab einmal einen wohlhabenden Kaufmann in der Cheapside ...«

In sachlichen, markigen Worten beschrieb der Coroner genau, was er und Athelstan herausgefunden hatten: den Tod der jungen Hure in der »Goldenen Fackel»; den Kampf auf dem Friedhof von St. Erconwald am Abend zuvor und das umfangreiche, freimütige Geständnis, das Clement Margoyle abgelegt hatte. Um Sir Thomas gerecht zu werden: Er ließ den Coroner ausreden. Nur hier und da wurde er etwas unruhig, fuhr sich mit der Zunge über die trockenen Lippen, und die Schweißperlen, die ihm auf die Oberlippe traten, verrieten seine Angst.

»Wenn wir wollten«, fuhr Sir John fort, »könnten wir diesen ganzen Fall Mylord von Gaunt vortragen. Glaubt mir, das würde ihm gefallen! Er würde Euch ins Gefängnis stecken, Euren Reichtum einziehen, und es würde ihm großen Spaß bereiten, alle Schulden, die er bei Euch hat, zu streichen.« Sir John zog eine Pergamentrolle aus der Tasche. »Margoyles Geständnis ist Beweis genug, ganz zu schweigen von meinem und Bruder Athelstans Zeugnis.«

»Was ist mit Sir Maurice?«

»Er kennt nicht alle Tatsachen. Und um ehrlich zu sein, Sir Thomas, ich glaube nicht, daß es ihn wirklich interessiert. Ihr könntet ihm erzählen, der Papst sei in der Cheapside gekrönt worden, und es würde ihm zum einen Ohr rein-, zum anderen rausgehen.«

»Mir blieb nichts anderes übrig«, sagte Sir Thomas. »Ihr wißt nicht, wie das ist, Jack. Die Rebellen sind über die ganze Stadt verteilt.«

»Ihr hättet zu mir kommen können«, erwiderte Sir John. »In der Hauptsache sind sie nur von einem gesunden Zorn erfüllt. Denkt darüber nach, Sir Thomas, sie haben nicht vor, Eure Frauen zu entführen oder das Haus eines Mannes in Brand zu stecken. Doch ich sage Euch folgendes: Wenn diese Männer, Jack Straw und die anderen, auf London marschieren, geben sie keinen Pfifferling um Versprechungen, die gemacht worden sind!«

»Was wird also geschehen?«

Sir John stand auf und warf die Pergamentstücke in das schwache Feuer im Kamin.

»Es ist vorbei, Sir Thomas.« Der Coroner bat Athelstan mit einer Geste, ihm zu folgen. »Wir gehen. Draußen im Garten habt Ihr eine Tochter, auf die Ihr stolz sein solltet, und einen Mann, den ich mit Freuden meinen Sohn nennen würde.« Er deutete eine Verbeugung an. »Auf Wiedersehen, Sir Thomas; denkt bei allem stets an die Ehre!«

Siebzehn

Sir John war hoch zufrieden, als sie Parrs Haus verließen. Er war zuversichtlich, daß Sir Thomas der Ehre Genüge tun würde. Bald würde die Verlobung von Lady Angelica in der ganzen Stadt verkündet werden. Seine gute Laune verflog jedoch schnell, als Athelstan, ganz in Gedanken, durch die Gassen der Cheapside ging und eine Apotheke nach der anderen aufsuchte. Er kam aus jedem Laden und schüttelte den Kopf, murmelte vor sich hin, schnalzte verärgert mit der Zunge. Schließlich packte Sir John, der allmählich wütend wurde, den Mönch bei den Schultern.

»Lästiger Priester! Was, in drei Teufels Namen, machst du eigentlich?«

»Ich weiß es noch nicht so richtig, Sir John. Habt Ihr einen Giftmischer für mich gefunden?«

Der andere schüttelte den Kopf.

»Nun.« Athelstan zwinkerte ihm zu. »Es ist jetzt auch einerlei!«

Cranston zog eine Augenbraue in die Höhe. »Es geht also um Hawkmere, oder? Du kleines Frettchen. O Kerl, da kommt Leif!«

Der Bettler hatte seine fette Beute bereits erspäht und kam fröhlich wie ein Grashüpfer auf sie zu.

»Sir John! Sir John!« plapperte er los. »Ich habe ein neues Lied!« Er deutete auf die Straße hinter sich. »Und einen neuen Freund. Rawbum kann Flöte spielen und mich begleiten.«

Athelstan starrte den zerzausten Bettler ungläubig an, der ein paar Meter von ihnen entfernt mit einer ramponierten Holzflöte in der Hand stand.

»Rawbum?«

»Er hat in einer Pfanne mit brennendem Öl gesessen«, erklärte Sir John. »Und seitdem zieht er es vor, zu stehen.«

»Kann ich Euch mein neues Lied vorsingen, Sir John? Es handelt von einem Gesetzeshüter …«

Sir John langte in seinen Geldbeutel und drückte dem Bettler eine Münze in die Hand.

»Mach dich aus dem Staub, und laß mich in Ruhe!« brummte er.

»Na schön, Sir John, und grüßt mir Lady Maude.«

Er verschwand mit Rawbum im nächsten Wirtshaus, und Athelstan setzte seinen rätselhaften Pilgergang fort. Schließlich kam er aus einer Apotheke in der Nähe der großen Wasserleitung, die zum Hospital St. Thomas von Acon führte, und grinste von einem Ohr zum anderen.

»Kommt, Sir John! Jetzt gehen wir beide ins ›Heilige Lamm Gottes‹!«

Bald hatten sie es sich in dem kleinen Garten hinter der Schenke bequem gemacht und bewunderten die Fische, die in dem künstlich angelegten Teich schwammen. Sie saßen in einer schattigen Laube. Athelstan bestand darauf, seinem Freund Ale und Fleischpastete zu spendieren. Außerdem erläuterte er die Schlußfolgerungen, zu denen er gekommen war. Sir John, der zunächst vor Hunger beinahe umkam, hörte zu und nickte. Zuletzt schluckte er heftig und starrte seinen Gefährten ungläubig an.

»Kannst du das alles beweisen, kleiner Mönch?«

»Oh ja, Sir John. Aber ich habe meine Gedanken noch nicht geordnet. Sie sausen mir durch den Kopf wie Hasen im Kornfeld. Ich muß sie erst in Reih und Glied bringen und diesen Meuchelmörder in eine Falle locken. Ich möchte, daß Ihr hinunter zum Savoy geht und den Regenten um ein paar Bogenschützen bittet. Sucht Sir Maurice und Aspinall und bringt sie mit nach Hawkmere.« Mit einem Kopfnicken deutete er auf den leeren Humpen. »Ich glaube, Ihr solltet jetzt aufbrechen, Sir John.«

Der Coroner wollte schon etwas einwenden, doch Athelstan packte seine Wurstfinger.

»Wir sehen uns wieder, Sir John, und feiern Lady Angelicas Verlobung.«

Sir John stand auf und hielt sein Gesicht in die Sonne. Das war Glück, dachte er. Er wünschte sich, Maude und die Kerlchen wären bei ihm. Den tapferen Jungen würden die Fische gefallen, und Lady Maude würde die Blumen und Kräuter aufzählen und sich laut fragen, ob sie die auch in ihrem Garten anpflanzen könnte. Eine kleine Wolke zog vor die Sonne.

»Ich habe noch nie danach gefragt, Athelstan, aber glaubst du, sie könnten dich aus Southwark versetzen?«

»Das haben sie schon«, antwortete Athelstan. Er sah, wie seinem Freund der Mund offenstehen blieb. »Aber«, fügte der Mönch eilig hinzu, »ich bin hier, Sir John, das hier ist mein Leben. Und jetzt geht, bitte! Wir müssen einen Meuchelmörder dingfest machen!«

Der Coroner watschelte schnaufend und keuchend zurück in die Schenke. Als ein schriller Aufschrei ertönte, wußte Athelstan, daß der Coroner die Frau des Wirtes erwischt und geküßt haben mußte. Der Mönch schaute unverwandt auf die kleinen Goldfische, die zwischen dem Schilf umherflitzten. Wie sollte man es anfangen? Die Wirtin kam mit einem neuen Humpen heraus. Er trank ihn ziemlich schnell aus, und ehe er sich's versah, lehnte er sich zurück und sank in tiefen Schlaf.

Er wachte erfrischt auf und stellte fest, daß der Nachmittag schon halb vergangen war. Doch er hatte keine Eile. Es würde Sir John geraume Zeit kosten, dem Regenten die Dinge auseinanderzusetzen.

So kam es, daß Athelstan recht überrascht war, als er in Hawkmere eintraf und feststellen mußte, daß Gaunts Gefolgsleute das Anwesen bereits eingenommen hatten. Am Tor standen Bewaffnete, während seine Bogenschützen über den Wehrgang patrouillierten. Der Regent höchstpersönlich, an seiner Seite Sir Maurice, hatte es sich auf einem Stuhl auf dem Podest in der Halle bequem gemacht. Der Regent trug braunen und grünen Samt und sah aus, als sei er gerade von der Jagd gekommen. Die Haare waren zerzaust, das glatte Gesicht war von Ästen zerkratzt, die schlammigen Stiefel hatte er auf den Tisch gelegt. Er saß lässig auf dem Lehnstuhl, zerteilte einen Apfel und steckte sich kleine Stücke in den Mund. Hin und wieder drehte er sich zur Seite und versetzte Sir Maurice spielerisch einen leichten Rippenstoß; Athelstan stellte fest, daß Sir Johns Prophezeiung wahr geworden war.

»Ich bin verlobt.« Sir Maurice lächelte, als Athelstan hereinkam. Er begrüßte den kleinen Mönch mit einer bärenstarken Umarmung. »Wir werden am Michaelitag heiraten. In St. Mary-Le-Bow. Und Ihr müßt der Zelebrant sein.«

»Ein gutes Werk, Bruder Athelstan!« rief Gaunt und bat ihn mit einer Geste, näher zu treten. »Wie habt Ihr das geschafft?«

»Mylord, Gottes Wege, Seine Wunder zu vollbringen, sind wunderbar.«

»Ich nehme Euch beim Wort, Bruder.« Gaunts Augen wurden hart, als sein Blick zu der kleinen Musikgalerie auf der anderen Seite der Halle wanderte.

Athelstan drehte sich um, sah aber nichts, denn die Galerie lag im Schatten.

»Was liegt denn hier vor?« fragte Gaunt.

»Nun, Mylord, die Wahrheit.«

»Wißt Ihr was?« Gaunt deutete mit dem Finger auf ihn. »Ihr, mein kleiner Mönch, seid ein sehr gefährlicher Mann. Soll ich Euch sagen, warum?«

»Wenn Ihr wollt, Mylord.«

»Weil Ihr Dinge seht, Athelstan. Ihr habt eine Vorliebe für Logik, Ihr giert nach Wahrheit, während Menschen wie ich nur die Worte des Pilatus wiederholen und fragen, was ist die Wahrheit? Haben wir also hier die Wahrheit, Bruder Athelstan?«

»Ich glaube ja, Mylord, aber ...«

»Ah, da bist du ja!« Sir John betrat in Begleitung von Gervase die Halle. »Ich war gerade oben, um mit den Gefangenen zu sprechen. Sie haben beide Angst. Unsere anderen Gäste sind noch nicht eingetroffen.«

»Meine Wachen, wo sind sie?« fragte Gaunt.

»Die stecken in jedem kleinsten Winkel. Außerdem sind noch ein paar Männer in Umhängen und Kapuzen da. Das müssen Eure Leute sein, Gervase?«

»Meine herrlichen Knaben«, gab der Hüter des Hauses der Geheimnisse affektiert lächelnd zurück, »gehen, wohin ich gehe und behalten ihren Herrn im Auge. Wir sind wirklich ein sehr erfreulicher Chor, ob es sich um ein Madrigal oder das Eingangslied zu einer Messe handelt.«

»Können wir anfangen?« unterbrach Gaunt ihn unwirsch.

»Ich glaube, das sollten wir tun«, antwortete Athelstan. »Sir John, wenn Ihr bitte die Türen schließen würdet?«

»Brauchen wir die Gefangenen nicht hier?« fragte Gaunt.

»Nein, Mylord, zumindest jetzt noch nicht.«

»Nun«, Gaunt wedelte mit der Hand. »Die Wahrheit, guter Mönch?«

»Die *St. Denis* und die *St. Sulpice*«, begann Athelstan, während Cranston die Türen schloß, »waren zwei französische Kriegsschiffe, Freibeuter, Plünderer im Kanal. Sie waren wie Katzen unter Mäusen und schnappten sich die englischen Kaufleute. Ihr, Sir Maurice, habt eines dieser Schiffe versenkt und das andere gekapert.«

»Das wissen wir«, sagte Gaunt gedehnt.

»Wie habt Ihr sie gekapert, Sir Maurice?«

»Ich habe es Euch gesagt, Bruder. Ich war in Dover, als uns durch Boten aus London die Nachricht erreichte, daß die Weinflotte in Calais ablegen würde. Wir sollten auslaufen und für eine sichere Überfahrt sorgen. Den Rest kennt Ihr.« Er breitete die Arme aus.

»Es war Glück, oder?« fragte Athelstan und sah Gaunt an. »Absolutes Glück, daß die englischen Schiffe auf die *St. Denis* und die *St. Sulpice* trafen. Mylord Regent, Sir Gervase, die Engländer hatten auf keinem der beiden Schiffe einen Spion, nicht wahr?«

Gaunt schmunzelte, Gervase wandte den Blick ab.

»Als die *St. Sulpice* nach Dover gebracht wurde«, fuhr Athelstan fort, »und die Gefangenen an Land kamen, wurden die französischen Offiziere von den anderen getrennt, oder?«

»Gewiß«, sagte Sir Maurice. »Das ist so üblich!«

»Und Ihr, Gervase, habt sie besucht, als sie hierherkamen?«

»Natürlich, sie hätten über Kenntnisse verfügen können, die uns vielleicht nützlich waren.«

»Und was habt Ihr herausgefunden?«

Gervase weigerte sich, seinem Blick zu begegnen.

»Nichts.«

»Aber Ihr, Mylord von Gaunt, habt Hinweise gestreut, leicht wie eine Feder, dieses Kriegsglück sei in Wirklichkeit auf Verrat unter den Franzosen zurückzuführen.«

Gervase warf dem Regenten einen kurzen Blick zu; Gaunt knabberte am Kerngehäuse des Apfels.

»Fahrt fort, Mönch«, murmelte er.

»Mylord, Ihr konntet Euer Glück nicht fassen. Zwei der gefährlichsten Schiffe der französischen Marine waren vernichtet oder gekapert worden, ihre Kapitäne und Offiziere entweder getötet oder gefangengenommen. Ihr hattet den Ruhm sowie das Lösegeld für die Geiseln, doch Ihr habt entschieden, daß noch mehr zu gewinnen sei.«

Gaunt lächelte still vor sich hin.

»Der Spion Mercurius, der berufsmäßige Meuchelmörder am französischen Hof – was für eine ausgezeichnete Gelegenheit, ihn in die Falle zu locken! Man mußte es nur bekannt werden lassen – was Euch gewiß über unsere Gesandten bei den Waffenstillstandsverhandlungen gelungen ist –, daß einer der Gefangenen in Hawkmere Euer Spion war.«

»Sehr gut«, kommentierte Gaunt. »Bruder Athelstan, Ihr solltet wirklich im Haus der Geheimnisse arbeiten.«

»Ihr habt mit Menschenleben gespielt«, fuhr Athelstan fort. »Der französische Hof war wütend, daß der Spion, der für die Zerstörung zweier ihrer besten Schiffe verantwortlich war, sich jetzt auf einen ehrenhaften Ruhestand als Pensionär im Savoy-Palast freuen konnte. Befehle wurden erteilt, und Mercurius begann sein blutiges Werk.«

»Bruder, Bruder.« Gaunt schüttelte bewundernd den Kopf, als spielten sie Schach oder ein Glücksspiel. »Ihr vergeßt, es waren französische Gefangene, für sie stand Lösegeld aus. Wenn sie sterben, verliere ich Geld.«

»Ein sehr niedriger Preis, Mylord. Ihr investiert ein Pfund und gewinnt einen Schatz. Die Franzosen würden die Todesfälle nicht nutzen, um den Waffenstillstand zu brechen. Was machte es schon, wenn nur der Spion vernichtet wurde?«

Sir Maurice sah verwirrt aus. Er kratzte sich den Kopf und trommelte auf den Tisch.

»Aber Bruder, wer ist Mercurius, wo ist er? Wie konnte er so fachmännisch vergiften? Warum hat er das arme Mädchen umgebracht? Und Maneil mit einer Armbrust erschossen?«

Athelstan beachtete ihn nicht.

»Mylord von Gaunt, sage ich die Wahrheit?«

»Ja, Bruder. ›Trau niemals einem Prinzen‹, heißt es im Evangelium. Glaubt mir, Athelstan, wahre Worte. Außerhalb Londons rottet sich die Große Gemeinschaft des Reiches zusammen und schmiedet Pläne. Auf der anderen Seite des Kanals warten die Franzosen, bereit, jede Schwäche auszunutzen. Die *St. Sulpice* und die *St. Denis* wurden mit Gottes Hilfe und viel Glück gekapert. Aber, wie das Haus der Geheimnisse weiß, Mercurius hat unserer Sache furchtbaren Schaden im In- und Ausland zugefügt. Ich habe mich gefragt, ob es möglich wäre, diesen Spion und gedungenen Mörder aus der Reserve zu locken. Als die Gefangenen zu sterben begannen, wußte ich, daß ich richtig lag. Die Franzosen würden sie alle umbringen, oder einige von ihnen, bis sie glaubten, die Kränkung gerächt zu haben. Aber die Todesfälle selbst?« Gaunt schüttelte den Kopf. »Sie sind auch für mich ein Rätsel.«

»Ist der Arzt Aspinall schon eingetroffen?« fragte Athelstan.

»Ja«, antwortete Sir John. »Ich habe darum gebeten, ihn in einem der oberen Zimmer einzuschließen. Er hat dagegen protestiert, aber er sah ängstlich genug aus.«

»Bringt ihn herunter«, befahl Athelstan. Er pochte auf den Tisch neben sich. »Bittet ihn, hier Platz zu nehmen.«

Sir John ging hinaus und kam kurz darauf mit dem Arzt wieder. Der Mann war sichtlich erregt, um so mehr, als er erkannte, wer anwesend war. Er buckelte und machte Kratzfüße, doch Gaunt beachtete ihn nicht.

»Bruder Athelstan«, plapperte er los. »Ist irgend etwas nicht in Ordnung? Ich meine …«

»Wenn ein Mann vergiftet wird«, fragte Athelstan, »wie wirkt sich die giftige Substanz aus?«

»Nun, Bruder.« Aspinall schluckte. »Sie läuft in die Eingeweide und bewirkt ernsthafte Störungen der Säfte des Herzens und des Gehirns.«

»Und gibt es ein Gift, das man einnehmen kann, ohne daß es schadet, doch kaut man es, wirkt es tödlich?«

Aspinall wischte sich eine Schweißperle von der Oberlippe.

»Wenn es so etwas gibt, Bruder, dann habe ich davon noch nie gehört.«

Athelstan entnahm seiner Schreibtasche ein kleines Lederetui. Er öffnete es und schüttete eine Reihe kleiner, sehr harter Erbsen auf den Tisch.

»Das ist die Paternostererbse«, erklärte er, »auch Rosenkranzerbse genannt. Auf Latein wird sie, soweit ich das richtig verstanden habe, *Abrus precatorius* genannt. Master Aspinall, würdet Ihr bitte eine zu Euch nehmen?«

Aspinall setzte sich, die Hände auf dem Schoß.

»Nehmt!« drängte Gaunt.

Aspinall nahm zitternd eine Erbse in die Hand.

»Jetzt steckt sie in den Mund.«

»Ist sie giftig?« fragte der Arzt.

»Was wollt Ihr tun?« fragte Athelstan. »Ich meine, wenn Ihr sie in den Mund steckt?«

»Ich werde sie zwischen den Zähnen zerbeißen.« Aspinall schluckte. »Aber, Bruder, ich bitte Euch, um der Liebe Christi willen.«

Athelstan lächelte und legte die Erbse zurück.

»Nehmt sie nicht«, sagte er leise. »Aber wenn Ihr hier bleibt, Master Aspinall, werde ich Euch etwas über Medizin lehren. Sir John, bringt die beiden Gefangenen herunter.«

Sie warteten schweigend. Aspinall rückte am Tisch ein Stück weiter. Draußen hörte man Schritte, und die beiden Gefangenen wurden in die Halle geführt. Athelstan sammelte die Erbsen auf und steckte sie wieder in das Lederetui.

»Ah, meine Herren, wenn Ihr bitte neben mir Platz nehmen wollt. Ich möchte Euch ein paar Dinge mitteilen.«

»Sind wir in Gefahr?« fragte Vamier.

»Pierre Vamier«, sagte Athelstan, »Jean Gresnay, würdet Ihr Euch bitte setzen?«

Letzterer ließ sich geziert wie ein schmollendes Mädchen nieder. Vamier ließ sich mit wachsamem Blick auf der Bank gegenüber nieder. Sie schauten in die Tischrunde. Sir John mußte ihnen gesagt haben, wer sie in der Halle erwartete, doch offenbar hatten sie beschlossen, Gaunt und seine Gefolgsleute zu kränken. Gresnay bedachte den Arzt nur mit einem verächtlichen Aufflackern der Augen.

»Ihr seid Seeleute«, begann Athelstan. »Monsieur Vamier, woher kommt Ihr?«

»Ursprünglich stammen meine Eltern aus Rouen. Mein Vater besaß ein Boot. Ich habe gegen die gottverfluchten Engländer gekämpft. Ich fand es leicht, ihre Schiffe auf See zu kapern, sowie ihre Küsten zu plündern. Es tut gut, Orte wie Winchelsea in Flammen aufgehen zu sehen.«

»Und Ihr, Monsieur Gresnay?«

Gresnay lächelte einfältig. »Ich bin mit dem Meer großgeworden. In einem kleinen Ort in der Nähe von Montreuil. Mein Vater war ein wohlhabender Fischer. Die Engländer haben sein Boot versenkt, und ich wurde erzogen, um zwei Dinge zu tun: die See zu pflügen und Gottverfluchte zu töten.«

»Aber Ihr wurdet gefangengenommen«, stichelte Athelstan. »Sir Maurice hat eins Eurer Schiffe versenkt und das andere gekapert, weshalb Ihr hier auf Hawkmere seid.«

»Nur infolge von Verrat«, knurrte Gresnay.

»Tut mir leid, das stimmt nicht«, antwortete Athelstan. »Mylord von Gaunt wird beschwören, daß es nur Kriegsglück war.«

»Das ist eine Lüge!« rief Vamier.

»Verzeiht, Monsieur, es ist die Wahrheit«, erwiderte Gaunt träge. »Eure Schiffe fielen nach einem fairen Kampf in unsere Hände, und Ihr seid als Gefangene hier, weil die Gottverfluchten Euch geschlagen haben.«

»Warum sollen wir also umgebracht werden?« knurrte Gresnay.

»Aber es war kein Engländer, der Eure Kameraden ermordet hat«, sagte Athelstan. »Seht Ihr, Ihr seid Seeleute, und wahrscheinlich sehr gute, aber ...«

Er hielt inne, als die Tür aufging und einer von Gaunts Dienern in Livree hereineilte. Er beugte sich über den Tisch und flüsterte dem Regenten ins Ohr; dieser wiederum rief Sir John zu sich.

»Er ist eingetroffen«, verkündete Sir John.

»Sagt ihm, er soll warten«, antwortete Athelstan. »Wir werden bald bei ihm sein.« Athelstan wartete, bis die Tür wieder geschlossen war, bevor er den Faden dort wieder aufnahm, wo man ihn unterbrochen hatte. »Ihr beide seid Seeleute und wahrscheinlich auch sehr gut in Eurem Metier: die richtige Stellung der Segel, die Beobachtung des Himmels, die Kenntnis des Meeres. Ihr seid bestimmt mutige Kämpfer, die bereit sind, ein englisches Kauffahrteischiff niederzumachen, die Ladung zu stehlen, die Mannschaft zu töten. Der Herr stehe uns allen bei!« Athelstan seufzte. »Ihr seid nicht anders als jene, die auf der anderen Seite des Kanals leben.«

»Was wollt Ihr damit sagen?« Gresnays Stimme klang schrill.

»Was ich damit sagen will? Nun, einer von Euch ist ein Spion! Oh, nicht für den Regenten hier, sondern für den Hof, die Regierung zu Hause in Paris. Ein Mann, der ein Auge auf seine Gefährten hat, der Meutereien aufspürt, Unzufriedenheit, jeden beliebigen Hinweis auf Verrat. Schließlich ist es bei Schiffen, ob englisch oder französisch, durchaus bekannt, daß sie geheime Abkommen mit dem Feind treffen.«

»Das ist doch Unsinn!« knurrte Vamier.

»Wirklich?« fragte Athelstan. »Ihr fahrt zur See und lebt ziemlich dicht aufeinander. Ihr schlaft, eßt und macht alles gemeinsam mit Euren Kameraden. Doch wenn Euer Schiff wieder im Hafen anlegt, wohin geht Ihr? In die Schenken und Bordelle oder nach Hause zu Euren Lieben? Einer unter Euch geht auch nach Paris: In den Palast des Louvre oder ins Rathaus, um einen Bericht an seine Herren abzugeben; Bruchstücke an Informationen, kleine Brocken an Neuigkeiten.« Athelstan bemerkte die Unsicherheit in Gresnays Blick. »Nun haben Eure Herren in Frankreich einen Spion, einen gedungenen Mörder, Mercurius.«

Keiner der beiden Männer zuckte zusammen.

»Von hohem Rang, sehr gut bezahlt. Seine Aufgabe ist es, Erkenntnisse zu sammeln und die Feinde Frankreichs auf faire Weise oder hinterrücks auszuschalten.«

»Wollt Ihr damit sagen, es sei einer von uns?« fragte Vamier. »Selbst wenn Ihr die Wahrheit sprecht, Bruder, es könnte auch einer von denen sein, die schon gestorben sind.«

»Oh, es ist einer von Euch«, sagte Athelstan. »Eure Herren in Paris waren erzürnt, die beiden Kriegsschiffe, ihre Ladung und erfahrene Mannschaften an einem einzigen Tag zu verlieren. Sie kamen zu dem naheliegenden Schluß, daß Verrat im Spiel war, so wie Ihr auch. Ihr wurdet von Dover aus in die Hände von Sir Walter Limbright auf Hawkmere gegeben.« Athelstan seufzte. »Eines Engländers, der guten Grund hat, die Franzosen zu hassen. Er würde Euch unter verschärften Bedingungen halten und Eure Verbitterung noch verstärken. Er würde dafür sorgen, daß Ihr den Kelch des Kummers bis zum letzten Tropfen leert. Einer von Euch jedoch erhielt insgeheim die Botschaft, daß der Verräter, der die *St. Sulpice* und die *St. Denis* verraten hatte, unter den Gefangenen auf Hawkmere sein mußte. Ich vermute, dieser Mann brauchte nur wenig Ermutigung, um auszuführen, was er für eine legale Hinrichtung hielt.« Athelstan nahm zwei Erbsen in die Hand. »Messieurs, ich will Euch die Rosenkranzerbse vorstellen, zuweilen auch Paternostererbse genannt, eine Abrinerbse oder, für alle, die sich in Kräutern auskennen, *Abrus precatorius.* Sie ist ziemlich harmlos. Monsieur Gresnay, hier sind zwei für Euch. Ebenso für Euch, Monsieur Vamier. Ich werde auch zwei nehmen, um Euch zu zeigen, daß sie keine giftigen Eigenschaften besitzen.«

»Nein«, sagte Gresnay. »Ich nehme sie nicht.«

Der Franzose ging durch die Halle auf die Tür zu.

»Ihr habt meine Freunde umgebracht. Mich tötet Ihr nicht!«

Er begann zu laufen. Sir Maurice schnitt ihm den Weg ab und prallte gegen ihn, daß er quer durch die Halle flog. Gresnay stolperte, gewann aber sein Gleichgewicht wieder und drehte sich um. Sir John packte ihn bei den Armen und brachte den widerstrebenden Franzosen mit Maltravers' Hilfe zurück an den Tisch.

»Ich werde das nicht essen!« Gresnays leckte sich mit der Zunge das Blut aus dem Mundwinkel. »Vamier, um Gottes willen!«

Athelstan drehte sich um. »Nun, Monsieur Vamier, Ihr scheint gefaßter?«

Vamier hatte die beiden Erbsen auf der Handfläche.

»Nur zu!« drängte Athelstan. »Warum nehmt Ihr sie nicht?«

»Wenn Ihr das sagt.« Vamier steckte sich die Erbsen in den Mund.

Gresnay sank auf dem Stuhl zusammen. Sir John rückte ihn wieder zurecht.

»Bitte, um Himmels willen, was macht Ihr?«

Athelstan streckte eine Hand aus. »Monsieur Vamier, spuckt die Erbsen wieder auf meine Hand.«

Vamier folgte.

»Nun, meine Herren«, sagte Athelstan, »zeigt mir die Rosenkränze, die man Euch gab, als Ihr in Hawkmere ankamt.«

»Er ist in meiner Tasche«, antwortete Gresnay. Er nahm seinen Rosenkranz heraus und warf ihn auf den Tisch.

»Und wo ist Eurer, Monsieur Vamier?«

Er zuckte die Achseln. »In meinem Zimmer.«

»Das können wir durchsuchen.«

Vamier wich Athelstans Blick aus.

»Ich habe ihn verloren«, murmelte er. »Was nutzt schon ein Gebet an einem Ort wie diesem? Ich habe ihn fortgeworfen.«

»Ihr habt einen Rosenkranz fortgeworfen?« hakte Athelstan nach. »Kommt, Monsieur Vamier, wo ist er? Im Abtritt? Vielleicht im Garten?«

Der Franzose verschränkte die Arme.

»Betet Ihr oft?« fragte Athelstan. »Und wenn nicht, dann seid Ihr doch gewiß wie alle Seeleute abergläubisch? Würdet Ihr einen Rosenkranz fortwerfen, den Euch der französische Gesandte mitgebracht hat? Der jetzt draußen wartet, um zu erfahren, was geschieht. Nun gut, ich glaube, ich habe genug gesehen! Sir John, Monsieur de Fontanel kann hereinkommen. Ich möchte ebenfalls zwei Wachen des Regenten bitten, sich mit gezücktem Schwert neben die Tür zu stellen.«

Kurz darauf stolzierte de Fontanel herein. Sein Mantel

bauschte sich, und die Absätze seiner Schuhe klapperten auf den Holzdielen.

»Mylord von Gaunt.« De Fontanel schlug seinen Federhut gegen den Oberschenkel. »Warum hat man mich hierhergerufen? Um Eure Entschuldigungen entgegenzunehmen, Eure Zusicherungen?«

»Schweigt!« fuhr Gaunt ihn an. »Und setzt Euch!«

Gervase winkte ihn auf den Schemel neben sich. De Fontanel gehorchte. Er saß Gaunt mit unbewegter Miene gegenüber; hin und wieder warf er einen Blick quer über den Tisch auf Vamier.

»Ihr seid zu einem sehr interessanten Zeitpunkt gekommen, Monsieur«, begann Athelstan. »Ich möchte ein paar Dinge klarstellen. Erstens, die Engländer hatten keinen Spion auf der *St. Sulpice* oder der *St. Denis,* die Zerstörung der Schiffe war reines Kriegsglück.«

De Fontanel rutschte mit dem Schemel zurück.

»Ich schwöre«, Athelstan hielt die Hand hoch, »bei der Messe, die ich heute morgen gelesen habe, daß ich die Wahrheit sage.«

Die Bestürzung auf de Fontanels Gesicht war nicht zu übersehen.

»Zweitens, Monsieur de Fonatanel, seid Ihr ebensowenig ein Franzose wie ich. Euer Name ist Richard Stillingbourne, ein ehemaliger englischer Kanzlist. Ihr seid nach Frankreich geflohen, wo man Euch unter dem Namen Mercurius kennt, ein gedungener Mörder und Spion.«

»Das ist Unsinn!« De Fontanel wollte sich erheben, doch Gervase packte ihn beim Handgelenk.

Er riß dem Gesandten die Goldkette vom Hals und warf sie zu Boden. Der Hüter des Hauses der Geheimnisse war sichtlich entzückt. Hätte Gaunt nicht eine Hand ausgestreckt, um ihn zurückzuhalten, wäre de Fontanel sowohl geschlagen als auch erniedrigt worden. Der Mann legte die Hände auf den Tisch. Er atmete schwer und schaute sich gehetzt um.

»Ihr seid ein Verräter.« Gaunt nahm das kleine Obstmesser in die Hand und spielte damit. »Und Ihr untersteht meiner Gerichtsbarkeit, Monsieur de Fontanel.«

»Wo sind die Beweise?«

»Dazu komme ich noch«, sagte Athelstan. »Wir wollen es Hand in Hand angehen. Laßt uns die Wahrheit herausfordern, Monsieur de Fontanel, und sie mit beiden Händen packen.« Er nahm die Abrinerbsen und rollte eine über den Tisch. »Ihr wißt, was das ist?«

De Fontanel fing die harte Erbse auf.

»Ihr wißt doch, was es ist, nicht wahr?« beharrte Athelstan. »Schließlich wart Ihr in Italien und habt Venedig besucht.«

»Ich weiß nichts über Gärten oder Kräuter«, schnaubte de Fontanel verächtlich, doch sein ohnehin fahles Gesicht war noch blasser geworden. Er ließ Vamier nicht aus den Augen.

»Wenn das so ist«, sagte Athelstan, »dann eßt sie. Kaut sie gut und schluckt sie dann hinunter. Ich versichere Euch, es ist alles in Ordnung.«

De Fontanel warf die Erbse auf den Tisch und ließ sie zu Boden kullern.

»Natürlich wollt Ihr nicht.« Athelstan seufzte. »Und ich bitte um Verzeihung für meine Lüge. Die Abrinsamen sind tödlich. Wenn ein erwachsener Mann zwei ißt, stirbt er innerhalb einer Stunde. Ich weiß nur so viel, daß sie ähnliche Eigenschaften wie Schierling haben. Der Rat der Zehn in Venedig benutzt sie bei Unschuldsproben, um die Wahrheit herauszufinden. Dem Angeklagten werden zwei gereicht. Will der Ankläger, daß er stirbt, wird er gezwungen, zu kauen. Will der Ankläger hingegen aus Gründen, die nur ihm bekannt sind, daß der Mann unschuldig erscheint, sagt er ihm einfach, er soll sie schlucken. Die Hülle der Paternostererbse ist sehr hart, vergleichbar mit einem Apfelkern. Sie wandert durch den Darm und wird ausgeschieden, ohne schädliche Wirkung zu zeigen. Nun.« Athelstan öffnete seine Tasche und nahm seinen Rosenkranz heraus. »Mercurius, Monsieur de Fontanel, wie immer Ihr Euch nennen wollt«, fuhr er mit einer wegwerfenden Handbewegung fort, »Ihr wurdet von Paris gesandt, um den vermeintlichen Spion unter diesen Gefangenen zu töten. Ihr wußtet, daß einer von ihnen unschuldig war, Euer eigener Agent Pierre Vamier. Noch ehe Ihr hereinkamt, bot ich Vamier die Samen an: er war durchaus bereit, sie zu schlucken, weil er ihr Geheimnis kannte. Ihr kamt her und gabt jedem Gefangenen einen Rosenkranz.« Athelstan schlang den eigenen Rosenkranz um die Hand. »Außer Vamier! Er kann seinen jetzt nicht finden, denn statt normaler Perlen gab man ihm eine Kette aus Abrinsamen, ausreichend, um die Gefangenen zu töten.«

Achtzehn

Verwirrung machte sich breit, als de Fontanel und Vamier ihre Unschuld beteuerten. Gresnay hingegen blieb ruhig und schaute seinen Gefährten unverwandt an. Athelstan ging davon aus, daß Gresnay selbst etwas aufgefallen sein mußte, das ihm jetzt verdächtig vorkam.

»Wie hätte ich das tun sollen?«

Allein die Gegenwart der Wachen des Regenten zwang de Fontanel wieder auf seinen Sitz.

»Oh, es war sehr einfach«, antwortete Athelstan. »Ihr habt die Gefangenen besucht. Ihr durftet mit ihnen reden und ihnen Geschenke bringen. Wer würde schon etwas gegen einen Rosenkranz einwenden für Männer, die so weit von Heim und Herd entfernt waren? Vamier erhielt geheime Anweisungen. Ihr wart natürlich in der Stadt und habt Mistress Vulpina aufgesucht, die jedes bekannte Gift unter der Sonne führte. Es hat Euch überhaupt nichts ausgemacht, daß die Gefangenen starben! Ihr wärt einen Spion losgeworden, Lösegeld müßte nicht gezahlt werden, während den gottverfluchten Engländern die Schuld in die Schuhe geschoben würde. Allerdings habt Ihr nicht gemerkt, daß Mylord von Gaunt ein reges Interesse an diesen Morden hatte. Vielleicht würde Mercurius dabei aus dem Schatten treten. Seine Herren in Paris waren ebenso wütend wie verschreckt, hatten sie doch zwei große Kriegsschiffe verloren. Mercurius mußte sich der Sache persönlich annehmen. Ein Waffenstillstand wurde vereinbart, und Ihr wurdet umgehend als offizieller Gesandter nach England geschickt. Euer Erscheinungsbild hat sich verändert, Ihr sprecht fließend Französisch, und Ihr habt jeden Schutz, den das Protokoll vorschreibt. Mylord von Gaunt wußte das natürlich nicht, aber er hatte den Verdacht, daß Mercurius sich in England aufhielt. Folglich schaltete er seinen überall gefürchteten Untersuchungsbeamten ein, den Lord Coroner, Sir John Cranston.

Sir John neigte den Kopf und strahlte über das Kompliment.

»Es wurden Fragen gestellt«, fuhr Athelstan fort. »Deshalb mußte Vulpina verschwinden. Ihr habt sie und ihre beiden Gefolgsleute umgebracht und anschließend den Höllenbau bis auf die Grundfesten niedergebrannt. Ihr hattet auch andere Befehle: Sir Maurice Maltravers mußte bestraft werden. Dazu habt Ihr die beiden kahlköpfigen Meuchelmörder angeheuert.« Athelstans Stimme wurde lauter. Er spürte, wie ihm vor Wut die Röte ins Gesicht schoß. »Sie überquerten den Fluß, kamen nach Southwark, um sowohl ihn als auch mich umzubringen. Das Leben, Mercurius, hat für Euch nur einen sehr geringen Wert!«

»Das ist doch alles Unfug«, schaltete de Fontanel sich rasch ein. »Ihr habt keine Beweise. Nichts als Mutmaßungen.«

»Er hat Beweise«, meldete Gresnay sich zu Wort, ohne Vamier aus den Augen zu lassen. »Ich war in deinem Zimmer, Pierre, vor ein paar Tagen. Ich habe gesehen, daß dein Rosenkranz zerrissen war; ein paar Perlen fehlten. Du hast ihn unter dem Kerzenhalter auf deinem Tisch gut versteckt.«

»So ist die arme Lucy gestorben«, sagte Sir John. »Unser Vamier hier war sorglos. Ein paar Perlen sind ihm zu Boden gefallen. Die arme Lucy hat sie aufgelesen und in den Mund gesteckt.«

»Ein überflüssiger, vergeblicher Tod«, sagte Athelstan. »Eine arme, geistig verwirrte Unschuldige.«

Vamier senkte den Blick.

»Hat dir das denn nichts ausgemacht?« platzte es aus Gresnay heraus. »Pierre.« Er redete rasch auf französisch, doch Athelstan vermochte ihm zu folgen. »Es waren doch unsere Freunde. Wir haben Rücken an Rücken gegen einen gemeinsamen Feind gekämpft. Ja, wir haben gebrandschatzt und geplündert, aber ein Mord wie dieser? Mord an deinen eigenen Freunden und Kameraden?«

»Die eigentliche Aufgabe von Mercurius«, fuhr Athelstan fort, »war hier in Hawkmere, und sie war leicht zu erledigen.« Er zeigte auf den französischen Gesandten. »Ihr habt Vamier getroffen und ihm den vergifteten Rosenkranz gegeben. Ihr habt ihn davon überzeugt, daß die Samen nur giftig sind, wenn man sie kaut. Vamier blieb nichts anderes übrig, als einverstanden zu sein. Schließlich wollte er so schnell wie möglich nach Frankreich zurückkehren.

Serriem war der erste, der sterben mußte. Er war leicht zu überzeugen, besonders, nachdem er gesehen hatte, wie Ihr die Samen geschluckt habt und keine schädlichen Wirkungen aufgetreten sind. Wie habt Ihr sie beschrieben?« fragte Athelstan. »Als ein Kraut, das helfen würde? Und war es bei Routier dasselbe? Er war das Opfer, das am leichtesten zu übertölpeln war. Er würde seine Kraft brauchen, wäre bereit, jede Medizin zu schlucken, die für seine Flucht hilfreich wäre. Auch ihm habt Ihr gezeigt, wie harmlos die Samen waren, wahrscheinlich kurz bevor er über die Mauer stieg und entkam. Beide Männer haben selbst im Todeskampf nicht den Verdacht gehabt, die Samen könnten die Ursache ihres Todes sein. Nicht von einem Freund, der sie selbst gegessen hatte und nicht erkrankt war.«

»Das stimmt, Vamier!« schrie Gresnay förmlich auf. »Du hast schon immer gut überreden können, ein älterer Offizier, dessen Haß auf die gottverfluchten Engländer wohl bekannt war.« Er schlug auf den Tisch. »Du hast an dem Abend, als Serriem starb, Schach mit ihm gespielt! Der arme Teufel hätte alles genommen, was du angeboten hast, genau wie Routier!« Gresnay blinzelte, um die Tränen der Wut zu unterdrücken. »Er hat dir blind vertraut. Er machte sich Sorgen, er könnte körperlich nicht zur Flucht imstande sein. Ich habe ihm etwas zu essen angeboten. Du hast dem armen Irren diese verdammten Samen gegeben. Was hast du getan? Hast du ihn und den armen Serriem zur Geheimhaltung verpflichtet? Hast du ihnen gesagt, du hättest nicht genug, um sie mit den anderen zu teilen? Ich vermute«, fügte er verbittert hinzu, »ich war der nächste.«

»Nicht unbedingt«, sagte Athelstan. »Ich nehme an, de Fontanel hatte vor, das Lösegeld für Euch und Vamier aus eigener Tasche zu bezahlen oder sich von den Kaufleuten in der Stadt etwas zu leihen. Er würde sehr umsichtig vorgehen. Allerdings«, gab Athelstan achselzuckend zu verstehen, »glaube ich nicht, Monsieur Gresnay, daß Euch in Frankreich noch ein langes Leben beschieden gewesen wäre.«

»Und Maneil?« fragte Gresnay.

»Ah, Mercurius, oder Monsieur de Fontanel, war sehr schlau. Zwei Männer waren vergiftet worden, doch der Tod von Limbrights Tochter, ja, der war ein Haar in der Suppe. Mercurius wollte ja dafür sorgen, daß die Schuld an allen Todesfällen sicher vor der Tür der Gottverfluchten abgeladen wurde. Keiner der Gefangenen war bewaffnet, folglich kam Mercurius, als er zum letzten Mal Hawkmere aufsuchte, wahrscheinlich mit einer kleinen Armbrust zu seinem eigenen Schutz. Doch in der allgemeinen Verwirrung, die Routiers Flucht folgte, beschloß Mercurius, die Gelegenheit zu nutzen. Armbrust und Bolzen wurden versteckt. Vamier wurde gesagt, wo sie sich befanden, hinter einem Stuhl, einer Bank oder sogar einem Abtritt. Hat man ihm den Zutritt zu Euch gestattet?«

»Ja«, knurrte Gresnay. »Und er hat mit uns beiden gesprochen.«

»Stimmt.« Sir Maurice meldete sich. »Das ganze Anwesen war in Aufruhr.«

»Mercurius hat einfach die Chance ausgenutzt«, fügte Sir John hinzu. »Limbright trauerte um seine Tochter. Die Wachen erholten sich noch von der Jagd auf Routier. Mercurius erkannte, daß der Tod durch eine Armbrust einfach den Verdacht bestärken mußte, daß der Mörder unmöglich einer der Gefangenen sein konnte.«

»Ist das möglich?« fragte Aspinall. »Ich meine, sie verschwinden zu lassen?«

»Es gibt doch Abtritte hier, oder?« fragte Athelstan.

»Ja, auf der oberen Galerie, wo Maneil sein Zimmer hatte.«

»Die Armbrust war bestimmt klein«, erklärte Athelstan. »So eine, wie sie Damen benutzen, wenn sie auf Jagd gehen. Wie lange würde Mercurius brauchen, um Vamier zu sagen, daß eine Armbrust an einem bestimmten Platz versteckt war – ein paar Sekunden? Vamier handelte rasch, nutzte das Chaos: Er holte die Armbrust, verbarg sie unter seinem Wams, klopfte bei Maneil an die Tür und tötete ihn.

Dann nahm er die Armbrust auseinander und warf sie wahrscheinlich in einen Abtritt, wo sie unauffindbar im Morast versinken würde.«

»Ihr habt noch immer keine echten Beweise«, schrie de Fontanel.

»Oh, wir haben Beweise«, erwiderte Athelstan. »Sowie die reine Logik meiner Schlußfolgerungen. Der Verdacht, daß es zwei Mörder sein könnten, drängte sich mir auf. Einer drinnen und einer draußen. Nehmen wir zunächst einmal Routiers Flucht. Warum hat er diesen bestimmten Weg gewählt? Woher wußte er, daß die Fensterläden eines Fensters im Außengebäude nicht verriegelt waren? Die Gefangenen durften dort nie hingehen, folglich mußte die Information von jemandem stammen, der das Anwesen besuchte. Zweitens, Mercurius, bei Eurem letzten Besuch sagtet Ihr etwas Interessantes, bevor Ihr Hawkmere verließt. Ihr kamt hierher und saßt neben Vamier. Ihr sagtet den Gefangenen, sie sollten beten. Mir fiel das Geschenk der Rosenkränze ein, und ich fragte mich, ob Eure Worte eine verschlüsselte Botschaft waren.«

De Fontanel stand auf. »Ich bin Gesandter des französischen Hofes«, sagte er. »Ich weiß nichts von diesem Mercurius. Ich habe die schrecklichen Todesfälle, die hier oder anderswo geschehen sind, gewiß nicht zu verantworten.« Er schluckte heftig und warf einen Blick zur Tür. »Ich habe meine Unterkunft kaum verlassen! Warum sollte ich in Whitefriars herumlaufen?«

»Wer hat Euch gesagt, daß Vulpina dort lebte?« spottete Sir John. »Ihr seid als Priester verkleidet dort gewesen; das war ein Fehler, Fremde gehen nicht nach Whitefriars.«

»Und was Eure Unterkunft betrifft«, sagte Gervase lächelnd, »da könnte einer aus Eurem Gefolge Eure Rolle übernehmen, besonders mit dem lächerlichen, geckenhaften bunten Hut, den Ihr tragt. Wie seid Ihr dort fortgegangen, als Diener verkleidet? Unseres Wissens ist Mercurius ein Meister der Verkleidungskunst.«

»Es muß doch mir überlassen sein, wohin ich gehe! Ebenso die Dinge, die ich mit meinen Landsleuten bespreche!«

»Ich habe Euch flüstern sehen«, verkündete Gresnay mit

glühenden Augen. »Ich habe gesehen, Monsieur, wie Ihr hier mit Vamier oft gesprochen habt, ehe die Morde losgingen!«

»Monsieur Gresnay, bedenkt, wo Ihr seid«, schnarrte de Fontanel. »Ihr seid Gefangener der Engländer, doch eines Tages müßt Ihr nach Frankreich zurückkehren.«

Gaunt schaute zu Athelstan: dem Blick des Regenten entnahm der Ordensbruder, daß er mehr Beweise vorlegen mußte. Er nickte langsam.

»Wir haben alle Beweise, die wir brauchen«, sagte er. »Sie sind hier in dieser Halle, also setzt Euch, Monsieur de Fontanel!«

»Welche Beweise?« Der Gesandte wirkte unsicher und nervös.

»Zuerst suchen wir nach Monsieur Vamiers Rosenkranz, und wir werden ihn finden. Wir wissen, daß er ihn von Euch bekommen hat! Zweitens wird sich Monsieur Gresnay hier den Kopf zerbrechen und sich allmählich an die Details, die hilfreichen, winzigen Einzelheiten erinnern.«

»Na und?« fragte de Fontanel.

»Wir haben Monsieur Vamier. Wir können beweisen, und das werden wir auch, daß sein Rosenkranz aus hochgiftigen Abrinsamen besteht, Vamier infolgedessen ein Mörder ist. Ob Engländer oder Franzose, Mylord von Gaunt wird ihn in den Kerker des Towers bringen lassen, wo die Verhöre beginnen. Diejenigen, die dort Fragen stellen, werden aus den Einzelstücken dieselbe Geschichte herausbekommen wie ich. Ihr kennt Godbless nicht, oder? Er ist ein armer Bettler, der auf meinem Friedhof lebt; er war früher einmal als Soldat in Venedig. Er sprach von einem Mann, der gestorben sein sollte, aber nicht tot war. Und dann habe ich eine venezianische Galeere besucht, die in der Themse vor Anker liegt. Der Kapitän war ein fröhlicher Kerl. Natürlich kannte er den Abrinsamen und wußte, daß der Rat der Zehn sie seinen Verbrechern verabreicht. Er hat einfach bestätigt, was ich von unserem Bibliothekar in Blackfriars erfahren hatte, ebenso wie aus dem Geschwätz des kleinen Godbless. Kurz darauf besuchte ich einen Apotheker in der Cheapside. Er gestand, es sei eins seiner Geschäftsgeheimnisse; er hat mir alles über die giftigen Eigenschaften von Abrin erzählt.« Athelstan zählte die Punkte an den Fingern ab. »Venedig, da wart Ihr. Abrinsamen waren an dem Rosenkranz, den Ihr Vamier gegeben habt, er hat sie noch immer.« Athelstan schaute Sir Maurice an. »Und schließlich einer der beiden kahlköpfigen Mörder, die Ihr auf uns angesetzt habt: Er ist nicht gestorben. Er ist im Tower untergebracht. Ich vermute, er wird Euch und Eure Stimme erkennen. Es ist wunderbar, was ein Mann alles tut, um seinen Kopf aus der Schlinge zu ziehen.«

»Die Männer sind beide tot«, beharrte de Fontanel. Er schloß die Augen vor diesem schrecklichen Fehler.

»Woher wollt Ihr das wissen?« fragte Gaunt und stand auf. Er packte de Fontanel bei der Schulter. »Woher wollt Ihr etwas über gedungene Mörder wissen, Monsieur, die einen armen Pfarrer in Southwark überfallen haben?«

»Ich ... ich habe Gerüchte vernommen. Mylord Gaunt, ich muß jetzt gehen.« Er machte sich mit einer ruckartigen Bewegung frei und ging zur Tür.

Sir John sah ihm hilflos zu. Die Festnahme eines ausländischen Gesandten war eine ernste Angelegenheit.

»Und was ist mit mir? Was ist mit uns?« rief Vamier.

De Fontanel drehte sich um. Sein Gesicht war leichenblaß.

»Ihr wollt mich hier verrotten lassen, nicht wahr? Aber ich sage Euch was.« Vamier schritt auf ihn zu. »Ich werde nicht in den Tower gehen! Ich tanze nicht am Ende eines englischen Seils für Euch!«

»Psst, Mann, behaltet doch die Nerven!«

»Die Nerven behalten!« schrie Vamier. »Hier zwischen den gottverfluchten Engländern! Mir die Haut vom Leib ziehen, Arme und Beine strecken lassen!«

»Genug!« Gaunt warf einen Blick in die Dunkelheit auf der Musikantengalerie. »Sir Walter, Ihr habt genug gehört. Wir wollen das Urteil vollstrecken!«

De Fontanel wirbelte herum. Etwas schwirrte wie ein flügelschlagender Vogel durch die Luft, dann trafen die Pfeile mit Gänsefedern ihr Ziel. De Fontanels Hals wurde grauenvoll durchbohrt, der Schaft drang zur einen Seite ein und kam zur anderen heraus. Vamier erwischte zwei

Pfeile, einen in der Schulter, den zweiten tief im Herzen. Die beiden Männer fielen, um sich tretend, zu Boden, wo sie im eigenen Blut liegenblieben. Gresnay sprang auf. Er versuchte, zur Tür zu laufen. Athelstan hielt ihn rasch fest und schützte ihn vor den Bogenschützen auf der Galerie.

»Um Gottes willen!« zischte Athelstan. »Wenn Ihr Euch von mir fort bewegt, seid Ihr ein toter Mann!«

»Ah, er ist ziemlich sicher«, rief Gaunt herüber. »Nur wer schuldig ist, leidet.« Er hielt eine Hand hoch. »Bruder Athelstan, Ihr habt mein Wort. Gut gemacht, Sir Walter, Ihr könnt nun zu uns kommen.«

Auf der Galerie der Musikanten entstand Bewegung, und kurz darauf betrat Sir Walter in Begleitung von drei Meisterbogenschützen die Halle. Noch ehe ihn jemand davon abhalten konnte, versetzte Sir Walter beiden Leichen einen Tritt und ging drohend auf Gresnay zu.

»Mylord von Gaunt«, protestierte Athelstan und stieß Gresnay zurück auf die Bank.

»Ich habe mich gefragt, was geschehen würde«, sagte der Regent. »Ich kenne Euch, kleiner Mönch, Ihr stöbert die Wahrheit auf! Folglich habe ich Sir Walter und die Bogenschützen im Schatten der Musikantengalerie aufgestellt.« Gaunt seufzte und setzte sich auf den Lehnstuhl. »Sie waren da für den Fall, daß ein Urteil vollstreckt werden mußte.« Er lächelte freudlos. »Mehr noch, wenn ich schon Franzosen begegnen muß, ist es besser, vorbereitet zu sein, besonders, wenn Mercurius mitten unter ihnen ist. Ich war gespannt, ob de Fontanel seinen Dolch ziehen würde. John von Gaunts Tod wäre ein Siegespreis für den französischen Hof.« Er schnippte mit den Fingern.

Die Bogenschützen nahmen die Leichen an den Beinen und zogen sie aus der Tür, eine klebrige Blutspur auf den Holzdielen hinterlassend.

»Man hätte sie vor Gericht stellen können«, sagte Sir John.

»Das glaube ich nicht«, antwortete Gaunt. »Mercurius war ein Verräter und Mörder. Vamier war nicht viel besser. Die Beweise waren vorhanden, aber schwer zu fassen. Die Franzosen hätten protestieren, vielleicht sogar englische

Gefangene in Frankreich bedrohen können. Sie hätten sich bestimmt sehr für Mercurius' Rückkehr eingesetzt.«

»Und wie wird Eure Geschichte lauten?« fragte Sir John. »Die Franzosen werden den Papst in Avignon anrufen. Der eine oder andere Kardinal wird an Eure Tür im Savoy-Palast klopfen.«

»Oh, ich werde ihnen die Wahrheit sagen.« Gaunt lächelte. »Nun, einiges davon wird stimmen. Ich werde sagen, Mercurius sei in meiner Gegenwart demaskiert worden; er und sein Komplize Vamier hätten ihren Dolch gezogen und versucht, mich umzubringen. Ich werde seine Leiche durchsuchen lassen, während Gervase in den Archiven nachschaut. Wir werden darauf hinweisen, daß Mercurius und der englische Kanzlist Richard Stillingbourne ein und dieselbe Person waren und daher unter meine Gerichtsbarkeit fielen. Vamier war einfach ein Kriegsopfer!« Er warf finstere Blicke um sich. »Wer will etwas dagegen einwenden? Sie waren eine Bedrohung für die Krone! Verräter und Mörder! Die Hinrichtung verlief nach Recht und Gesetz!«

»Und wie, Mylord, wollt Ihr erklären, daß Mercurius entdeckt wurde?« fragte Athelstan. »Von einem Engel, der vom Himmel herabschwebte?«

Gaunt lachte leise und schnalzte mit der Zunge, als koste er ein Geheimnis aus. »Was glaubt Ihr, kleiner Mönch? Wie werde ich es erklären?«

»Oh, Mylord, Ihr werdet den Tanz fortsetzen. Ihr und Gervase werdet im In- und Ausland die Vermutung äußern, daß Ihr nicht nur einen Spion an Bord dieser Kriegskoggen hattet, sondern noch einen anderen mitten in den geheimsten Ratsversammlungen des französischen Hofes. Ihr werdet es hinter vorgehaltener Hand und durch Gerüchte wissen lassen, daß Ihr von Anfang an gewußt habt, wer Mercurius war, um ihn dann in Euer Netz zu locken. Die päpstlichen Gesandten werden über die wahren Gründe für Mercurius' Besuch in England in Kenntnis gesetzt, sowie über die gemeinen Morde, die er begangen hat. Ihr werdet andeuten, daß Euer Spion am französischen Hof Euch das alles mitgeteilt hat.« Athelstan seufzte. »Ihr seid entlastet, ein wahrhaft tugendhafter Prinz, während die

Franzosen sich zerreißen werden auf der Jagd nach einem Verräter, den es nicht gibt.«

Gaunt legte den Kopf in den Nacken und brüllte vor Lachen, bis ihm die Augen tränten.

»Oh, ich liebe dieses Spiel. Ihr seid sehr gut, Bruder. Ja, genau das wird Gervase tun.« Sein Blick glitt zu Gresnay, der gebannt wie ein Kaninchen vor einem Wiesel saß. »Und nun, Sir, zu Euch.«

»Mylord«, schaltete Athelstan sich ein. »Er ist unschuldig.«

»Er wird tot sein, wenn er nach Frankreich zurückkehrt«, sagte Gervase. »Keiner wird seine Geschichte glauben oder sich damit abfinden.«

»Ich habe nichts Unrechtes getan«, platzte es aus Gresnay heraus, der sich halb erhoben hatte.

Athelstan drückte ihn wieder auf die Bank.

»Keine Bange.«

Gaunt prüfte gerade einen Fleck auf seiner Hand.

»Ich will Euch was sagen, Monsieur Gresnay: Ihr geht mit zu Monsieur Gervase. Sagt uns alles Wissenswerte über die Befestigungsanlagen entlang der französischen Küste. Wir werden einen Brief nach Frankreich schicken und mitteilen, daß auch Ihr ein Opfer dieses verräterischen Giftmörders wart. Ihr könnt Euren Namen ändern, eine Belohnung vom englischen Schatzamt entgegennehmen. Geht an die Südküste und versteckt Euch in einem unserer Fischerdörfer. Entweder das oder zurück nach Frankreich.«

Gresnay war rasch einverstanden.

»Wenn es so ist«, schloß Gaunt, »dann ist alles in Ordnung, alles ist zu Ende. Zwei französische Schiffe wurden zerstört, Mercurius ist tot und weiteres Ungemach für den französischen Hof geplant. Eine feine Sache, oder?«

Er lächelte Athelstan zu, der seinen Blick gelassen erwiderte. Gaunt trat vom Podium und klopfte Sir John auf die Schulter.

»Gute Arbeit, was, Jack? Sir Walter, dieses Lehnsgut gehört Euch. Ihr könnt damit machen, was Ihr wollt. Es ist eine Belohnung, eine kleine Wiedergutmachung für Euren traurigen Verlust.« Er deutete eine Verbeugung an. »Bruder Athelstan, schließt mich in Eure Gebete ein. Gervase, leistet mir im Savoy Gesellschaft und singt mir das Madrigal vor, das ihr komponiert habt.«

Er legte den Arm um seinen Meisterspion und ging durch die Halle auf die Tür zu. Dort blieb er stehen.

»Maurice, schließt Ihr Euch uns an? Oder geht Ihr zurück, um Lady Angelica zu treffen?«

»Sir Thomas Parr hat mich zum Essen eingeladen, Mylord.«

»Sir Thomas Parr ist ein äußerst freundlicher Mann«, bemerkte Athelstan.

»Ja«, schmunzelte Gaunt, »und über Cheapside fliegen Schweine.«

»Wenn das so ist, Mylord«, gab Athelstan schnippisch zurück, »werdet Ihr viel Fleisch in den Bäumen finden!«

Gaunt ließ Gervases Schulter los und kam zurück durch die Halle, die schweren Lederhandschuhe gegen die Hand schlagend.

»Wie geht es Euren Pfarrkindern, Bruder?«

Athelstan blickte Gaunt über die Schulter. Gervase warf ihm einen warnenden Blick zu und schüttelte den Kopf.

Gaunt schob sein Gesicht näher heran. »Und die Pfeile?«

»Versteckt, Mylord, von Rebellen, aber entdeckt von ergebenen Untertanen und sogleich an die Stadtverwaltung gemeldet.«

»Demnach sind alle wohlauf?«

»Mylord, sie sind in bemerkenswert guter gesundheitlicher Verfassung. Sie arbeiten schwer, essen wenig und beten regelmäßig für das Wohlergehen des Königs.

»Dann sorgt bitte dafür, daß es so bleibt.«

»Ja, Mylord. Ich bete jeden Tag, falls sie nicht in des Königs Gnaden sind, sollen sie eilig zurückkehren, und wenn sie in des Königs Gnade stehen, wird Gott sie darin halten.«

»Und wenn der Aufstand ausbricht?« fragte Gaunt, und seine gute Laune war wie weggeblasen. »Auf welcher Seite des Zauns werdet Ihr stehen, kleiner Mönch?«

»Nun, Mylord, ich werde in meiner Kirche sein, die Messe lesen, das Evangelium verkünden und auf alle, die in meiner Obhut stehen, aufpassen. Das ist Aufgabe eines Pfarrers, eines Mitglieds des Dominikanerordens.«

»So ist es, so ist es.« Gaunt öffnete seinen Geldbeutel und

schüttete ein paar Münzen in seine Hand. Diese reichte er Athelstan. Der Schalk sprühte wieder aus seinen blauen Augen. »Nun, so kauft einen Schweinestall voll Ale, Bruder. Laßt sie auf meine Gesundheit anstoßen und auf die des Königs.«

Gaunt schlenderte aus der Halle und warf die Tür hinter sich zu. Sir Maurice trat vom Podium und gab Sir John die Hand, anschließend umarmte er Athelstan und drückte ihn fest an sich.

»Ich kann Euch nicht genug danken, oder Euch, Sir John.«

»Schon gut, alter Junge.« Cranston holte den wunderbaren Weinschlauch hervor. »Werdet Ihr jetzt mit mir feiern?«

Sir Maurice breitete die Arme aus. »Ein paar Humpen Ale und eine Fasanenpastete, was, Bruder?«

Athelstan steckte die Münzen, die Gaunt ihm gegeben hatte, in seinen Beutel. Er nahm seine Schreibutensilien an sich.

»Ich habe noch andere Pflichten«, sagte er. Er drehte sich um und reichte Gresnay die Hand. »Keine Sorge, Sir, der Regent wird sein Wort halten, Ihr seid sicher. Und von Sir Walter habt Ihr nichts zu befürchten.«

Athelstan, Sir John und Sir Maurice verließen daraufhin die Halle. Das Haus wirkte bereits nicht mehr wie ein Gefängnis, niemand stand Wache, Türen und Fenster im Erdgeschoß standen offen. Sobald sie hinaustraten, erblickten sie Gaunt und Gervase inmitten ihres Gefolges, wie sie durch das Torhaus zurück in die Stadt ritten.

»Ich kannte Gaunts Vater«, sagte Sir John nachdenklich. »Und seinen älteren Bruder, Edward, den Schwazen Prinzen, der Herr sei ihm gnädig und schenke ihm die ewige Ruhe. Gaunt ist ein schlauer Fuchs. Ich glaube, er spielt das Spiel aus reiner Freude. Kommt!«

Sie gingen hinunter, durch das Torhaus und weiter über die verlassene Heide.

»Geht Ihr mit in die Stadt, Bruder?«

Athelstan schüttelte den Kopf.

»Wir hätten uns von Sir Walter verabschieden sollen.« Der Ordensbruder blieb stehen. »Sir John, Sir Maurice, ich bin müde und nicht in der Stimmung, mich zu amüsieren. Geht Ihr ruhig in die Stadt, und morgen kommt Ihr nach Southwark. Wir werden Euer Glück im ›Gescheckten‹ feiern, vielleicht morgen abend, wenn sich die Aufregung gelegt hat?«

Er schaute dem Coroner nach, der Arm in Arm mit dem jungen Ritter über die Heide zur alten Stadtmauer ging. Dann drehte er sich wieder um und kehrte zum düsteren Eingang des Hauses zurück. Er fand einen Diener, der kurz darauf Sir Walter zu Athelstan hinunter an die Tür brachte.

»Was gibt's, Bruder?« Sir Walter wirkte gefaßter, als hätte der Tod der beiden Franzosen seine Seele ein wenig geläutert.

»Ich bin nur gekommen, um mich zu verabschieden, Sir Walter, und den Dank und die guten Wünsche von Sir John zu überbringen.«

»Ein guter Mann, der Coroner.« Sir Walter strahlte. »Und Ihr, Bruder.« Er schüttelte den Kopf. »Das Spiel einer Spinne«, fügte er hinzu. »Aber mir liegt es fern, etwas Unrechtes zu tun, obwohl es ein Jammer ist, daß meine Tochter mit dem Leben bezahlen mußte.«

»Sie hat ihren Frieden gefunden«, erwiderte Athelstan. »So wie Ihr, Sir Walter, nicht wahr?«

»Ich gestehe, Bruder, ich war auf der Galerie der Musikanten. Ich habe gern den Befehl gegeben und zugesehen, wie die beiden verräterischen Mörder starben.«

»Aber Ihr wußtet es, nicht wahr?« fragte Athelstan.

»Was meint Ihr, Bruder?«

»Sir Walter, es ist eine Frage der Logik. Ihr habt hier gesessen und die Franzosen bewacht. Ich wette, Ihr habt sie Tag und Nacht nicht aus den Augen gelassen. Oh, ich will nicht sagen, daß Ihr wußtet, wer der Mörder war oder wie die Morde ausgeführt wurden. Doch Ihr müßt gesehen haben, daß Monsieur de Fontanel vielleicht mehr mit Vamier als mit den anderen flüsterte und redete.«

»Ich habe nichts gesehen, Bruder.« Sir Walter hielt seinem Blick stand. »Ich habe nur meine Pflicht getan.«

»Ach, kommt, Sir Walter. Ihr habt Master Aspinall, den Arzt, in Eure Dienste gestellt. Ihr wußtet, daß er über jeden Verdacht erhaben war. Ihr wart Euch auch Eurer eigenen

Unschuld bewußt. Ich wette, Ihr wart nur zu froh, die Franzosen einander umbringen zu sehen, Männer, die Eure Familie getötet hatten?«

»Ich hatte keine Ahnung, wer Monsieur de Fontanel wirklich war oder wie die Morde begangen wurden.«

»Nein, aber Ihr hattet einen Verdacht, und den habt Ihr uns nicht mitgeteilt, Sir Walter, und deshalb ist Eure Tochter gestorben. Ihr habt diese Männer gehaßt. Vielleicht aus gutem Grund. Ihr mochtet ihre Arroganz nicht, ihr Tuscheln untereinander, ihr leises Lachen. Ihr wußtet, daß Ihr nichts Unrechtes getan hattet. Sollen sie sich doch gegenseitig umbringen, dachtet Ihr; Sir Jack Cranston kann den Fall lösen, und je mehr sterben, um so besser.«

»Ich höre, was Ihr sagt, Bruder, aber ...« Limbright zuckte die Achseln.

»Darum habt Ihr Routier entkommen lassen, nicht wahr? Ihr habt Euren Wachen gesagt, sie sollten in die andere Richtung schauen. Ich glaube, Ihr wußtet, was er plante und habt Euch auf die Jagd gefreut. Auch eine Art, einen Teil der Galle in Eurer Seele loszulassen. Diesen Franzosen zu zeigen, wer hier der Herr war?«

»Man hätte mich für Routiers Flucht zur Rechenschaft gezogen.«

»Ach, kommt, Sir Walter, ein erschöpfter, verzweifelter Franzose allein in England. Ihr hättet Euren Spaß daran gehabt, mit Euren Hunden hinter ihm herzuhetzen.

»Selbst wenn es stimmt, was Ihr sagt, Bruder, was nutzt es jetzt noch?«

»Die Wahrheit spielt immer eine Rolle«, erwiderte Athelstan. »Guten Tag, Sir Walter.«

St. Erconwald war sehr ruhig, als Athelstan am späten Nachmittag zurückkehrte. Kirche und Haus waren gesäubert, Philomel döste im Stall. Athelstan nahm den Zweitschlüssel, den er immer bei sich trug, öffnete die Kirche und trat ein. Huddle war fleißig gewesen und hatte die gegenüberliegende Wand mit einem Stück Holzkohle bemalt. Athelstan ging hinüber und bückte sich, um zu sehen, was der Maler gezeichnet hatte: ein ernster Christus beim Jüngsten Gericht. Zu seiner Linken die Ziegenböcke, zu seiner

Rechten die Lämmer. Doch diesmal hatte Huddle sich Freiheiten mit der Heiligen Schrift erlaubt: Unter den Schafen standen Gemeindemitglieder. Pemel, selbst Godbless, der einen kleinen Thaddeus festhielt, während andere, die Huddle nicht mochte, so wie Pikes Frau mit der scharfen Zunge, in der Mitte standen, so daß die Leute sich fragen mußten, ob sie zu den Lämmern oder den Ziegen gehörten.

»Das muß verschwinden«, sagte Athelstan leise vor sich hin, »sonst bricht ein Bürgerkrieg im Gemeinderat aus.«

Er hockte sich nieder und lehnte sich mit dem Rücken an die Wand. Gaunt hatte gesagt, alles sei fein säuberlich verschnürt, aber stimmte das? Er dachte an alle Seelen, die unvorbereitet in die Ewigkeit befördert wurden: die unglückliche Hure, die in der »Goldenen Fackel« erhängt wurde, die Franzosen, die ihre Familien und ihr Zuhause nie wiedersehen würden. Hatte Mercurius eine Familie? Trauerte jemand um Vulpina? Oder die kahlköpfigen Mörder?

»Eine lange Liste von Toten!« flüsterte Athelstan. Morgen würde er für alle eine Messe lesen, damit Jesus Christus Erbarmen mit ihrer Seele hatte.

Die Tür flog auf, und Godbless kam herein, Thaddeus im Gefolge.

»Der Herr sei mit Euch, Pater. Ist alles in Ordnung?«

»Ja«, antwortete Athelstan.

Godbless kniete vor ihm nieder und legte einen Arm um Thaddeus.

»Was soll ich tun, Pater?« flehte er. »Ich habe kein Zuhause und weiß nicht, wohin.«

Athelstan langte in seinen Geldbeutel und holte eine der Münzen hervor, die Gaunt ihm gegeben hatte. Er warf sie Godbless zu, der sie geschickt auffing.

»Dein Zuhause ist hier, Godbless. Bei der Macht, die mir von der Heiligen Mutter Kirche verliehen ist«, er hob die Hand zu Segen, »ganz zu schweigen von den Maßgaben des kanonischen Rechts, ich habe vergessen, welche Paragraphen, mache ich dich hiermit zum *custos*, zum Wächter dieses Gottesackers, unseres Friedhofs hier in St. Erconwald. Dein Amtssitz ist im Leichenhaus. Ich werde die beiden Taugenichtse Watkin und Pike veranlassen, drüben an der Mauer ein neues Beinhaus zu bauen.« Athelstan rieb sich die Hände. »Ja, die Toten werden jetzt in Frieden ruhen können. Deine Aufgabe, Godbless, und die von Thaddeus wird es sein, diesen Friedhof mit eurem Leben zu bewachen.«

Der Bettler frohlockte, drückte Thaddeus an sich und küßte den Ziegenbock zwischen den Ohren. Athelstan erblickte etwas Pelziges, das am Portal vorbeihuschte, klein und schnell.

»Oh, und dann geh zu Ranulf und sag ihm, ich glaube, ich weiß, wo sein Frettchen sich versteckt!«

Schlußbemerkung

Die Samen der Paternostererbse sind nicht der Phantasie des Autors entsprungen. Sie enthalten ein hochgiftiges Eiweiß, das Übelkeit und sehr ernsthaften, rasch voranschreitenden Schaden an lebenswichtigen Organen verursacht. Die Samen haben eine sehr harte Hülle und sind nur dann giftig, wenn man sie zerkaut. Diese Eigenschaft wurde in der Vergangenheit bei Unschuldsproben genutzt, besonders in Venedig. Man gab den Verdächtigen Paternostererbsen zu schlucken: Derjenige, den die Behörden entkommen lassen wollten, wurde heimlich gewarnt, sie nicht zu kauen!

Rätselhafte Serienmorde – ein Fall für Sir John und Athelstan

Paul Harding
Tödliches Rätsel
Kriminalroman
aus dem mittelalterlichen London
Aus dem Englischen
von Rainer Schmidt
304 S. • geb. m. SU • DM 36,–
ISBN 3-8218-0370-3

Im Sommer 1380 zieht ein Menschenfischer die Leiche eines Schreiber aus der Themse. Es stellt sich heraus, daß der Tod nicht durch Ertrinken eintrat. Innerhalb kurzer Zeit kommen eine Geldverleiher und weitere Schreiber der Kanzlei vom Grünen Wachs, die für die Ausfertigung königlicher Urkunden zuständig ist, auf mysteriöse Weise ums Leben. Bei jedem der Toten findet sich Stück Pergament mit einem Rätsel. Welches Geheimnis verbindet die Toten miteinander? Sir John Cranston, Coroner des Königs, und sein Sekretär, der Dominikaner Athelstan, müssen das Rätsel lösen, wenn sie weiteres Unglück verhindern wollen. Eine Aufgabe, die ihre Freundschaft auf eine harte Probe stellt...

Skandalös, sinnlich, lebensprall – die Abenteuer des jungen Advocaten Herzfeld

Roland Adloff
Der Advocatus
Roman
400 S. • geb. m. SU • DM 39,80
ISBN 3-8218-0559-5

Herzfeld, ein junger Jurist aus Halle, reist im Jahre 1705 nach Berlin, um dort bei seinem Onkel, dem einflußreichen Justizrat Avenarius, praktische Erfahrungen zu sammeln. Gleich sein erster Fall – ein kleiner Bandit soll für einen angeblichen Kirchenraub mit dem Tode bestraft werden – führt ihn in ein undurchsichtiges Dickicht aus Korruption und Günstlingswirtschaft am Hof des vergnügungssüchtigen Preussenkönigs Friedrich I. und bringt ihn in Lebensgefahr.

Eine faszinierende historische Kriminalgeschichte und das sinnliche Porträt eines Berlins am Ende des dunklen Zeitalters, in welches das erste Licht der Aufklärung dringt.

Eichborn.

Kaiserstraße 66
60329 Frankfurt
Telefon: 069 / 25 60 03-0
Fax: 069 / 25 60 03-30
www.eichborn.de

Wir schicken Ihnen gern ein Verlagsverzeichnis.